Offert à Monsieur l'abbé Degand
le 1er Janvier 1896.

Adèla Barière Sturines

HISTOIRE

DE

MARCOUSSIS

Tiré à 310 *Exemplaires*

253 sur papier vélin.
55 sur papier vergé.
2 sur parchemin.

Sur ce nombre 200 exemplaires seulement seront mis
en vente.

Le Château de Marcoussis, en 1650, d'après Mérian.

HISTOIRE

DE

MARCOUSSIS

DE SES SEIGNEURS ET DE SON MONASTÈRE

PAR

V. A. MALTE-BRUN

A PARIS

CHEZ AUG. AUBRY, LIBRAIRE

L'un des Libraires de la Société des Bibliophiles François

16, RUE DAUPHINE.

M D CCC LXVII

AU LECTEUR.

« Le bruit se répandit dans Paris, durant la minorité du Roi Louis XIV, qu'on faisoit sortir, de nuit et
en cachette, des chariots chargez de trésors et de meubles précieux pour les mener à Marcoussy, sans dire
positivement, si c'étoit au Monastère des Célestins ou
au Château du même lieu. Ce fut l'an 1650 que ce
bruit commença d'éclater sans fondement certain et as-
suré, il ne laissa pas néanmoins de faire impression
sur l'esprit du peuple, sur celui des factieux et des

A

brouillons qui sont toujours en grand nombre pendant les minoritez un peu longues. »

Ainsi s'exprime dans son Prélude l'Auteur, Anonyme, de L'Anastase de Marcoussy, que l'on croit avoir été Perron, de Langres, avocat au Parlement, remplissant, peut-être, un emploi auprès des Princes, qui, vers cette époque, furent enfermés au Château.

« Dans ce temps de troubles et d'émeutes, ajoute-t-il, je fus obligé de faire quelque séjour en ce Château, qui n'est qu'à sept lieues de Paris, assez proche de la petite ville de Mont-le-Héry ; je puis dire de bonne foy que la curiosité me porta beaucoup moins à m'informer de ces trésors prétendus, que des anciens monuments et des antiquités de ce vieux Donjon. La même passion me pressa bien davantage de visiter le Monastère des Célestins, bâti dans le parc de ce Château, lequel a pour fondateur le même que celui de ce magnifique bâtiment..... »

Pris d'un bel amour pour les antiquités du pays, notre digne précurseur les visita ; il interrogea les plus anciens habitants, feuilleta les Archives, les Manuscrits du Monastère et du Château, prit des notes, et ces

premières notes éparses, qu'il destinait à la rédaction
d'un ouvrage qu'il n'eut pas le loisir d'entreprendre,
quarante-quatre ans plus tard, à la sollicitation de ses
amis, il les réunissait en un petit volume in-18, de 146
pages, aujourd'hui très-rare, car il ne fut tiré qu'à
27 exemplaires. Telle est l'origine de l'ouvrage qu'il
appela l'Anastase de Marcoussy, c'était, en effet, une
Résurrection des Annales de la vallée de Marcoussis,
il les tirait de l'oubli, et, comme il le dit lui-même de
la poussière du temps « qui dévore tout. »

A plus de deux siècles d'intervalle, des circonstances
particulières nous ont également conduit à Marcoussis ;
le Château, le Monastère n'existaient plus ; la Révolution n'en a laissé que de rares débris ; mais, comme
l'Auteur de l'Anastase, nous avons été pris d'un vif
sentiment de curiosité pour le passé de cette belle vallée
qu'habitèrent successivement les Montagu, les Graville,
les Balsac d'Entragues ; dans laquelle Jean Gerson vint
chercher un asile, où le grand Condé trouva une prison, et que les rois Louis XI, Louis XII, François Iᵉʳ,
Louis XV et Louis XVI virent retentir du son des
trompes et des aboiements de leurs meutes.

En parcourant ces champs si riants, ces sentiers perdus, ces allées ombragées et silencieuses, nous y avons trouvé ce que nous y cherchions : de douces et salutaires distractions à nos occupations de la Ville, à nos travaux géographiques. Un juste sentiment de reconnaissance nous a conduit à essayer, à notre tour, de tirer de l'oubli les Annales de Marcoussis : nous nous sommes mis à l'œuvre, encouragé d'ailleurs dans nos recherches historiques et archéologiques, par les découvertes successives que nous faisions au fur et à mesure que nous prenions possession de notre sujet. On verra, par la liste des ouvrages que nous avons consultés, et que nous donnons à la pièce justificative XVIII, que nous n'avons rien négligé pour nous entourer de tous les renseignements qui pouvaient nous éclairer. C'est ainsi que ce travail a pris une extension à laquelle nous étions loin de nous attendre. En outre de l'Anastase, *nous avons eu pour guides principaux l'intéressante relation manuscrite de Simon de la Motte, dont M. Denis Legendre a bien voulu nous communiquer une copie ; et les notes historiques, mises en tête du Terrier de Madame la Comtesse d'Esclignac. Pour les temps plus rapprochés, nous avons dépouillé les Registres des* anciens curés de Marcoussis (1631-1800), et compulsé les Archives communales.

C'est un devoir, agréable pour nous, de remercier ici les conservateurs des Bibliothèques Impériale, Mazarine, de l'Arsenal et de Sainte-Geneviève; les gardes des Archives de l'Empire et de Seine-et-Oise, auprès desquels nous avons trouvé toutes les facilités que nous pouvions désirer pour accomplir nos recherches. Nous ne saurions, non plus, oublier la municipalité de Marcoussis qui a bien voulu nous ouvrir ses Archives, et nous devons particulièrement nommer M. Mazier, l'instituteur communal dont nous avons mis plus d'une fois la complaisance et le savoir à l'épreuve, pour nos deux derniers chapitres. Enfin, nous avons interrogé avec profit les souvenirs d'un respectable vieillard, Nicolas Devilliers, le doyen actuel de la commune de Marcoussis, âgé de quatre-vingt-huit ans.

M. Eugène Forest, dont l'habile crayon a contribué à l'illustration de tant de livres, a bien voulu se charger du dessin du Château et des Armoiries des anciens seigneurs; qu'il reçoive également ici l'expression de notre amicale gratitude.

Puisse le lecteur indulgent parcourir les pages de cet ouvrage avec quelque intérêt! Puisse-t-il accueillir favorablement notre Nouvelle Anastase de Marcoussis.

V. A. MALTE-BRUN.

Marcoussis, Septembre 1866.

CORRECTIONS ET ADDITIONS.

Page 15, ligne 6, *au lieu de* Chastres, Arpajon, *lisez* Chastres (Arpajon).

— 29, — 28, *au lieu de* fin du xve, *lisez* fin du xive.

— 29, — 30, *au lieu de* deux siècles, *lisez* trois siècles.

— 38, — 23, *au lieu de* Gérard, *lisez* Jean.

— 38, — 25, *au lieu de* Jean, *lisez* Gérard.

— 50, — 5, *au lieu de* Le Tiendrai, *lisez* L'ai Tenu.

— 52, — 16, *au lieu de* sur 0,25, *lisez* sur 1^m,25.

— 104, — 5, *au lieu de* qui parait lui, *lisez* à qui elle parait.

— 159, — 18, *au lieu de* de laquelle il eut deux filles, *lisez* de laquelle il eut deux fils : Charles et Anne de Balsac, et deux filles......

— 262, — 7, *au lieu de* le frère Eynette, *lisez* le Père Hennet.

— 280, — 16, au lieu de *l'inusa Helenium*, lisez *l'inula Helenium*.

Page 177. Fondation de Charles de Balsac. Cette fondation, qui date du 5 octobre 1625, était considérable; elle consistait en une dot de 100 livres à donner chaque année à une jeune fille de chacune des paroisses de Marcoussis, Montlhéry, Linas et Châtres; plus une somme de 100 livres à payer pendant trois années consécutives pour pourvoir à l'éducation d'un jeune garçon pris dans chacune de ces mêmes paroisses : en tout, 800 livres par an. Les présentations devaient être faites par les curés. Cette fondation fut scrupuleusement exécutée, à Marcoussis du moins, ainsi qu'en témoignent les registres des curés.

Pages 94, 95, 96, et note de la page 96. Au moment où nous revoyions les dernières épreuves de ce livre, nous avons appris que le volume du Terrier de l'amiral de Graville, dont nous déplorions la perte, venait de rentrer entre les mains de madame la marquise de la Baume-Pluvinel. M. le marquis de la Baume-Pluvinel a bien voulu le mettre sous nos yeux; c'est un

précieux manuscrit grand in-folio, du commencement du
xvie siècle, de l'écriture cursive de cette époque, sur peau-vélin
et solidement relié en basane historiée de dessins et d'arabesques gaufrées, protégé par une garniture de têtes de clous en
cuivre avec des fermoirs de même métal, qui ont, aujourd'hui,
disparu. Cette reliure était, dans l'origine, garantie par une
couverture en fort parchemin. Ainsi que nous l'avons dit, ce
beau volume est malheureusement étranger à Marcoussis, et
traite des cens à prélever à Chastres, Boissy, Saint-Yon,
Brouillet, Saint Cheron, Saint-Euvron, Sousy, Blanchefouasse,
Saint-Sulpice, Villeconin, Lamondant, Boissy Saint Éloi, Tourson
et Poteron, Mauchamp, Chetainville, Avrainville, Guibeville,
Leudeville, Ver-le-Grand, Églis, Sandreuille et Saint-Yon.

Ce qui rend surtout ce manuscrit bien précieux, ce sont ses
belles miniatures, ses lettres et ses ornements marginaux re-
haussés d'or, ses armoiries de la famille de Graville, et de ses
alliances. Les miniatures, au nombre d'une vingtaine, sont
placées en tête de chaque article, et occupent tantôt la moitié
de la page, tantôt la page entière. Parmi ces dernières citons :
Jean de Montagu sortant du château de Marcoussis avec sa
famille et ses pages pour aller à la chasse; le seigneur de Marcoussis sur la lisière d'un bois donnant ses ordres pour courre
le cerf; l'Entrée du roi Charles VI, ou plutôt du dauphin, duc
de Guyenne, à Marcoussis au milieu d'une grande affluence de
pages, de gentilshommes et de gens d'armes; l'amiral de Graville et Jean d'Épinay se rendant du château au monastère des
Célestins; enfin, au titre de Chetainville, Marie deBalsac, femme
de l'amiral, avec ses trois filles : Jeanne, Louise et Anne. A la fin
du manuscrit une mention porte qu'il fut achevé en juillet 1522.
L'examen de ce précieux volume nous fait davantage regretter
la perte de celui qui traitait de Marcoussis même.

———o-o;o-{o-o-- -

CHAPITRE I.

Les Origines de Marcoussis. — Son Prieuré de Saint-Vandrille.
— Ses premiers seigneurs, jusqu'à Jean de Montagu.

USSI loin que l'on peut remonter dans notre histoire, on trouve le vaste espace, qui s'étend entre Paris et Orléans, couvert de grandes et impénétrables forêts, coupées çà et là par quelques clairières et sillonnées par de rares sentiers familiers aux hôtes primitifs de ces sombres et sauvages retraites (1). Les forêts de Saint-Germain, de Rambouillet, d'Orléans, de Fontainebleau ; les bois de

(1) Alfred Maury, *les Forêts de la Gaule*, p. 27.

1

Versailles, de Meudon, de Verrières, de Palaiseau, de Chevreuse, de Linas, de Sainte-Geneviève, de Dourdan, de Rochefort, etc., etc., ne sont que les restes épars de cet immense manteau de verdure dont se parait jadis le pays qui correspond à nos départements actuels de la Seine, de Seine-et-Oise, de Seine-et-Marne, d'Eure-et-Loir et du Loiret.

Au temps de César, cette vaste agglomération de forêts était déjà bien réduite, et trois grandes voies, celles de Paris, à Chartres, à Orléans, à Sens, la traversaient, mettant en communication les *Parisii*, avec les *Carnutes* et les *Senones*. Plus tard, sous la domination romaine et par suite de l'augmentation de la population, le défrichement fit de plus grands progrès encore; la clairière où l'homme s'était d'abord réuni en société dans un groupe de pauvres cabanes s'étendit aux dépens de la forêt voisine; elle fut convertie en champs, en prés, en pâturages, en parcs où séjournait le bétail, d'où la désignation de *Parc aux bœufs*, si fréquente encore aujourd'hui sur la lisière des bois, et l'humble réunion de cabanes devint bourg ou village (1). Les tronçons épars de ces forêts primitives reçurent alors des noms particuliers pour les distinguer les unes des autres, noms qu'ils empruntaient aux accidents du sol, à la nature du pays, à l'homme et aux animaux.

C'est ainsi que la forêt qui s'étendait sur les confins de la Beauce et de l'Ile de France reçut, sans doute à

---

(1) Voyez *l'Anastase de Marcoussis*, p. 39.

cause des sources nombreuses ou des eaux que l'on y rencontrait, le nom de forêt d'Yveline ou des Yvelines (1) qui, par sa transcription latine, prit la forme barbare d'*Aquilina Sylva* ou *Æquilina Sylva* que nous retrouvons dans les anciennes chartes (2).

On sait qu'aux premiers temps de la monarchie, les grandes forêts (*sylva*) finirent peu à peu par entrer dans le domaine royal ; les petits bois (*boscus*), les brosses (*lucus*), les forêts de peu d'étendue (*nemus*) furent attribuées, soit à des monastères, soit à des seigneurs (3).

La forêt d'Yveline, mentionnée par Grégoire de Tours (4) sous le nom d'*Æquilina Sylva*, avait été d'abord donnée par Clovis à l'église de Reims ; elle rentra plus tard dans le domaine royal. Pépin s'en dessaisit de nouveau pour en faire donation à l'église de Saint-Denis (5); mais déjà, des écarts de cette immense forêt avaient été aliénés par les rois ses prédécesseurs en faveur de quelques-uns de leurs barons. L'un de ces derniers, Hartbain, fils d'Éremberg, voulant quitter le monde et se faire religieux, fit donation à saint Vandrille, abbé

---

(1) En celtique, le mot *ève* signifiait *eau*, et, suivant les localités, il se changeait en *ive*. Voir l'*Étude sur la signification des noms de lieu en France*, par A. Houzé. Paris, 1864, in-8°.

(2) Aujourd'hui le nom de *forêt d'Yveline* ou *des Yvelines* désigne plus particulièrement la partie de forêt comprise entre Rambouillet et Rochefort.

(3) Alf. Maury, *les Forêts de la Gaule*, p. 77.

(4) Greg. Turon., *Historia ecclesiastica Francorum*, liv. X.

(5) Cette donation date de 798. Montlhéry y était compris sous la désignation : *Et Aetrico Monte cum integritate*.

de Fontenelles en Normandie, qui se trouvait alors au pays de Châtres (1), d'un domaine ou portion de terre désignée sous le nom de *Butio* ; *Prœdium aliquod nomine Butionem* (2) ; le roi Clotaire III confirma cette donation en 661 (3) pendant son séjour au palais de Palacel ou Palaiseau, où le saint abbé s'était rendu auprès de lui. Saint Vandrille y éleva un oratoire qui, selon la coutume, reçut le nom de son abbaye de Fontenelles.

Ce lieu dit *Butio*, le Buisson, dépendait de la vallée de Marcoussis ; un diplôme de Charles le Chauve, daté de 845, énumérant les biens de la grande abbaye de Fontenelles ou de Saint-Vandrille, avec les pays où ils sont situés, dit positivement : *In Parisio*, *Bucionam cum vineola in Marcocincto* (4). Il occupait l'emplacement du moulin de Guillerville et du territoire qui s'étend entre ce moulin et le parc actuel de Bellejame (5).

Autour de l'Oratoire de Fontenelles vinrent se grouper quelques cabanes de forestiers, de bûcherons, de charbonniers, et plus tard des habitations plus confortables ; on connaît, en effet, les noms de plusieurs possesseurs de biens au lieu dit du Buisson ou de Fontenelles.

Dans ce mot *Marcocincto* on doit reconnaître le nom

---

(1) *Castrensis pagus*, depuis la châtellenie de Montlhéry, le Hurepoix.

(2) L'abbé Lebeuf, *Histoire du diocèse de Paris*, t. X, p. 258.

(3) Voyez la *Vie de saint Vandrille*, et mieux encore la chronique latine de Fontenelles, imprimée dans le *Spicilegium*, t. II, p. 207, col. 2.

(4) *Annales bénédictines*, t III, p. 665.

(5) Voir l'abbé Lebeuf, t. IX, p. 259 et 260.

de Marcoussis. Ce mot a la même origine que le mot Maréchal, et venait du radical celtique *Mareh, March*, ou *Mark* (1) ; latinisé, il devenait *Marescalceiæ*, ou *Marescalceis*, comme on le trouve dans quelques lettres de Louis VII, ou bien *Marcociæ*, comme il est écrit dans le Cartulaire de Longpont, au folio 10. Ce mot désignait un lieu propre à l'élève des chevaux (2).

L'endroit répondait bien, d'ailleurs, à la destination que son nom lui attribuait. C'était un écart de la forêt d'Yveline, que les défrichements avaient séparé de l'ensemble ; il s'étendait dans une vallée ouverte à l'orient, large d'un à trois kilomètres, profonde de cinq à six, et dirigée de l'est vers l'ouest-nord-ouest. Ses pentes rocheuses et boisées où les genévriers, les houx, les ajoncs ou joncs marins, les conifères mariaient leur sombre verdure à celle des bouleaux, des chênes et des châtaigniers, rappelaient certains cantons aujourd'hui renommés de la forêt de Fontainebleau. De nombreux ruisseaux ou des sources abondantes, descendant des plateaux voisins, alimentaient un petit cours d'eau qui arrosait des prairies toujours verdoyantes, riches pâturages dans lesquels on pouvait à peu de frais élever les troupeaux et mettre des chevaux au vert (3).

---

(1) Voyez le *Glossaire de Ducange*, au mot *Mareh, March.*

(2) Pour exprimer que les prés du couvent de Longpont sous Montlhéry seront exempts de tout droit de pâturage de la part des écuyers, le Cartulaire dit : *Ut omnia prata quitta essent ab omni Marcocia armigerorum.*

(3) Ce cours d'eau, affluent de l'Orge, entre le moulin du Casrouge et la chaussée de Guipéreux (*Gué perreux*), traverse la vallée de Marcoussis.

Plus tard, il paraîtrait que le roi Childebert donna, en 704, à Saint-Bayn, abbé de Saint-Vandrille en Normandie, une autre partie de la vallée de Marcoussis, voisine de ce domaine de *Butio*, ainsi que l'église qu'il y fit élever en l'honneur de saint Vandrille. Telle serait alors l'origine du prieuré de Fontenelles ou de Saint-Vandrille de Marcoussis. L'auteur de *l'Anastase* cite, page 137 de son livre, le texte d'une charte donnée par Louis VII, en 1177, dans son palais de Pontoise, dans laquelle ce roi rappelle et renouvelle cette donation avec d'autres qui avaient eu lieu dans le même temps (1). De plus, on lit dans le *Glossaire* de Ducange, au mot *Epitaphium*, une inscription qu'un moine de Fontenelles, nommé Guillaume de Veaux ou de Véteuil (*a Vetulis*) composa autrefois pour le roi Hildebert ou Childebert, et qui rappelle cette même tradition :

En l'an sept cens et quatre que regnoit
Hildebert, roi au Royaume de France,
Et que son peuple en paix entretenoit.
Le gouvernant et gardant de souffrance,
Il conféra de sa volunté france
De Marcoussis la noble seigneurie
Au bon abbé de la Royale Abbie

---

dans toute sa longueur, de l'ouest à l'est ; il dut être plus important autrefois, et porte aujourd'hui le nom significatif de *Salmouille*. Nous devons à la vérité d'avouer que ce n'est pas par antithèse.

(1) Voir cette charte à la pièce justificative I.

..... *In puram et perpetuam Elemosynam donamus..... videlicet ex largitione Hildeberti invictissimi quondam regis Francorum, in episcopatu Parisiensi......... Marcouchies et ecclesiam.....*

> Que l'on nommoit pour lors la Fontenelle,
> Et fist bastir une Église nouvelle
> Au nom de Dieu et du bon saint Vandrille
> Lequel estoit de Royale famille,
> Avant ce don quarante ans trépassé
> Ce noble roi en soit récompensé.

L'abbé Lebeuf rejette cette donation de Childebert (1); cependant comme la charte qui en fait mention existe réellement, nous n'avons pas cru devoir suivre son exemple. Nous pensons que la première donation d'un terrain fait aux abbés de Fontenelles, au lieu dit le *Buisson*, *Butio*, que nous plaçons vers le point où s'éleva depuis le moulin de Guillerville, à l'entrée de la vallée de Marcoussis, peut fort bien se concilier avec celle faite, plus tard, par Childebert d'une autre terre située plus avant dans la vallée, à l'intersection des chemins de Nozay à Bruyères-le-Châtel et de Montlhéry à Orsay, là où s'éleva l'église du prieuré qui devint plus tard l'église paroissiale, sous le patronage de Sainte-Marie-Magdeleine. On sait en effet que l'église actuelle, dont le chœur est l'œuvre de Jean de Montagu, remplaça une première église, qui n'était qu'une chapelle tombant en ruines, remontant à la fondation du prieuré en ce même endroit.

Le prieuré de Fontenelles ou de Saint-Vandrille ayant été transféré du lieu dit le *Buisson*, *Butio*, au hameau de la Magdeleine, les abbés de Saint-Vandrille aliénèrent leur premier domaine; c'est alors qu'une partie de la

---

(1) L'abbé Lebeuf, t. X, p. 257 et 258.

terre fut acquise par un certain Guillaume qui l'érigea en fief sous le nom de Guillerville (*Guillelmi villa*) ou de Guierville.

Plus tard les seigneurs, attirés par les plaisirs de la chasse dans les grands bois qui entouraient la vallée, y élevèrent des habitations plus solidement construites que celles des bûcherons ou des vassaux du prieuré ; ils y créèrent des fiefs qui relevaient, soit des abbés de Saint-Vandrille, soit directement du roi pour sa châtellenie de Montlhéry.

Nous voyons donc dès les temps les plus anciens la vallée de Marcoussis occupée par les premiers prieurs de Saint-Vandrille établis d'abord dans l'ancien fief Bution ou du Buisson et dans celui de Fontenelles, et ensuite au lieu dit plus tard de la Magdeleine ; puis par d'autres seigneurs possesseurs de fiefs dont on retrouve trace, dans les chartes à des époques diverses, tels sont ceux de Guillerville, de Chouanville ou de Chenanville, de la Flotte (partie du parc de Bellejame), de Hercepot, de Marcoucies ou Marcoussis, de la Ronce, du Val d'Aaron, plus tard Vaularon ; et sur les deux coteaux qui enserraient la vallée, ceux du Ménil Fulger ou Frogier, aujourd'hui Ménil Forget, et du Faÿ ou Feÿ (*Villa Fagi*). Chacun de ces fiefs devint autant de centres de population.

Il y a tout lieu de croire que la vallée commençant à avoir des habitants en assez grand nombre, on y établit une paroisse ou cure, et que d'un commun accord entre l'évêque de Paris et l'abbé de Saint Vandrille, la chapelle du prieuré de Marcoussis servit d'église paroissiale. Dans la suite, comme on y célébrait la fête de saint Vandrille, le jour de la mort du pieux abbé, le 22 juillet, jour de Sainte Marie-Magdeleine, il y eut confusion, et le nom de Marie-Magdeleine prima celui du fondateur de l'abbaye normande de Fontenelles, qui n'eut plus dans l'église qu'une simple chapelle, tout en laissant son nom au prieuré. Ce prieur ou l'un des religieux désigné par l'abbé, remplissait les fonctions curiales. Avant le XII⁰ siècle, il y avait déjà un curé à Marcoussis, car on lit dans un acte du cartulaire de Longpont, qui paraît être de l'an 1145 : *Teste Petro Presbytero de Marcociis* (1).

Dès l'an 1343, Guillaume de Préaux, sire de Marcoussis, avait renoncé en faveur des moines de Saint-Vandrille à son patronage sur l'église de Marcoussis et sur tous les revenus du prieuré, tant pour lui que pour ses héritiers, et il déclara exempts de sa justice, non-seulement les moines du prieuré, mais encore leurs justiciables. Il fondait ainsi l'entière indépendance du prieuré, et sa séparation de la seigneurie de Marcoussis.

Cependant Maurice de Sully, évêque de Paris, enleva, plus tard, au prieur de Saint-Vandrille, Ricard ou Richard, son droit de patronage ou de présentation à la cure de Marcoussis; mais à sa mort, en 1196, il chargea Robert, abbé de Saint-Victor, et Reginald, doyen de Saint-Marcel, ses exécuteurs testamentaires, de restituer le prieur Richard dans tous ses droits (2).

---

(1) Voir l'abbé Lebeuf, t. IX, p. 264.
(2) *Gallia Christiana*, t. VIII, folios 75, 76.

Plusieurs rois de France, entre autres Louis le Jeune, en 1170, et Philippe le Long, en 1319, confirmèrent la donation, qui avait été faite aux abbés de Saint-Vandrille, du nouvel emplacement du prieuré de Marcoussis. Plus tard on lit dans un aveu de dénombrement donné à la chambre des comptes de Paris le 11 octobre 1510, par les religieux, abbé et couvent de Saint-Vandrille, la déclaration suivante : « A Marcoussy, près de Mont-le-Héry, avons et nous appartient un prieuré auquel il y a : manoir, maisons, vignes, terres, jardins, dixmes, oblations, revenus, noblesse de fief, cour et usage en haute, basse et moyenne justice, avec le patronage de l'église, droiture ès bois du dit Marcoussy, et plusieurs autres franchises, liberté et appartenances, grange, colombier, pré, fontaine, terres arables, vivier, champarts, rentes, saisines, oblations de pain, vin et chandelles, à certains jours de l'an, et si avons droit de prendre du mort bois pour notre ardoir (chauffage) et autres pour maisons à faire, ès forêts des sieurs de Marcoussy (1). »

Cette déclaration établit l'importance qu'avait acquise, par les libéralités des rois de France et des seigneurs du voisinage, le prieuré de Marcoussis. L'abbé de Saint-Vandrille y détachait quelques-uns des religieux de la célèbre abbaye normande, qui y vivaient, en communauté, des redevances attachées à la fondation. La maison priorale était au midi de l'église de la Magdeleine, et n'en était séparée que par le cimetière qui l'entourait

---

(1) Voyez l'Anastase, p. 42 et 43.

alors. Quelquefois l'abbé de Saint-Vandrille oubliait ce lointain écart de son troupeau, car nous lisons dans le livre des visites de l'archevêque Eudes Rigaud, à la date de 1241 : *II Non Junii apud Sanctum Vendregilium. Ibi sunt XXXIII monachi, solent esse XL. Apud Marcosie moratur solus monachus : ordinavimus quod revocetur, vel detur ei socius* (1). La règle exigeait, en effet, qu'en dehors des murs de l'abbaye un moine, exerçant un office quelconque, fût toujours accompagné d'un *socius*, surveillant et répondant de sa conduite. Ce précepte de la règle de saint Benoît est encore en vigueur aujourd'hui dans beaucoup de communautés d'hommes et de femmes.

Les religieux de Saint-Vandrille administrèrent la cure de Marcoussis jusqu'en 1520 ou 1525, époque où elle fut mise en commende. A cette époque, les revenus du prieuré étaient évalués à environ 2,000 livres, dont 1,500 étaient attribuées au prieur et 500 au curé. On trouve dans *l'Anastase de Marcoussy*, à la page 124, une liste des prieurs jusqu'à l'an 1689.

Marcoussis eut de bonne heure des seigneurs particuliers dont le domaine, voisin du prieuré, s'étendait plus avant dans la vallée, vers l'occident. Les plus anciens dont il soit fait mention sont Pierre et Thibaud de Marcoussis, mais on ne sait rien sur leur compte; après eux viendraient Milon *de Marcolciis*, mentionné dans le *Cartulaire de Longpont* sous le prieur Thibaud, qui vivait

(1) *Regestrum visitationum archiepiscopi Rothomagensis*, p. 111.

en 1154 (1); Létar ou Léotar, qui, en 1201, au moment de partir pour la Terre-Sainte, donnait au prieuré de Saint-Vandrille, une partie des biens qu'il possédait au Val Hérouart (2); après celui-ci, et vers 1204, on voit un certain Anselme, seigneur de Marcoussis, donner, du consentement de sa femme et de ses enfants, au prieuré de Saint-Vandrille 20 arpents de bois en la forêt de la Châtaigneraie sur Vaularon; viennent ensuite : Adam de Marcoussis, qui vivait sur la fin du XIII° siècle; Guillaume des Préaux, chevalier, seigneur de Marcoussis (1303-1350), qui, en 1343, avait affranchi le prieuré de tous droits ou redevance envers les seigneurs de Marcoussis; Yvet de Riant, secrétaire du roi Charles V (1371), et Bernard de Montlhéry, trésorier de la province du Dauphiné sous ce même roi.

Les premiers seigneurs de Marcoussis eurent un château dans la vallée; ses restes existaient encore sous le nom de *château de la Motte* ou la *Maison-fort*, lorsque Jean de Montagu fit élever le sien. Il en conserva une tour carrée, qui fut enclavée dans l'aile du nord de son nouveau château. Voici ce qu'on lit à ce sujet dans *l'Anastase* : « Il faut observer icy une antiquité des plus remarquables de cette vallée, c'est un vieux corps de logis nommé dans les titres les plus anciens *la Motte*, et quelquefois aussi la *Maison-fort* de Marcoussy, termes qui font assez connaître que cet édifice avoit été bâti

---

(1) Voyez le *Cartulaire de Longpont*, f° 46, et l'abbé Lebeuf, t. IX, p. 266.

(2) Voir la pièce justificative 11.

pour servir de place forte, dont il ne reste plus d'autres vestiges qu'une petite tour quarrée couverte en pavillon, que Montagu, pour épargner (comme il est à croire) quelque grande dépense, fit enclaver dans l'un des quatre corps de logis de ce superbe bâtiment qu'il fit construire durant sa faveur comme une forteresse, afin de conserver en quelque façon le titre de *Maison-fort* de Marcoussy, sous lequel il lui avoit été donné, comme nous dirons incontinent; on l'appela ensuite la *Tour du Bûcher* à cause d'une poterne qu'il y avoit en cet endroit pour aller au grand parc, du côté duquel étoit anciennement la principale entrée du bâtiment, dans le fossé duquel on voyoit encore, il y a fort peu de temps, deux piliers de pierre qui servirent à porter la planchette et le pont-levis (1). "

Les sires de Marcoussis relevaient de la châtellenie et prévôté royale de Montlhéry, et, comme tels, ils devaient, ainsi que les autres feudataires de ce fief important, deux mois de garde au château; mais ce droit n'était réclamé que dans les grandes occasions telles que troubles, guerres ou émotions publiques.

Le dernier sire de Marcoussis dont nous avons parlé, Bernard de Montlhéry, était un homme d'affaires qui avait exercé la charge de trésorier provincial du Dau-

---

(1) *L'Anastase*, p. 47 et 48. — Nous pensons que cette *Tour du Bûcher* était contiguë à la double chapelle du château; sur l'emplacement des fossés, on reconnaît encore, du côté de la route de Versailles, l'avancée des gros murs qui formaient le massif dont elle dépendait. Lors de l'établissement de cette route, on rencontra sous terre des blocs de

phiné. Il mourut insolvable (en 1381), « ce qui obligea les officiers du Roy en la chambre des comptes de Paris de saisir et décréter son bien, l'an 1386, au moyen de quoy, Marcoussy et la Ronce furent adjugez au roy, moyennant la somme de 6,010 francs d'or, en rabat de déduction de ce que ledit Bernard devait, pour le finito de ses comptes (1). »

Charles VI devint donc seigneur de Marcoussis et de la Ronce; il ne conserva pas longtemps cette seigneurie, il l'échangea, en 1386 (2), contre le château de Galargues, dans la baronnie de Lunel, qui appartenait alors à Ferry de Cassinel, évêque d'Auxerre. Celui-ci en fit donation, le 30 novembre 1388 (3), à Jean de Montagu, son neveu, fils de sa sœur Biète de Cassinel, dame de Montagu, qui devait donner à la seigneurie de Marcoussis un lustre si grand, et se rendre à la fois célèbre : et par sa haute fortune, et par ses malheurs.

« La seigneurie de Marcoussis étoit fort à la bienséance de Jean de Montagu, à cause que son père Gérard de Montagu et lui avoient déjà acquis beaucoup de fonds de terre dans les châtellenies d'Estampes, de Dourdan et de Mont-le-Héry; de sorte que joignant leurs acquisitions

---

maçonnerie qui paraissaient avoir appartenu à une construction fort ancienne; c'était sans doute un reste de la première *Maison-fort.*

(1) *L'Anastase*, p. 53.

(2) Le 9 février, quinze jours à peine après qu'elle lui eut été adjugée, par décret du 28 janvier 1386.

(3) Cette donation fut approuvée par lettres patentes du roi, le 21 mai 1389.

à la donation de son oncle, il prétendoit faire de la seigneurie de Marcoussy une terre titulée d'importance, la faisant ériger par son crédit en châtellenie avec droit de ressort et de supériorité sur les autres terres et seigneuries soumises à celle de Marcoussy, à la recepte de laquelle il faisoit venir anciennement : Chastres, Arpajon, Boissy, Sain-Yon, Égly, Broulet (Breuillet), Mauchamp, Ville-Cognin, Ville-Sauvage, Fauchainville, Monfly (Montfelis), Vausalmon, Blanche-Fouasse ou Blanche-Face, Ville-du-Bois, et autres terres qu'il avoit acquises en partie, ou desquelles il avoit hérité (1). »

(1) *L'Anastase*, p. 55 et 56.

CHAPITRE II.

Topographie de la vallée de Marcoussis, vers la fin
du XIVᵉ siècle.

VANT de poursuivre notre récit, essayons de rétablir la topographie et l'aspect de la vallée de Marcoussis, au moment où Jean de Montagu allait y asseoir le siége d'une importante châtellenie et d'un riche monastère.

Marcoussis dépendait de la Châtellenie et Prévôté royale de Montlhéry; nous devons donc dire quelques mots de l'état de ce lieu célèbre à l'époque qui nous occupe.

En 1386, le prévôt de Montlhéry se nommait Martin Chartier; il appartenait à une des plus anciennes familles du pays et avait déjà exercé ces fonctions délicates en 1379 Quant au châtelain, qui devait, pour le roi, garder le château, ce n'était autre que le fameux connétable de Clisson, qui vint, en 1392, y chercher un refuge momentané avant de se retirer en Bretagne, afin de se soustraire à la vengeance des oncles de l'infortuné Charles VI.

Le château de Montlhéry dépendait, depuis l'an 1118, du domaine royal. Louis VI, en dépossédant Hugues de Crécy, son vassal rebelle, de ce domaine si redouté de la royauté capétienne, en avait fait ruiner les enceintes secondaires et démanteler les tours; la dernière enceinte et le donjon avaient été seuls conservés avec soin. La grande tour, ou donjon de laquelle relevaient, pour le roi, tous les fiefs et arrière-fiefs de la châtellenie, avait, depuis, souvent servi de prison d'État, notamment, en 1292, au comte de Hainaut, et en 1311, à Louis, fils de Robert, comte de Flandre.

Le bourg n'était pas encore entouré d'une ceinture de murailles; ce ne fut qu'en 1540, sous le règne de Henri II, que les bourgeois de Montlhéry obtinrent la permission de les élever en utilisant les ruines des premières enceintes du château. La route de Paris à Orléans traversait alors le bourg, en suivant la rue de la Chapelle, appelée alors la Grand'Rue (1), et la rue de Linas; ce ne fut que plus tard, pour éviter la montée et la descente, également pénibles, de Montlhéry, que l'on tourna le bourg, et que fut établie sur les dernières pentes occidentales de la montagne la route actuelle qui passe directement à Linas.

---

(1) La Grand'Rue, ou rue de Paris, prit le nom de rue de la Chapelle, de la chapelle de l'Assomption, fondée, en 1708, par Bodin Desperriers, procureur du roi, et construite avec les débris de sept petites tours des enceintes du château.

Lorsqu'en sortant de Montlhéry on prenait le chemin qui, vers le couchant, conduisait dans la vallée de Marcoussis, on rencontrait d'abord quelques jardins et des terres cultivées, puis à droite de nombreux vignobles, tandis que, sur la gauche, verdoyaient de nombreux pâturages et des aulnaies au milieu desquels couraient en murmurant quelques ruisseaux descendus des coteaux voisins, qui allaient grossir la Gadanine ; c'est le nom que portait alors la Salmouille.

Avant d'entrer dans le lit de cette petite rivière, les eaux se répandaient souvent près de Linas dans les plaines les plus basses pour former des marécages, qui protégeaient alors autant Montlhéry du côté du sud-ouest, que son château du côté opposé. Tandis que les bois couvraient jusqu'aux dernières pentes du coteau méridional, celles du coteau septentrional, qui étaient mieux exposées et regardaient le midi, continuaient à présenter au soleil les pampres étagés de ses vignes.

Bientôt, en avançant, la vallée, se rétrécissait, les coteaux qui l'enserraient paraissaient plus élevés, la vigne disparaissait pour faire place aux bois, aux taillis, aux buissons, et, çà et là, la roche nue perçait le feuillage pour s'éclairer de tons fauves aux rayons du soleil.

Le premier domaine que le voyageur rencontrait sur sa route était celui de Guillerville, appartenant alors à deux frères, Pierre et Huet d'Échainvilliers. C'était un fief d'ancienne origine, fondé, comme nous l'avons dit (1),

---

(1) Voir le chapitre précédent, page 8.

aux dépens des terres aliénées par les premiers prieurs de Fontenelles ou de Saint-Vandrille, et qui se composait alors : d'un hôtel, avec cour et jardin, préau, moulin à blé, avec 120 arpents de terres labourables ; il relevait alors directement du roi pour sa grosse tour de Montlhéry.

Un peu plus loin, sur la gauche, on voyait dans une plaine bien cultivée et arrosée par les eaux de la Gadanine, plusieurs de ces habitations seigneuriales que l'on appelait *hôtels* ou *séjours*, entourés de jardins, et des dépendances rurales d'une propriété de rapport. C'était d'abord le domaine de Bellejambe, appartenant alors à Guillaume, fils mineur de Lucas de Bellejambe et de Jeannette, sa femme. Ce domaine, qui en 1367 était dans la mouvance de la seigneurie de Marcoussis, devait son nom à une ancienne famille de Longjumeau ; c'était avec celui de Chenanville, duquel dépendaient les terres de la Coutûre ou Culture Hercepot, les débris d'un ancien grand domaine qui, à l'extinction de la famille Hercepot, s'était fractionné en deux fiefs qui prirent les noms de Chenanville et de Bellejambe, de leurs nouveaux possesseurs.

Près de l'hôtel principal de Chenanville, dont le nom s'est depuis altéré en Chenouville, Chouanville, Chevanville, Choinville, etc., s'élevèrent des masures de paysans et des métairies, qui formèrent par la suite un hameau. Parmi ces dernières il y en avait une qui, en 1367, était tenue par Jean de Hangest, comme mouvance directe de la seigneurie de Marcoussis. Entre Chenanville et Bellejambe on voyait la terre de Fontenelles, plus tard le fief de la Fontaine, qui appartenait encore au prieuré de

Saint-Vandrille, et celle de la Flotte, dépendant de la Commanderie du Déluge.

Au nord, sur la plaine haute de Nozay, que l'on appelait Nouzay ou Norey, s'élevait, au milieu des cultures, une autre grande habitation, le Ménil-Fulger, ou Ménil-Frogier, aujourd'hui la ferme du Ménil-Forget; c'était un fief dépendant de la seigneurie de Marcoussis et qui était alors tenu par Jean le Coutillier, changeur et bourgeois de Paris. Ce domaine se composait d'un hôtel, grange, colombier, fosse à poisson, jardin, et environ 186 arpents de terres, prés, bruyères et bois.

Sur la pente du coteau septentrional, entre les bords du Ménil-Frogier et les terres de la Roche-Garnier, dépendant de Bellejambe, se trouvait le domaine du Houssay ou de la Houssaye. C'était un arrière-fief relevant du roi pour sa grosse tour de Montlhéry; il ne se composait que d'une maison d'habitation de peu d'importance, d'une garenne, de quelques bruyères et de bois, dans lesquels dominait l'arbuste (le houx) aux approches difficiles qui lui avait donné son nom. En face, de l'autre côté de la vallée, sur le coteau méridional, et au delà des bois qui en couvraient les pentes, on apercevait les toits aigus, et le haut des tourelles, du domaine du Faÿ, relevant, comme le fief précédent, de la châtellenie de Montlhéry; à cette époque, il se composait d'un hôtel, grange, colombier et d'environ 158 arpents de terres et de bois; une partie de ces bois, environ 126 arpents, appartenait, en 1836, à la seigneurie de Marcoussis, ainsi qu'un bois voisin, d'une contenance de 45 à 50 arpents, que l'on appelait le bois Fayau ou Fayel. Ce fief du Faÿ, réduit aujourd'hui à une simple ferme, paraît avoir été considérable; on ne sait à quelle époque l'hôtel fut détruit, mais ses caves, construites selon l'habitude du XIᵉ siècle, en forme de croix de Lorraine (1), subsistèrent longtemps. Du temps de Simon de la Motte et de l'auteur de *l'Anastase*, c'est-à-dire dans la seconde moitié du XVIIᵉ siècle, elles passaient pour avoir servi de retraite aux Druides qui y venaient, disait-on, célébrer les mystères de leur culte. Ce qui est plus certain, c'est qu'à l'époque des guerres qui désolèrent le pays, elles servirent plus d'une fois de refuge aux familles du voisinage. Elles sont aujourd'hui détruites et comblées, et c'est à l'aide de leurs débris que l'on a construit la grange neuve que l'on aperçoit du bas de la vallée. Il est présumable qu'autour de l'hôtel du Faÿ se groupèrent d'autres habitations plus modestes qui formaient, comme à Chenanville, un hameau.

Au fur et à mesure que l'on pénétrait dans la vallée, elle prenait un aspect plus sauvage; les roches qui couvraient les pentes des deux côtés devenaient à la fois plus grandes, plus nombreuses; les cultures cessaient pour ne reparaître qu'aux environs du village de Marcoussis; les bois, les bruyères, les taillis, les gâtines,

---

(1) Elles formaient une allée droite à plein cintre surbaissé de 2 mètres de largeur sur 2ᵐ,50 de hauteur; à droite et à gauche de cette allée s'ouvraient des caveaux de 2 mètres de hauteur, de largeur et de profondeur. Les caves, aujourd'hui en ruine, du Plessis Saint-Thibaud, ancien prieuré de Saint-Thomas, dans les bois de Bruyères-le-Châtel, à une lieue au sud de Marcoussis, offrent la même construction.

comme on disait alors, couvraient le sol, tandis que dans la vallée reparaissaient les pâturages, les aulnaies et les friches marécageuses.

La route, à partir de la croix qui était au tournant de Bellejambe et de Chenanville, continuait à longer le pied du coteau septentrional ; elle côtoyait sur la droite quelques pauvres pièces de terre ou de vignes péniblement conquises par le travail de l'homme sur le sol boisé et rocheux, tandis que sur la gauche elle laissait ces prairies et ces marécages dont nous venons de parler. Enfin quelques chaumières isolées se montraient d'abord ; on longeait ensuite le mur du cimetière et l'on arrivait sur la place du Prieuré de Saint-Vandrille, que l'on appelait aussi quelquefois prieuré de la Magdeleine. Là s'élevait, au milieu de l'enclos du cimetière, la petite église, ou pour mieux dire la pauvre chapelle qui, alors, en tenait lieu ; sur la gauche, au midi, étaient les bâtiments du prieuré, qui faisaient retour sur la principale rue du village, nommée, comme aujourd'hui, la Grand'Rue, tandis qu'au devant trois chemins, bordés de quelques chaumières, se dirigeaient : l'un en escaladant le coteau, entre les bois de la Magdeleine et ceux de la seigneurie, sur Nozay ; l'autre en longeant son pied, vers le château de Marcoussis ; le troisième prenait en face même de l'église pour aller rejoindre l'écart que l'on nomme aujourd'hui le Ménil.

Le village de Marcoussis avait, quant à son ensemble général, la même disposition qu'aujourd'hui. Il se composait : 1° de quelques maisons dispersées autour de l'église, et cette partie portait plus particulièrement le

nom de Prieuré ou de la Magdeleine ; 2° de la Grand'Rue,
qui, traversant perpendiculairement la vallée, allait,
comme aujourd'hui, aboutir à un carrefour d'où par-
taient des chemins se dirigeant sur Linas, sur Châtres
(Arpajon) et sur Bruyères-le-Châtel ; 3° enfin d'un écart
appelé le Mesnil. La plupart des habitations des paysans
qui, avec leurs terres, étaient sous la censive du prieuré,
avaient ce caractère rustique que nous retrouvons encore
dans quelques maisons de la Grand'Rue ; c'étaient des
chaumières et d'autres constructions rurales regardant
le midi et donnant, par de longues cours étroites en-
vahies souvent par le fumier et obstruées par les instru-
ments aratoires, sur la Grand'Rue, dont elles formaient
pour ainsi dire les artères latérales.

Parmi ces habitations, quelques-unes se distinguaient
par une meilleure construction, et témoignaient du séjour de personnes plus aisées. Elles formaient, avec les
terres qui en dépendaient, des fiefs tenus à cens par quelques gentilshommes amis de la chasse, ou que l'agreste
beauté de la vallée y attirait pendant la belle saison. Ces
habitations étaient solidement construites en pierre, avec
vis (tourelles d'escaliers), colombiers, fosses à poisson.
« Cette petite bourgade, dit l'auteur de *l'Anastase*, était
ornée de plusieurs hôtels, c'est-à-dire de quelques maisons distinguées de celles du commun par des guérites,
des créneaux, des colombiers, des fosses à poisson et
autres marques de noblesse (1). » Tels étaient les hôtels

---

(1) *L'Anastase*, p. 89.

d'Andrezel, des Picottes, de Fresnel et des Carnaux ou Créneaux. Ce dernier hôtel, qui devait son nom à quelque ornement militaire, et duquel 300 arpents de terre dépendaient, était, comme les précédents, un fief de la seigneurie de Marcoussis ; il appartenait alors à Valeran ou Galerand de Montigny, huissier d'armes, ou archer de la garde du corps du roi. Il était situé devant le Moutier (l'église) de Marcoussis ; nous en retrouvons les restes dans la maison de la veuve Leroy ; il n'y a pas longtemps que la tourelle de l'escalier qui donnait sur la cour a été abattue. On voit encore des traces évidentes de la construction des XIIIᵉ et XIVᵉ siècles, dans une fenêtre coupée par des menaux de pierre en croix, et dans l'appareil extérieur des cheminées construites en tuiles taillées en dent de scie ; la porte de la grange est de la même époque.

Citons encore, d'après un aveu de 1386, parmi les fiefs qui dans le village relevaient de la seigneurie de Marcoussis, le fief de Lourme ou de l'Orme (1), tenu par le vicomte du Tremblay, et composé d'un hôtel entouré de fossés et de 50 arpents de terres, prés et aulnaies, et d'autres fiefs, tenus par Pierre Bouafle, Jean Lucas, Laurent Dure, Jourdain le Vannier, Denise Dubuisson et Jean Audry de Villepreux. Ce dernier possédait dans la commune un moulin que l'on appelait, sans doute du nom de son premier maître, le moulin *Bescherel.*

---

(1) Près du Bouchet, il y a encore les champtiers du Gros Orme et de l'Orme du fief.

Ces hôtels, ces domaines formaient, par leur agglomération au centre de la vallée, un tel ensemble que l'auteur de *l'Anastase*, qui eut en mains la plupart des
titres qui les concernaient, ne craint pas de dire : « À
voir les noms des gentilshommes qui les possédaient,
dont quelques-uns sont honorés du titre de chevalier et
d'escuyer, on prendrait la bourgade de Marcoussy pour
la capitale de quelque petit État, bien que ce ne fût encore alors qu'une terre seigneuriale de médiocre étendue
et de peu d'apparence (1). »

A peu de distance de l'hôtel des Carneaux, avant d'arriver aux grandes prairies, qui isolaient les dernières
maisons du village, et non loin du tournant actuel du
chemin du Ménil, on rencontrait un carrefour, le carrefour
de l'Échelle, au milieu duquel s'élevait l'échelle ou le
poteau de la justice seigneuriale; une croix lui faisait
face, et aucun, s'il n'était juif ou hérétique, n'eût osé
passer devant sans se signer ou se découvrir.

Au delà des prairies on apercevait sur la gauche le
hameau du Ménil, au carrefour duquel s'élevait une habitation principale qui porta longtemps le nom de la
Maison Rouge; en 1367, ce fief, qui relevait de la seigneurie de Marcoussis, était tenu par Pierre Marcel.

En laissant l'église derrière soi, on cheminait au pied
même du coteau septentrional, ayant à sa droite l'escar-
pement boisé et rocheux, et à sa gauche une garenne,
composée de bruyères et de bois taillis; le coteau deve-

---

(1) *L'Anastase*, p. 66 et 67.

nait de plus en plus rapide, les roches y formaient un dédale favorable au gibier, et après dix minutes de marche on arrivait devant un manoir entouré de larges fossés : c'était le château de Marcoussis. Il était alors en assez mauvais état, et cette négligence témoignait assez qu'il ne servait pas ordinairement de résidence à ses seigneurs, la garde en était laissée à quelque officier subalterne.

Le château de Marcoussis, que l'on désignait aussi sous le nom de *La Maison-fort* et d'*Hôtel de la Motte*, ce qui ferait supposer qu'autrefois il avait possédé un donjon élevé, comme c'était la coutume, sur une motte ou hauteur artificielle, était alors entouré d'un grand jardin clos de murs d'une superficie d'environ 20 arpents ; devant la porte du château, se voyait une garenne de 28 arpents également close de murs ; c'est ce qu'on a depuis appelé le petit parc. Les autres biens qui en dépendaient, soit à Marcoussis même, soit à Nozay ou dans les communes du voisinage, étaient considérables. On en peut juger par l'état des aveux de 1367 et de 1386, dont les copies existent encore aujourd'hui (1).

Au delà du château, la vallée, qui jusqu'alors n'avait guère qu'un quart de lieue de largeur, allait en s'élargissant jusqu'à avoir une demi-lieue à son extrémité, avant de se bifurquer en queue d'hirondelle. Elle cessait de se diriger vers le couchant pour s'infléchir vers le nord-ouest ; le coteau septentrional formait, près du châ-

---

(1) Voir les pièces justificatives III et IV.

teau, comme une muraille verticale de rochers, laissant à peine entre elle et la petite rivière de Gadanine un étroit chemin qui conduisait au Guay. Ce dernier nom, était celui d'un hameau, composé de quelques pauvres chaumières, situées dans le voisinage d'un gué favorable au passage de la rivière et des marécages qu'elle formait près du château. A part quelques maigres cultures, les prés, les aulnaies, les bruyères et les friches se partageaient la plus grande partie de la plaine jusqu'aux environs du fief de la Ronce, où l'on retrouvait des traces de sérieuse exploitation.

Ce fief était fort ancien, il comprenait alors maison, cour, basse-cour, grange, colombier et dépendances. « avec, dit l'aveu de 1367, une grande quantité de terres, prés et aulnaies. » Autour de la Ronce, le paysage prenait un aspect de plus en plus sauvage, les grands bois envahissaient le fond de la vallée, couvrant de leur ombre le ruisseau du Fougeart, descendu de la plaine d'Orsay pour se réunir à la Gadanine, et la hauteur située en face de la Ronce était couverte d'une belle châtaigneraie. Le chemin qui du Guay conduisait à la Ronce existe encore aujourd'hui; de la Ronce il se poursuivait jusqu'au fond de la vallée pour aller gagner le chemin de Gometz-le-Châtel, ou Saint-Clair, tandis que, sur la droite, un embranchement rejoignait la route de Marcoussis à Orsay, qui passait alors près de Belébat.

Au fond de la vallée, et vers le couchant, on distinguait, entre les saules et les peupliers, la tour carrée et les murs d'une habitation plus considérable : c'était le fief du Val d'Aaron ou de Vaularon, dépendant de la

seigneurie de Marcoussis, et tenu à cette époque par un
écuyer appelé Jean de Duyson. Il se composait d'un
hôtel ou maison seigneuriale entourée de fossés, avec
29 arpents d'aulnaies et 102 arpents de terres. Un petit
domaine ou arrière-fief en dépendait; il était tenu alors
par un nommé Clément de Villepreux. Cet hôtel de Vaularon, qui a laissé son nom à un ponceau, à l'entrée de
la belle prairie que l'on voit, au-dessous du château de
Beauregard, était situé dans cette prairie, au-dessous
des bois appelés aujourd'hui bois de la Grange-aux-
Moines; il regardait l'entrée de la gorge qui va former
ce que l'on appelle aujourd'hui la Queue de Janvrys. Il
était entouré de collines boisées, excepté du côté des
prés et des aulnaies de la Ronce, et sa situation au fond
d'un vallon sauvage devait offrir alors un aspect des
plus pittoresques. Dans son voisinage, à l'extrémité
de la prairie, on voyait une source ou fontaine abondante, qui avait pris le nom de Saint-Vandrille, d'un
petit ermitage, alors en ruines, et dont la chapelle, dédiée à saint Jean, avait été transportée, en 1231, sur le
haut du coteau (1). Enfin un peu plus à l'ouest, au fond
dela Queue de Janvrys, un étang, dont en reconnaît
encore aujourd'hui l'emplacement, ajoutait à l'agrément du lieu.

---

(1) Cette chapelle est aujourd'hui l'église paroissiale de Saint-Jean de
Beauregard. A l'emplacement de l'ancien ermitage de Saint-Vandrille,
on érigea une croix, dont on voit encore les débris, au milieu des sapins,
entre le pont de Vaularon et la fontaine de Saint-Vandrille ou de Saint-
Jean de Beauregard.

En outre du chemin qui du château de Marcoussis conduisait à la Ronce, il y en avait un autre qui se dirigeait directement sur Vaularon, sur Janvrys et Gometz, en traversant diagonalement la vallée. Ce chemin, en remontant sur le plateau de Janvrys, passait d'abord en un lieu où l'on rencontrait quelques cabanes de forestiers et de bûcherons, qui devait plus tard former l'écart de Beauvert ou Beauvais, dépendant de la commune de Marcoussis. Plus haut, et à quelques minutes de là, on laissait sur la gauche une enceinte fermée de hauts murs protégeant plusieurs bâtiments, au milieu de la cour desquels s'élevait une grande chapelle; sa porte à plein cintre accusait l'architecture romane, tandis que la sacristie qui y attenait montrait par ses ogives trilobées qu'elle avait été ajoutée au bâtiment principal à une époque postérieure. La grande croix aux bras égaux et évasés vers les extrémités que l'on voyait à l'entrée de cet enclos, témoignait qu'il appartenait à l'ordre des Hospitaliers da Saint-Jean; c'était en effet la Commanderie du Déluge, relevant de la Tour des Hospitaliers de Saint-Jean de Jérusalem à Paris. Cette Commanderie jouissait de biens-fonds et de revenus considérables; elle avait appartenu d'abord aux Templiers, et les Hospitaliers de Saint-Jean en avaient hérité après la suppression de l'ordre rival en 1311. Elle faisait partie du bailliage de Morée.

Tel était l'aspect à la fois sauvage et pittoresque que présentait, vers la fin du XVe siècle, la vallée de Marcoussis; aspect qu'elle conserva longtemps après puisque l'auteur de *l'Anaslase*, qui écrivait deux siècles plus

tard, dit expressément : « Certes il est malaisé de s'imaginer qu'à six ou sept lieues de Paris, dont les avenues,
de quelque part qu'on y aborde, sont ornées d'une variété fort agréable de maisons de plaisance, de châteaux
et de palais, où l'on a employé souvent la dépense de
plusieurs millions pour les égaler à ceux des rois et des
princes, il est malaisé, dis-je, de se figurer qu'il y ait
un *désert* aussi près de Paris que la vallée de Marcoussy
paraît dès le premier coup d'œil qu'on jette dessus. »

---

(1) *L'Anastase*, p. 35 et 36.

Armoiries des Seigneurs de Marconssis.

Montagu.

Céiestins de Marcoussis.

Malet de Graville.

Balsac d'Entragues.

Illiers.

Preissac d'Esclignac.

CHAPITRE III.

JEAN DE MONTAGU appartenait à une ancienne famille originaire de la Bourgogne, qui, si l'on en croit Simon de la Motte prieur du couvent des Célestins de Paris, aurait une histoire manuscrite de sa seigneurie

---

(1) La Vie de messire Jean de Montagu, prend moitié de Pierre le vieil entre tailleur, vivant, de bournois, seigneur de Montagu, particulier en nouvelles de ce lieu, avec les étapes de son temps, et qui se croit inédit dans l'acception, par Frère Simon de la Motte, religieux prieur du monastère de Marcoussis. Manuscrit aux archives du 72 feuillets.

Ce manuscrit, dont l'original sur vélin

CHAPITRE III.

Jean de Montagu. — Formation du domaine seigneurial de
Marcoussis. — Fondation du Château et du Monastère. —
1388-1409.

EAN DE MONTAGU appartenait à une ancienne famille originaire de la Bourgogne,
qui, si l'on en croit Simon de la Motte, sous-
prieur du couvent des Célestins de Marcous-
sis, auteur d'une histoire manuscrite de ce seigneur (1),

---

(1) *La Vie de messire Jean de Montagu, grand maître de France sous
le roi Charles sixième, vidame de Laonnois, seigneur de Marcoussis, et
fondateur du monastère de ce lieu, avec les éloges de ses parents, et
quelques événements dudit monastère*, par Frère Simon de la Motte, célestin, sous-prieur du monastère de Marcoussis, MDCLXXIV-MDCLXXXII.
1 vol. in-f° de 72 feuillets.

Ce manuscrit, dont l'original fait partie de la belle bibliothèque du
baron Jérôme Pichon, et dont nous avons eu entre les mains une copie,
faite, en 1831, par M. Denis Legendre, de Marcoussis, paraît avoir été

remontait jusqu'aux anciens rois de Bourgogne. Le nom patronymique de sa famille était le Gros, et elle portait : *d'or à une aigle éployée de sable, becquée et armée de gueules, à la bordure aussi de sable, chargé de huit besans d'argent.*

Ce fut son grand-père, Robert le Gros, secrétaire du roi Charles V et trésorier de ses chartes, qui le premier prit publiquement le nom de *Montagu*, d'une petite terre qu'il possédait près de Poissy, et qui adopta pour armes : *l'écu d'argent à la croix d'azur, cantonnée de quatre aigles au vol éployé de gueules becquées et membrées d'or;* ces armes allaient désormais être celles de ses descendants.

Jean de Montagu était le fils aîné de Gérard de Montagu, qui avait hérité des charges de son père, Robert, et de Biette de Cassinel, sœur de Ferry de Cassinel, évêque d'Auxerre, baron de Gallargues, depuis archevêque de Reims, et pair de France. Pour expliquer sa grande faveur, on a prétendu qu'il était fils naturel de Charles V. Mais il paraîtrait qu'il naquit vers 1349 ou 1350; or

---

principalement écrit, ainsi qu'il résulte de la préface, pour établir qu'il y avait eu réhabilitation légale de Jean de Montagu, fait contesté par l'auteur de *l'Anastase,* qui avait dû avoir quelque dissentiment à ce sujet avec le sous-prieur Simon de la Motte, lors de son séjour à Marcoussis.

Voir Simon de la Motte, sa préface et *l'Anastase,* p. 9.

Il existe, aux Archives de l'Empire, *série M* de la Section historique, un manuscrit de Guillaume Pijart, prieur du monastère de Marcoussis en 1656, et qui traite de la famille de Jean de Montagu. Il est moins complet que celui de Simon de la Motte, mais on y rencontre d'autres détails que l'on ne saurait trouver ailleurs.

Charles V n'avait que douze à treize ans à cette époque.

« Quoi qu'il en soit, dit un biographe récent de Montagu (1), si Jean de Montagu n'est pas le fils de Charles V, on ne peut nier que la beauté de Biette Cassinel n'ait été pour quelque chose dans la grande fortune de son mari et de son fils; il est probable que cette dame fit servir au profit de son ambition l'amour qu'elle était parvenue à inspirer au dauphin Charles, malgré la différence d'âge qui les séparait. Toujours est-il certain que celui-ci afficha publiquement cet amour en faisant représenter sur ses armes, suivant la galanterie du temps, un rébus de Cassinel, qui était un K, un cygne et une aile; galanterie reproduite depuis par Louis, duc de Guyenne et dauphin de France, qui, en l'an 1414, fit peindre le même rébus sur sa cornette en l'honneur de la fille de Guillaume Cassinel, seigneur de Ver, frère de ladite dame Biette. »

Jean de Montagu avait eu pour parrain Jean, depuis roi de France, alors que ce prince n'était encore que duc de Normandie; il fut élevé à la cour, et grâce à un esprit prudent et sage par excellence, il sut mériter l'affection de Charles V, qui le choisit pour l'un de ses secrétaires, et l'admettait aux délibérations secrètes de son cabinet. Charles VI lui continua la faveur de son

---

(1) *Biographie de Jean de Montagu, grand maître de France*, 1350-1409, par Lucien Merlet, au tome III, janvier-février 1852, de la *Bibliothèque de l'École des chartes.*

Il a été fait un tirage à part de cet article.

3

père et lui donna de plus la charge de chambellan. Ce jeune prince semblait ne pouvoir se passer de la présence de Jean de Montagu, qui avait dix-sept ans de plus que lui; il l'emmenait avec lui dans ses voyages et dans ses guerres. C'est ainsi qu'en l'année 1382, lors de la bataille de Rosebecque, Jean de Montagu combattait aux côtés du roi, comme le prouvent des lettres patentes du 17 avril 1388, assignant à Jean de Montagu une rente à vie sur le trésor, en considération de ce qu'il avait été le seul des secrétaires du roi qui s'était trouvé près de lui dans le combat. Ce fut ce même seigneur qui eut la plus grande part dans la détermination, que prit Charles, de revenir aussitôt à Paris pour châtier le soulèvement des habitants, au lieu d'aller mettre le siége devant Gand. Aussi les Flamands lui offrirent-ils en reconnaissance une somme d'argent assez considérable, qu'il accepta avec l'autorisation royale. En l'année 1385 il fut encore du voyage entrepris par Charles VI en Flandre, pour la conclusion de la paix de Tournay, et, le 27 novembre 1386, il reçut du roi une nouvelle somme d'argent pour les grands frais et dépenses qu'il avait faits en l'accompagnant dans ce voyage (1).

Jean de Montagu paraît avoir usé de son influence sur Charles VI pour le décider à secouer le joug de la tutelle de ses oncles; ce fut la cause principale de l'animosité du duc de Bourgogne contre lui, et, par conséquent, de ses malheurs. Devenu successivement : membre

(1) Lucien Merlet, *Vie de Jean Montagu*.

du conseil du roi et surintendant des finances, il prit une grande part dans l'administration des affaires. On a prétendu qu'il était laid et contrefait, mais un historien du temps, le chancelier G. Cousinot, auquel on attribue la *Chronique de la Pucelle*, dit positivement : « Cestui messire Jehan de Montagu fut filz de maistre Girart de Montagu, secrétaire du roy, et de Biète Casinelle, *et moult fut bel*, humble, joieux, plaisant, saige, large, charitable, et de toutes bonnes œuvres aourné (1). »

Ce fut le 30 novembre 1388 que Ferry de Cassinel, évêque d'Auxerre, donna à son neveu, Jean de Montagu, la seigneurie de Marcoussis et le domaine de la Ronce, qu'il venait de recevoir du roi Charles VI en échange de la terre de Gallargues, dans la sénéchaussée de Beaucaire.

Nous connaissons l'étendue de ce domaine par l'aveu fait deux ans auparavant, en 1386, par la veuve de Bernard de Montlhéry, avant la saisie pratiquée au profit du roi Charles (2).

Montagu avait déjà hérité à la mort de son père, en 1380, en outre du fief patronymique de Montagu, près de Poissy, de beaucoup de fonds de terre dans les châtellenies de Montlhéry, d'Étampes, de Dourdan ; sa mère, Biette de Cassinel, qui ne mourut qu'en 1394, lui avait donné, entre autres fiefs, la seigneurie de Ver, et fait céder, par Guillaume de Cassinel, un de ses

---

(1) *Chronique de la Pucelle*, édit. Vallet de Viriville, ch. CVI, p. 128 et 129.

(2) Voir la pièce justificative IV.

frères, la vidamie du Laonnais. Montagu pouvait donc marcher de pair avec les premiers du royaume. Aussi, pour se créer une seigneurie en rapport avec sa position, il réunit à Marcoussis les domaines qu'il avait dans le Hurepoix. Il possédait en effet dans les environs de Marcoussis les terres de Boissy-sous-Saint-Yon, d'É-gly, de Breuillet, de Bonne (depuis Chamarande), d'O-rainville ou d'Ollainville, de la Roue, de Châtres (depuis Arpajon), de Mauchamp, de Vauxilas ; Charles VI lui donna, en 1401, l'hôtel et le domaine de Chanteloup (1) ; enfin en 1404 il acquit encore, dans le voisinage immédiat de Marcoussis, le reste du fief seigneurial de Nozay et de la Ville du Bois, dont il possédait déjà une partie.

Ajoutons qu'il possédait encore à Paris plusieurs maisons ou hôtels : 1° l'hôtel Soudreuille ou Sandreuille, plus connu sous le nom d'hôtel Barbette, qu'il vendit vers l'an 1403 à la reine Isabeau, et où elle se trouvait en couches quand le duc de Bourgogne, Jean sans Peur, fit assassiner le duc Louis d'Orléans ; 2° rue de Jouy, au coin de la rue Percée, l'hôtel du Porc-Épic, que le duc de Berry lui donna en 1404 (2) ; 3° la grande et la petite

---

(1) Don de la Conciergerie de l'hôtel royal de Chanteloup fait par le roi Charles VI à Jean de Montaigu. Mai 1401. — Pièce n° LXXXXII, du *Choix de pièces inédites relatives au règne de Charles VI*, publiées pour la Société de l'Histoire de France, par L. Douët d'Arcq., t. 1er p. 198.

(2) Cet hôtel, qui avait jadis appartenu à Hugues Aubriot, prévôt de Paris, et à Pierre de Giac, est resté célèbre parmi les demeures seigneu-riales. Le baron Jérôme Pichon l'a décrit, tel qu'il était alors, dans son

maison de Savoie, situées rue du Grand-Chantier, et
dans celles des Quatre-Fils et de l'Échelle-du-Temple,
qu'il vendit plus tard 4,500 livres à Hangest de Heuque-
ville, chambellan du roi, aussitôt qu'il eut pris possession de la maison du Porc-Épic, où il résidait le plus
habituellement pendant son séjour à Paris (1). Enfin il
possédait encore près de Paris, au faubourg Saint-Marcel, dans le voisinage d'une habitation de la reine Isabeau, un hôtel et des jardins descendant jusqu'à la petite
rivière de Bièvre, qu'il avait achetés du maréchal de
Boucicaut (2).

Les ennemis de Montagu lui ont contesté le titre de
chevalier, il est cependant constant que le 1er décembre
1398, on le vit faire montre, comme chevalier banneret,
capitaine de la Bastille, ou châtel Saint-Antoine, avec
trois écuyers et cinq arbalestriers de sa compagnie, et
donner quittance en cette qualité. Du reste, il ne con-

Ménagier de Paris. L'hôtel du Porc-Épic s'appelait aussi l'hôtel de la
Barre; il s'étendait avec ses jardins jusqu'à l'ancienne clôture de Philippe-Auguste, entre la rue Saint-Antoine, vis-à-vis le prieuré de Sainte-
Catherine du Val des Écoliers, jusqu'à la Seine, dans le voisinage du
chantier du Roi. (Voir Sauval, t. II, p. 81.)

(1) Cet hôtel étoit bâti sur les terres du grand prieur du Temple. Il
avoit tant d'étendue qu'il étoit séparé en deux; une moitié s'appeloit
l'hôtel de Savoie, il étoit rue du Chaume et rue de l'Échelle du Temple
ou du Grand Chantier; l'autre moitié étoit nommée le petit hôtel de Savoie, dressé dans la rue des Quatre Fils, qu'on nommoit alors la rue des
Deux Portes. On passoit de l'un à l'autre par une galerie qui traversoit
la rue du Chaume. — Sauval, t. II, p. 83.

(2) L'abbé Lebeuf, édition H. Cocheris, t. II, p. 103.

serva que peu de temps le commandement de la redou-
doutable forteresse, si fatale à ceux qui en avaient les
clefs.

Enfin Jean de Montagu trouva, jusque dans ses alliances de famille, l'occasion d'augmenter sa puissance et
son crédit.

Il avait épousé, vers 1380, Jacqueline de la Grange,
nièce de Jean de la Grange, cardinal d'Amiens, premier
ministre de Charles V, qui mourut en 1402, lui laissant
tous ses biens. De son mariage il eut quatre filles et un
fils. Sa fille aînée, Bonne Élisabeth, épousa, en 1386,
Jean, comte de Rouci et de Braine ; la seconde, Jacqueline, se maria en 1399 avec Georges de Craon, seigneur
de Montbazon, écuyer de France ; Marie épousa, en 1409,
David de Brimeu, seigneur d'Haubercourt, favori du duc
de Bourgogne ; enfin Jeanne, la quatrième fille, quoiqu'elle n'eût que douze ans, fut fiancée à un autre favori
du duc de Bourgogne, Jean de Melun, seigneur d'Antoing et d'Épinay. Quant à son fils, il épousa la fille de
Charles d'Albret, connétable de France, qui par ses père
et mère était issue du sang royal.

Dans sa faveur, Jean de Montagu n'avait pas oublié
les siens ; l'un de ses frères, Gérard de Montagu, avait
d'abord été promu à l'évêché de Chartres, puis à l'archevêché de Sens ; l'autre, nommé Jean, fut d'abord évêque
de Poitiers, et plus tard, en 1409, il fut appelé à l'évêché
de Paris. Il se montra, aussi, généreux à propos, et fit don
à l'église Saint-Paul, sa paroisse, de la grande verrière
ovale qui était au-dessus du grand portail, et à l'église
métropolitaine de Notre-Dame de Paris, d'une grosse

cloche pesant 15,000 livres, qui fut baptisée du nom de Jacqueline, sa femme (1).

Pour subvenir à ses nombreuses acquisitions, à ses dépenses fastueuses, il fallait des sommes considérables, et les ennemis de Jean de Montagu durent avoir beau jeu pour l'accuser de dilapidation des finances; ainsi firent-ils. Mais Jean de Montagu n'avait pas besoin de recourir à de tels moyens, il devait être assez riche : de sa propre fortune, de ses héritages, de l'apport de Jacqueline de la Grange, sa femme, de l'héritage du cardinal, oncle de celle-ci, enfin des dons nombreux que lui fit Charles VI en différentes occasions pour le récompenser de ses services. C'est ainsi que nous voyons ce roi lui donner en une seule année, 1381 : en janvier, 2,000 livres d'or (2), *pour lui aidier à supporter les grans fraiz et despens qu'il a à supporter continuellement en le service du roi;* le 9 mars de la même année, 100 fr. d'or, *pour en avoir une robe pour cette présente année;* le 4 avril, un somme de 400 livres et une *houppelande en drap de soie vermeil, cramoisi d'outremer;* le 25 avril, une autre somme de 5,000 fr. d'or, *pour considéracion de ses bons, agréables et proufi-*

---

(1) Cette grosse cloche fut refondue en 1681, sur le poids de trente et un mille livres, aux dépens d'un chapelain de l'église métropolitaine nommé Emmanuel, comme le témoigne cette inscription : « *Vocor a Capitulo Parisiensi Xua, prius Jacquelina Joannis de Monteaculo comitis donum pond. XV mil. nunc Emmanuele duplo aucta.* » C'est cette cloche qui aujourd'hui porte le nom de *Gros Bourdon.* — Lucien Merlet, *Vie de Jean de Montagu.*

(2) La livre d'or valait environ 40 fr. de notre monnaie.

tables services. Plus tard, en 1396, le 20 septembre, le roi lui donna encore, pour la même cause, une gratification de 1,000 livres ; le 23 du même mois, une autre de 4,000 livres, en récompense de ses peines et travaux, et de la bonne diligence qu'il avait apportée à faire faire les joyaux et tous les habillements d'Isabelle de France, reine d'Angleterre (1). Les 2 juin et 6 août 1397, même somme pour les soins qu'il prenait de l'hôtel du roi et de celui de la reine ; le 27 mars 1398, 2,000 livres de vaisselle d'argent doré, en considération du baptême de Charles de Montagu, son fils, dont le roi n'avait pas dédaigné d'être le parrain ; enfin, le 18 avril de la même année, une somme de 2,000 livres, en récompense des peines qu'il avait eues de faire venir à l'épargne celle d'un million, comme dot d'Isabelle de France.

Il ne faut pas non plus oublier les gages que Montagu recevait comme secrétaire et surintendant, non plus que les profits énormes qu'il pouvait tirer de cette dernière charge ; enfin lorsqu'en 1401 il fut pourvu de la charge de grand maître de l'hôtel du roi, il reçut encore une pension de 2,400 livres sur ses coffres (2).

Il n'entre pas dans le plan de cet ouvrage d'exposer dans tous ses détails la vie de Jean de Montagu (3) ; ce serait refaire, après tant d'autres, l'histoire du règne de Charles VI et des tristes rivalités des Armagnacs et des

(1) Isabelle de France, fille de Charles VI, alors âgée de six ans, venait d'être mariée à Richard II d'Angleterre, 1396.

(2) Voir Lucien Merlet, *Vie de Montagu.*

(3) Voir la notice de Lucien Merlet.

Bourguignons qui livrèrent la France à l'Anglais ; disons seulement que Montagu n'ignorait pas la haine que lui portaient les oncles du roi, pour avoir conseillé au jeune prince de se saisir de l'autorité royale dont ils avaient tant abusé pendant sa minorité. Aussi lorsqu'à la suite de la triste journée de la forêt du Mans, 5 août 1392, il eut reçu l'ordre de ne plus approcher du roi, il crut devoir se mettre à l'abri de toute tentative de la part des ducs de Bourgogne, d'Anjou et de Berri, et il se rendit à Avignon auprès du cardinal de la Grange, oncle de sa femme, qui y résidait alors et était en grande faveur auprès du pape Clément VII. Il avait d'ailleurs pris soin de mettre en sûreté une partie des trésors qu'il avait déjà amassés.

Bien lui en prit, car le duc de Bourgogne n'était pas disposé à le ménager : « Dame! dame! disait-il à sa femme, la verge est toute cueillie dont ils seront hastivement battus et corrigés, ainsi que vous verrez et orrez de brief; mais que vous veuillez un petit attendre et souffrir, Clisson, la Rivière, Montagu, Le Mercier, de Villaines (1), et encore autres, ont mal ouvré, et on leur montrera de brief. » Ils furent en effet arrêtés quelque temps après, à l'exception de Clisson, qui, à la suite d'une entrevue peu rassurante avec le duc de Bourgogne, s'était enfui dans son château de Montlhéry et de là en Bretagne (2).

---

(1) C'étaient les ministres de Charles VI.

(2) Olivier de Clisson était alors capitaine, pour le roi, de son château de Montlhéry.

Ce serait pendant son séjour à Avignon que Montagu aurait eu la première pensée de fonder un couvent en l'honneur de la Sainte-Trinité « si, par un miracle du Dieu vivant, Charles VI, son maître, recouvrait la santé. » Au printemps de 1393, le roi ayant recouvré la raison, Montagu revint près de lui. D'après les conseils de celui-ci, il mit alors tous ses soins à gagner les bonnes grâces des ducs d'Orléans et de Berri, pensant que leur bon vouloir contre-balancerait la haine personnelle que lui avait vouée le duc de Bourgogne. Jean Sans Peur ayant, en 1404, succédé à son père, ajouta à cette haine est griefs personnels, aussi lorsque le duc Louis d'Orléans eut été assassiné (1407) et que les accès de démence du roi, devenus plus fréquents, eurent mis le pouvoir entre les mains du duc de Bourgogne, celui-ci résolut de perdre le grand maître.

Mais avant de raconter la disgrâce de Jean de Montagu et la catastrophe, trop prévue par ses amis, qui en fut la suite, transportons le lecteur à Marcoussis pour l'y faire assister aux grandes choses que ce seigneur y faisait accomplir.

Sûr de l'amitié du duc de Berri, devenu son suzerain comme seigneur de Montlhéry, d'où relevaient la plupart de ses domaines, et vers lequel il se sentait d'ailleurs attiré par un goût commun pour le luxe, les arts, les livres, Jean de Montagu se voyant au comble de la faveur et de la richesse, résolut, quelque temps après son retour d'Avignon, d'exécuter le projet qu'il avait depuis longtemps formé, c'est-à-dire d'ériger à Marcoussis une résidence digne de sa haute position.

Il avait commencé dès l'année 1389 à acquérir les petits fiefs disséminés dans la vallée, qui faisaient hache
ou enclave dans les domaines de la seigneurie de Marcoussis; profitant pour cela du besoin d'argent qui se
faisait sentir parmi la petite noblesse à cause des impo-
sitions extraordinaires nécessitées par le rachat du roi
Jean et par suite des malheurs du temps.

C'est ainsi qu'il réunit à son domaine les fiefs de
l'Orme, de Fresnel, des Carneaux, de Reblay, de Bellejambe (1), de Chouanville, d'Andrezel, des Picottes, de
Hercepot, qu'il acquit de Baude Fouques, Jean de la
Croix, Raymond Raguier, seigneur d'Orsay, de Jean
l'Abbé et d'un grand nombre d'autres particuliers.

Raymond Raguier devient l'ami et le confident de Jean
de Montagu; il paraît avoir exercé à Marcoussis, pendant les fréquentes absences de celui-ci, les fonctions de
son régisseur ou de son intendant, et avoir été chargé à
ce titre de la surveillance de tous les travaux qu'il y fît
entreprendre.

Jean de Montagu commença par demander au roi, ainsi
que le voulait la coutume féodale, l'autorisation de construire le château de Marcoussis, elle lui fut accordée;
il obtint aussi du duc de Berri, son suzerain, de faire
rapporter à Marcoussis tous les fiefs qu'il possédait dans

---

(1) Acquisitions des 16 mars 1389. — 21 avril 1393. — 14 septembre
1395. — 7 octobre 1397. — 23 mars 1399. — 15 août 1400. — 30 juin
1402, et 29 mai 1408. (*Notes historiques mss.* sur Marcoussis, en tête
de l'*Inventaire général des titres de la châtellenie de Marcoussis*, 1ᵉʳ volume du Terrier de la comtesse d'Esclignac.)

l'étendue de la châtellenie de Montlhéry. Enfin en 1400 il fit jeter les fondations de son nouveau château sur les ruines de l'ancien, et si la tour carrée du vieux château de la Motte ou de la Maison Fort fut conservée, ce fut autant pour la commodité du nouvel édifice qu'en témoignage de l'ancien droit seigneurial sur le pays. Le plan qui fut adopté était celui qui prévalait alors et dont la Bastille resta longtemps le type le plus parfait, à savoir, un quadrilatère flanqué de tours rondes reliées entre elles par des murs de même hauteur et couronné par des chemins de ronde à mâchicoulis, sur lesquels, à l'intérieur, venaient s'appuyer les bâtiments d'habitation et de service.

Le château de Marcoussis occupait, avec ses fossés, larges d'environ 8 toises, un emplacement de 2 arpents ; il formait un carré long, d'environ 20 toises de long sur 15 de large ; à ses angles on voyait quatre grosses tours rondes, au milieu des deux faces latérales se trouvaient d'autres tours rondes, à demi-engagées et terminées, alors, en terrasses ; le grand côté, qui regardait le midi, était coupé, en son milieu, par un donjon carré, flanqué à ses angles extérieurs de deux demi-tours, également terminées en terrasse, mais d'un diamètre plus petit que les autres ; elles accompagnaient la porte d'entrée et défendaient les approches du pont-levis. Ce donjon sous lequel était pratiquée la voûte de la porte d'entrée, était surmonté d'une tourelle assez élevée, terminée par une guette ou guérite, qui permettait de surveiller au loin le pays. La face opposée, celle du nord, était également flanquée de deux tours, aux trois quarts engagées, mais très-voisines des tours d'angle ; en outre, au milieu, s'é-

levait un bâtiment carré, couvert en pavillon, sous lequel
se trouvait une entrée. Ce bâtiment carré comprenait
l'ancienne tour conservée du vieux château de la Motte,
et avec elle un autre bâtiment composé de deux chapelles
superposées. Au-dessus de la porte de la chapelle inférieure on voyait représenté en bas-relief Jean de Montagu, à genoux en habit de cavalier, revêtu de sa cotte
d'armes, avec un collier, les mains jointes dans l'attitude
de la prière ; et, à l'entrée même de la chapelle d'en bas,
les deux montants de la porte étaient formés par deux
statues de pierre, de grandeur naturelle, représentant
Jean de Montagu et sa femme (1). Enfin, au milieu de la
cour, une fontaine laissait retomber son eau jaillissante
dans un bassin circulaire. Autour de cette cour, dont
l'étendue était restreinte, s'élevaient, sur chacune des
faces, de hauts bâtiments qui, même en plein midi, lui
donnaient un aspect un peu sombre. Dans les angles,
des escaliers à vis, contenus dans des tourelles en dehors
du gros œuvre, donnaient accès dans les différents appartements et dans les pièces du château. Le grand escalier
d'honneur était aussi en saillie sur la cour et accolé au
milieu de la face latérale, qui regardait le levant ; c'est là
qu'étaient les principaux appartements du château, com-
posés de vastes chambres éclairées par de rares fenêtres
à meneaux de pierre prenant jour à l'extérieur, tandis qu'à
l'intérieur de vastes corridors prenant jour sur la cour et
communiquant avec le grand escalier desservaient tous

(1) Voir, à la Bibliothèque impériale, aux estampes, les costumes, dans
les dessins de la *Collection Gaignières*.

les appartements. Ce ne fut que plus tard, sous l'amiral Louis de Graville, que l'on éleva l'aile qui unissait le pavillon des chapelles à la tour du nord. Chacune des tours d'angle extérieur avait environ 3 toises de diamètre sur une hauteur de 40 pieds ; la plus septentrionale comprenait une cave ou oubliette formée par une voûte hexagonale, à laquelle on accédait par un trou carré, d'environ 2 pieds de côté, situé dans un des secteurs hexagonaux de cette voûte ; elle se composait, ainsi que les trois autres, d'un rez-de-chaussée et de trois étages séparés par des plafonds ordinaires. Cependant, il y a quelque apparence que les rez-de-chaussées aient été voûtés en cul de four surbaissé.

Le boulevard, qui protégeait l'accès du château du midi, ne fut également élevé qu'après la disgrâce de Montagu. Au-dessus du portail de la grande entrée, la reconnaissance du grand maître avait fait placer l'effigie du roi Charles VI.

L'église ou plutôt l'antique chapelle du prieuré de Saint-Vandrille, qui servait sous le patronage de la Magdelaine de paroisse à Marcoussis, tombait en ruines, Montagu la fit également reconstruire, ou du moins il en fit reconstruire le chœur tel que nous le voyons encore aujourd'hui. On reconnaît ses armes sculptées sur les consoles qui servent de retombée aux voûtes de la sacristie, ainsi qu'à la croisée des arceaux du chœur et de l'ancienne chapelle seigneuriale (1).

_____

(1) La charpente de cette partie de l'église mérite d'être visitée par la beauté de l'œuvre, sa régularité et sa conservation.

Il est probable qu'il eût également fait reconstruire toute
la nef, mais les religieux de Saint-Vandrille ne le souf-
frirent pas, de crainte que cela ne portât préjudice au
droit de patronage, que déjà les anciens seigneurs leur
avaient disputé.

Enfin Jean de Montagu se souvenant du vœu qu'il
avait formé, pendant son exil à Avignon, et cédant aux
instances de sa fille aînée Bonne Élisabeth, comtesse de
Roucy et de Braine, résolut d'élever dans le voisinage de
son château un monastère placé sous l'invocation de la
Sainte-Trinité. La première pierre de l'église conventuelle
fut bénie et mise en place le 17 février 1404 par Pierre
Fresnel, évêque de Meaux, que nous croyons originaire
de Marcoussis. Le grand maître y appela les moines Célestins pour lesquels il avait une estime toute particulière,
et dont l'ordre était alors en grande faveur. Par acte authentique du 21 mai 1406, passé devant maîtres Jean
Closier et André Le Preux, clercs et notaires royaux, il
leur accorda l'église, le monastère, le cloître qu'il venait
de faire construire avec 600 livres parisis ou 750 livres
tournois de rente, amorties en fonds de terre sur les
terres d'Ozouer-le-Voulgis, de Villesauvage, en Brie, la
partie rurale de Fourchainville, en Beauce, une ferme à
Saclay et d'autres biens (1).

Le couvent fut bâti sur 9 ou 10 arpents de terre joignant les murs du château, sur le chemin de Marcoussis
à Saint-Clair (Gometz-le-Châtel). L'église, dont le style

---

(1) Voir la pièce justificative V.

était celui que nous voyons employé pour le chœur de la paroisse actuelle, c'est-à-dire le style ogival secondaire, orientée selon les règles de l'art, était formée d'une longue nef de huit travées, sans croisée ni bas-côtés, ni chapelles hors-d'œuvre. On y employa, comme dans la construction du château, dans celle du chœur de l'église priorale et paroissiale de Saint-Vandrille, la pierre de grès qu'on avait en abondance sous la main ; mais, pour les ornements d'architecture, les meneaux des fenêtres, les linteaux historiés des portes, on se servît d'autre pierre plus facile à façonner, et plus particulièrement de pierre de liais. Le portail, par exemple, qui n'était pas sans analogie avec celui de l'église priorale de Longpont, présentait une grande porte d'entrée ogivale entourée de plusieurs rangs de sculpture : grappes, treilles, volutes, rinceaux et enroulements, statuettes d'anges en adoration ou de réprouvés. Dans le tympan de l'ogive, une figure symbolique, d'un effet original, personnifiait la Trinité : c'était « une figure, faite d'une seule pierre, représentant un corps humain ayant trois faces et plusieurs mains. » La tête qui faisait face au portail, représentait Dieu le père ; il était reconnaissable au limbe qui le couronnait, ainsi qu'à sa main droite bénissant le monde ; la tête de droite représentait le Christ, reconnaissable d'ailleurs à sa barbe ondulée et à la croix que soutenait sa main ; enfin, vers la gauche, le Saint-Esprit était symbolisé par une tête juvénile, d'aspect mystique, et tenant, par une main, une colombe. Une rose et deux grandes verrières, situées immédiatement au-dessus du portail, éclairaient l'église de ce côté. A droite et à gauche de la porte, à laquelle on accédait en descendant quelques marches, quatre niches ornées de sculptures recevaient autant de statues décoratives d'environ quatre pieds et demi de hauteur. A gauche : elles figuraient : le roi Charles VI en costume de chevalier, la couronne en tête, tenant de la main droite son épée, tandis que la gauche reposait sur son écu fleurdelisé en marelle ; et Jean de Montagu, en robe longue, avec le chaperon et l'aumônière, les pieds chaussés d'éperons témoignant sa qualité de chevalier. A droite : la reine Isabeau de Bavière, la couronne sur la tête, ses longs cheveux retombant sur ses épaules, tenant de la main droite un livre d'heures qu'elle ramenait sur sa poitrine, et, de la gauche, une branche de lis ; et Jacqueline de la Grange, la femme du fondateur, en costume de cérémonie (1). Les verrières latérales étaient ornées de vitraux aux couleurs éblouissantes représentant des personnages bibliques et les saints patrons des différents membres de la famille de Montagu. Enfin, à la verrière du chevet, on retrouvait la représentation de la Sainte-Trinité avec le roi Charles VI et la reine Isabeau, tous deux en prières de chacun des côtés du sujet principal ; on voyait encore sur les vitraux, et parmi des peintures murales qui concouraient à l'ornementation de l'église du couvent aussi bien qu'à celle des chapelles du château, des branches et des feuilles de courge entre-

---

(1) Nous avons sauvé de la destruction les restes mutilés, et cependant encore dignes d'intérêt, des statues de Charles VI et de la reine Isabeau ; elles sont aujourd'hui appuyées à l'énorme roche qui fait un des ornements de notre jardin de Marcoussis.

4

lacées, emblème que Jean de Montagu avait adopté ; enfin on lisait la devise souvent répétée :

ILPADELT (ILPADELT)

prologramme des mots :

Ie L'ai Promis A Dieu, Et Le Tiendrai,

allusion au vœu qu'il avait fait à Avignon. De l'église on passait dans le cloître et dans les bâtiments réguliers, tandis qu'un escalier mettait directement le chœur en communication avec le dortoir.

L'église conventuelle, le chœur de l'église priorale de Saint-Vandrille étaient recouvertes en tuiles vernissées en jaune et en vert formant des compartiments en losange de couleurs alternées, comme nous en voyons aujourd'hui à Paris sur les bâtiments claustraux de Saint-Martin-des-Champs, affectés au conservatoire des arts et métiers (1).

La toiture du donjon du château était encore plus ornée, car elle avait reçu un semis de fleurs de lis en plomb ou en étain qui, dans l'origine, durent être dorées.

---

(1) On peut encore reconnaître cette disposition de la couverture sur le revers méridional et la croisée du chœur de ce même côté de l'église paroissiale de Marcoussis, mais pour cela il faut que le toit soit éclairé d'une certaine manière, dans l'après-midi, par un temps couvert, et après la pluie.

Le grand maître avait l'intention d'établir un chemin ou galerie couverte pour se rendre de son château à l'église des Célestins : les événements ne lui permirent pas de donner suite à ce projet, seulement il avait fait bâtir, attenant à l'église et hors d'œuvre, une chambre, avec une cheminée, ayant vue sur le chœur, d'où il pouvait assister à l'office divin (1); il s'y rendait de son château en suivant de belles allées d'ormes qu'il avait fait planter, et qui plus tard offrirent de magnifiques ombrages à ses successeurs.

Du dehors on avait accès dans le couvent par une grande porte à cintre surbaissé au-dessus de laquelle on voyait, dans un écusson entouré de palmes, une croix latine dans le jambage inférieur de laquelle s'enroulait un S, symbole mystique de l'ordre des Célestins (2). Cette

---

(1)....J'achevay ma visite en une chapelle que l'on nomme ordinairement la chapelle du Fondateur. C'est un bâtiment plus solide que magnifique qui a veue dans le chœur de l'église, où ce seigneur plein de piété a fait construire un appartement à cheminée et hors d'œuvre. Et vouloit encore élever, comme on dit, une crypte ou galerie couverte, pour aller et venir commodément depuis son château jusqu'à la chapelle en toutes les saisons de l'année, aux festes solennelles et jours de dévotion...... L'*Anastase*, p. 24.

(2) Les Célestins avaient pour fondateur de leur ordre Pierre de Moron qui, dans la suite, devint pape sous le nom de Célestin V. Il avait établi le premier couvent de l'ordre sur la montagne de Sulmoni, dans les Abbruzes, et c'est en souvenir de cette maison-mère que les autres couvents de Célestins adoptèrent l'S emblématique. Ces religieux portaient une tunique blanche, et par-dessus une robe noire avec capuce de même couleur.

croix était accolée à droite et à gauche d'une fleur de lis, en signe de la royale protection que le roi Charles V avait accordé à cet ordre.

La triple construction du château, du couvent et du chœur de l'église paroissiale se fit simultanément de 1402 à 1408. Un nombre considérable d'ouvriers y fut employé ; on tirait les matériaux des roches qui avoisinaient l'église paroissiale, au lieu dit aujourd'hui les *Magdelaines ;* sept forges travaillaient jour et nuit à mettre les outils en état ; enfin, chaque samedi, le seigneur d'Orsay, Raymond Raguier (1), présidait à la paye des ouvriers, qui avait lieu sur une grande pierre de grès, « en forme de table d'autel. » Elle existe encore aujourd'hui, appuyée au mur du petit parc, près de la porte dite *du Maître*, où elle était placée dès l'origine ; elle a 3 mètres de longueur sur $0^m,25$ de largeur, et sur tout son pourtour elle est taillée en biseau (2).

« Tous ces travaux étant terminés, et le monastère étant en état, la dédicace en fut solennellement faite le 17 avril, qui était le mardi d'après la fête de Pâques de l'année 1408. Ce fut par le ministère de l'archevêque de · Sens, messire Jean de Montagu, frère du fondateur, que cette auguste cérémonie fut achevée, et que le vénérable frère Étienne de Comblans, prieur désigné, avec douze

(1) Ce seigneur fit également construire vers la même époque un château défendu par des tours, à Orcé ou Orsay.

(2) Il est vivement à désirer que cette pierre, qui est pour Marcoussis un véritable monument historique, dont l'authenticité ne saurait être contestée, soit conservée avec soin.

moines prêtres, et trois frères convers (1), entrèrent processionnellement dans ladite église, y furent honorablement reçus et remis en possession du monastère par ledit seigneur fondateur, avec madame sa femme, en présence de très-haut et puissant seigneur monseigneur le prince Jean, duc de Berry, fils, frère et oncle des rois de France et de plusieurs autres grands personnages de la plus grande qualité. Ledit seigneur archevêque était accompagné, en cette fonction sacrée, de messire Gérard de Montagu, son frère, pour lors évêque de Poitiers, chancelier dudit duc de Berry, des vénérables doyens, chantres et chanoines de Linois, et de MM. les curés de Montlhéry, de Marcoussis, de Nozay, d'Orsay et autres paroisses circonvoisines, qui, pour ce sujet, viennent encore en procession tous les ans les lundi et mardi d'après Pâques. En la messe de la dédicace, monseigneur de Berry fit offrande de la custode de cristal de roche, soutenue de deux anges d'or, ayant au sommet un petit clocher et aux deux bouts deux plaques de même métal, gravées et ciselées, le tout élevé sur un piédestal ou entablement d'argent doré, dont la façon était d'une figure hexagone un peu long, de la hauteur de 2 pouces, gravé en losanges par-dessus, porté sur six lions aussi d'argent, et ayant en face un écu : d'azur, de France sans nombre, quarré en long, à la bordure

---

(1) Simon de La Motte et l'auteur de l'*Anastase* ne disent pas de quel couvent furent appelés les premiers Célestins de Marcoussis ; mais il y a tout lieu de croire qu'ils furent tirés de la grande et importante maison de Paris qui était alors dans tout son lustre.

engrêlée de gueule, qui est Berry, accompagné d'une assomption de la sainte Vierge, aussi en émail, à la droite et à la gauche est un paysage de même; le derrière ciselé par festons. **Le** fondateur présenta la petite croix d'or qu'il avait fait faire pour ce sujet, avec les émaux, les ornements de fines perles et pierreries, pour y déposer la sainte Épine. La fondatrice donna une image d'argent vermeil doré de sainte Anne, et leurs deux filles à marier, une chasuble de drap d'or enrichie de sa ceinture en broderie.

« Le lendemain 18 du même mois d'avril, le cloître, le préau et le parvis de devant l'église furent bénis par monseigneur l'évêque de Poitiers, depuis évêque de Paris; et ainsi l'église étant pourvue suffisamment de livres, de cahiers, de plusieurs reliquaires et ornements par la libéralité même du roi, qui donna même une chapelle de damas blanc, avec les armes de France, à trois fleurs de lis d'or en champ d'azur accolé avec une couronne à hauts fleurons d'or, et un cerf de couleur fauve en plein vol, d'or boisé et ramé de même, et d'un grand Missel de vélin en miniature, d'une image de Notre-Dame de marbre ou d'albâtre blanc de 6 pieds de haut, d'une autre Notre-Dame de Pitié, des bienfaits du duc de Berry.

« Le monastère fut pareillement fourni de meubles et ustensiles convenables pour tous les officiers, jusqu'aux fil, dez ou doigtier, et aiguilles ès cellules des religieux, auxquels et pour plus ample témoignage de leur affection et amour en leur endroit, lui fondateur, avec madame sa femme, donnèrent pouvoir de se retirer dans leur château en cas que pendant les guerres qu'il pourrait survenir dans le royaume, ils fussent inquiétés dans leur service, de se servir de la chapelle du bas dudit château, pour y célébrer le service divin et habiter la tour qui en est proche, appelée pour ce sujet la tour des prêtres, avec les autres lieux contigus à ladite chapelle, afin d'y pouvoir vivre suivant leur profession et d'autant plus qu'il est de la dernière conséquence aux communautés d'avoir quelques lieux sûrs et forts pour y enfermer ce qui est de valeur et d'importance, il leur accorda qu'en tout temps ils auraient la clef de la première tour, qu'ils ont gardée jusqu'en 1609, afin de pouvoir serrer leurs papiers et leurs titres, sans qu'il fût au pouvoir du portier et du capitaine de les en frustrer, ou demander aucun salaire; le tout jusqu'à ce qu'il eût fait bâtir, à leurs dépens, sous hauts murs, dans la basse-cour dudit château, maison ou logis convenable auxdits moines, que lui et ses successeurs seraient tenus de maintenir et entretenir à leurs dépens et de leurs propres.

« Étant prié, par ledit vénérable père prieur et sa communauté, de donner son consentement à ce que tous les vassaux des seigneuries et terres données par lui, en vue de la fondation auxdits religieux, leur en fissent foi et hommage, il leur accorda volontiers par des lettres expédiées sous son scel, le douzième de juin suivant, de la même année, et commit exprès un nommé Étienne de la Croix pour en exécuter fidèlement, en son nom et de sa part, le contenu de ce billet (1). »

---

(1) *Mss. de Simon de la Motte*, chap. IX.

On aura remarqué que les deux filles aînées de Montagu, Bonne, comtesse de Roucy, qui avait puissamment contribué à décider son père à faire cette fondation conventuelle, et Jacqueline de Craon n'assistèrent point à la dédicace ; elles en furent empêchées par leurs affaires ; non plus que le fils même du grand maître, Charles de Montagu, qui, alors, se trouvait retenu auprès du dauphin Louis par sa charge de premier chambellan.

L'affluence de monde qui assista à cette imposante cérémonie fut immense : « Tout ce qu'il y avait de considérable dans le voisinage et aux environs de Marcoussy accourut au bruit de cette fête pour en voir la solennité. Il serait difficile d'expliquer les applaudissements avec lesquels les religieux furent accueillis ; ils n'eurent pas plutôt pris possession de cette maison, que ce ne furent que mouvements continuels du couvent au château et du château à l'église, où chacun s'occupait à considérer ce qui frappait le plus son imagination ; les uns admirant la beauté éclatante de la sacristie, ornée de tant de joyaux d'or et d'argent, enrichie de tant de saintes reliques, qui ne les pouvaient quitter de veue, qu'avec mille louanges et bénédictions, tant pour le donateur que pour les donataires qui, dès lors, en furent nommés d'une commune voix *les nobles et riches Célestins de Marcoussy*. La curiosité des plus éclairez les portait à examiner les peintures des vitres de l'église, où l'on voit les armes et les alliances de la maison de Montagu ; d'autres, encore plus raffinez, s'attachoient singulièrement à deviner la signification du mot 1LPADELT qu'on voit presque partout en gros caractères d'une écriture qui avoit cours en ce temps-là (1). "

Les embellissments ne s'arrêtèrent pas là : le grand maître fit orner et replanter le petit parc et les jardins ; il y fit creuser des viviers, ou fosses à poissons. La vallée reçut elle-même sa part des nouveaux aménagements; à son extrémité, deux vastes étangs, l'un de 120 arpents, l'autre, à la suite du premier, de 90 arpents, reçurent les eaux perdues qui descendaient des hauteurs voisines, ou sourdissaient par mille sources au pied des coteaux, et encore les eaux de la Gadanine et du Fougeart. Ces étangs ajoutèrent ainsi à l'agrément du lieu. Pour les établir, il avait suffi de construire deux digues, que l'on voit encore aujourd'hui, coupant la vallée, en deux points, dans sa partie la plus déclive (2). Ils reçurent les noms de Craon et de Roucy, pour rappeler les alliances honorables que Montagu avait procurées à ses filles aînées.

Quelque temps après, Marcoussis fut encore le théâtre de grandes fêtes, à propos du mariage de Charles de Montagu, fils du grand maître, avec Catherine, seconde fille du connétable Charles d'Albret (3). A cette occasion,

---

(1) *L'Anastase*, p. 78.

(2) La digue du grand étang, aujourd'hui converti en prairies, est encore digne d'attention ; elle se compose d'assises successives de blocs de grès bien équarris portant en retrait les unes sur les autres, d'une élévation de 2 à 3 mètres, surmontées d'un glacis gazonné, qui était retenu de loin en loin par des chaînes de pierre meulière.

(3) Ce mariage fut célébré en grande pompe à Paris, le 4 septembre

le roi donna à ce jeune seigneur 1,000 livres en vaisselle d'argent; il avait déjà reçu de son père, par acte authentique, en date du 17 janvier 1404, le château et la seigneurie de Marcoussis.

Jean de Montagu était donc parvenu au faîte des honneurs et des richesses; il était certain de l'appui du roi et de la faction d'Orléans. Depuis la paix de Chartres, il se croyait réconcilié avec le duc de Bourgogne. Il était allé en Bourbonnais offrir ses service militaires au duc de Bourbon, contre le duc de Savoie (1), et, à son retour, il avait reçu une somme de 6,000 livres en dédommagement des frais qu'il avait pu faire dans cette guerre. Tout récemment un de ses frères, l'archevêque de Sens, avait été fait président à la chambre des comptes; l'autre, Girard de Montagu, venait d'être nommé à l'évêché de Paris, et, à sa réception, le 15 septembre 1409, tous les seigneurs s'étaient empressés de lui faire honneur pour faire la cour au grand maître; plus récemment encore, le 22 septembre, Jean et le nouvel évêque avaient traité chez eux le roi Charles VI, le roi de Navarre et les ducs de Berry, de Bourbon et de Bourgogne, avec plusieurs autres prélats et seigneurs qui étaient alors à Paris.

Tout semblait concourir à entretenir Montagu dans

1409. Charles d'Albret, comte de Dreux, descendait par sa mère, Marguerite de Bourbon, de Saint-Louis. Montagu s'alliait donc par ce mariage à la maison royale de France.

(1) Voir au *Manuscrit* de Simon de la Motte les détails de cette expédition.

une fausse sécurité (1), lorsque le duc de Bourgogne, pour lequel l'heure de la vengeance avait enfin sonné, profitant d'un des accès de folie du roi ; d'accord en cela avec les rois de Sicile et de Navarre, et d'autres seigneurs ennemis du grand maître, représentèrent au malheureux monarque l'état de ses finances, le désordre et les larcins qui se commettaient dans sa propre maison, en imputèrent la cause aux officiers chargés des finances de l'État, et obtinrent de sa faiblesse un ordre qui les autorisait à destituer, punir et condamner les officiers concussionnaires de son palais.

Aussitôt ces princes ordonnèrent à Pierre des Essarts, prévôt de Paris, de s'assurer de la personne du grand maître, de le conduire en prison au Châtelet, et de leur en répondre jusqu'à nouvel ordre. Le 7 octobre 1409, des Essarts, qui espérait succéder à Montagu dans sa charge de grand maître de l'hôtel du roi, suivi de ses sergents et accompagné des seigneurs de Heilly, Gaucher des Ruppes et de messire Roland de Viguier, qui lui furent adjoints par le duc de Bourgogne, avec messire Rusto, de la part du roi de Navarre, aborda, dans le faubourg Saint-Victor, Montagu qui s'en allait avec l'évêque de Chartres, Mar-

---

(1) En 1407 ou 1408, après le meurtre du duc d'Orléans, il avait cependant songé à se retirer de la cour pour se soustraire à la vengeance du duc de Bourgogne ; et dans ce but, il avait traité avec le duc de Berry d'une place inexpugnable, et presque inaccessible, dans les montagnes de l'Auvergne appelé Monet, pour laquelle il devait lui laisser ses terres de Neufchâtel, de Marcoussis avec toutes leurs dépendances ; mais il renonça à ce projet, sur la bonne mine que lui fit le duc de Bourgogne.

tin Gouges de Charpaignes, entendre la messe à l'abbaye de Saint-Victor, et, l'ayant environné de ses sergents tous en armes, lui dit : « Je mets la main à vous de par l'autorité royale, à moi commise en cette partie. » A ces paroles, le grand maître s'arrêta tout étonné. Alors des Essarts le saisissant ajouta : « Je te tiens, traître! » Mais Montagu, revenu à lui, répondit : « Et toi, ribaud, comment es-tu si hardi de moi ainsi attoucher? » A quoi le prévôt lui répondit : « Il n'en ira pas ainsi que vous cuidez ; mais comparerez (payerez) les grands maux que vous avez fait et perpétré. » Puis il le fit lier étroitement et conduire en prison au petit Châtelet, où il le donna en garde au seigneur de Heilly (1).

On se saisit en même temps de l'évêque de Chartres, président des généraux des finances, de messire Pierre de l'Éclat, conseiller du duc de Berry, et de quantité d'autres personnes notables qu'on mena honteusement prisonniers au grand Châtelet. La ville, émue de cette nouveauté, prit les armes; mais Pierre des Essarts, montant à cheval avec sa milice, courut par les rues pour faire cesser le bruit : il leur cria qu'il tenait ceux qui trahissaient le roi, et qu'il en rendrait bon compte, et il pria les habitants de retourner chacun à son métier.

En moins de deux jours, de concert avec le prévôt, on nomma des commissaires de la cour du parlement, pour juger le grand maître; ces juges furent ceux-là mêmes

(1) *Manuscrit* de Simon de la Motte, chap. XII. — Lucien Merlet, *Vie de Montagu.*

qui avaient aidé le prévôt dans l'arrestation de Montagu :
les sires de Heilly, Gaucher des Ruppes, Roland de Viguier et Rusto, lesquels séant dans la chambre, citent
devant eux Jean de Montagu, et lui demandent où sont
les trésors qu'il a dérobés au roi? Il leur répond qu'il n'a
jamais abusé des deniers du roi ; qu'il est vrai qu'ayant
été employé à faire certain accord avec les Flamands, il
avait reçu de ceux-ci une somme de deniers pour récompense du service qu'il leur avait rendu, somme qu'il
avait reçue sous le bon plaisir de Charles dès l'année
1382, et qu'au reste il avait employée à faire bâtir le monastère des Célestins de Marcoussis ; que c'étaient là
tous ses trésors et qu'il n'en avait point d'autres.

On abandonna cette accusation que, sans doute, les
juges eux-mêmes ne trouvaient pas assez sérieuse, mais
on produisit contre le grand maître d'autres témoins qui
l'accusèrent d'avoir été le complice du duc d'Orléans
pour *envoûter* le roi et ensorceler le dauphin. Jean de
Montagu opposant toujours des dénégations à ces absurdes
témoignages, on ordonna de le mettre à la question pour
tirer de lui la vérité par la force des tourments. L'évêque
de Paris, les parents, les amis du prisonnier, firent tous
leurs efforts pour fléchir le duc de Bourgogne. Ils allè-
rent, jusqu'à trois fois, se jeter à ses pieds afin d'obtenir
la grâce de Jean ; ils en firent autant auprès du roi de
Navarre : toute la réponse qu'ils eurent fut qu'ils ne crai-
gnissent pas pour lui, s'il était innocent, et qu'on lui ferait bonne justice.

Mais le grand maître était condamné d'avance ; par
trois fois il fut appliqué à la question, et, si longtemps,

que le malheureux aimant mieux mourir que de tant
souffrir, confessa ce que voulurent les juges et signa cette
confession, quoiqu'elle fut contraire à la vérité, comme,
en effet, il la rétracta à la mort.

Cependant, conjecturant par ces traitements si rigou-
reux et ces procédures iniques que sa perte était décidée,
il fit appeler un Père cordelier, son confesseur, pour
mettre ordre à sa conscience. En même temps, il lui de-
manda avis sur ce qu'il avait à faire, et celui-ci lui conseilla d'en appeler du prévôt de Paris au parlement, en
révoquant la confession qu'il avait signée comme tirée
par la force.

Pierre des Essarts se voyant arrêté par cet appel qui
suspendait la condamnation du grand maître, en fit le
rapport aux seigneurs qui lui avaient enjoint d'arrêter
Montagu. Le duc de Bourgogne, Jean sans Peur, passant outre à cet appel, manda de nouveau des Essarts et
lui dit : « Va, et sans demeure (retard) toy, accompagné
du peuple de Paris, bien armé; prends ton prisonnier et
expédie ta besongne, selon justice, en lui faisant couper
la teste d'une doloire, et la mettre ès halles sur une
lance. » Le prévôt n'eut pas plutôt reçu ce commandement, que, le jeudi 18 octobre, il alla signifier au grand
maître sa sentence, par laquelle il était déclaré criminel de lèse-majesté, de plusieurs crimes, forfaits et maléfices (et non de péculat), et, pour ce, condamné à être
décapité dans les halles de Paris, son corps mis à Montfaucon et sa tête mise au bout d'une lance sur les piliers
des halles ; ses charges, biens, terres et seigneuries con-
fisquées au roi.

Le même jour, Jean de Montagu fut conduit aux halles de Paris, en une charrette, vêtu de sa livrée, d'une houppelande de blanc et de rouge, chaperon de même, une chausse rouge et l'autre blanche, des éperons dorés, les mains liées, deux trompettes devant lui afin d'assembler tout le peuple. Il passa au milieu d'un grand nombre de bourgeois qu'on avait mis sous les armes, tenant une croix de bois qu'il baisait souvent, et la désolation qu'il montra toucha tellement tous les cœurs, que ceux même qui le haïssaient auparavant ne purent refuser des larmes à une si étrange disgrâce. « Il étoit moult plaint de tout le peuple, et doutoit (craignait) fort, le dit des Essarts, qu'il ne fut rescous (secouru) et, pour ce, il disoit en allant qu'il étoit traître et coupable de la maladie du roy, et qu'il déroboit l'argent des tailles et des aydes (1). »

L'exécuteur, Pierre du Préau, lui trancha la tête du premier coup de hache et la mit aussitôt au bout d'une lance ; de là, il alla pendre le tronc, en chemise, par les aisselles, au plus haut étage du gibet de Montfaucon ; mais il ne fit aucune mention des causes de la condamnation, comme c'est la coutume..... « Ceux que les princes avoient envoyés pour être témoins de la mort du grand maître, en furent assez touchés pour oublier le devoir des courtisans. Ils en revinrent tristes et pleurants ; et, plusieurs leur ayant demandé ce qu'il avoit dit avant de mourir, ils répondirent qu'il avoit protesté devant toute l'assemblée, avoir confessé tout ce qu'on avoit

(1) Juvénal des Ursins, p. 201.

voulu dans la violence des tourments, qu'il avoit même fait voir qu'il en avoit les mains disloquées, et qu'il étoit rompu par le bas-ventre, mais qu'il avoit persevéré à dire que le duc d'Orléans et lui n'étoient aucunement coupables de ce qu'on leur avoit imputé (1). »

Quelques jours après cette triste exécution, Pierre des Essarts expédiait l'acte suivant, pour justifier la mort de Jean de Montagu :

« A tous ceux qui ces présentes lettres verront, Pierre des Essarts, chevalier, conseiller et maître de l'hostel du roy nostre Sire, et garde de la prévosté de Paris, salut : sçavoir faisons que l'an de grâce 1409, le lundi, septiesme jour d'octobre, fut pris et emprisonné ès prisons du dict seigneur, au Petit-Châtelet de Paris, messire Jehan, sire de Montagu, de son vivant chevalier, vidame de Lañois, grand-maistre d'hostel du dict seigneur, et illec à cause de plusieurs crimes de lèse-majesté, délicts et autres maléfices par lui commis et perpétrés : lui étant ès-quelles prisons, il fut atteinct et convaincu d'aucuns d'iceux crimes de lèse-majesté, comme autres, et pour ce fut condamné par sentence et jugements définitifs, contre lui donnés et prononcés de nom par délibération du conseil, le jeudi dix-septième

_____

(1) Simon de la Motte, chap. XIII....... Comme Pierre des Essarts se vantoit devant son père Philippe qu'il avoit fait la plus notable et la plus grande exécution que de longtems n'avoit été vue à Paris, le vieillard, ému de zèle et d'indignation, lui répartit aussitôt : « Tu as mis la main à un tel personnage, mal t'adviendra ! »...... Ainsi est-il arrivé ! »..... .....*Idem.*

jour du dit mois d'octobre, à estre décapité ès balles de Paris, son corps estre mis et pendu au gibet, et tous ses biens, terres, seigneuries et possessions quelconques estant au royaume adjugés et déclarés forfaits, acquis et confisqués au roy nostre Sire. Et ce même jour de jeudy, fut icelui jugement mis à exécution. En témoing de ce, nous avons fait mettre à ces lettres le scel de la prévosté de Paris. Ce fut fait le jour et an dessus dict. Ainsi signé :

« CHOART, procureur. »

CHAPITRE IV.

Des événements qui se passèrent dans la seigneurie de Marcoussis, depuis la mort de Jean de Montagu, jusqu'à l'avénement de la maison de Graville. — Réhabilitation de Jean de Montagu. — Son tombeau dans l'église des Célestins. — 1409 - 1422.

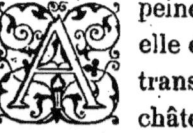 peine l'exécution de Jean de Montagu eut-elle été consommée, que des agents du roi se transportèrent à Marcoussis et saisirent au château quantité de vaisselle d'or et d'argent qui appartenait à la couronne, et servait aux dîners d'apparat des grands jours de fête. Ces pièces d'orfévrerie trouvées en la possession de Montagu semblaient porter un grave témoignage contre la probité du grand maître; mais il paraît qu'elles lui avaient été confiées, par la volonté royale, pour être vendues et engagées afin de se procurer de l'argent dans un moment difficile, et que Montagu, plutôt que de livrer aux juifs ou aux lombards des pièces d'un certain mérite artistique qui auraient pu être détruites, aurait préféré avancer lui-même les sommes demandées sur un gage qu'il espérait faire

rentrer au trésor de la couronne dans des temps meilleurs (1).

Tous les biens de Jean de Montagu furent confisqués,
et par lettres patentes, en date du 20 octobre 1409, attribués au dauphin du Viennois, Louis, duc de Guyenne,
fils aîné du roi. Celui-ci donna à sa mère la terre de
Tournenfuye en Brie, et à sa sœur, Marie de France,
religieuse à Poissy, le petit fief patronymique de Montagu (2). Quant aux hôtels et maisons de Paris et du
faubourg Saint-Marcel, ils devinrent la proie de Louis,
duc de Bavière et comte de Hainaut, frère de la reine
Isabeau, qui s'y installa le lendemain même de l'exécution. Enfin les charges et offices de Jean de Montagu tombèrent aux mains de Pierre des Essarts et des
partisans de Jean sans Peur, duc de Bourgogne.

La persécution s'étendit sur la famille du grand maître;
sa veuve, son fils, alors âgé de douze à quatorze ans,

---

(1) *Manuscrit de Simon de la Motte*, chap. XIV. — Lucien Merlet,
Vie de Jean de Montagu.

(2) « Et quant au petit fief de Montagu, depuis le 11 décembre 1409,
que le duc de Guienne le donna à Mᵐᵉ Marie de France, sa sœur, religieuse à Poissy pour servir de ménagerie à son monastère, et y faire
l'ordinaire et la nourriture de ses gens, les dames religieuses de ce
couvent royal et magnifique l'ont gardé jusqu'à ce qu'étant pourvues
d'un lieu plus commode elles l'ont échangé ou vendu.... » Simon de la
Motte, ch. XVIII.

La donation du fief de Montagu est datée de Melun, 11 décembre 1409;
celle de la terre de Tournenfuye, près de Melun, de Paris, 4 mars 1410.
Voir Douet d'Arcq, *Choix de pièces inédites relatives au règne de
Charles VI*. Tome Iᵉʳ, p. 319 et 323.

sa bru et sa plus jeune fille se réfugièrent en Savoie, où Jacqueline de la Grange possédait quelques biens. L'archevêque de Sens, Jean de Montagu, dut à sa présence d'esprit d'échapper à ceux qui le poursuivaient·avec ordre de l'arrêter (1); l'évêque de Paris, Gérard de Montagu, ne put, malgré ses prières et ses instances, obtenir qu'on lui remît les restes mutilés de son frère pour les inhumer en terre sainte; lui-même fut obligé de sortir de la capitale et de se réfugier auprès de sa belle-sœur. Enfin ce fut à grand'peine que les religieux de Marcoussis obtinrent du bourreau du Paris, moyennant une somme d'argent, régulièrement payée chaque mois, que le corps du supplicié fût mis dans un sac de cuir contenant des épices, à l'abri de toute insulte.

En distrayant de son parc les 9 ou 10 arpents sur lesquels il avait fait élever le couvent des Célestins, Jean de Montagu n'avait pas amorti ce bien-fonds. Aussi, à peine fut-il mort, que le monastère fut saisi en même temps que le château et les autres biens du grand maître comme dépendant de sa succession. Les religieux regrettèrent alors vivement de ne l'avoir pas fait comprendre dans l'acte même de fondation avec l'amortissement de 600 livres parisis de rente. On leur réclamait les richesses que, dans ses tortures, l'infortuné grand maître avait avoué être cachées à Marcoussis. Cependant, à force de démarches et de présents, ils obtinrent, au mois d'août

---

(1) V. *Chronique de la Pucelle*, ou *Chronique de Cousinot*. Voir l'édition de Vallet de Viriville, 1859. — Geste des nobles. Ch. 104, p. 127. *Mss. de Simon de la Motte*, ch. XXIII.

1410, par lettre du roi Charles VI, que le couvent et ses dépendances, mesurant alors environ 19 arpents, ne seraient pas compris dans les biens saisis sur Jean de Montagu, et que ce bien-fonds serait amorti en leur faveur.

Jean de Montagu aimait les lettres et les arts; en outre des meubles précieux et de la vaisselle qu'il avait amassés dans son château de Marcoussis, il y avait réuni une collection de livres qui, en vertu de la confiscation royale, fut transportée au Louvre le 7 janvier 1410 par Gilles Malet, secrétaire du duc de Guyenne. On lit en effet à la suite du Catalogue du roi Charles V, f° 37 : « *Ce sont les livres que noble et puissant prince monseigneur le duc de Guyenne ainsné fils du roy Charles le sixième de ce nom roy de France a envoiés en librairie du roy nostre dit seigneur au Louvre par maître Jean d'Arsonval, confesseur et maistre d'escolle de mon dit seigneur de Guyenne. Et lesquels ont été receus et mis en la dite librairie par moi Giles Malet, maistre d'ostel du roy nostre dit seigneur et garde de la dicte librairie, le 7 jour de janvier 1409 (1410 N. S.) (1).* »

Ces livres, au nombre de vingt, nombre considérable pour l'époque, où l'on ne trouvait guère dans les châteaux qu'une Bible historiée qui passait de génération en génération, et, rarement, quelques romans de chevalerie dans lesquels les jeunes enfants du manoir apprenaient à lire, sont pour la plupart des copies manuscrites de la Bible et d'ouvrages relatifs à la religion. On y rencontre

---

(1) Lucien Merlet, *Vie de Jean de Montagu.*

une traduction française de Tite-Live et des *Métamor-phoses* d'Ovide, les *Problèmes* d'Aristote, des romans en vers, et une chronique rimée de la guerre de Philippe le Bel contre les Flamands (1).

Le duc de Guyenne ne conserva pas longtemps la terre de Marcoussis, et au commencement de l'année 1410 il la donna en présent de noces à son oncle, Louis de Bavière, frère de la reine Isabeau, que Jean sans Peur voulait faire marier avec la fille (2) du roi Charles de Navarre, son ami et son confident. C'est en cette qualité de seigneur de Marcoussis que Louis de Bavière reçut, entre autres aveux, le 20 mars 1409 (1410 N. S.), celui de Jean le Coutillier, bourgeois de Paris, pour le fief du Mesnil-Frogier; cet acte est mentionné dans l'*Inventaire des titres et pièces* qui étaient gardés dans les archives du château de Marcoussis. Le duc de Louis Bavière vivait à la cour, il ne résida guère au château de Marcoussis. Cependant en 1410 la reine Isabeau y habita quelque temps; plus tard, vers la fin d'octobre 1413, la sage et bonne Yolande d'Aragon, reine de Sicile et duchesse d'Anjou, qui se rendait à Paris pour négocier le mariage de Marie d'Anjou avec Charles, comte de Ponthieu, depuis Charles VII, y résida avec ses enfants jusqu'au 21 décembre suivant (3), ce qui ferait supposer que par sa disposition

---

(1) Voir la pièce justificative VI.

(2) Cette princesse était veuve en premières noces de Louis d'Anjou, roi de Sicile; ce mariage, du reste, n'eut pas lieu.

(3) Vallet de Viriville, *Histoire de Charles VII et de son époque*, t.1er, p. 11 ssq.

intérieure et son aménagement, le château était en état
de recevoir des hôtes d'une certaine importance. En
1415, le dauphin, Louis de Guyenne, voulant éloigner de
la cour et de la société dangereuse de sa mère sa jeune
femme, fille du duc de Bourgogne, la fait conduire à
Marcoussis; elle y resta jusqu'au mois d'avril 1416,
époque à laquelle le duc de Guyenne, son époux, étant
mort, et le duc de Bourgogne, Jean sans Peur, son père,
la réclamant, elle lui fut ramenée à Brie-Comte-Robert.

Le château de Marcoussis avait alors reçu son complément de constructions; l'entrée qui regarde le midi
était protégée par un ouvrage avancé, sorte de bastion
carré fortifié de deux tours aux angles extérieurs, avec
terrasses qui dominaient les fossés, et au loin les approches du château. Cet ouvrage avancé avait aux extrémités de ses flancs deux ponts-levis qui en permettaient
l'accès; dans l'intérieur on trouvait quelques bâtiments,
et dans une petite tour, voisine de la tour d'angle, la
plus méridionale, un moulin à bras pour les besoins de
la garnison.

Le château de Marcoussis était aussi devenu une place
forte d'une certaine importance : il dut à son voisinage
de la capitale du royaume d'être successivement pris et
repris de 1412 à 1435, d'abord par les Armagnacs et les
Bourguignons, ensuite par les Français et les Anglais,
suivant que la fortune de la guerre ramenait les uns ou
les autres dans le pays (1). Son histoire qui, pour cette

---

(1) Le château portait encore, au moment de sa démolition, de nobles
cicatrices qui témoignaient d'une courageuse résistance de la part de ses

époque, est celle de tous les châteaux de l'Ile de France,
n'offre donc que la triste monotonie d'une chronologie
se résumant en malheurs et en dévastations pour les
pauvres habitants de la vallée. C'est ainsi que, forcé de
s'éloigner de Paris, qu'il avait en vain tenté de sur-
prendre en 1417, le duc de Bourgogne vint, au mois d'octobre de cette même année, mettre le siége devant
Montlhéry et devant Marcoussis, tandis qu'il envoyait
un de ses capitaines, le sire de Toulongeon, faire celui
du château d'Orsay, que Raymond Raguier avait fait
édifier peu de temps auparavant. Jean sans Peur parvint
à s'emparer de Montlhéry et de Marcoussis, mais cette
dernière place lui résista plus que l'autre. Quant au sire
de Toulongeon, il fut moins heureux, car le comte d'Armagnac sortit de Paris, accourut au secours d'Orsay, le
battit et le fit prisonnier. Le duc de Bourgogne ne jouit
pas longtemps de son succès, il fut bientôt après forcé
de se retirer vers Chartres; alors Montlhéry et Marcoussis revinrent à l'obéissance du roi (mars 1418). Cependant la trahison de Périnet Leclerc avait ouvert les portes
de Paris au duc de Bourgogne, et ce prince avait accepté
la honteuse alliance des Legoix, des Caboche, des Saint-
Yon, chefs de la puissante corporation des bouchers; il
lui avait même fallu subir le contact infamant de la main
de maître Capeluche, le bourreau de Paris. Fatigué de ces
nouveaux amis, redoutant leur turbulence, il les envoya,
sous la conduite de Gaucher des Ruppes et de Gaucher

---

défenseurs. Voyez la notice sur Marcoussis, de Boucher d'Argis, au
Mercure de France, de juin 1742. — Voyez notre chap. VII.

Raillart, faire le siége de Montlhéry et de Marcoussis;
mais le sire de Roquecerf, qui défendait le premier de
ces châteaux, déploya une énergie telle qu'il lassa les
assaillants, qui abandonnèrent à la hâte la place, à la
nouvelle d'un secours conduit par Tanneguy du Châtel.
Enfin, au mois de mars 1423, Marcoussis, suivant la destinée des places fortes des environs de Paris, dut se
rendre aux Anglais, commandés par le duc de Bedford,
oncle du jeune roi Henri VI, qui, de par le traité de
Troyes (1420), avait fait, comme roi de France, son entrée à Paris,

On peut s'imaginer combien les campagnes eurent à
souffrir des guerres acharnées et des dévastations qui
signalèrent la fin du règne de Charles VI et le commencement de celui de Charles VII. « Les laboureurs, ces-
sant de labourer, allaient comme désespérés et laissaient
femmes et enfants, en disant l'un et l'autre : Mettons
tout en la main du diable; ne nous chault (peu nous importe) que nous devenions....... Mieux nous vaudrait
servir les Sarrasins que les chrétiens, faisons du pis que
nous pourrons; aussi bien ne nous peut-on que tuer ou
pendre....... Par le faux gouvernement des traîtres gou-
verneurs, nous faut renier femmes et enfants et fuir aux
bois comme bêtes égarées, non pas depuis un an ni deux,
mais il y a jà quatorze ou quinze ans que cette danse dou-
loureuse commença (1)........ » Ajoutez à cela que les
soldats perdus, les bandits, les criminels grossissaient
ces bandes de malfaiteurs, s'attaquant aux gens paisibles,

_____

(1) *Journal d'un bourgeois de Paris.*

aux laboureurs, aux voyageurs, les mettant à contribution et ne vivant que de meurtres et de pillage.

La vallée de Marcoussis n'échappa pas à ces malheurs
publics. C'est ainsi qu'une troupe de ces bandits s'était
établie dans les vieux bâtiments abandonnés des sept
forges qui avaient servi à la réparation des outils des
ouvriers au temps de la construction du château et de
l'abbaye. Jean Malet, sire de Graville, qui par son mariage avec Jacqueline de Montagu, veuve du sire de
Craon, était devenu seigneur légitime de Marcoussis, les
en fit déguerpir et donna les matériaux de ces bâtiments
aux religieux Célestins, qui les employèrent « à bâtir les
infirmeries ou autres dépendances, pour leur commodité (1). » Plus tard encore, « le 22 avril 1431, le régent
(le duc de Bedford), au dire de l'auteur anonyme du
Journal de Charles V et de Charles VI, envoya
prendre dans le vieux château de la Motte cent meur-
triers qui y étaient, qu'on en pendit trente-deux à Paris
le lundi suivant, et trente le vendredi. »

Il est probable que l'emplacement des sept forges était
à la fois à proximité du rocher d'où l'on tirait les pierres
de grès, si dures à tailler qu'elles nécessitaient de fréquentes réparations d'outils, et aussi voisines du château
et de l'église priorale de Saint-Vandrille, devenue l'église
paroissiale sous le vocable de sainte Magdeleine, dont
Montagu fit reconstruire le chœur ; nous penchons donc
à croire que ces forges étaient au pied du rocher, dans le
voisinage de l'ancienne maison du bailliage, l'exploita-

(1) Simon de la Motte, ch. XIX.

tion des roches ayant depuis longtemps enlevé aux lieux leur physionomie primitive.

Quant à la retraite des voleurs dans le vieux *château de la Motte*, nous pensons, avec l'abbé Lebeuf, qu'il ne peut s'agir ici de l'ancien château de la Motte enclavé dans le nouveau château de Marcoussis; le sire de Graville, Jean Malet, n'aurait pu s'accommoder d'un tel voisinage, et il est probable que le lieu choisi pour retraite par ces brigands était plus éloigné de sa demeure. Peut-être s'agit-il ici des vieux bâtiments de l'arrière-fief de Vaularon, situé, comme nous l'avons vu, au fond de la vallée, et qui paraît avoir été abandonné depuis que Montagu était devenu seigneur du pays, car il n'est plus question de ce domaine depuis cette époque.

Le duc de Bavière resta en possession du domaine de Marcoussis jusqu'à sa mort, arrivée en 1417, époque à laquelle l'héritage de Montagu revint, à défaut du fils de ce dernier, Charles, tué à la bataille d'Azincourt en 1415 (1), à Bonne-Elisabeth, fille aînée du grand maître qui, après la mort de son premier mari, le comte de Roucy et de Braîne, avait épousé Pierre de Bourbon, seigneur de Préaux et de Dangu en Normandie. Ce dernier, dont les biens patrimoniaux étaient alors entre les mains des Anglais, avait reçu du roi Charles VI de nouveaux apa-

---

(1) Cette funeste journée d'Azincourt, si fatale à la noblesse française le fut surtout à la famille du grand maître Jean de Montagu ; en effet Charles de Montagu vit également tomber autour de lui le connétable Charles d'Albret, son beau-père, son beau-frère le sire de Craon, et son oncle Jean, l'archevêque de Sens.

nages et, entre autres charges, celle de capitaine du château de Marcoussis, ce qui sans doute facilita son union avec l'héritière de Montagu.

Devenu seigneur de Marcoussis, Pierre de Bourbon (1) suivit la fortune de Charles VI et du dauphin Charles, prenant part à la vie agitée de celui que, par dérision, les Anglais appelaient le *Roi de Bourges*, et que Jeanne Darc, dans sa mission providentielle, allait conduire à Reims. Il mourut en 1422 à la Rochelle, par suite de la chute du plancher de la salle dans laquelle le roi Charles VII tenait conseil avec les principaux capitaines qui lui étaient demeurés fidèles.

Alors la terre de Marcoussis revint à la seconde fille du grand maître, Jacqueline, veuve en premières noces du sire de Craon, qui, par son mariage avec Jean Malet, sire de Graville, grand panetier et fauconnier de France, porta le riche héritage de Montagu dans la maison de Graville, originaire de Normandie. Elle devait, ainsi que nous le verrons dans le chapitre suivant, posséder la seigneurie de Marcoussis pendant plus d'un siècle.

Il nous faut maintenant revenir sur nos pas pour parler de la réhabilitation de Jean de Montagu et du beau monument que, dans leur juste reconnaissance, les religieux Célestins lui avaient élevé devant le maître autel de leur église.

Le roi Charles VI, après la mort de Montagu, n'avait recouvré momentanément la raison qu'au mois de dé-

---

(1) Il portait : *de gueules à l'aigle éployé d'or*.

cembre suivant, et lorsqu'on vint le féliciter de cette
convalescence éphémère, il parut fort surpris de ne pas
voir auprès de lui, parmi les plus empressés, le grand
maître de son hôtel. Il fallut l'instruire de ce qui s'était
passé, et, pour cette fois, il se borna à témoigner un
grand étonnement de ce que l'on avait pu trouver de quoi
le faire condamner à mort, l'ayant toujours tenu pour
son plus fidèle et loyal serviteur. Mais à son retour à
Paris, après la paix d'Auxerre, signée le 14 juillet 1412
entre les deux factions d'Orléans et de Bourgogne, « le
roi convoqua son conseil le mardi 12 septembre, et déclara en présence des ducs de Bourgogne et de Bourbon, du fils duc d'Orléans et de toute sa cour, que *la
mort de Jean de Montagu lui avait fort déplu, et que
ç'avait été un jugement trop soudain et mal fait, venant
de haine et de volonté plus que de raison, et non pas par
justice.* Et après avoir remis Charles de Montagu en son
office de premier chambellan, près de lui, et avoir déclaré
les confiscations des biens et héritages de Montagu
nulles et sans effet, il commanda qu'on allât au gibet
dépendre le corps du grand maître, qu'on le réunît à
son chef, et qu'on le baillât à ses amis pour le déposer en
terre sainte (1). »

« En exécution de cet arrêt du grand conseil, pro-
noncé avec tant d'éclat et sans le contredit des parties, le
28 septembre 1412, le prévôt de Paris, Pierre des Es-

_____

(1) Simon de la Motte, chap. XVII. L'auteur de *l'Anastase* ne reconnaît
dans ces faits qu'une réhabilitation morale, et non pas, comme le voudraient Simon de la Motte et quelques historiens, une réhabilitation ju-

sarts, le juge inique de Montagu (1), vint sur le soir, accompagné de maître Capeluche, le bourreau, portant une échelle, suivi d'un prêtre-revêtu d'une aube, paré d'un fanon et d'une étoile, assisté de douze hommes portant chacun un flambeau de cire allumé, aux halles, et, en présence de plusieurs Pères célestins de Paris et de Marcoussis, avec quantité de personnes d'honneur et de condition, commanda à l'exécuteur de monter à l'échelle et de prendre le chef dudit défunt qui était au bout d'une lance et le remettre en un beau suaire entre les mains du prêtre, qui l'enveloppa et le porta sur son épaule, accompagné des flambeaux et des assistants, en l'hôtel dudit feu de Montagu, près Saint-Paul, sa paroisse, qui avait été restitué le même jour à messire Charles de Montagu, son fils, ce logis, situé devant l'hôtel des Tournelles, ayant été abandonné, depuis, par le duc Louis de Bavière, dans la crainte d'une émotion populaire contre sa personne.

« Et le lendemain, 20 dudit mois de septembre, on fut

---

diciaire; car la restitution des biens de Jean de Montagu ne fut faite à son fils qu'en vertu d'une mainlevée, parce que son père les lui avait donnés en apanage, le 17 janvier 1404, lors de son mariage avec la fille du connétable d'Albret, et cela avant la confiscation qui suivit la catastrophe d'octobre 1409.—Voir *l'Anastase.* Avertissement, p. 11 et 17.

(1) M. Lucien Merlet fait remarquer avec raison que, selon la plupart des historiens, Pierre des Essarts avait cessé ses fonctions de prévôt de Paris le 16 mars 1412, et qu'il n'était pas alors à Paris; Simon de la Motte, dont nous reproduisons ici la relation, et un autre historien du monastère de Marcoussis, Guillaume Pijart, le font néanmoins assister en cette qualité à la réhabilitation du grand maître.

au gibet de Montfaucon en pareille solennité et cérémonies chercher le corps qui, étant arrivé audit hôtel et réuni à son chef, fut déposé et enclos dans un cercueil de plomb, afin de recevoir en apparat, et dans le plus bel ordre, les derniers devoirs dus à son innocence, à sa mémoire et à sa qualité. Ses obsèques eurent lieu à Saint-Paul avec toute la magnificence possible, et de là il fut porté processionnellement au monastère de Marcoussis, accompagné d'un grand nombre de prêtres portant des cierges, suivi de son fils Charles, de ses gendres, de ses parents et amis en grand deuil, avec quantité de nobles personnages de tous les états (1). »

Il y fut enseveli au lieu par lui désigné pour sa sépulture, et les Pères célestins lui élevèrent un tombeau fort considérable pour le temps, avec sa figure dessus, représentée en relief, en habit de cavalier, la tête nue et protégée par un campanile sculpté, les mains jointes, les pieds reposant sur un lévrier, avec quatre aigles placés à chacun des angles de la pierre sur laquelle il était couché.

A la tête de ce monument, qui était élevé d'environ trois pieds au-dessus du sol, on lisait en caractères gothiques, cette inscription latine, éloquente en sa concision :

Non vetuit servata fides regi patriæque,
Quin tandem injustæ traderet ipse neci.

---

(1) Simon de la Motte, chap. XVII.

Et cette autre française :

> Pour ce qu'en pais tenois le sang de France
> Et soulageois le peuple de grévance,
> Je souffris mort contre droit et justice,
> Et sans raison. Dieu si m'en soit propice.

Autour de la pierre qui couvrait le tombeau, et sur laquelle on remarquait ses armes et sa devise, *Ilpadelt*, on lisait encore : « Cy gist noble et puissant seigneur, monseigneur, en son vivant chevalier, seigneur de Montagu et de Marcoussis, vidame de Laonnoys, conseiller du roy et grand-maître d'hostel de France, qui fonda et édifia ce présent monastère. Lequel, en haine des bons et loyaux services par lui fais au roy et au royaume, fut par les rebelles et ennemis du roy, injustement mis à mort à Paris le dix-septième jour d'octobre, veille de Saint-Luc, l'an 1409. Priez Dieu pour luy. »

Plus tard, sous le règne de Louis XII ou de François Ier, ce tombeau fut réparé et peint selon le goût du temps, ainsi que nous le dirons. On ajouta alors, sur le devant de la pierre, cette nouvelle épitaphe dont les quatre premiers vers traduisaient l'inscription latine primitive :

> En obéissant à mon Roy,
> Étant fidèle à ma Patrie,
> Je souffris mort et infamie,
> Contre les ordres de la Loy
> Bien que dans des employs j'aye paru fidèle,
> Qu'au service du roy je me sois attaché,
> Que du sang de ses princes j'aye empesché la perte

Et son peuple des guerres plusieurs fois délivré,
L'infamie n'a pas eu respect de ma teste.
On parfit mon procès contre droit et raison :
La Justice envers moi fut aveugle et cruelle,
En répandant mon sang pour une passion.

Près de la tombe de Jean de Montagu vinrent successivement se ranger celles de Gérard de Montagu, évêque
de Paris, mort en 1420, après avoir secouru le roi
Charles VI de son épargne; de Jeanne de Montagu, troisième fille du grand-maître, qui avait épousé Jacques de
Bourbon, baron de Thury, elle était morte également en
1420 (1); enfin celle de Raymond Raguier, seigneur
d'Orsay, l'ami fidèle et l'intendant de Montagu, qui, par
une fondation dans la chapelle Saint-Pierre, située derrière le maître-autel, avait, en 1416, augmenté la communauté de deux religieux et avait donné au monastère de
riches ornements d'église.

Il fut enterré devant le maître-autel, aux pieds du fondateur, et sous la lame de cuivre qui recouvrait sa sépulture (2) et sur laquelle il était représenté en costume
de chevalier avec ses armes qui étaient : *d'argent, fascé
d'un sautoir de sable, accompagné de quatre perdrix au*

---

(1) Son testament, en date du 5 septembre 1420, est conservé aux Archives de l'Empire, section historique. L. 927.

(2) Plus tard, lorsqu'on avança le maître autel, cette lame de cuivre
fut transportée à l'entrée du chœur, sous les cloches, près des stalles des
supérieurs. On en possède un dessin à la Bibliothèque impériale dans les
Fac-Similé de la Collection Gaignières, d'Oxford.— Voir l'*Iconographie*
de *Marcoussis*, à la Pièce justificative XVII.

naturel, aux becs et pieds de gueule, on lisait : « Cy gît noble homme Raymond Raguier, seigneur d'Orçay, du grand conseil du roy, notre sire, et maître de la chambre des comptes, qui trépassa en la ville de Bourges, le douzième jour du mois d'août, l'an de grâce 1421, et, depuis ainsi qu'il avait ordonné être transporté en l'église de céans, Dieu ait son âme ! »

CHAPITRE V.

Les Sires de Graville à Marcoussis.—État prospère de la Paroisse
du Monastère et du Château, sous l'amiral Louis de Graville.
— Anne de Graville et ses poésies. — 1422 - 1544.

ES Malet de Graville appartenaient à une
ancienne maison normande du pays de Caux,
qui faisait remonter son origine jusqu'au
temps de la présence de Jules César dans les
Gaules ; aussi disaient-ils avec orgueil : *avoir été sire
en Graville, premier* (avant) *que Roy en France.* Ils
portaient : *de gueules, à trois fermeaux ou fermalets d'or,
deux et un,* et leur devise était : *Ma force d'en haut.* Le
château de Graville, siége de leur seigneurie, était situé à
l'embouchure de la Seine, près de Harfleur (1), et compre-

---

(1) Le château de Graville, situé près de l'aqueduc qui fournit aujour-
d'hui de l'eau au Havre, s'élevait sur un mamelon isolé ; il était flanqué
de tours rondes, et défendu par un large fossé, alimenté alors par les
eaux de la Lézarde. Vers le milieu du XVIII⁰ siècle, on voyait encore les

naît les plages du Grand et du Petit-Heure (Hevre, Havre) ;
ce fut même un seigneur de Graville qui plus tard vendit
au roi François Ier, pour 60 livres, la partie de son fief,
environ 24 acres de terre, sur laquelle celui-ci devait fonder la ville du Havre. Un des leurs, Robert Malet, avait,
en 1066, suivi le duc Guillaume en Angleterre, et il
eut sa part de la conquête; aussi les Graville furent-ils
d'abord les fidèles vassaux des ducs de Normandie avant
que d'être ceux des rois de France.

Au temps de la guerre de Cent-Ans, entre la France et
l'Angleterre, ils se virent dépouillés de leurs fiefs et
seigneuries par les Anglais; c'étaient la seigneurie de
Montagu, en Cotentin celles de Harfleur, de Lillebonne,
d'Ambourville, du Grand et du Petit-Heure, de Fon-
taine-Malet de Grâce, et les seigneuries des villes de
Séez et de Bernay.

Jean Malet, IVe du nom, et septième sire de Graville,
avait fait partie, en 1407, de l'ambassade envoyée en
Angleterre pour négocier le mariage d'Élisabeth de
France avec Richard II; plus tard, en 1421, il se jeta
dans Meulan et défendit vaillamment cette place contre

---

restes du donjon et de quelques tours qui furent démolis pour faire place
à la route de Rouen au Havre. Auprès du château, Guillaume Malet avait
fondé, en 1203, un prieuré, sur l'emplacement de la chapelle de Sainte-
Honorine, jadis détruite par les Normands, et y avait appelé les chanoines
réguliers de Sainte-Barbe-en-Auge. Ce prieuré fut longtemps l'objet des
bienfaits de la famille de Graville ; l'église qui subsiste encore aujourd'hui,
et de la terrasse de laquelle on jouit d'une vue admirable sur la mer et
l'embouchure de la Seine, présente quelques parties curieuses pour l'archéologue et pour l'artiste.

les Anglais ; mais, abandonné à ses propres ressources,
il fut obligé de la rendre. Il fut tué à la bataille de Verneuil, en 1424 (?). Jean Malet V, son fils, fut successivement fauconnier, panetier et grand maître des arba-
létriers de France ; c'est en cette qualité qu'il défendit,
en 1427, avec Estienne de Vignoles, plus connu sous le
nom de la Hire, Montargis contre les Anglais. Il fut le
compagnon de Jeanne Darc et la suivit dans sa glorieuse
et patriotique mission ; enfin nous le voyons, en 1429, au
nombre des quatre otages donnés selon l'usage à l'abbé
de Saint-Remy, pour répondre du dépôt de la sainte
Ampoule qui allait servir au sacre de Charles VII.

Jean V de Graville avait épousé Jacqueline de Montagu, veuve de Georges de Montbazon, sire de Craon,
tué à Azincourt. Cette dame, après la mort de sa sœur
aînée, Bonne Élisabeth de Montagu, veuve en secondes
noces de Pierre de Bourbon, sire de Préaux et de Dangu,
hérita des terres de Marcoussis, de Bois-Malesherbes,
de Montcontour et de Tournenfuye, qu'elle apporta ainsi
dans la maison de Graville.

A la terre baronniale de Tournenfuye ou Tournancy, en
Brie, qui leur venait de l'héritage de Montagu, les sires
de Graville ajoutèrent d'autres fiefs du voisinage qu'ils
tenaient de la munificence royale, en récompense de leurs
services militaires et en compensation de leurs domaines
patrimoniaux détenus par les Anglais. C'est ainsi que
près du vieux château de Tournenfuye, que protégeait
une enceinte de huit grosses tours rondes et de larges
fossés, ils en firent construire un nouveau à une demi-
lieue de Héricy, au milieu d'un parc boisé, de 100 ar-

pents. Plus tard, ce château reçut le nom de Graville, en souvenir du château patronymique de Normandie, qui était devenu inhabitable. La sirerie de Graville et la baronnie de Tournenfuye, en Brie, s'étendaient sur les territoires communaux actuels de Héricy, de Champagne, de la Celle-sous-Moret, et partie de celui de Vernou.

Jean Malet V de Graville et Jacqueline de Montagu ne rentrèrent en possession de la seigneurie de Marcoussis qu'en 1422, à la mort de Pierre de Bourbon, sire de Préaux ; de celle de Tournenfuye qu'en 1435, à la mort d'Isabeau de Bavière, et de leurs autres domaines qu'au fur et à mesure de l'expulsion des Anglais du sol français. La terre de Montcontour, en Touraine, avait été adjugée en 1422 au sire de Graville. Jacqueline de Montagu affectionnait ce séjour ; elle y mourut en 1436, et son mari qui fut le premier sire de Marcoussis, de la famille de Graville, paraît l'avoir suivie dans la tombe peu de temps après.

De son premier mariage avec Marie de Ballangues, Jean Malet V avait eu une fille, Marie de Graville, qui, mariée à Gérard d'Harcourt, donna lieu à la branche des sires de Bonnestable et de Beuvron. De son second mariage avec Jacqueline †de la Grange vinrent deux fils : l'aîné, Jean Malet VI, succéda à son père dans tous ses biens ; le second, Charles de Graville, fut curé de Montfort et recteur de l'université de Caen.

Jean Malet, VIe de ce nom, fut le IXe sire de Graville (1) et le IIe sire de Marcoussis. Il avait porté le titre

(1) P. Anselme. *Histoire généalogique de la maison de France et des*

+ de ens † 2pn.

de sire de Marcoussis du vivant même de son père, et il tenait cette seigneurie, ainsi que celle de Bois-Malesherbes, de l'héritage de sa mère, Jacqueline de Montagu. Il rendit en cette qualité hommage au roi Charles VII en 1445. Après la mort de son père et la complète expulsion des Anglais de la Normandie, il rentra en possession des seigneuries de Graville, de Harfleur, de Lillebonne, de Ambourville, du Grand et Petit-Heure, de Montagu, en Cotentin, de Fontaine-Malet-de-Grâce et de Joinville; il était chambellan du dauphin, et en 1461, lorsque Louis XI fut monté sur le trône, il conserva cette même charge. Il fit aveu au nouveau roi, en 1461 de tous ses domaines, mais Robert de Saarbruck, sire de Commercy, qui descendait de sa tante Bonne-Élisabeth de Montagu et du sire de Roucy, revendiqua la terre de Marcoussis, qui, par arrêt du parlement du 4 septembre 1462, fut un instant placée sous le séquestre royal. Louis XI restitua bientôt ce domaine à son chambellan, qu'il paraît avoir beaucoup affectionné, et auquel, en 1470, il avait ac-

---

grands officiers de la couronne, t. VII. Généalogie de la maison de Graville, dans l'*Histoire généalogique de la maison d'Harcourt*, par le sieur Gilles André de la Roque. 1 vol. in-fo 1662, p 162 à 164, 272, 818 à 837, 961, 962. Le P. Anselme compte, après Jean Malet V de Graville, époux de Jacqueline de Montagu, son fils Jean VI, chambellan du dauphin, le fils aîné de celui-ci Jean VII, chambellan du roi Louis XI, et enfin son second fils Louis héritier de son frère Jean VII.

Le sieur de la Roque compte : Jean Malet IV de Graville, époux de Jacqueline de Montagu; après lui Jean V, et après celui-ci Jean de Graville, mort avant son père Jean V et sans qualité, enfin Louis de Graville, son second fils et son héritier universel.

cordé, entre autres faveurs, le droit de foire pour sa terre de Châtres, aujourd'hui Arpajon.

Jean II, sire de Marcoussis, avait épousé en premières noces Marie de Montauban, seconde fille de Guillaume de Rohan, seigneur de Montauban, prince de Léon, et de Bonne-Élisabeth Visconti, et, en secondes noces, de Marie de Montbron. Il eut pour enfants : Jean de Graville, qu'il apanagea d'abord de la seigneurie de Marcoussis, mais qui mourut avant lui; Louis de Graville, qui devait hériter de tous ses biens; et trois filles : Louise de Graville, qui épousa le sire de Rouville et de Moulineaux; Marie de Graville, femme du sire de Clermont et de Gallerande; enfin Renée de Graville, femme de Louis de Clermont. Il mourut vers l'année 1473.

Louis Malet de Graville, IIIe sire de Marcoussis, et qui devait être le dernier descendant mâle direct de l'illustre famille de Graville, était né à Paris en 1438; du vivant de son père, il avait été apanagé de la seigneurie de Montagu en Cotentin, et, lorsque son frère aîné mourut, du consentement de son père il hérita encore des seigneuries de Marcoussis et de Bois-Malesherbes (1). A l'âge de vingt-trois ans, il fit ses premières armes sous la conduite de Jean de Montauban et de Rohan, grand

---

(1) Les *Notes historiques sur Marcoussis*, placées en tête du premier volume manuscrit de l'*Inventaire général des titres et pièces de la châtellenie de Marcoussis, Terrier de la comtesse d'Escliguac*, disent que Jean Malet de Graville, deuxième du nom, resta propriétaire de la seigneurie de Marcoussis jusqu'en 1458, qu'il la donna, par acte du 22 juin de la même année, à Louis Malet de Graville son fils qui illustra sa maison, etc.

amiral de France et grand maître des eaux-et-forêts, son oncle maternel. Il fut chambellan et conseiller du roi Louis XI, et c'est en cette qualité que, le 2 novembre 1482, il lui rendit hommage au Plessis-lès-Tours, et lui, fit aveu pour ses seigneuries de Graville, Séez, Bernay, Aquerville, Montagu, la Brisette, Gometz-le-Châtel, Marcoussis, Villiers, Valleron (Vaularon), la Ronce. Nozay, la Ville-du-Bois, Boissy, Egly, Breuillet, Chetouville (Chenanville ou Choinville), Saint-Yon, Hangest, la Broce, Héricy, Villiers, Saint-Port, Morte-Fontaine, du Verger, Feuqueray, Fontenay, Senencourt et Milly en Gâtinais (1). Ce seigneur épousa Marie de Balsac, fille de Roffec de Balsac, seigneur d'Entragues, dont il eut deux fils, Louis et Joachim de Graville, qui moururent en bas-âge, et trois filles, Louise Malet, dame de Graville; l'aînée, qui fut mariée à Jacques de Vendôme, vidame de Chartres, prince de Chabanais et grand maître des eaux-et-forêts de France; Jeanne Malet, dame de Marcoussis, alliée d'abord à Charles d'Amboise, IIe du nom, seigneur de Chaumont-sur-Loire et de Meillant, maréchal de France et grand amiral, et en secondes noces à René d'Illiers; enfin Anne Malet de Graville, dame de Montagu, qui épousa son cousin, Pierre de Balsac d'Entragues.

Louis de Graville avait assisté à la bataille de Saint-Aubin-du-Cormier; plus tard, en 1492, à l'assemblée du

---

(1) Généalogie de la maison de Graville, aux pages 818, 837 de l'*Hist. généalogique de la maison d'Harcourt*, par le sire G. A. de la Roque, in-f°, 1662.

Plessis-lès-Tours, il ne craignit pas de dissuader le roi Charles VIII d'entreprendre la guerre d'Italie; mais lorsque cette expédition eut été résolue, il suivit le roi au delà des Alpes, et celui-ci, pour le récompenser de ses loyaux services, lui donna, en 1494, le gouvernement des deux importantes provinces de Picardie et de Normandie. Il était déjà, depuis l'année 1486, amiral de France. Sous Louis XII, il conserva toute la faveur royale et devint, avec le cardinal Georges d'Amboise, un des principaux conseillers de ce prince, qui l'investit encore de la charge de grand veneur. Il s'était, en 1508, démis un, instant, de la charge d'amiral en faveur de son gendre, Charles d'Amboise; mais celui-ci étant mort en Italie, deux ans après, en 1510, il s'en ressaisit et la garda jusqu'à sa mort.

Louis de Graville doit être considéré comme le second fondateur de la seigneurie de Marcoussis; il affectionnait ce séjour et y passa les dernières années de sa vie. Lorsqu'il prit possession de ce domaine, il le trouva dans un grand état d'abandon : son père et son grand-père s'y montraient rarement, et dans les anciens titres, conservés dans les archives du château jusqu'au moment de la révolution, il n'était question de Jean II de Graville, sire de Marcoussis, qu'à propos de la vente que fit ce seigneur le 27 mars 1452, aux Célestins, de 140 à 150 arpents de terre et de bois au terroir de Marcoussis, dont 50 arpents formaient la pièce de terre, plus tard plantée en vignes, appelée le Clos, devant la porte du monastère.

C'est en 1458, et par acte notarié en date du 27 juin de cette même année, que Jean Malet II de Graville donna

à son fils la terre et la seigneurie de Marcoussis. Celui-
ci y fit de nombreuses réparations et apporta de notables
améliorations au château. Il supprima le principal escalier, qui était saillant dans la cour, au milieu du bâtiment
formant l'aile droite, en retour, en entrant dans le château, et le fit reconstruire, dans œuvre « d'une manière
aussi belle que commode. » Il fit aussi baisser au niveau
du premier étage la demi-tour ronde située à l'extérieur
au milieu de ce même corps de logis, et donnant sur les
jardins du château, et il y fit pratiquer un salon octogone pour servir de dégagement à la grande salle principale. Dans cette même grande salle, il avait fait représenter l'entrée du roi Charles VIII à Naples, en costume
de roi de Jérusalem et sur un cheval couvert d'une riche
housse aux armes de ce royaume. Cette décoration fut
répétée dans la chambre située au-dessus, que l'on appelait la *chambre du Roi*. L'une et l'autre de ces salles
étaient en outre décorées d'une profusion d'armoiries rap-
pelant les alliances des Montagu et des Graville, et de
devises emblématiques selon le goût du temps; c'est
ainsi qu'au-dessus de la cheminée on lisait au milieu
d'amours lutinant des nymphes :

Ignis pessimus omnium cupido !

Au-dessus des portes du grand escalier et de la grande
salle, on voyait également ses armes, avec des aigles et
des anges, pour supports, et deux cigognes pour cimier.

Il fit commencer les travaux de restauration de la nef,
du portail et du clocher de l'église du Prieuré, ou de la

Magdeleine, réparations qui furent achevées, après sa mort, par l'ordre de Louise de Graville, dame d'Amboise, sa fille. Aujourd'hui on peut voir aux clefs de la voûte de la nef de l'église communale de Marcoussis, les armes des Graville avec les fermaux et l'ancre symbolique de la dignité d'amiral; ces mêmes armes sont encore conservées dans un des rinceaux du haut de l'ogive de la grande verrière située au-dessus de la porte d'entrée.

En même temps qu'il faisait réparer et embellir le château de Marcoussis et l'église paroissiale, l'amiral de Graville faisait relever les ponts écroulés et réparer les chemins de la seigneurie. C'est probablement par ses ordres que fut établie, sur le territoire de la commune, la troisième chaussée transversale à la vallée qui retenait les eaux de la Salmouille et des étangs de Roucy et de Craon, pour former ce que l'on appela depuis l'Étang-Neuf. Il obtint du roi Charles VIII, par lettres patentes du mois de décembre 1488, la faculté d'établir à Marcoussis un marché le mercredi de chaque semaine, et deux foires, par an, qui furent fixées aux jours de la Magdeleine, le 22 juillet, et de Saint-André, le 30 novembre. Ces foires et marchés eurent lieu pendant longtemps; mais les marchés de Montlhéry, d'Arpajon, de Limours et de Longjumeau, plus accessibles, et dès lors plus fréquentés, ont insensiblement anéanti celui de Marcoussis. A l'égard des foires, plus tard, en 1584, François de Balsac voulut en établir deux nouvelles, l'une le 24 février, jour de Saint-Mathias, l'autre le 11 juin, jour de Saint-Barnabé, mais elles ne réussirent pas; ces deux dernières eurent lieu pendant le XVIII⁰ siècle (1). Aujourd'hui il n'en existe plus que deux, celle du lundi de Pâques, qui est l'ancienne fête de l'anniversaire de la dédicace du monastère des Célestins (2) et celle de la Magdeleine, le 22 juillet, qui est restée la véritable fête patronale de la commune.

Ce fut l'amiral Louis de Graville qui réunit définitivement à la terre de Marcoussis les fiefs de Nozay, de la Ville-du-Bois et de Villiers-sur-Nozay, dont il fit successivement l'acquisition des mains de ceux qui les possédaient à la seule condition d'hommage et d'aveu aux anciens seigneurs de Marcoussis. A ces fiefs étaient attachés les droits de haute, moyenne et basse justice, et tous les droits en dépendant, ainsi que le constatent les aveux de 1367, de 1386 et de 1574 (3). Aussi, est-ce fort injustement, que, plus tard, les prévôts royaux de Montlhéry réclamèrent la juridiction seigneuriale sur les territoires de Nozay et de la Ville-du-Bois.

La Ville-du-Bois n'était, dans l'origine, qu'un pauvre hameau habité par des bûcherons et des vignerons, et dépendant du village de Nozay; elle n'avait ni chapelle ni église, et il fallait que, par quelque temps qu'il fît, ses habitants se rendissent à l'église de Nozay pour y suivre les offices. Le 25 décembre 1511, ils obtinrent de l'Amiral

---

(1) *Notes historiques sur Marcoussis*, en tête du premier volume manuscrit de l'*Inventaire général de la châtellenie de Marcoussis*.

(2) Cette fête se célébrait autrefois sur une place en forme de demi-lune, plantée de vieux noyers, et qui était devant l'entrée du couvent.

(3) Voir ces aveux aux pièces justificatives III, IV, IX.

la cession gratuite d'un emplacement pour y faire édifier une chapelle qui fut consacrée sous l'invocation de saint Fiacre. Le 18 juillet 1533, cette chapelle fut érigée en succursale annexe de Nozay, à la charge par les habitants de la Ville-du-Bois de payer au curé de Saint-Germain de Nozay, et à ses successeurs à la cure, la somme annuelle de 40 livres tournois, de faire bâtir une maison presbytérale et de contribuer pour leur quote-part à la réparation de ladite église de Nozay. Les seigneurs de Marcoussis y conservèrent un banc d'honneur devant l'autel de la Vierge, près du maître-autel (1).

L'Amiral avait également acquis, vers 1507, les fiefs de la Ronce et de Chenanville, le premier situé sur le territoire de Marcoussis, le second sur celui de Linas; il possédait encore, sur ce même territoire de Linas, les beaux fiefs de Guillerville et de Fontenelles, où autrefois avait eu lieu la première fondation du prieuré de Fontenelles ou de Saint-Vandrille.

Les archives de la seigneurie gisaient, éparses et sans ordre, dans une des tours du château; l'Amiral les fit recueillir, compulser, classer, et chargea son intendant et conseiller, Jean d'Épinay, évêque de Mirepoix, de faire rédiger le Terrier de Marcoussis, dont la châtellenie avait pris une grande importance par ses acquisitions et ses adjonctions (2). L'évêque de Mirepoix lui

---

(1) *Notes historiques sur Marcoussis. Mss.*

(2) On peut en juger par ce fait que la châtellenie de Marcoussis comptait alors parmi ses vassaux et arrière-vassaux plus de 100 gentilshommes et 25,000 hommes. (*Notes historiques sur Marcoussis.*)

présenta quelque temps après un magnifique Terrier sur parchemin vélin grand in-folio. Il contenait l'inventaire manuscrit de tous les fiefs, apanages, terres qui relevaient de la seigneurie. En tête de chacun des chapitres on voyait des miniatures rehaussées d'or et des couleurs les plus vives; l'une représentait une vue du château, une seconde, Montagu entouré de sa famille, recevant de l'architecte ou maître-ès-œuvres le plan du couvent; une troisième, le roi Louis XI visitant la tombe de Jean de Montagu; les autres, des vues de chacun des fiefs, hôtels, domaines, fermes dont le détail suivait. Ce Terrier, qui comprenait plusieurs volumes, un peut-être pour chacune des seigneuries de Marcoussis, de Nozay, de la Ville-du-Bois, de Bois-Malesherbes, etc., etc., fut placé dans la pièce qui était dans le donjon, au-dessus de l'entrée du château, et que l'on appela pour cela la Chambre des archives, avec les chartes et autres titres de la châtellenie, bien classés et coordonnés. A propos de ce Terrier, l'auteur des notes historiques mises en tête de l'inventaire général des titres de la châtellenie, fait en 1781 par ordre de madame la comtesse d'Esclignac, dit: «Il existe à Marcoussis un exemplaire (un volume) de l'un de ces Terriers, comprenant un grand nombre de terres des environs, écrit avec grand soin sur le plus beau vélin, dont les feuillets et la première ligne des titres de chaque seigneurie sont cotés et écrits en lettres d'or; en tête de chaque fief, sont les paysages dessinés de chaque seigneurie. C'est sans contredit le plus bel ouvrage de son temps en ce genre. *Malheureusement il ne comprend pas la seigneurie de Marcoussis*, mais il est bon de le

conserver parce qu'il comprend des droits qui ont été attribués à Marcoussis par des partages subséquents; et
d'ailleurs ce bel ouvrage, outre qu'il est curieux, peut
procurer la satisfaction au seigneur de Marcoussis d'aider
ses voisins des renseignements qu'il comporte relativement à leurs titres (1). »

Ce Terrier fut, sans doute, fait en double expédition.

Tandis que l'amiral Louis de Graville résidait à Marcoussis, les ponts-levis du château s'abaissèrent plus
d'une fois pour y recevoir les rois de France Louis XI,
Charles VIII, Louis XII et François Ier. Ils y étaient attirés soit par les plaisirs de la chasse, soit par le séjour
d'une nuitée, dans leurs voyages de Paris vers les rives
de la Loire.

Louis XI, notamment, y séjourna quelque temps, et
l'on rapporte que dans une visite au couvent des Célestins, il s'était arrêté devant le tombeau du grand maître,
Jean de Montagu, et venait d'en lire l'inscription,

_____

(1) Pendant la Révolution, les archives du château furent d'abord
transportées à Versailles; plus tard, madame la comtesse de la Myre les
ayant réclamées, elles lui furent rendues, et on les déposa au bailliage.
Parmi ces archives se trouvaient le volume du Terrier de l'amiral de
Graville, et le Terrier complet, accompagné des grands plans de la seigneurie, dressé en 1762, par ordre de la comtesse d'Esclignac ; lorsqu'on
répara le Bailliage, ils furent transportés au couvent, chez M. le marquis
de Salperwick, où ils restèrent oubliés. A la mort de ce dernier, en 1851,
le volume du Terrier de Graville fut vendu moyennant 150 fr., tandis
que le reste des archives et le Terrier d'Esclignac étaient adjugés à
M. Balaÿ de la Bertrandière, acquéreur des biens-fonds. Il paraît que ce
volume, qui nous eût été si précieux à consulter, est aujourd'hui enfoui
dans la bibliothèque de quelque lord anglais.

lorsque, se retournant vers le prieur qui l'accompagnait, il lui dit : « Votre fondateur fut donc condamné par justice?— Pardonnez-moi, sire, reprit le Célestin, il fut jugé par commission. (1) » Cette réponse n'était certainement pas sans hardiesse, si l'on considère à quel prince elle était faite.

Charles VIII signa au château de Marcoussis, en décembre 1488, « les lettres royaux » qui y établissaient la foire de la Saint-André. Enfin Louis XII y signait aussi deux traités : l'un en 1496, confirmatif des trêves marchandes de Senlis et de Barcelone (les premiers traités internationaux intéressant le commerce); l'autre en 1498, avec Ferdinand d'Aragon, à l'occasion de ses prétentions sur le royaume de Naples.

François Ier, n'étant encore que duc d'Angoulême, venait souvent chasser dans les bois de Marcoussis, et si nous en croyons une maligne tradition, il y poursuivait à la fois deux gibiers bien différents. En effet, on assure qu'il prit un jour un cerf dans les fossés mêmes du château, et longtemps après on en voyait la dépouille, ornée d'un collier aux armes de France, dans la grande-salle; de plus, dans une de ses chasses, il rencontra une jeune fille de grande noblesse que l'on croit avoir été l'une des deux filles aînées, Louise ou Jeanne, de l'amiral de Graville, qui lui inspira une passion telle que le triomphe ne put l'assouvir, et qu'après la mort de son oncle le roi Louis XII, lorsqu'il fut monté sur

----

(1) *Notes historiques sur Marcoussis. Mss.*

7

le trône, on le vit encore accourir au château de Marcoussis (1).

C'est pendant une de ces galantes excursions cynégétiques que François Ier, visitant un jour le couvent des Célestins, fut conduit devant le tombeau de Jean de Montagu ; apprenant sa mort violente et précipitée, il jura sur le maître-autel de ne jamais faire condamner personne à mort par commission. Nous aimons à croire que ce serment du roi-chevalier fut postérieur au procès et à la mort du malheureux Semblançay (2).

Il était dit, d'ailleurs, que le pauvre Amiral ne devait pas avoir toute satisfaction avec ses filles. Il avait perdu sa femme, Marie de Balsac, le 23 mars 1503, et, avant elle, ses deux fils, Louis et Joachim, encore en bas âge. De ses deux premières filles, l'une, Louise de Graville, mariée à Louis de Vendôme, devait voir mourir son fils unique dans toute la fleur de sa jeunesse ; l'autre, Jeanne de Graville, était déjà veuve de l'amiral Georges d'Amboise. Il ne lui restait pour la consolation de ses vieux jours que sa dernière fille, Anne de Graville, réputée par les avantages physiques dont la nature l'avait douée, et aussi par les grâces et la délicatesse de son esprit. Il lui en coûtait de s'en séparer, et cependant il devait chercher à lui procurer un établissement digne de sa

---

(1) *Les Événements du château de Marcoussis*, à la page 105 du volume de novembre 1782, de la *Bibliothèque de Romans et d'Anecdotes*. —Voir la pièce justificative XVII.

(2) Cette anecdote est racontée par Étienne Pasquier, mais il ne parle pas du serment du roi.

naissance. Il s'y résolut enfin, d'autant plus quelle était fort recherchée par les jeunes seigneurs de la cour. On a en effet retrouvé parmi les papiers du château de Marcoussis une lettre à elle adressée par son père, dans laquelle l'Amiral lui fait savoir qu'elle était demandée en mariage par trois jeunes seigneurs, le premier assez volage, le second téméraire et emporté ; le troisième, bien qu'il ne fût pas aussi riche et aussi avantagé que les deux autres puisqu'il n'avait que 8,000 livres de rente, était néanmoins modéré, sage et d'une belle conduite. Le choix de la jeune fille ne devait pas être douteux. Et, cependant, ce jeune homme *modéré, sage et d'une belle conduite*, qui n'était autre que Pierre de Balsac, son cousin, prévint ses deux compétiteurs en enlevant la belle.

Ce fut un coup bien douloureux pour l'Amiral qui se voyait arrivé aux limites de l'extrême vieillesse , sans soutien, abandonné de cette fille chérie qui, d'abord, à la mort de sa mère, avait pris la résolution de ne jamais se marier, pour se consacrer entièrement à son vieux père. « L'amiral Louis de Graville voulait venger son honneur outragé ; il songea à déshériter sa fille il refusa de la voir, de faire grâce aux coupables, quoiqu'ils se fussent unis en mariage devant la sainte Église ; il tomba enfin dans un grand abattement que sa vive douleur augmentait de jour en jour.

» Cependant il cherchait dans les consolations de la religion un remède à ses chagrins, et il se rendait souvent dans l'église des Célestins. Il s'y trouvait la veille du Vendredi-Saint, et se disposait à l'adoration de la vraie croix, lorsque le prieur, qui, la veille, avait offert un

asile, au couvent, aux deux jeunes époux repentants, et
alors dans un assez triste état de misère et d'abandon,
car l'Amiral avait expressément défendu à ses parents, à
ses proches et à ses amis de leur venir en aide, l'arrêta
au moment où il allait se mettre à genoux, et lui remon-
tra assez vivement, avec tout le zèle que lui suggérait sa
piété, qu'il n'était pas juste qu'il s'approchât du bois sacré, sur lequel le Fils de Dieu, pour réconcilier les hommes
à son Père éternel, avait répandu son sang précieux et
exposé sa vie, s'il n'était résolu à l'imiter en pardonnant,
volontiers, à ses deux enfants qui présentement l'en sup-
pliaient, avec tous les ressentiments de douleur possible
de s'être oubliés avec tant d'excès, que d'avoir, par leur
faute et conduite téméraire, provoqué son courroux et
mérité sa disgrâce. Ce généreux seigneur et vieillard
vénérable, touché sensiblement de l'amour et du respect
qu'il devait à son Sauveur, et, d'autre côté, ses entrailles
s'étant émues de voir sa fille les cheveux épars et sans
ordre, les larmes aux yeux, avec son époux, tous deux
dans un équipage capable de toucher et fléchir les plus
insensibles et obstinés, avouer par un morne silence la
parole de ce bon religieux, leur pardonna franchement et
sans difficulté, puis, les ayant embrassés avec une affection et une tendresse paternelle, acheva son adoration
par une piété exemplaire qui édifia généralement l'assis-
sistance, et eux, en actions de grâces, s'acquittèrent ensuite de ce devoir avec toute la joie qu'on peut s'imaginer d'une action si touchante et si louable (1). »

---

(1) Simon de la Motte, chap. XXVI.

L'enlèvement d'Anne de Graville par son cousin Pierre de Balsac, eut lieu vers l'an 1509, et la réconciliation aux Célestins de Marcoussis dans la semaine sainte de 1510; à cette époque, Pierre de Balsac avait trente ans. Elle se fit à de dures conditions, car l'Amiral poursuivait alors devant le parlement de Paris l'entière exhérédation de sa fille Anne « pour cause de rapt et d'inceste, ingratitude, offense et délits. » De leur côté, les deux jeunes gens soutenaient que leur union n'avait eu lieu que par le bon plaisir de leur père, ainsi qu'ils en pouvaient témoigner par ses lettres missives (1). L'affaire était encore pendante lorsque, dans un voyage de la cour, celle-ci se trouvant, le 28 mars 1510, au château de Vigny, l'amiral de Graville, pour complaire au roi Louis XII ainsi qu'au cardinal Georges d'Amboise, archevêque de Rouen, qui sollicitaient de lui une réconciliation avec les deux époux,

---

(1) Nous croyons, quoi qu'en ait dit Simon de la Motte, que la lettre écrite par l'amiral à sa fille pour lui désigner Pierre de Balsac comme époux était fausse et supposée. Les lignes suivantes, que nous lisons aux pages 12 et 13 de l'Avertissement de *l'Anastase*, font allusion à cette supercherie coupable. L'auteur, en exposant le plan de l'ouvrage, qu'il n'eut pas le loisir de terminer, dit à propos de la quatrième partie : «.....On donnera de plus le dénouement des intrigues galantes du mariage de Louise (pour Anne) de Graville, fille de Louis, l'amiral de France, qui, sous ombre d'un écrit malentendu, consentit à son enlèvement par le jeune baron d'Entragues, son cousin germain ; enlèvement qui lui fit éprouver bien des traverses, des pleurs et des larmes, qui nous découvrent clairement le sens mystérieux de ces paroles latines : *Musas natura, lachrymas fortuna !* écrites autour d'une chante-pleure, instrument de musique ancien que cette savante fille, la Minerve de son temps, prit dès lors pour devise ou pour emblème....»

consentit enfin à une transaction : il ratifiait le mariage
« autant que besoin serait, » mais à la condition que sa
fille Anne, selon le contrat notarié passé entre eux le
20 mars précédent, renoncerait à tout ce qui pourrait lui
revenir un jour de l'héritage paternel, et se contenterait
de 1,000 livres tournois de rente et de 10,000 écus d'or
une fois payés.

En se soumettant à d'aussi dures conditions, Anne de
Graville espérait sans doute reconquérir l'amitié et les
bonnes grâces de son père à force de soins et de dévoue-
ment ; mais celui-ci ne paraît pas être revenu à de meil-
leures dispositions. En effet, dans un testament écrit de
sa propre main, que l'on possède encore aujourd'hui
dans les archives de Chartres, il est expressément fait
mention de la désbérence à la condition de la rente de
1,000 livres tournois et de la somme de 10,000 écus d'or
une fois payés « pour les causes et raisons pour lesquelles nous sçavons et cognoissons la dite Anne, notre
fille, avoir bien deservy d'estre beaucoup plus petitement
partie, et de moyns participer et amender nos biens et
succession, *les quelles causes et raisons n'avons voulu
escryre et mettre en ce présent nostre testament, mays
les avons couchées et mises à Paris en une lettre en
parchemin, escrypte double et signée de nostre propre
main*, le XXVIIe jour du mois de juin mil cinq cens et
douze, et scellée du scel de nos armes... Donné à Marcoussy... (1).

---

(1) Marquis de la Queuille, *Anne de Graville, ses poésies, son exhéré-
.dation*. Tome Ier, p. 328 à 338 des *Mémoires de la Société archéologique*

Plus tard, dans un autre testament daté de 1516, c'est-à-dire de quelques mois avant sa mort, l'Amiral supprimait ce passage injurieux pour sa fille, mais maintenait les dures conditions qu'il avait faites. Que se passa-t-il après? Anne de Graville parvint-elle, au dernier moment, à obtenir de son père un codicille en sa faveur ou une contre-lettre qui détruisait l'effet de sa déshérence? Toujours est-il que nous voyons, deux ans après la mort de l'Amiral, le 9 septembre 1518, Louis de Vendôme, vidame de Chartres, fils de Louise de Graville, signer avec sa tante Anne de Graville, et son oncle par alliance Pierre de Balsac, une transaction qui admet ces derniers à partager avec lui la succession de l'Amiral, au mépris des deux testaments de 1514 et de 1516. Anne de Graville avait été quelque temps avant la mort de son père, présentée à la cour; le roi Louis XII la plaça en qualité de dame d'honneur auprès de sa fille aînée, Claude de France, qui, le 18 mai 1514, à peine âgée de quatorze ans, épousait François, comte d'Angoulême. Lorsque ce dernier fut devenu roi de France, sous le nom de François Ier, elle continua ses fonctions auprès de la reine Claude, assista avec elle à la fameuse entrevue du camp du Drap d'or, la suivit à Blois dans sa retraite, pendant la campagne de Marignan, et resta fidèle à cette douce et bonne princesse jusqu'à la mort de celle-ci, arrivée à Blois le 26 juillet 1524.

Elle se retira, sans doute, alors, à Bois-Malesherbes ou

---

d'*Eure-et-Loir*. Il a été fait un tirage à part à quelques exemplaires de cet article.

Malesherbes, comme on commençait à dire alors par abréviation, qui lui était échu pour sa part de la succession de l'Amiral, et y consacra le reste de ses jours à l'étude et à l'éducation de ses enfants. On ignore l'époque de sa mort et de celle de son mari, qui paraît lui avoir survécu de quelques années. On sait seulement que celui-ci, prévoyant les difficultés qui devaient leur être opposées à propos des successions, avait recommandé ses enfants à Marguerite de Valois, sœur de François I⁽ᵉʳ⁾.

Nous verrons, plus loin, que les enfants survivants de cette fille déshéritée par l'amiral de Graville, Guillaume et Thomas de Balsac, devaient au contraire hériter de tous ses biens.

Anne de Graville, dont la jeunesse se passa au château de Marcoussis, et que nous croyons avoir été la filleule de la reine Anne de Bretagne, femme de Louis XII, avait reçu une forte instruction et ne manquait ni de goût ni d'esprit ; elle parlait plusieurs langues et ne dédaignait pas les occupations littéraires ; elle peut être comptée au nombre des femmes-poëtes de son temps. On possède encore aujourd'hui, à la Bibliothèque de l'Arsenal, le manuscrit de ses œuvres ; il est très-bien écrit sur vélin et orné de plusieurs belles miniatures ; il contient trois pièces :

1° Le roman en vers des Amours de Palamon et d'Arcite avec la belle Emilia (1) ;

---

(1) Il y a à la Bibliothèque impériale, dans le fonds Colbert, 4243, une copie manuscrite sur vélin — n° 1397 — de ce poëme ; il est composé de 77 petits feuillets in-4° reliés aux armes de France et portant le chiffre

2° Une épître de Clériandre, la Romaine, à Réginus, le centurion, son concitoyen ;

3° Une héroïde adressée par la belle Maguelonne à son ami Pierre de Provence.

On retrouve dans ces pièces les qualités et les défauts de l'école de Marot et de Ronsard, et elles sont très-propres à faire comprendre quels étaient les passe-temps de la cour de France à la suite du mouvement littéraire de la renaissance dont les guerres d'Italie donnèrent le signal.

Cependant la jeunesse d'Anne de Graville avait été trop éprouvée pour qu'il ne restât pas dans son esprit un fond de tristesse et de mélancolie ; aussi, dans la chambre qu'elle habitait au château de Marcoussis, avait-elle fait représenter une chantepleure, instrument de musique du temps, avec cette devise significative :

Musas natura, lachrymas fortuna.

Plus tard, nous la voyons terminer son poëme par une vive diatribe contre les indiscrets et les vantards de bonne fortune, dont, sans doute, elle eut beaucoup à se plaindre ; elle avait alors adopté pour devise cette recommandation, dernier écho de la douce chanson de l'amour :

Va n'en di mot !

Marcoussis dut présenter sous l'amiral de Graville un

de Louis XV, sans nom d'auteur, avec ce titre : *la Vie de Thésée en vers.* Voir la pièce justificative VII.

spectacle très-animé ; il était alors très-fréquenté. Le séjour des rois Charles VIII et Louis XII avec leur cour ;
les fêtes qui s'y donnèrent ; les chasses qui étaient alors
en grande faveur, car, en outre d'une belle meute, il y
avait dans le grand parc une fauconnerie, une héron-
nerie et une faisanderie ; la pêche des deux grands étangs
devaient y attirer beaucoup de monde. Il est probable
que le village se ressentit de cette bruyante prospérité ;
ses habitants purent alors jouir d'un certain bien-être.
Dès l'an 1449, et par lettres patentes du roi Charles VII,
datées de Chinon, ils avaient été exemptés de faire
le guet et de monter la garde au château de Montlhéry.

L'amiral de Graville affermait les emplois de sa châtellenie et quelques-uns de ses droits seigneuriaux. C'est
ainsi qu'il loua la prévôté de Marcoussis, pendant les années 1498 et 1499, à Guillot Charron, moyennant 8 livres
parisis ; et à Michel le Normant, moyennant 10 livres,
pour les années 1500 et 1501. Le droit de clergé était
loué, à la même époque, 3 livres 15 sous ; celui de ta-
bellionnage, 25 livres par an ; celui de pressoir, 15 livres ;
celui de voirie, 20 sous, etc., etc.

A cette époque, l'ancien hôtel des Carnaux restait
affecté au four bannal, le pressoir bannal se trouvait en
haut de la montée du champ de foire actuel, à l'angle
gauche du chemin qui allait au château, en séparant le
grand parc du petit parc, qui, tous deux, n'étaient pas
encore clos de murs. Le prévôt et le capitaine du château avaient leur résidence au château même, dans l'aile
gauche en entrant, où se trouvaient les prisons. La cure

était derrière l'église de la Magdeleine ; et, au côté méridional, au delà du cimetière qui entourait l'église, on
voyait encore les vieux bâtiments du prieuré de Saint-
Vandrille. Les abbés de la célèbre abbaye normande
avaient, depuis la guerre des Anglais, beaucoup négligé
cet écart éloigné de leur riche domaine, et les dîmes que
les prieurs de Marcoussis prélevaient dans le village suffi-
saient à peine à leur entretien ; d'ailleurs les Religieux
célestins, dont le monastère était si souvent l'objet des
bienfaits du seigneur du lieu, avaient hérité de l'importance passée du prieuré dont les titulaires se bornaient
à défendre vivement leurs droits à la cure paroissiale et
à exercer les fonctions sacerdotales.

L'amiral de Graville, sur la fin de ses jours, ne quittait
plus le château de Marcoussis : il y était aimé et vénéré
de tous à cause de ses bienfaits. Il avait prêté au roi
Louis XII 80,000 livres, somme très-considérable pour
le temps, et représentant environ 320,000 francs de notre
monnaie, pour laquelle certains domaines et des seigneuries (Melun, Corbeil, Dourdan, etc., etc.), lui avaient
été hypothéqués ; dans son testament, et par un codicille
en date du 22 mai 1513, il déclara qu'il ne voulait pas
que cette somme fût restituée à ses enfants, et ordonna
que les terres et rentes qu'il tenait du roi pour l'engage-
ment de ce prêt lui fussent rendus, « suppliant très-humblement Sa Majesté qu'il lui plût de décharger de pareille
somme les bailliages les plus foulés de son royaume, son
désir étant que ce legs fût employé au soulagement du
peuple, en considération de ce qu'il avait reçu quantité
de bienfaits remarquables et plusieurs dons magnifiques

des rois ses maîtres, pour lesquels le public avait pu être grevé et surchargé notablement (1). »

« Ce seigneur charitable et bon, ajoute Simon de la Motte, mourut au château de Marcoussis le 30 octobre 1516 ; son corps fut porté avec celui de son fils aîné, Louis de Graville, au couvent des Pères cordeliers de Malesherbes, qu'il avait fondé ; son cœur fut inhumé à Graville, en Normandie, dans l'église des chanoines réguliers dudit lieu, et ses entrailles furent déposées dans l'église du couvent des Célestins de Marcoussis. » Son testament, qui est cité comme un modèle de religion et d'abnégation chrétienne, fut imprimé dans plusieurs livres d'église de l'époque. On dit que le cardinal de Richelieu le fit réimprimer pour le comparer au sien (2).

Les grands biens de l'Amiral furent partagés entre ceux de ses enfants ou petits-enfants qui lui survivaient. Graville, en Normandie, avec ses dépendances, Séez et Bernay vinrent en partage aux enfants de madame Louise de Graville, veuve de Louis de Vendôme, vidame de Chartres ; les seigneuries de Marcoussis, de Nozay, de Châtres, de Boissy-sous-Saint-Yon, de la Ronce, de Saint-Yon, et autres fiefs appartinrent à Jeanne de Graville, veuve de l'amiral et maréchal de France Charles d'Amboise (3) ; et Malesherbes, Ambourville, Montagu en

---

(1) Simon de la Motte, chap. XXVI. — Généalogie des Graville, dans l'*Histoire généalogique de la maison d'Harcourt.*

(2) Marquis de la Queuille. — *Anne de Graville, ses poésies et son exhérédation.* Il y a aux Archives d'Eure-et-Loir un testament de Louis de Graville, écrit de sa main, en date de 1514.

(3) Avant la Révolution, parmi les pièces qui étaient aux archives du

Cotentin et autres domaines, tombèrent en partage entre les mains d'Anne de Graville, épouse de Pierre de Balsac.

Jeanne de Graville, héritière de la seigneurie de Marcoussis, n'avait eu de son mariage avec Charles d'Amboise qu'un seul fils, filleul du fameux cardinal d'Amboise, et qui, comme lui, se nommait Georges; il fut tué à la bataille de Pavie, à l'âge de vingt-trois ans; sa mère, alors restée veuve et sans enfants, se remaria; elle épousa le seigneur d'Illiers. Ce mariage ne fut pas heureux; le désaccord se mit bientôt entre les deux époux. Le sire d'Illiers paraît n'avoir pas eu pour la fille de l'amiral de Graville le respect que lui commandaient sa naissance et sa fortune; Jeanne de Graville se sépara de lui et se retira dans sa métairie de la Ronce, d'où elle était obligée de venir à pied à l'église des Célestins pour y suivre les offices (1); un procès s'ensuivit entre les deux époux; on n'en connaît pas les résultats; ce que l'on sait, c'est que Jeanne de Graville mourut en son château de Marcoussis en 1540, et que, selon son dernier vœu, son corps fut déposé dans l'église des Célestins, près de celui de sa mère, dans le caveau de sa famille. La nef de l'église du prieuré ou de la Magdeleine mena-

château, il existait une prisée, estimation et arpentage, faits avec un soin tout particulier pour parvenir au partage de la succession de l'Amiral, clos le 19 octobre 1528, dans lequel la terre de Marcoussis était estimée 2,225 livres de revenu, et le capital au denier 50, à 124,207 livres, somme qui représenterait près de 500,000 fr. de notre monnaie.

(1) Mss. de Simon de la Motte, chap. XXVII.

çait ruine; c'est elle qui la fit réparer à ses frais et donna l'ordre que l'on terminât les travaux que son père y avait fait commencer quelque temps avant sa mort. Elle songeait à augmenter l'église de chapelles latérales et d'un bas côté vers le nord; mais la susceptibilité du prieur de Saint-Vandrille l'en empêcha. Aujourd'hui encore on voit, en dehors de l'église et dépassant le mur latéral donnant sur la place, du côté du nord, les fondations et les amorces de deux des piliers de cette construction inachevée.

A sa mort, ses biens revinrent aux enfants de sa sœur Anne de Graville. Cette dernière avait eu, de son mariage avec Pierre de Balsac, plusieurs enfants, des fils qui, pour la plupart, moururent jeunes: Pierre, Paul, Antoine et Étienne qui furent inhumés aux Cordeliers de Malesherbes, près de leur père; Jean de Balsac, qui était mort la même année que l'Amiral, le fut aux Célestins de Marcoussis, près des entrailles de son grand-père. Il ne restait donc, pour hériter de la seigneurie de Marcoussis et dépendances, que Guillaume de Balsac, seigneur d'Entragues et de Malesherbes, et Thomas de Balsac, seigneur de Montagu, en Cotentin. Guillaume et Thomas de Balsac eurent d'abord quelques contestations entre eux à l'occasion de la succession de leur tante, Jeanne de Graville: Guillaume prétendait être donataire de tous ses biens, Thomas maintenait cette donation comme nulle. Il y eut transaction et ils convinrent provisoirement de partager la succession de leur tante par moitié; ils rectifièrent cette première transaction par une autre du 5 mars 1544, en suite de laquelle ils partagèrent cette succession par acte du 7 avril 1545 (1). Guillaume de Balsac eut pour sa part : Marcoussis, la Ronce, Nozay, la baronnie de Saint-Yon et Boissy ; Thomas de Balsac, reçut : Châtres (Arpajon), la Pèlerine, la Roue, Viviers et quelques autres domaines.

Des quatre filles qu'avait eu Anne de Graville, l'aînée, Louise de Balsac, fut mariée à Charles Martel, seigneur de Bocqueville ; Jeanne de Balsac, la seconde, épousa Claude, seigneur d'Urfé ; la troisième, Antoinette de Balsac, vouée dès son bas âge au couvent, devint abbesse de Malnouë ; et la quatrième, Georgette d'Amboise, qui avait eu pour parrain le cardinal Georges d'Amboise, second du nom, s'allia avec Jean Pot, seigneur de Chaumont, grand maître des cérémonies de France (2).

Guillaumé de Balsac était donc seigneur de Marcoussis ; c'est de lui et de ses descendants que nous aurons à nous occuper ; mais avant de poursuivre l'histoire de Marcoussis sous les Balsac, il convient de revenir sur nos pas pour dire ce qu'était devenu le couvent des Célestins sous les Graville.

Les Religieux célestins de Marcoussis, mus par un louable sentiment de reconnaissance, s'étaient beaucoup endettés, et avaient vendu les plus riches de leurs joyaux afin de poursuivre la réhabilitation de leur fondateur et de lui élever un monument digne de sa haute fortune et de ses malheurs. C'est ainsi qu'ils avaient vendu : deux petites statues de saint Jean–Baptiste et de saint An-

---

(1) *Notes historiques sur Marcoussis. Mss.*

(2) Mss. de Simon de la Motte, chap. XXVIII.

toine, ornées de pierres précieuses et en or massif, pesant ensemble 17 marcs, avec leurs supports d'argent doré, pesant 18 marcs d'or; une autre statuette de sainte Anne en vermeil, du poids de 13 marcs, et plusieurs autres reliquaires ou joyaux précieux, que dès le vendredi 26 août 1412 ils avaient remis à Jacqueline de la Grange, veuve de Jean de Montagu, lorsque cette dame était revenue de Savoie.

Pendant les guerres qui désolèrent la France, Armagnacs et Bourguignons, Français et Anglais avaient successivement occupé le pays; les terres dépendant du monastère avaient été laissées incultes, et les fermes, ravagées; de plus, il avait souvent fallu ouvrir les portes du saint lieu à l'un ou l'autre parti victorieux, car à cette époque les armées vivaient de la guerre sur le sol même où elle se faisait, sans distinction d'amis ou d'ennemis. Le monastère de Marcoussis avait donc eu bien à souffrir des événements qui désolèrent alors la France, et ce ne fut que sous Charles VII, lorsque les Graville prirent possession de la seigneurie, que les moines Célestins virent s'améliorer leur position. Jean de Graville, premier seigneur de Marcoussis, leur vendit une partie de la terre du Ménil-Frogier ou Forget, et à ce propos, ce seigneur et sa femme, Marie de Montauban, acceptèrent, selon l'usage féodal, frère Pierre du Jard pour leur *homme vivant et mourant* (1). Ils le

---

(1) Lorsqu'une abbaye acquérait un fief relevant d'une seigneurie, les moines étaient tenus de désigner un homme, moine ou laïque, chargé de les représenter auprès du seigneur et d'acquitter envers lui les droits

firent peindre sur un tableau qui le représentait « les mains sur une balustrade, revêtu de sa robe d'oblat de couleur tannée, avec la croix célestine sur le côté gauche de la poitrine; un collet élevé, avec un chaperon de même couleur posé comme le portaient les séculiers de ce temps-là sur l'épaule droite, ayant la queue revirée sur l'autre épaule, eux étant représentés à genoux et prians (1). »

La règle du monastère de Marcoussis était alors sévèrement suivie, car nous lisons dans le manuscrit de Simon de la Motte : qu'un certain Jean Cabu, qui d'abord avait été novice au monastère, ne pouvant supporter l'austérité de la vie qu'on y pratiquait, en sortit pour passer chez les Pères cordeliers, où il trouva une règle moins dure pour lui. Plus tard il se souvint du lieu où il avait passé sa jeunesse, et fonda, en 1427, une messe quotidienne dans l'église des Célestins de Marcoussis (2).

Lorsqu'à l'agitation des temps de guerre eut succédé la paix, après l'entière expulsion des Anglais du royaume, les Célestins de Marcoussis rentrèrent en possession de quelques-uns de leurs biens-fonds, et ils les accrurent, soit par la donation de quelques personnes pieuses, soit par achat de leurs propres deniers. C'est ainsi que, le 27 mars 1452, Jean Malet de Graville leur vendit : 1° la grande pièce de 50 arpents, devant la porte

---

féodaux, aveux, prestations, etc., etc.; c'est ce que l'on appelait alors *l'homme vivant et mourant sur le fief.*

(1) Mss. de Simon de la Motte, chap. XIX.

(2) Mss. de Simon de la Motte, chap. XIX.

du couvent; 2° 10 arpents de terre, situés à gauche du monastère, entre le jardin des Célestins et celui du château; 3° tout l'espace qui s'étendait derrière le couvent, entre les bâtiments, la fontaine du Ménil et la rivière; 4° 80 arpents de bois à prendre au Lary-des-Moquets. Quelque temps après, le 14 février 1462, ils se rendirent acquéreurs, de demoiselle Marguerite de Brai, dame du Faÿ, de l'hôtel du Faÿ, situé en la châtellenie de Montlhéry, paroisse de Linas, consistant en manoir, cour, grange, bergeries, colombier, jardins, 172 arpents de terre et 222 arpents de bois.

On peut d'ailleurs être entièrement édifié sur l'étendue de leurs biens-fonds à cette époque, par la déclaration qui fut faite à la date du 17 mai 1470 par Me Martin le Picard, qui avait reçu commission par la Chambre-des-comptes d'inventorier ceux de ces biens qui étaient de la censive du roi. On voit par cet acte qu'en outre du couvent, des biens et des terres qu'ils tenaient sur le territoire même de la seigneurie, ils possédaient le Faÿ, partie de Chouanville, la ferme du Ménil-Froger, la ferme de Montrasse, près Nozay, le fief de Bouvrel, des maisons, des terres ou des bois à Montlhéry, à Chailly ou Chilly, à Longjumeau, etc., etc. (1).

L'amiral de Graville se signala surtout par ses libéralités envers les Célestins; il fonda dans leur église les chapelles de Notre-Dame de Pitié, de Saint-Pierre Cé-

---

(1) Voir l'*Inventaire Mss. des titres du comté et châtellenie de Montlhéry*, tome III, p. 128. Je dois à mon ami M. Hippolyte Cocheris la communication de ce manuscrit.—Voir la pièce justificative VIII.

lestin et de Saint-Benoît. La foudre avait renversé le clocher, il le fit reconstruire; il leur donna encore plusieurs riches ornements.

Sa grande piété s'alliait cependant à une certaine fermeté et n'allait pas jusqu'à lui faire oublier ses droits et ses intérêts; on en jugera par le fait suivant : La cour venait souvent à Marcoussis pour y chasser; le bruit, le mouvement, l'agitation qui se faisaient, alors, autour du château, inquiétaient le recueillement des moines; en effet, à cette époque, quelques haies séparaient seules le monastère des jardins du château. Pour remédier à cet inconvénient, les religieux prirent le parti de faire élever de ce côté une muraille; l'Amiral s'y opposa, et, en 1509, il fit saisir les possessions des religieux qui relevaient de sa censive; il les contraignit même à lui céder, moyennant 400 livres, 10 à 12 arpents de terre ou de pré s'étendant entre la fontaine du Ménil et la grande rivière, et de lui transporter, moyennant 300 livres, un fief situé à Nozay et appelé de Bellejambe, qu'ils avaient reçu autrefois, avec les 12 arpents ci-dessus mentionnés, d'un nommé Étienne Prévost et de sa femme pour la fondation d'un obit et d'une messe basse par semaine.

Ces donations, à titre de fondation de messes ou d'obits, étaient alors très-fréquentes, et elles enrichissaient en peu de temps les monastères qui en étaient l'objet.

C'est à l'aide de ces ressources et de l'assistance de plusieurs dévotes personnes que les Religieux purent faire élever, en 1513, les cinq chapelles qui occupaient les cinq arcades au côté nord de l'église, à la suite de la chapelle du fondateur, et qui furent dédiées par messire Jean Hervet, évêque de Margarence, abbé de Juilly et prieur de Sainte-Catherine du Val des Écoliers, sous l'invocation de saint Jean-Baptiste, de la Magdeleine, de sainte Geneviève, de saint Denis et de sainte Barbe (1).

En 1521, un des religieux du monastère, le vénérable Père Denis Lefèvre, fut désigné, avec quelques autres de ses confrères, par le révérend Père Bertrand de Langres, provincial des Célestins de France, pour aller desservir l'église et le monastère que Guillaume de Croussy, marquis d'Arschot, avait, par son testament, fondé près de son château d'Auxerre, aux portes de la ville de Louvain. Ce fut un grand honneur pour la maison des Célestins de Marcoussis, fille de celle de Paris, d'être à son tour appelée à augmenter le nombre des couvents de l'ordre, et cela témoigne en faveur de la discipline de cette maison, à cette époque. Ce Denis Lefèvre avait, en 1509, professé avec éclat les humanités au collége Sainte-Barbe à Paris; il fut le maître des deux du Bellay : l'évêque de Paris, et le seigneur de Langeais. Il s'était retiré, à l'âge de vingt-six ans, chez les Célestins de Marcoussis. « C'était un ascète qui sacrifia à sa piété une carrière dont les débuts avaient retenti, non sans gloire, dans quatre colléges (2). »

Du vivant de la dame d'Amboise, on avait réparé la chapelle de l'infirmerie des Célestins, et le nouvel autel en fut bénit en 1536, par un évêque. Dans le même temps

---

(1) Mss. de Simon de la Motte, chap. XXVI.

(2) J. Quicherat, *Histoire de Sainte-Barbe*, tome Ier, p. 100.

on lambrissait le cloître, et on le pavait de briques. Le clocher de l'horloge et celui du réfectoire furent construits, on augmenta la sacristie, devenue insuffisante, et le portail du chapitre reçut quelques améliorations et embellissements (1).

Le monastère comptait alors parmi ses religieux profès Louis Boucher, frère de Raymond Boucher, seigneur de Saint-Aubin et de Loubans, allié à la famille des Raguier, seigneurs d'Orsay ; à sa mort, arrivée le 3 décembre 1537, Raymond Boucher donna aux Célestins de Marcoussis un riche calice à ses armes, avec les burettes en vermeil, une quantité de livres et de manuscrits, qui vinrent enrichir la bibliothèque et la communauté, et le fief de Coupierre. Il fut inhumé devant la chapelle de Saint-Denis (2), sous une tombe de marbre noir, à ses armes.

La paix qui sous le règne de Louis XI fut rétablie dans l'Ile de France, permit enfin aux Religieux célestins de s'acquitter des devoirs que leur imposaient les testaments de Gérard de Montagu, évêque de Paris, et d'Élisabeth de Montagu, dame de Thury, l'un frère, l'autre fille du fondateur. Leurs restes furent amenés de Valère en Touraine, où ils avaient été provisoirement déposés, à Marcoussis, et inhumés, le 15 mars 1468, dans le chœur de l'église du couvent. Auprès d'eux, dans un caveau

---

(1) Mss. de Simon de la Motte, chap. XXVII.

(2) Plus tard dite de l'*Ecce Homo*, Voir la représentation de sa sépulture dans la *Collection Gaignières*, *d'Oxford*.— Voir l'Iconographie de Marcoussis aux pièces justificatives XVIII.

creusé devant la tombe de Jean de Montagu, vinrent successivement prendre place les dépouilles : de
Marie de Montauban, première femme de Jean II de
Graville et mère de l'Amiral ; de Marie de Balsac, femme
de ce dernier; de Joachim de Graville, son second fils ;
l'urne qui contenait les entrailles de l'Amiral; enfin les
restes de Jeanne de Graville, dame d'Amboise, sa seconde fille, et ceux de Jean de Balsac, l'un des enfants
d'Anne de Graville. Des pierres tumulaires historiées
selon le goût du temps, avec leurs armes et leurs devises, indiquaient chacune de ces sépultures. Elles
étaient d'ailleurs signalées à l'attention des fidèles par
l'inscription suivante, qui fut depuis augmentée au fur
et à mesure que la mort faisait de nouvelles victimes
dans la famille de l'Amiral :

<blockquote>

Sous ce sépulcre, révérend Père en Dieu

1420   Monseigneur Gérard évêque de Paris,

Avec son frère, fondateur de ce Lieu,   1409

Est inhumé, et sont les corps submis,

En attendant d'être en gloire transmis.

De Élisabeth et Jeanne, illustres dames,

Nobles de corps, de cœur, de faits, et d'âme

Dudit fondateur très nobles génitures,

Qui en vertus superant toute femme

Pour maintenant donnent aux vers patures.

Comtesse fut de Roucy et de Braine

Élisabeth, et mourut à Lyon ;   1420

Et fut épouse à Jacques de Bourbon.

Des ducs issus de Milan, et de nom

L'Épouse a Jean de Graville, Marie

</blockquote>

1487 De Montauban, est cy ensevelie.

   Les entrailles de noble et preux   1516

1488 Amiral, fils Joachim sa lignée,

   Jean de Balzac, priez à Dieu pour eux.

CHAPITRE VI.

A famille de Balsac, qui, pendant près de deux siècles, allait être en possession de la seigneurie de Marcoussis par l'alliance de Pierre de Balsac d'Etrnagues avec Anne de Graville, était originaire de l'Auvergne. Balsac, siége de leur seigneurie patronymique, était un petit bourg situé à deux lieues de Brioude. Dès l'an 814, on connaissait un sire de Balsac; plus tard, ses descendants prirent le titre de comtes, avoués ou vidames du chapitre de Saint-Julien de Brioude. Ils étaient chanoines-nés de cette église, en faveur de laquelle on les voit faire, à plusieurs époques, de nombreuses et importantes donations. Ils portaient : *d'azur à trois sautoirs d'argent,*

2 *et* 1, *chargé en chef d'une fasce d'or à trois sautoirs d'azur.*

Leur filiation ne commence à être régulièrement connue qu'à partir de Roffec de Balsac, chevalier, qui en 1336 reconnut tenir du chapitre de Brioude tout ce qu'il avait à Balsac. Ce fut son petit-fils, Jean de Balsac, qui, le premier, prit le titre de sire d'Entragues, petite ville de la Limagne (1), qui lui appartenait.

Il avait épousé Agnès de Chabannes, fille de Jacques de Chabannes, et prenait dans les actes les titres de : comte de Balzac, seigneur d'Entragues, d'Antoing de Riou-Martin et de Binsac ; il aida généreusement de tous ses biens Charles VII dans sa guerre contre les Anglais (2).

Pierre de Balsac d'Entragues, seigneur de Dunes, qui épousa Anne de Graville, était son petit-fils, et en même temps neveu de Marie de Balsac, la femme de l'Amiral ; Anne était donc sa cousine, ce qui ajouta aux autres difficultés de leur union. En 1494, époque de la mort de Robert de Balsac, son père, Pierre n'avait que quatorze ans ; il dut cependant à la libéralité de Charles VIII de conserver les gouvernements de la haute et de la basse Marche. Il suivit la cour, et eut plusieurs fois l'occasion de venir à Marcoussis, où il n'eut pas plutôt vu Anne de Graville qu'il en devint épris. Nous avons vu qu'il l'enleva et quelles

---

(1) A trois lieues à l'est de Riom.

(2) Voir le P. Anselme, *Histoire généalogique*, etc., *généalogie des Balsac*, au tome II.

furent les tristes conséquences de ce rapt. Il était aimé
du roi Louis XII et du cardinal Georges d'Amboise, qui
s'employèrent à le réconcilier avec l'amiral Louis de
Graville. Il suivit sans doute le roi François Ier dans ses
guerres d'Italie, tandis que sa femme, Anne, était rete-
nue à Blois par son service auprès de la reine Claude;
il est probable qu'il mourut avant elle, et il est certain
qu'avant de mourir il avait recommandé les intérêts de
ses enfants à Marguerite de Valois, sœur de François Ier;
il fut inhumé au couvent des Cordeliers de Malesherbes.
Nous croyons qu'Anne de Graville passa les dernières
années de sa vie au château de Malesherbes. En outre de
deux fils, Guillaume et Thomas, qui lui survécurent,
elle avait encore trois filles : Jeanne de Balsac, qui plus
tard épousa Claude d'Urfé; Antoinette de Balsac, qui
fut abbesse de Malnoüe, et Georgette de Balsac, femme
de Jean Pot, seigneur de Chemaut (1).

Guillaume de Balsac d'Entragues, l'aîné des fils survivants d'Anne de Graville, est le premier de sa maison
qui ait été seigneur de Marcoussis, par suite du partage
intervenu entre lui et son frère Thomas, le 7 avril 1545.
Il était né au château de Marcoussis même, le 14 décembre 1517, ce qui montre que sa mère y séjourna encore auprès de sa sœur Jeanne après la mort de l'Amiral;

---

(1) Cinq autres fils : Pierre, Paul, Antoine, Étienne et Jean de Balsac,
moururent encore enfants avant leur père, et furent inhumés, les quatre
premiers chez les Cordeliers de Malesherbes, le cinquième à Marcoussis,
auprès des entrailles de l'Amiral. Anne de Graville avait donc eu dix enfants de son mariage avec son cousin Pierre de Balsac.

il fut tenu sur les fonts baptismaux par un Montmorency
et une la Roche-Guyon. A l'époque où il hérita de la
seigneurie, il avait vingt-huit ans, et il était marié, depuis le 18 octobre 1538, à Louise de Humières. Ce mariage avait été célébré au château de Compiègne en présence de toute la cour. Il était gentilhomme ordinaire de
la chambre du roi, capitaine de deux cents chevau-légers, et gouverneur du Havre de Grâce, qui venait d'être
fondé. A la seigneurie de Marcoussis, Guillaume de
Balsac joignait celles : de Nozay et de la ville du Bois,
de Malesherbes, de Saint-Yon, etc.; tandis que son frère
Thomas eut celles : de Saint-Clair (Gometz-le-Châtel),
de Villejust, de Châtres (Arpajon), avec la terre patri-
moniale de Montagu en Cotentin; il avait encore près
de Marcoussis la terre de la Roue et 343 arpents de bois,
vers Vaularon, et près la ferme de Trou. Guillaume de
Balsac, qui était lieutenant de la compagnie des gen-
darmes de François de Lorraine, duc de Guise, le suivit
au siège de Metz en 1552, et combattit vaillamment à la
bataille de Renty en 1544; mais il fut dangereusement
blessé, et mourut quelques jours après à Montreuil-sur-
Mer des suites de ses blessures.

Il laissait de son mariage avec Louise de Humières
dix jeunes enfants, qui furent tous élevés au château de
Marcoussis (1), et dont l'aîné, François de Balsac, devait

---

(1) Ces enfants furent : Henri de Balsac, né à Malesherbes en 1540,
mort jeune ; François de Balsac, qui hérita de la seigneurie de Marcoussis ; Charles de Balsac, tige de la branche des ducs de Clermont, qui fut
tué à la bataille d'Ivry ; Jean de Balsac, né le 3 février 1543, mort au

hériter de la seigneurie. Louise de Humières eut la garde noble de ses enfants ; elle fit encore quelques acquisitions de biens, qui augmentèrent d'autant ses domaines, déjà considérables. En 1568, elle fit mettre de nouveau en ordre les titres et chartes qui intéressaient la terre de Marcoussis, et fit composer un autre Terrier que les changements ou les augmentations survenues dans la seigneurie rendaient nécessaire. A sa mort, qui eut lieu vers l'an 1570, elle fut inhumée auprès de son mari, dans l'église des Cordeliers de Malesherbes.

A sa majorité, François de Balsac, l'aîné des fils de Guillaume, entra en possession des seigneuries de Malesherbes et de Marcoussis, à l'exception de Nozay, de la ville du Bois et du fief de Fretay, qui devinrent la dot de sa sœur Louise de Balsac, épouse de Jacques, baron de Claire, l'un des gentilshommes de la chambre du roi. Plus tard, cependant, François de Balsac racheta ces biens et les réunit de nouveau à sa seigneurie, par acte du 9 juillet 1580.

Il fut un des principaux seigneurs de la cour sous les rois Charles IX, Henri III et Henri IV. Sa vie politique

---

collége de Navarre, et qui fut enterré aux Célestins de Marcoussis ; Galéas de Balsac, seigneur de Tournenfuye, en Brie (plus tard Graville), mort sans enfants, en 1575, au siége de la Rochelle ; Charles de Balsac, seigneur de Dunes, comte de Graville, si connu à la cour sous le nom du *bel Entraguet* ; Robert de Balsac ; Louise de Balsac, dame de Claire, et Catherine de Balsac, épouse de Stuart d'Aubigny, comte de Lenox. On voit que les grands biens de l'Amiral avaient permis de doter ou d'apanager chacun des membres de cette nombreuse famille.

fut aussi agitée que devait l'être sa vie privée. Il était à
la fois gouverneur d'Orléans, et lieutenant, pour le roi,
de l'Orléanais; capitaine de cinquante hommes d'armes,
il figure dans la première promotion de l'ordre du Saint-
Esprit, en 1578. Partisan dévoué de la ligue et des
Guises, il s'assura d'Orléans et garda cette ville, dont il
confia la garde à l'un de ses frères, le sire de Dunes. Il
ne craignit même pas de tourner le canon de la citadelle
contre les troupes royales, commandées par le duc de
Montpensier et le maréchal d'Aumont, et il les força à la
retraite. Quelque temps après, d'accord avec le maréchal de la Châtre, gouverneur du Berri, il essayait, à la
tête des ligueurs, d'enlever Gien, mais le duc d'Épernon
et le maréchal d'Aumont l'obligèrent à lever le siége. Au
mois d'avril 1588, avant la journée des Barricades, il se
laissa gagner à la cause royale par un autre des frères,
Charles de Balsac, *le bel Entraguet*, et se fit conserver
dans le gouvernement d'Orléans; il paraît avoir été dans
la confidence du complot d'assassinat tramé par Henri III
contre le duc de Guise.

Au moment de la catastrophe du château de Blois,
Rossieux ou Roysieu, écuyer du duc de Guise, se rendit à
franc étrier à Orléans et fit révolter la ville; François de
Balsac, qui y était également accouru, arriva trop tard,
il se jeta dans le réduit de la porte Bannier et s'y main-
tint contre les Orléanais, qui l'y assiégèrent en forme,
convertissant pour cela l'église Saint-Paterne en bastion.
Les Orléanais étaient commandés par le chevalier Bre-
ton, homme du duc de Mayenne; le maréchal d'Aumont,
envoyé au secours de François de Balsac, arriva trop

tard, il venait de rendre la place aux ligueurs. Ce seigneur suivit le roi Henri III sous les murs de Paris, il
fut un des premiers à saluer Henri IV, et lorsque celui-
ci eut recouvré Orléans, le 26 février 1594, il lui en rendit
le gouvernement.

Sous Guillaume et François de Balsac, la vallée de
Marcoussis retrouva, pendant les courts loisirs que leur
laissèrent les guerres et les événements politiques, sa
bruyante animation. Les hautes futaies du grand parc,
qui n'était pas encore entouré de murs, celles de la garenne, du petit parc, les bois de la Ronce, de Vaularon,
retentirent de nouveau des joyeuses fanfares des trompes
de chasse et des aboiements des meutes. Le châtelain
recevait dans son manoir la noblesse du voisinage, et
parmi les hôtes qu'il accueillit, nous ne saurions omettre
le chancelier Olivier de Leuville et Diane de Poitiers.
On raconte même que Diane s'y rencontra un jour avec
le chancelier, dont elle venait de causer la disgrâce, et
que le fils d'Olivier, jeune homme d'une vingtaine d'années, qui accompagnait son père, trouva la belle moins
cruelle pour lui qu'elle ne l'avait été pour le chancelier(1).

Pendant les troubles de religion, Marcoussis vit se
renouveler pour ses paisibles et laborieux habitants, les

---

(1) Voir à la pièce justificative X l'anecdote de Diane et du fils du
chancelier. Nous croyons qu'il ne faut ajouter foi, que dans une certaine
mesure, à cette historiette digne de Tallemant des Réaux, non plus qu'aux
autres réunies sous le titre de : *Événements du château de Marcoussis*,
mais nous ne saurions méconnaître qu'elles émanent de quelqu'un qui
connaissait parfaitement la distribution intérieure du château et ses
environs.

tristes épreuves des temps de guerre passés, et le couvent des Célestins eut plus particulièrement, comme nous le dirons plus loin, ses jours de désolation et de tristesse Le château servit alors, comme aux mauvais jours de la guerre des Anglais, d'asile et de refuge aux populations d'alentour.

Le roi Henri III avait acheté le château d'Ollainville de Benoît Milon, président de la cour des comptes; il l'avait fait restaurer et y résida souvent, en 1578-79 et 1580 (1). François de Balsac eut alors l'occasion de visiter plusieurs fois son royal voisin.

François de Balsac avait épousé Jacqueline de Rohan, fille de François de Rohan, seigneur de Gié et du Verger; elle mourut le 27 mai 1579, et quelques mois après, il se remariait à Marie Touchet, dame de Belleville, maîtresse du feu roi Charles IX, dont il était épris depuis longtemps. Ce n'était pas un mystère pour la cour, car dans les libelles du temps il est désigné par dérision sous le nom d'*Entragues-Touchet, duc d'Orléans* (2).

De son premier mariage, François de Balsac avait eu trois enfants : Charles de Balsac qui, avant sa confirmation, portait le nom de Guillaume; du vivant de son père il prenait le titre de sire de Marcoussis, mais les droits seigneuriaux furent toujours exercés au nom de François de Balsac. Le second fils du premier lit fut César de Balsac,

---

(1) Voir le *Journal de Henri III*, janvier 1579. ...... Le vendredi 23, le Roy alla à Olinville, se baigner et se purger...... Voir l'abbé Lebeuf, tome IX.

2) Dreux du Radier, *Mémoires historiques et anecdotes sur les reines*

seigneur de Gié, qui épousa, en 1612, Catherine Hennequin d'Assy, veuve de son cousin Charles de Balsac,
petit-fils de Guillaume, et qui, le 4 avril 1598, héritait
de son oncle le bel Entraguet. Le troisième enfant fut
Charlotte-Catherine de Balsac, mariée en 1588 à Jacques
d'Illiers, seigneur de Chantemesle.

Du second mariage avec Marie Touchet vinrent deux
filles, qui toutes deux devaient être pour leurs parents
l'objet d'ambitieuses illusions et de cuisants chagrins :
Henriette d'Entragues, maîtresse de Henri IV, qui la
fit duchesse de Verneuil, et Marie-Charlotte d'Entragues,
maîtresse de François de Bassompierre.

Ce fut à Malesherbes que Marie Touchet éleva ses deux
filles, Henriette et Marie-Charlotte ; ce fut dans ce même
château que commencèrent les amours de la première
et de Henri IV, amours dont Marcoussis garde aussi le
souvenir.

Nous ne pouvons, après l'auteur du *Grand Alcandre*,

---

et *régentes de France*, article *Marie Touchet*. C'est pour elle que
Charles IX fit la ballade si connue :

> Seras tu pas marry,
> Marie,
> de ne pas me voir,
> ce soir.
> etc., etc.

qui rappelle l'école de Ronsard dont il ne dédaignait pas de se dire : l'é-
colier en Apollon.

Les chercheurs d'anagrammes, caprice littéraire qui régnait alors
dans toute sa force, trouvèrent pour celui de Marie Touchet : *Je charme
tout.*

après **Dreux** du **Radier** et le récent ouvrage de **M.** de **Lescure** (1), nous proposer de refaire ici l'histoire des orageuses amours de Henri IV avec Henriette de Balsac d'Entragues; notre tâche doit être plus simple, et se borner à ne toucher à ce sujet délicat qu'en ce qui concerne les événements dont Marcoussis fut le théâtre.

Cependant nous devons à nos lecteurs les portraits des personnages que nous allons mettre en scène, ceux de François de Balsac d'Entragues, de Marie Touchet, d'Henriette d'Entragues, et, sur un plan plus éloigné, ceux de Marie-Charlotte d'Entragues et de Charles de Valois d'Angoulème, comte d'Auvergne, ce fils naturel des sombres et royales amours de Charles IX et de Marie Touchet.

François de Balsac était déjà d'un certain âge, lorsqu'en 1579 il épousa Marie Touchet; il était d'un caractère inquiet et remuant, et, sur la fin de ses jours, d'une faiblesse qui allait jusqu'à l'indécision, ce qui en fit l'instrument complaisant des projets ambitieux de Marie Touchet, sa femme, et du comte d'Auvergne. Michelet dit, en parlant du père d'Henriette d'Entragues et de son frère naturel : « Le père était un brouillon et le frère un scélérat, le roi (Henri IV) les connaissait si bien qu'il

---

(1) *Le grand Alcandre*, ou *Histoire des amours de Henri IV*, ouvrage attribué à Louise de Lorraine, princesse de Conti. Voir la jolie édition de Didot, en 2 vol. in-18. Paris, 1786.

Voir *les Amours de Henri IV, roi de France, avec ses lettres*, 2 vol. in-18, publiés à Amsterdam en 1765. Cette édition renferme quelques lettres curieuses. Voir *les Amours de Henri IV*, par M. de Lescure 1 vol. in-18 jésus. Paris, 1864.

avait chargé Sully de les chasser de Paris. » François de Balsac, depuis la mort de Henri III, s'était retiré dans son gouvernement d'Orléans, laissant la terre de Marcoussis en usufruit à son fils aîné, Charles de Balsac, qu'il avait eu de son premier mariage ; les loisirs que lui laissait sa charge, il les passait, soit à Paris, où il faisait de courtes apparitions dans son hôtel de la rue de la Coutellerie, soit à Malesherbes, où s'était plus particulièrement retirée Marie Touchet pour veiller à l'éducation de ses filles.

« Marie Touchet, l'unique amour du roi tragique, c'est ainsi que Michelet désigne Charles IX, qui, dit-on, chercha en elle l'oubli de la Saint-Barthélemy, était Flamande d'origine, mais très-affinée, très-lettrée : née dans la ville des disputes, Orléans, puis transportée à la cour italienne de Marie de Médicis. Elle lisait, chose rare alors, non pas telle traduction d'Amadis, mais le livre de Charles IX, les grands hommes de Plutarque, dans la belle version d'Amyot (1).

« Cette dame, fière de ce grand et sombre souvenir, quoique peu noble elle-même, non sans peine était descendue à épouser un seigneur, le premier du pays, Entragues, gouverneur d'Orléans. Son fils, qu'elle avait eu de Charles IX et qui se trouvait neveu de Henri III, la

---

(1) Berthaut, évêque de Séez, avait écrit en tête d'un exemplaire qu'il lui offrit, un sonnet que Dreux du Radier a reproduit à la page 49 du tome V de son *Histoire des reines et régentes de France*, édition Paul Renouard, 1827.

rendait fort ambitieuse. Elle visait haut pour ses filles, les gardait admirablement mieux qu'elle ne fit pour elle-même. Sa sévérité maternelle était passée en légende. On contait qu'un de ses pages s'étant un peu émancipé du côté des demoiselles, elle l'avait virilement poignardé de sa propre main (1).

« Ses filles avaient besoin d'être bien gardées. Elles avaient l'esprit du diable. L'aînée, Henriette, était une flamme. Vive, hardie, un bec acéré, des remontres et des répliques à faire taire tous les docteurs.

« Elle ne lisait pas d'histoire ; elle était trop fine, trop disputeuse. Il lui fallait de la théologie, mais aiguë, subtile, les *concetti* africains de saint Augustin (2). Cette dangereuse créature, avec cela, était très-jeune, svelte et légère, en parfait contraste avec la beauté bonasse, ample déjà de Gabrielle.

« Qu'elle fût belle, cela n'est pas sûr ; mais elle était vive et jolie (3). Le roi, qui croyait seulement s'amuser et

---

(1) Ce dernier fait est raconté par Pierre de Saint-Romuald, le feuillant Guillebaud, à la page 348 du tome III de l'*Abrégé du Trésor chronologique et historique*. Suivant cet auteur. « Marie Touchet poignarda le jeune page de son mari, parce qu'il avait violé une de ses filles dans le cabinet d'un jardin, et elle lava cet affront dans le sang du coupable. » Voir aussi Dreux du Radier, tome V, p. 44, article *Marie Touchet*.

(2) Enfermée dans les châteaux isolés de Malesherbes ou de Marcoussis, elle avait beaucoup lu ; Henri d'Amboise, qui lui dédia en 1610 la traduction de Grégoire de Tours, de Claude Bouvet, dit qu'elle « avoit tous les jours entre les mains saint Augustin et semblables auteurs. »

(3) « On a un bon portrait d'Henriette d'Entragues gravé par Hyéronymus Viérix, et daté de 1600. On y lit, en caractères physiques incon-

rire, fut pris. La fine langue, maligne et rieuse, ne mé-
nageait rien, et pas plus le roi. Son cœur malade, blasé,
et qui se croyait fini, revécut par les piqûres : il la trouva
amusante, puis charmante ; en réalité, il n'avait rien vu
et ne vit rien de plus français (1). »

Marie Touchet ne vit pas ses maternelles précau-
tions à l'égard de l'honneur de ses filles couronnées de
succès : nous dirons la fortune et l'ambition de l'aînée.
Quant à la cadette, Marie-Charlotte d'Entragues, elle fut
aimée de Bassompierre, qui raconte dans ses mémoires
comment il en triompha, et qu'à l'exemple de sa sœur,

---

testables, cette sensualité féline, ces hardiesses d'esprit, ces ragoûts
d'intime et irritante volupté : c'est la *femme-chatte* dans son expression
idéale. Coquetterie, avidité, dissimulation, souplesse, hauteur, gourman-
dise, dépravation. Henriette est une Valois. Il y a en elle de ce sang
ardent et subtil qui a fait Marguerite. Le front est uni, bombé, d'une
fausse candeur et d'une fausse placidité. L'œil est vif, net, clair, cha-
toyant, le menton charnu. Que de mystères, que de déceptions, que de
serpents sous cette eau dormante et souriante ! que de griffes sous ces
velours ! Le nez est toute une révélation : droit, court, renflé, à fossettes
et à méplats ; c'est un nez agaçant, provoquant, irritant, fripon. Il dit
toute la personne du coup ; il la trahit en la complétant ; c'est le trait
démoniaque d'une figure qui sans cela serait angélique. Le corps svelte,
élastique, nerveux, frémit sous cet étroit corsage qui emprisonne ses
grâces impatientes. Il y a de la guêpe dans cette personne ailée, acérée,
qui palpite ainsi sur cet ample vertugadin ; l'admiration éprouve je ne
sais quelle méfiance involontaire à considérer cette fille d'Ève si bien
douée, si bien armée, avec sa tête fascinatrice se découpant si voluptueu-
sement sur la neige de la fraise, et couronnée de cheveux drus, enguir-
landés de perles. » (De Lescure, *Amours de Henri IV*, p. 309.)

(1) Michelet, *Histoire de France*, tome XI, *Henri IV et Richelieu*,
p. 57 et 58.

elle exigea de lui une promesse de mariage, qu'il ne ratifia pas, pour des raisons péremptoires, ce qui n'empêchait pas Marie-Charlotte d'Entragues de prendre la qualité de dame de Bassompierre (1).

Au portrait de Charles de Valois, comte d'Angoulême, esquissé par Michelet, à l'aide d'un seul mot que nous avons rapporté plus haut, nous n'ajouterons que ce coup de pinceau donné par M. de Lescure : « C'était un prince ambitieux, perfide, prédestiné au rôle de conspirateur, comme sa sœur était prédestinée au rôle de maîtresse. » Pour l'achever de peindre, Tallement des Réaux dit de lui : « Si monseigneur d'Angoulesme eust pu se desfaire de l'humeur d'escroc que Dieu luy avoit donnée, c'eust esté un des plus grands hommes de son siècle (2). »

Gabrielle, la *charmante Gabrielle*, était morte le 10 avril 1599, et la douleur du grand Henri se montrait d'autant plus vive qu'elle ne devait pas durer; les courtisans lui cherchaient une salutaire diversion pour ses esprits égarés; les politiques voulaient l'entraîner contre l'Autriche; les hommes graves voulaient le marier ; les frivoles lui cherchaient une nouvelle maîtresse. Ces derniers lui firent tellement valoir les charmes, l'enjouement, les grâces et la vivacité d'Henriette d'Entragues qu'elles lui firent naître l'envie *de la voir, puis de la revoir, puis*

---

(1) Voir les *Mémoires du maréchal de Bassompierre : Journal de ma Vie*, à l'année 1604.

(2) Voir l'*Historiette de M. d'Angoulême.*

de l'aimer (1). La cour était alors momentanément à Blois; dans ses voyages de Blois à Fontainebleau, Henri IV s'arrêta plusieurs fois à Marcoussis (2) et au château de Malesherbes, sous prétexte de chasser dans les environs, et c'est là que, pour la première fois, il vit celle qui devait être la duchesse de Verneuil ; on a, en effet, des lettres de Henri IV datées du bois de Males-herbes, 10 et 11 juin 1599. Les premières entrevues ne furent qu'escarmouches, sans doute, mais le cœur inflammable du Béarnais ne tarda pas à prendre feu ; et, vers la fin de l'été, le roi chargeait Fouquet, seigneur de la Varenne, dont la complaisance en telle matière était éprouvée, de sa correspondance secrète avec Henriette. Mais déjà, tandis que la future maîtresse acceptait avec coquetterie les premiers compliments du roi, sans d'abord en prévoir les suites, ses parents se distribuaient les rôles : Marie Touchet attirait Henri à Malesherbes, le

---

(1) *Mémoires de Sully.*— Henri venait de perdre Gabrielle....... « Mais, peu de jours se passèrent sans qu'il commençât une nouvelle pratique d'amour avec Mlle d'Entragues, vers laquelle il dépêcha souvent le comte de Lude et Castelnau, enfin Mme d'Entragues vint se tenir à Malesherbes, et Chassant dit au roy qu'il falloit, pour passer son ennuy, il s'allast divertir. Il y alla donques, et en fut fort amoureux.» (*Mémoires de Bassompierre.*)

(2) Le vendredi 23 avril 1599, le roi partit de Fontainebleau et vint coucher à Villeroy, et le lendemain à Jouy, et de là à Saint-Germain-en-Laye, où il a séjourné jusqu'au 3 may, qu'il en est parti pour aller à Jouy et à Marcoussis et à Villeroy, et de là dîner à l'abbaye du lieu et coucher à Fontainebleau. Journal du secrétaire de l'archevêque de Reims, à la suite du *Journal d'un Curé Ligueur, sous les trois premiers Valois,* publié par Ed. de Barthélemy Paris, 1866.

père et le comte d'Auvergne se montraient moins traitables. Ils cherchèrent même un jour querelle au comte de Lude qui favorisait les projets du roi, et qui était venu de sa part trouver la belle à Malesherbes ; ils menacèrent de le tuer, criant bien haut que l'on portait atteinte à l'honneur de leur maison, et ils entraînèrent Henriette à Marcoussis (1). Le roi eut avis de la retraite de sa belle, et il se déguisa un jour en charbonnier pour avoir occasion de la voir ; mais à peine celle-ci, qui était à une des fenêtres du château l'eût-elle aperçu, que, ne le reconnaissant pas sous ce travestissement indigne d'un si grand prince, effrayée d'ailleurs des signes et des gros yeux que lui faisait cet homme, à la figure noire, à la barbe longue, aux vêtements sordides, elle s'enfuit en donnant l'alarme (2).

Bientôt il n'y eut plus d'équivoque possible ; Henri, tout entier à ses nouvelles amours, comprend qu'on ne lui livrera la belle que donnant donnant ; c'est d'abord

---

(1) « Ses parents, qui vouloient profiter de l'occasion, l'observoient de fort près, de peur que la jouissance n'éteignît la passion du Roi. Ils traitèrent même assez mal le comte de Lude que le Roi envoyoit souvent faire des compliments à sa maîtresse. Le marquis d'Entragues ne se contenta pas de quereller ce comte, il lui dit même fort brusquement qu'il le prioit de ne revenir plus chez lui puisqu'il n'y venoit que pour déshonorer sa maison... Il fit atteler son carrosse et mena sa fille à Marcoussis. Le roi ne pouvant demeurer où sa belle n'étoit pas, partit quelques jours après en poste, et se rendit à Marcoussis... » (*Amours de Henri IV*, édition d'Amsterdam, 1765, p. 8 et 12 de la 2e partie.)

(2) *Notice manuscrite sur le château de Marcoussis*, en tête du *Recueil des titres, etc., etc., de la châtellenie de Marcoussis.*

100,000 écus qu'il faut tirer des coffres de Sully, puis des présents, des promesses..., cela ne suffit pas encore ; il faut écrire la fameuse promesse de mariage (1) ; il l'écrit, il la signe sous le feu des yeux de sa maîtresse :

> Flambeaux étincelants, clairs astres d'ici-bas,
> De qui les doux regards mettent les cœurs en cendres (2).

« Nous, Henri quatrième, par la grâce de Dieu, Roy de France et de Navarre, promettons et jurons devant Dieu, en foy et parole de Roy, à messire François de Balsac, seigneur d'Entragues, chevalier de nos ordres, que nous donnant pour compagne damoiselle Henriette Catherine de Balsac, sa fille, au cas que dans six mois, à commencer du premier jour du présent, elle devienne grosse et qu'elle accouche d'un fils, alors, et à l'instant, nous la prendrons à femme et à légitime épouse, dont nous solemniserons le mariage publiquement et en face de nostre Saincte Église, selon les solemnitez en tel cas requis et accoutumez. Pour plus grande approbation de laquelle présente promesse, nous promettons et jurons comme dessus, de la ratifier et renouveller soubs nostre seings, incontinent apréz que nous aurons obtenu de Nostre Sainct Père le Pape, la dissolution du mariage entre nous et dame Marguerite de France, avec permission de nous remarier où bon nous semblera. En tesmoing

---

(1) Tout le monde connaît la scène entre Henri IV et Sully à ce sujet.

(2) Vers d'un sonnet adressé par Berthaut, évêque de Séez, à Henriette d'Entragues.

de quoy, nous avons escrit, signé la présente. Au Bois de Malesherbes, cejourd'hui 1599. »

« HENRI. »

Il paraîtrait que d'Entragues demandait encore plus, et que sa fille, d'accord secrètement avec lui, feignait de partager l'impatience des désirs du roi (1), tout en se prêtant aux obstacles sans cesse renaissants par lesquels on augmentait, chez ce trop faible prince, la violence et la passion. « Vous me commandés de surmonter, si je vous aime, écrit-il à la date du 6 octobre, toutes les difficultés que l'on pourra apporter à nostre contentement. J'ay assez montré la force de mon amour, aux propositions que j'ay faictes, pour que du côté des vostres, ils n'y apportent plus de difficultés..... Ce que j'ay dit devant vous, je n'y manquerai point ; mais rien de plus..... Je verrai de bon cœur M. d'Entragues, et ne me verrai guère en repos que nostre affaire soit faite ou faillie..... »

Enfin il fut heureux ! Henriette d'Entragues avait à peine vingt ans et lui quarante-sept. Le duché de Ver-

---

(1) « Mlle d'Entragues, qui avoit de l'esprit et de l'adresse, seconda parfaitement bien l'intention de ses parents, et assaisonna si bien ses refus et sa modestie, que les difficultés ne servoient qu'à rendre le roi plus amoureux..... Elle témoigna même à ce prince beaucoup d'inclination, et s'excusa de ne pouvoir répondre comme elle souhaiteroit à l'honneur qu'il lui faisoit à cause de ses parents qui l'observoient de si près qu'à peine pouvoit-elle avoir la liberté de lui parler. Elle le pria de faire en sorte de les rendre plus traitables et lui promit d'y travailler de son côté étant au désespoir de leur sévérité. » *Amours de Henri IV*, édition d'Amsterdam, 1765, 2e partie. p. 8.

neuil, en Picardie, fut, au réveil : le présent du matin,
le *morgengabe* de celle qui n'avait plus rien à refuser
au roi. Avait-il d'ailleurs trouvé ce qu'il espérait? Il est
permis d'en douter, car, à quelques jours de là, Henri
marchandant sur le Pont-au-Change une bague qu'il
destinait à sa maitresse, après en avoir débattu le prix,
dit qu'il voulait la faire voir avant que de la payer de
peur d'être trompé : « Car ces jours derniers, ajoutait-
il, on m'en a vendu une 50,000 écus qui n'en vaut pas
la moitié (1). »

Il est probable que le sacrifice eut lieu à Malesherbes
dans la première quinzaine d'octobre 1599. Marcoussis
fut d'ailleurs plus d'une fois le théâtre des joyeux ébat-
tements des deux amants (2); le roi y venait d'abord
incognito, et dans le pays on montre encore, dans les
bois, le *chemin d'Henri IV ;* il se perdit même un jour
dans les fonds des bois du Plessis-Saint-Thibaut. C'est
une tradition locale qui nous a été racontée par un
paysan même.

Cependant la sagesse, la raison d'État veulent que
Henri, dont le divorce avec Marguerite de Valois vient
d'être consenti par le pape, se remarie; son union avec
Marie de Médicis est arrêtée, d'ailleurs le roi a déjà subi

---

(1) *Journal de l'Estoile.* — *Amours de Henri IV*, par M. de Lescure.

(2) Henri IV séjourna notamment à Marcoussis du jeudi 4 au dimanche
7 novembre 1599. Voir le Journal du secrétaire de l'archevêque de Reims,
à la suite du *Journal d'un Curé Ligueur*, publié par Ed. de Barthélemy.
Paris, 1866, in-12.

L'auteur à qui l'on doit les *Événements du château de Marcoussis*, au

les fantaisies et les caprices de sa maîtresse ; il a appris
à la connaître. Il est urgent de réclamer la remise de la
promesse avant que Henriette d'Entragues, qui est enceinte de six mois, n'en réclame, au cas échéant, l'exécution. Il lui écrit donc, à la date du 21 avril 1600 :
« Mademoiselle, l'amour, l'honneur et les bienfaicts que
vous avez receus de moy eussent arresté la plus légère
âme du monde, si elle n'eust point esté accompagnée
de mauvais naturel comme le vostre. Je ne vous pi-
querai davantage, bien que je le peusse et deusse faire,
vous le sçavés. Je vous prie de me renvoyer la promesse que sçavés ; et ne me donnés point la peine
de la ravoir par aultre voye. Renvoyés moi aussy la
bague que je vous rendis l'autre jour. Voilà le subject de
ceste lettre, de laquelle je veux avoir response an-
nuyt. »

« HENRI. »

Et en même temps, il écrit au père : « Monsieur d'Entragues, je vous envoye ce porteur pour me rapporter
la promesse que je vous baillay à Malesherbes. Je vous
prie ne faillés de me la renvoyer, et si vous me la vou-
lés rapporter vous mesme, je vous dirai les raisons qui
m'y poussent, qui sont domestiques et non d'Estat ; par
lesquelles vous dirés que j'ay raison, et recognoistrés

---

tome de novembre 1782, de la *Bibliothèque de romans et d'anecdotes*,
raconte une anecdote qui, si elle n'est pas vraie, suppose au moins une
parfaite connaissance des dispositions intérieures du château de Mat-
coussis. Voir la pièce justificative X.

que vous avés esté trompé, et que j'ay un naturel que je peux dire plustot trop bon que aultrement. »

La promesse ne fut pas rendue cette fois-là. Ce ne fut que le 2 juillet 1604, bien après le mariage de Henri IV et de Marie de Médicis, et pour racheter la liberté de son frère, le comte d'Auvergne, compromis dans la conspiration de Biron. Il fallut même ajouter 20,000 écus d'argent comptant pour Henriette, et l'espérance de la dignité de maréchal de France, pour le père qui pourtant n'avait jamais commandé d'armée ; alors François de Balsac la rendit au roi, en présence du comte de Soissons, du duc de Montpensier, du chancelier, de MM. de Sillery, de la Guesle et Jeannin (1).

Alors commence entre Henriette d'Entragues et Henri IV cette série de brouilles et de raccommodements dont le château de Marcoussis dût être plus d'une fois le théâtre. Les lettres de Henri IV en font foi. C'est dans leur volumineux recueil (2) qu'on peut étudier,

---

(1) Si nous en croyons l'auteur de la *Notice manuscrite sur le château de Marcoussis* placée en tête du premier volume du *Recueil des titres*, etc., etc., François de Balsac avait fait faire deux copies de cette promesse parfaitement semblables à l'original, qu'il cacha, pendant longtemps, dans un coffre de fer au pied d'un marronnier dans le parc de Marcoussis.

(2) *Collection de documents sur l'histoire de France. Lettres missives de Henri IV*, publiées par M. Berger de Xivrey. Tomes V, VI et VII, in-4°. Ces volumes contiennent soixante-huit lettres du roi à Henriette d'Entragues, duchesse de Verneuil; mais nous en avons trouvé d'autres rapportées dans les *Amours de Henri IV*, édition d'Amsterdam, 1765.

saisir au vif le caractère faible et généreux du royal
amant et deviner les malices, les perfidies·de la maîtresse; les débuts de ses lettres sont toujours : Mon
Cœur! Mon cher Cœur! Mon vrai Cœur! Mes chères
amours! Mon Tout! Mon Menon!...; et, toujours, on retrouve à la fin ce million de baisers qui, quelquefois,
vont s'égarant un peu partout (1).

Marie de Médicis était reine de France ; déjà elle avait
donné deux enfants au roi ; Henriette d'Entragues, qui
avait également eu d'Henri IV, en 1601, le duc de Verneuil, et en 1602 une fille, se voyant trompée dans ses
ambitieuses espérances, mais non désillusionnée, eut
recours à l'intrigue et aux complots. Elle se mit à con-
spirer avec son père, le comte d'Entragues, et son frère
naturel, le comte d'Auvergne (2), il ne s'agissait rien
moins que de livrer le jeune duc de Verneuil au roi
d'Espagne, qui devait le reconnaître comme héritier pré-
somptif du trône de France; après s'être débarrassé du
roi, on devait renvoyer Catherine de Médicis à Florence.
La conspiration, dans laquelle l'ambition, l'ingratitude
entraînèrent plusieurs grands personnages de la cour, fut
d'abord assez habilement conduite; mais Sully et Henri
en eurent avis, ils surent que M. d'Entragues cachait,
dans son château de Marcoussis, les pièces les plus
compromettantes de ses machinations avec l'Espagne.
Henriette, que le roi avait plus d'une fois sondé avec

---

(1) Voir notamment les *Lettres missives*, tome VII, p. 508 et 594.

(2) Ces deux derniers; et surtout le comte d'Auvergne, avaient déjà
pris part à la conspiration du maréchal de Biron.

bonté à ce sujet, lui promettant pardon et oubli au premier aveu de sa faute, de son crime, se retranchait dans des refus insultants et une fiereté dédaigneuse. On était alors à la fin de l'année 1604, Henri, poussé à bout, voulut confondre la perfide; il se résolut à tout employer pour avoir les papiers cachés à Marcoussis, et voici comment il s'y prit, au dire du principal agent du roi dans cette affaire : le prévôt des maréchaux, Defunctis ou Defontis, qui eut ordre d'aller arrêter le comte d'Entragues à Marcoussis.

« Le prévôt prit un délai de quinzaine, et fit la stipulation que le roi n'en diroit rien à personne, non pas même à la reine. Le roi offrit dix canons et cinq régiments, qui furent refusés, pour ne laisser brûler les papiers. Le château avoit trois ponts-levis, qui étoient toujours levés. Un archer se feignit estropié et avoir la jaunisse, et alla épier, en demandant l'aumône, huit jours au village. Il observa que les jours maigres, du grand matin, le cuisinier venoit abattre la planchette pour prendre du beurre frais et des œufs des villageoises. On forma le dessein de se prévaloir de ce stratagème. Quatre habillements de village furent envoyés quérir à Jouy de M. de Sourdis, et l'on partit, c'était le 11 décembre 1604, avec trente-six ou quarante archers. Les quatre archers déguisés en villageoises, avec leurs paniers, beurre et œufs frais, se présentent au point du jour un vendredi ou un samedi. Le cuisinier vient abattre la planchette, un pont après l'autre. On lui montre le beurre, et en même temps on lui présente le pistolet à la gorge, s'il parle. La porte fut saisie sans bruit, et de Fontis introduit avec ses archers, excepté quelques-uns demeurés au bois en embuscade. Aucuns demeurèrent au corps-de-garde à la porte. Il se coule par la cour, où il saisit le valet de chambre qui descendoit et venoit de laisser la chambre ouverte, et avec le pistolet à la gorge l'empêche de parler et le mène quant et soi. Huit archers entrant dans la salle, quatre archers dans l'antichambre, quatre autres archers avec lui à la porte de la chambre, qui étoit ouverte, il y entre avec le valet de chambre. Il attend une heure que monsieur s'éveille. Quand il s'éveille et qu'il crie : *Qui est là?* il défend au valet de chambre de parler, et répond lui-même en tirant le rideau. Le bonhomme pousse des exclamations, et lui, lui donne des consolations et l'espérance en la clémence du roi. Enfin le sémond à s'habiller. Il demande quel habillement il vouloit; le valet lui montre celui qui étoit apprêté sur la table. Il fait en sa présence vider les pochettes, retient les papiers qui y étoient, et lui rend les clefs. Quand il (le comte) est vêtu, il veut ouvrir une armoire qui étoit dans le mur vis-à-vis de son lit, derrière la tapisserie. On le lui refuse; il insiste jusqu'à trois à quatre fois, disant que c'étoit un bail de bois, qui lui importoit de 20,000 écus s'il ne le délivroit dans trois jours, et qu'il les avoit destinés au mariage de sa fille. Enfin il vint aux humbles supplications, disant qu'il (le prévôt) tenoit ce jour-là en sa main l'honneur et la vie de lui et de toute sa maison; le prie d'ouvrir une layette (cassette) qui étoit sur la table, où il y avoit pour 50,000 écus de pierreries de sa fille, qu'il dit lui donner de bon cœur, l'assurant que âme vivante n'en sauroit jamais rien, et qu'il lui laissât prendre le papier qu'il vouloit. Ce qu'il refuse, et y met le scellé et garnison et l'enmène à Paris, ayant envoyé en poste avertir le roi de sa venue. Le roi lui manda de le mener droit à la Conciergerie ; ce qu'il fit. Le roi lui commanda d'aller prendre les papiers, disant qu'il se fioit bien à lui.

« Pour prévenir le reproche qu'on eut rien supposé, il dit qu'il a laissé les clefs de tout à cet homme ; qu'il ira le prier de les commettre à quelque sien confident qui vienne avec lui pour assister à la description des papiers. Il confie les clefs à un Gauthier, son secrétaire, avec lequel il s'en va reconnoître les scellés et fait procès-verbal ; ouvre l'armoire, et la première liasse sur laquelle il met la main contient cinq pièces ; la première contenoit les chiffres du roi d'Espagne ; la deuxième, une lettre en françois et soussignée *Yo el Rey*, adressée à M. d'Antragues ; une autre lettre pareille à la marquise de Verneuil, une troisième au comte d'Auvergne. La cinquième étoit signée de même et contenoit en langue françoise un serment solennel que faisoit le roi d'Espagne, qu'en lui remettant en main la personne de M. de Verneuil, il le feroit reconnoître pour dauphin de France, vrai et légitime successeur de la couronne ; lui donneroit cinq forteresses en Portugal, avec une administration honorable et 50,000 ducats de pension ; qu'il bailleroit deux forteresses au dit sieur d'Antragues et au comte d'Auvergne, avec 20,000 ducats d'appointements chacun, et les assisteroit de forces nécessaires, quand l'occasion s'en présenteroit.

« Fontis fait parapher tous ces papiers dedans et dehors

par le dit Gauthier avec lui ; il les porte au roi et les lui montre par le même ordre. Le roi reconnoît les chiffres d'Espagne et tressailloit d'aise voyant ces lettres ; en voyant le serment il fut tout transporté et l'embrassa par cinq fois, comme lui ayant rendu ce jour-là le plus grand service qui se pouvoit rendre à l'État ; il les envoie au procureur général pour hâter le procès, glorieux d'avoir de quoi triompher de la marquise, de laquelle il étoit encore amoureux, et à demi-enragé du refus qu'elle lui faisoit de l'admettre.

« M. d'Antragues, désolé quand il sut que tout étoit découvert, manda M. de Fontis, qui en avertit le roi. Le roi lui commanda d'aller voir ce qu'il vouloit. D'Antragues dit à de Fontis qu'il se croyoit perdu ; que le roi avoit eu tant d'envie d'avoir un papier, lequel il n'avoit jamais voulu rendre ; mais que s'il l'assuroit de lui donner la vie, il déclareroit la part où il étoit caché. Le roi en étant averti, le fait prendre au mot. Il déclare le lieu. Le roi y envoie M. de Loménie avec......, lesquels trouvèrent la promesse prétendue du mariage dans une petite bouteille de verre bien lutée et enclose dans une plus grande bouteille et du coton, le tout bien luté et muré dans l'épaisseur d'un mur à Marcoussy (1). »

---

(1) *Mémoires de Marguerite de Valois*, suivis des *Anecdotes inédites de l'histoire de France pendant les XVIe et XVIIe siècles*, tirées de la bouche de M. le garde des sceaux Du Vair et autres. Édition publiée et annotée par Ludovic Lalanne, Paris. P. Jannet, 1858, p. 286 à 290.
Ce chapitre a été inséré presque textuellement dans les *Additions aux*

Il y avait dans les papiers saisis à Marcoussis de quoi
faire tomber bien des têtes, le roi devait sévir. Henriette
d'Entragues fut mise aux arrêts dans son hôtel du faubourg Saint-Germain, sous la garde du chevalier du
Guet. Le comte d'Auvergne fut embastillé. Le porteur
du traité avec l'Espagne, Chevillard, fut également arrêté, mais il eut l'adresse de dérober l'original du traité
à ses juges en le mangeant morceau par morceau, avec
la soupe et la viande qu'on lui servait à la Bastille. Le
parlement eut ordre de poursuivre. La maîtresse, sûre
de son fatal empire sur Henri IV, garda une attitude
intrépide. « Si le roi m'ôtoit la vie, disait-elle, on diroit
au moins qu'il auroit fait mourir sa femme ; j'étois reine
avant l'Italienne... Au surplus, je n'ai que trois choses
à demander au roi : *Un pardon pour mon père, une
corde pour mon frère et justice pour moi* (1) ! »

« Il paraît que, par une de ces vicissitudes fréquentes
en prison, le vieux d'Entragues s'était relevé jusqu'au
courage, tandis que le comte d'Auvergne, d'abord insou-
cieux, fanfaron au moment de son arrestation, s'abais-

Mémoires de Castelnau, tome II, p. 652. — Le Laboureur avait eu connaissance du manuscrit et des anecdotes, etc.

De Thou, liv. 132, dit que F. d'Entragues fut arrêté au château de
Malbesherbes, en Gâtinais, et non à Marcoussis, mais il a fait évidemment erreur, la désignation des lieux s'adresse évidemment au château
de Marcoussis, et quelle nécessité d'ailleurs d'envoyer si loin : de Malesherbes à Jouy, pour avoir ces vêtements de femme, tandis que de
Marcoussis, cela paraît plus naturel.

(1) Pierre de l'Estoile, *Journal du règne de Henri IV*. Édition de
La Haye, 1761, tome III, p. 246, décembre 1604.

sait jusqu'à la peur. Il chargeait, il dénonçait maintenant ses complices, il rejetait tout sur sa sœur. Quant
au vieux d'Entragues, redevenu père, il prenait tout
sur lui (1). »

Henri aurait bien voulu que Henriette d'Entragues lui
demandât pardon. Si l'on en croit Pierre de l'Estoile, le
chevalier du Guet était chargé d'épier les premiers mots
de repentir sur les lèvres de la duchesse de Verneuil,
mais celle-ci refusa net et nia toute préoccupation de
ce genre (2).

L'arrêt fut rendu le 1er février 1605. Le comte François de Balsac d'Entragues et le comte d'Auvergne
furent condamnés à avoir la tête tranchée; et il y eut
un *plus ample informé* à l'égard de la marquise, laquelle
serait néanmoins détenue sous bonne et sûre garde, au
monastère de Beaumont-lès-Tours. Ce jour-là même
Henriette d'Entragues et sa mère vinrent se jeter aux
pieds du roi, qui les releva en mêlant ses larmes aux
leurs. Il convoqua ensuite son conseil, et le soir la peine
de mort prononcée contre le père et le frère fut commuée
en prison perpétuelle. Peu après cependant, d'Entragues
recouvra la liberté, le comte d'Auvergne fut seul tenu en
prison pendant douze ans, et Henriette fut exilée dans sa
terre de Verneuil. Sept mois ne s'étaient pas écoulés
que le 16 septembre 1605 le faible Henri accordait à sa
maîtresse des lettres d'abolition qui la déclaraient inno-

---

(1) Lescure, *les Amours de Henri IV*, p. 367. Pierre de l'Estoile, dé
cembre 1604.

(2) Pierre de l'Estoile, édition citée plus haut, p 249.

cente, et défendaient au procureur général de poursuivre sur *le plus ample informé*.

Le roi avait fait grâce, il pouvait laisser là cette femme, briser le fatal lien qui l'enchaînait et détourner la tête de toutes ces honteuses turpitudes ; c'était le conseil que donnait Sully, il ne fut pas suivi. Henriette d'Entragues, s'armant de cette grâce perfide, de cet ascendant que son habile dépravation lui a donné sur le roi, ressaisit bientôt sa proie, et derrière la maîtresse humiliée, dont le cœur ne bat plus que pour la vengeance, apparaît déjà dans la pénombre le poignard de Ravaillac !

Bref l'année ne s'était pas écoulée que le roi revoyait en cachette sa maîtresse et recommençait avec elle sa correspondance amoureuse, recevant, une fois, jusqu'à trois lettres d'elle dans la même journée. Henriette d'Entragues se rapproche de Paris, et sous prétexte de voir son frère, Charles de Balsac, à Marcoussis, ou bien son vieux père, exilé à Malesherbes, elle trouve moyen de rencontrer le roi, qui, lui aussi, reprend de nouveau le chemin du château de Marcoussis (1). C'est surtout depuis la fin de 1606 et pendant les années 1607 et 1608 que cette déplorable recrudescence de la passion du roi se manifesta.

---

(1) La chasse dut souvent lui servir de prétexte pour s'y rendre ; le 16 mars 1608 il écrivait à Henriette d'Entragues : « Mes chers amours, je vous fait ce mot accablé de sommeil, ayant prins le cerf près de Marcoussy..... le mercredy six heures.....» (*Lettres missives*, tome VII, p. 502.

Le 6 octobre 1606, il lui écrit : « Mon Menon, je viens de prendre médecine afin d'être plus gaillard pour exécuter toutes vos volontés : c'est mon plus grand soin que de vous plaire, et affermir votre amour étant le comble de mes félicités...... Trouvés un moyen que je vous voye en particulier, et devant que les feuilles tombent, je vous les fasse voir à l'envers. Bonjour, mon cher cœur; je vous baise un million de fois (1). »

Quelques jours après, le 23 octobre, il écrit : « Soyés mardi sans manquer à Marcoussy ; et si vous pensiés que votre dinée fust à propos à Villeroy, je vous y ferois bonne chère et irois avec vous à Marcoussy ; et vous prêtant la moitié de mon carrrosse, le vostre seroit déschargé, et en eschange au logis, où vous logeriez, vous me prêterez la moitié de vostre lit (2). »

Un jour, le 22 mai, la chasse le conduit jusque sous les murs du château de Malesherbes, il lui écrit : « Mon cher Cœur, vostre mère et vostre sœur sont chez Beaumont, où je suis convié de disner demain : je vous en manderay des nouvelles. Un lièvre ma mené jusqu'aux rochers devant Malesherbes, ou j'ay esprouvé :

Que de plaisirs passéz doulce est la souvenance.

» Je vous ai souhaité entre mes bras comme je vous y ay veue, souvenez vous-en, en lisant ma lettre..... Mes chers amours, si je dors, mes songes sont de vous ; si

(1) *Lettres missives*, tome VII, p. 12.
(2) *Lettres missives*, tome VII, p. 21.

je veille, mes pensées sont de mesme. Recevez ainsi disposé un million de baisers de moy (1).

Il vient de faire réparer Fontainebleau, il y donne une fête, c'est pour lui l'occasion d'écrire : « Mon Cœur, je suis extrêmement marri de ce que vous ne pouviez voir Fontainebleau, car vous y eussiez pris plaisir. Je trouve bon que vous vous reposiez aujourd'hui et demain, et qu'après vous veniez à Marcoussy. Mercredi j'espère d'avoir l'honneur de vous y voir; mais souvenez-vous de vous loger en quelque chambre où nous puissions être ensemble jusqu'à neuf heures..... Bonjour mon menon, je te baise un million de fois (2). »

Dans une autre lettre, datée de 1608, il écrit : « Mandés moi si vous pourriez venir à Marcoussy, puis je vous manderai pourquoi je le veux savoir (3). »

Mais Henriette d'Entragues a recommencé le cours de ses perfidies; le roi voit enfin tomber le bandeau qui l'aveuglait, il écrit: « Ce n'est pas paresse qui vous prive de mes nouvelles, mais la créance que cinq années m'ont comme par force imprimé que vous ne m'aimez pas. Vos effets ont durant ce temps-là esté si contraires à vos paroles et à vos escripts et, disons plus, à l'amour que vous me debvés, qu'enfin votre ingratitude a accablé ma passion qui a plus résisté que n'eut sceu faire dans tout aultre. » Mais avant la fin de la lettre,

---

(1) *Lettres missives*, tome VII, p. 557.

(2) Lettre citée à la suite des *Amours de Henri IV*, 2 vol. in-12. Amsterdam, 1765, 2ᵉ partie, p. 228.

(3) *Lettres missives*, tome VII, p. 657.

l'amour pour la perfide lui remonte au cœur, et il termine ... « Si vous avez le diable au corps attendés là ;
si quelque bon diable vous possède, venés à Marcoussy,
où estant plus près, les effets s'en cognoistront mieux (1). »

Le charme était rompu, et ce qui acheva la rupture,
ce fut la nouvelle, mais malheureuse, passion du roi pour
Charlotte de Montmorency qu'il voulut marier, en 1609,
à son neveu le prince de Condé, pour en arriver à ses
fins ; mais cette princesse sauva sa vertu du danger qui
la menaçait (2).

« Enfin, dit Tallemant des Réaux, le roi rompit avec
madame de Verneuil ; elle se mit à faire une vie de Sar-
danapale ou de Vitellius ; elle ne songeait qu'à la man-
geaille, qu'à des ragousts, et vouloit même avoir son pot
dans sa chambre. Elle devint si grosse qu'elle en devint
monstrueuse ; mais elle avoit toujours bien de l'esprit.
Peu de gens la visitoient. On lui osta ses enfans ; sa fille
fut nourrye auprès des filles de France (3). »

On permettait à son jeune fils, le duc de Verneuil,
à peine âgé de neuf ans, de l'aller voir de temps en
temps pendant quelques heures. Il y était le 4 janvier

---

(1) *Lettres missives*, tome VII, p. 666.

(2) Henriette d'Entragues, qui dans sa retraite ne pouvait s'empêcher
de décocher quelque malice, disait à ce sujet : Sa Majesté a voulu abaisser
le cors à M. le Prince en lui haussant la tête. On sait qu'elle n'épargnait
pas même le roi, qu'elle appelait : *le Capitaine Bon Vouloir ;* faisant
allusion aux désirs de son amant, qui dépassaient toujours la réalité. —
Voir Tallemant des Réaux, *Historiette de Henri IV*.

(3) Tallemant des Réaux, 3ᵉ édition, Techner, 1854. *Historiette de
Henri IV*.

1610, et, comme il prenait congé de sa mère, celle-ci lui dit : « Mon fils baisez très-humblement les mains au roi de ma part, et lui dites que si vous étiez à faire, il ne vous eût jamais eu avec moi (1). »

Henri IV l'allait cependant voir encore quelquefois, mais pour donner le change à la reine Marie de Médicis que Henriette d'Entragues avait toujours traité fort irrévérencieusement, l'appelant : *la grosse banquière florentine*, et l'empêcher de prendre ombrage de ses tentatives à l'encontre de la princesse de Condé. Il est à croire que ces visites ne donnaient plus lieu à aucun rapprochement.

Que pensait au fond Henriette d'Entragues ? Avait-elle abdiqué tout projet de vengeance ? Son humiliation comme femme et comme maîtresse dédaignée, la ruine successive de toutes ses ambitieuses espérances, la laissèrent-elles résignée ? On ne le sait..... Toujours est-il que le 14 mai 1610 Henri IV tombait sous le couteau de Ravaillac.... !

« Ici se place le dernier problème, le dernier mystère de cette liaison avec Henriette d'Entragues, si pleine de problèmes et de mystères. Celle-ci fut, avec d'Épernon et Concini, considérée par l'opinion du temps comme la complice morale de l'assassin. Elle fut formellement et solennellement accusée par une femme de ses familières, la d'Escoman, qui devait expier par une détention perpétuelle l'héroïque témérité de sa dénonciation. Cette voix de la d'Escoman, qui la poursuivit toujours depuis,

_____

(1) Lettre de Malherbe à Peyresc, du 5 janvier 1810.

sortant de dessous terre, est arrivée jusqu'à nous. Quelques historiens ont ajouté foi à ce témoignage intrépide qu'aucune crainte, qu'aucune rigueur ne put faire taire (1). »

Cette dame d'Escoman ou de Coman, était la femme d'Isaac de Varennes; elle paraît avoir été dans l'intimité de Charlotte du Tillet, maîtresse du duc d'Épernon, confidente de Henriette d'Entragues. Dès l'année 1609, elle chercha à faire prévenir le roi de la conjuration qui se tramait contre lui; le crime commis, elle en accusa hardiment le duc d'Épernon, Henriette d'Entragues, la demoiselle du Tillet, Étienne Sauvage, valet de chambre de François de Balsac d'Entragues, et un nommé Jacques Gaudin. Elle fut arrêtée à l'instigation du duc d'Épernon et de la reine mère. Dans son interrogatoire, elle affirma que la marquise de Verneuil lui avait, quelques jours après la Noël de l'année 1609, adressé Ravaillac *en lui écrivant ces mots de Marcoussis :* « Mademoiselle de Coman, *je vous envoie cet homme* par Étienne, valet de chambre de mon père; je vous le recommande, ayez en soin (2). » Lorsque le parlement eut

---

(1) Lescure, *Les Amours de Henri IV*, p. 390. Voir l'interrogation et déclaration de Mlle de Coman à la suite du *Journal de Henri IV*, par Pierre L'Estoile, édition de La Haye, 1741, tome IV, p. 256.

(2) *Journal de Henri IV*. Édition de La Haye, 1741, tome IV, p. 260, aux pièces justificatives.

Le Mercure François donne, à l'année 1611, une notice sur la d'Escoman où il la représente comme une intrigante et une femme de mauvaise vie; mais il ne faut pas oublier qu'il écrivait sous la surveillance du gouvernement de la régente et du duc d'Épernon.

entamé la procédure relative aux complices de Ravaillac, elle dévoila les intrigues dont elle avait été témoin. Mais on avait grand intérêt à étouffer l'affaire, et le parlement, par arrêt du 5 mars 1612, ordonna la discontinuation des poursuites. Pourtant les témoignages ne manquaient sans doute pas, puisque le président Achille de Harlay, répondant à un gentilhomme qui lui objectait, en parlant de ce procès, que la demoiselle d'Escoman accusait tant de hauts personnages sans preuves, s'écria en levant les yeux et les mains au ciel : Il n'y en a que trop, il n'y en a que trop (1) !

« Le procès, que devint-il ? dit M. Michelet ; je l'avais cherché en vain aux registres du parlement : la place y est vide. Une note des papiers de Fontanieu, qu'a copiée M. Capefigue, nous apprend que le rapporteur le mit dans une cassette et le cacha chez lui dans l'épaisseur d'un mur ; que la feuille écrite sur l'échafaud par Ravaillac fut gardée par la famille Joly de Fleury, qui la laissa voir à quelques savants, et que, quoiqu'elle fût peu lisible, on y distinguait le nom du duc d'Épernon et même celui de la reine (2). »

---

(1) *Journal de Henri IV*, tome IV, p. 62, à l'année 1610, en note.

(2) Michelet, *Histoire de France*, tome XI, p. 209. *Le Procès de Ravaillac* a été publié en 1858, par M. P. Deschamps, dans la collection A. Aubry, dite le *Trésor des pièces rares et curieuses*, en 1 vol. pet. in-8° de 144 pages, d'après un manuscrit provenant des papiers de Joly de Fleury, contenant le procès-verbal détaillé des interrogatoires faits par le premier président Achille de Harlay. Il est suivi d'autres pièces devenues rares aujourd'hui. Il n'y est nullement question d'un écrit fait par Ravaillac sur l'échafaud.

Si l'on en croyait la déposition de la demoiselle d'Escoman, Ravaillac aurait donc vu Henriette d'Entragues
à Marcoussis. A côté de ce témoignage écrit, il en est un
autre dont nous devons tenir compte : c'est la tradition
orale. Eh bien! encore aujourd'hui, au moment où nous
écrivons ces lignes, il existe à Marcoussis même, une
tradition qui veut que Ravaillac y ait séjourné; si l'on
doit y ajouter foi, nous pensons que ce fut pendant un
de ses premiers voyages à Paris. La demoiselle d'Escoman parle également du séjour de l'assassin dans un
autre château des d'Entragues, à Malesherbes; elle dit
positivement : « Un jour d'Ascension, en l'année 1609,
sortant du logis de la demoiselle du Tillet, je rencontrai
ce damné Ravaillac qui me dit qu'il venait de Bois-Malesherbes, et me déclara alors toutes ces pernicieuses in-
tentions et desseins, ce qu'ayant entendu, je me défiai
de lui (1). » Si cela est vrai, la complicité des d'Entragues
ne serait pas douteuse.

Mais nous avons hâte de laisser derrière nous ces
tristes pages qui commencent par des protestations
amoureuses pour se terminer par une accusation capitale, conséquence d'un crime odieux. A l'exemple du
parlement, il convient à tout historien ami de la vérité de
suspendre son jugement; depuis longtemps d'ailleurs la
cause est portée devant le Souverain Juge! A Dieu seul
de faire justice à Henriette d'Entragues et aux siens !

Disons pour en finir avec cette trop célèbre maîtresse

---

(1) *Journal de Henri IV*, tome IV, p. 263. Même pièce justificative,
citée plus haut.

du plus populaire de nos rois, qu'en dépit de son acquittement elle n'en demeura pas moins enveloppée d'une sorte d'infamie. Elle vécut longtemps encore après le 14 mai 1610 dans la retraite et les pratiques religieuses(1), abandonnée de tous ceux qui la fréquentaient dans sa haute fortune, et probablement même de ses parents, car il se fait un profond silence sur ses dernières années. Sa fille, la duchesse de Verneuil, qui plus tard fut madame de la Valette, était au mieux avec la reine mère, Marie de Médicis ; elle lui procura quelques entrevues avec cette princesse, et Henriette d'Entragues en profita un jour pour lui décocher une de ces petites perfidies dans lesquelles elle excellait. Si nous en croyons Tallemant des Réaux, elle lui aurait dit : « Madame, mais qu'est-ce que ma fille a donc pour vous plaire? Cela me surprend, car le feu Roi était un fort bon homme ; mais il a bien fait les plus sots enfants du monde (2) ! »

---

(1) Henriette d'Entragues appela de Nancy à Paris les religieuses Annonciades qui suivaient la règle de Saint-Augustin ; elle leur assura, en 1621, une rente de deux mille livres, et loua pour elles un hôtel assez vaste rue Culture-Sainte-Catherine, contigu à l'hôtel Carnavalet, et que l'on nommait l'hôtel de Damville. Des donations considérables leur permirent, dès l'année 1626, de s'en rendre propriétaires Leur église avait été bâtie des libéralités de la comtesse des Hameaux qui y eut sa sépulture. Ces religieuses portaient un habit blanc, un manteau et un scapulaire bleus, ce qui leur avait fait donner le nom d'Annonciades célestes ou Célestines, et parmi le peuple, celui de Filles bleues. Leur communauté fut dissoute à la Révolution.

(2) Tallemant des Réaux, *Historiette du cardinal de Richelieu*, en note. — M. de Lescure a consacré dans ses *Amours de Henri IV* un cha-

A sa mort, arrivée le 9 février 1633, elle fut inhumée aux Feuillantines, nouvellement établies rue Saint-Jacques, auxquelles elle avait fait de son vivant de nombreuses libéralités (1).

Son père, François de Balsac d'Entragues, exilé à Malesherbes depuis le grand procès de la conspiration, essaya en 1611, mais sans y pouvoir parvenir, d'exciter les Orléanais contre les huguenots (2); il mourut le 11 février 1613 dans un âge très-avancé et fut inhumé dans l'église des Cordeliers de Malesherbes, auprès de sa première femme, Jacqueline de Rohan; il avait fait reconstruire ce couvent ruiné en 1563 pendant les guerres de religion.

Sa mère, Marie Touchet, lui survécut encore de cinq ans, vivant dans la retraite la plus absolue, dans sa maison de la rue Saint-Paul, où elle mourut le 26 mars 1638, à l'âge de quatre-vingt-neuf ans; elle fut inhumée aux Minimes de la place Royale.

Cependant le château de Marcoussis servait toujours

---

pitre de 92 pages, très-intéressant et bien étudié, à celle qu'il appelle *la Méchante maîtresse*, par opposition à la Charmante Gabrielle.

(1) Les historiens ne disent rien du lieu de la sépulture d'Henriette d'Entragues; nous l'avons trouvé indiqué dans la *Notice historique* mise en tête de *l'Inventaire général des titres de la châtellenie de Marcoussis*. Tallemant des Réaux dit que dans ses dernières années elle devint si grosse que « Bautru, en l'allant voir, voulait payer comme pour voir la baleine. Elle ne s'amusa plus qu'à faire des ragoûts quand elle vit Henri IV mort. » Tallemant des Réaux, *Historiette du cardinal de Richelieu*, en note.

(2) *Histoire de Henri IV*, à l'année 1611, juillet.

de résidence à Charles de Balsac d'Entragues, fils aîné de François de Balsac et de Jacqueline de Rohan ; il était capitaine des gardes du corps sous Henri III, et son père lui transmit sa charge de gouverneur d'Orléans. Il dut avoir une part indirecte dans toutes les aventures de sa famille. Lors de l'arrestation de son père à Marcoussis, il l'accompagna à cheval à la portière de son carrosse jusqu'à la Conciergerie ; il s'employa, avec sa belle-mère et sa sœur, pour obtenir sa grâce, quitta la cour et le suivit dans son exil. Charles de Balsac mourut par le poison dans son château de Marcoussis, l'année même de l'assassinat de Henri IV. Nous ignorons quelles furent les circonstances funestes qui amenèrent cette fin tragique ; mais, en outre des chagrins que lui causa l'ambition de sa famille, il semblerait qu'il en éprouva de plus cruels encore. Il avait épousé en premières noces, le 5 février 1595, Marie de la Châtre ; elle mourut quatre ans plus tard à Orléans, le 4 février 1599, lui laissant deux enfants qui la suivirent de près dans la tombe. Or à la fin du chapitre VI de *la Confession de Sancy*, on lit l'épitaphe suivante :

> Cy gist et ne gist point icy,
> Un mouton y fust mis pour elle
> La Barthelemy M.........
> De la femme de Marcoussy.
> Montigny ne la tua pas ;
> Et le curé des Ardillières
> La ressuscita sans prières,
> Quinze mois après son trépas.

Il paraîtrait que Marie de la Châtre, dame de Marcoussis, fut aimée de son propre père ; que la maréchale de la Châtre, indignée contre son mari et sa fille, informa de ces incestueuses amours François de la Grange Montigny, qui courtisait également la dame de Marcoussis ; celui-ci, pour se venger, tua ou voulut tuer une femme Barthélemy, messagère des amours du père et de la fille. Le curé de Notre-Dame-des-Ardilliers de Saumur, s'interposa pour les réconcilier ; mais Charles de Balsac, furieux de ce scandale, voulut empoisonner sa femme. Maintenant si l'on rapproche ces scandaleux événements de la mort par le poison, à quelques années de là, de Charles de Balsac, on en inférera que Nicolas de Harlay, sieur de Sancy, a fait, dans sa *Confession*, allusion à quelque terrible aventure dont le château de Marcoussis a pu être le théâtre.

Quoi qu'il en soit, Charles de Balsac avait épousé, en 1600, en secondes noces, Jeanne de Gagnon, dame de Saint-Bohaire, de laquelle il eut deux filles, Claude et Françoise de Balsac. A sa mort, en 1610, cette dame obtint la garde noble de ses héritages, pour ses enfants mineurs. C'est en cette qualité que nous la voyons signer plusieurs actes d'aveux, des baux, et qu'en 1622, elle reçut les hommages de Jérôme Le Maître, seigneur de Bellejame et de Guillerville, et ceux de François de Savary pour le fief de Breuillet.

Charles de Balsac, l'aîné de ses fils, était un jeune gentilhomme accompli ; il venait de terminer ses études au collège de Navarre et entrait dans sa vingtième année ; présenté à la cour, il avait devant lui un brillant avenir, lorsqu'il prit part à une querelle entre Charles d'Hocquincourt, son cousin, qui depuis devint maréchal de France, et le sieur de Louvigny, cadet de la maison de Gramont; on alla sur le pré, et il fut tué en duel en 1626 (1). Son corps fut rapporté à Marcoussis et d'abord déposé pendant quelques jours dans l'église paroissiale, puis dans le cloître des Célestins. Comme il était mort sans confession, et en duel, on ne pouvait, sans certaines formalités, l'inhumer dans le caveau de ses ancêtres. Mais un soir, tandis que les Religieux célestins étaient au réfectoire, ses amis et ses parents passèrent outre, et descendirent le corps dans le caveau des Balsac. Cela fut l'occasion d'un grand scandale, car, au sortir du réfectoire, les Célestins étant rentrés dans leur église pour dire les actions de grâce devant le saint sacrement, s'aperçurent de l'attentat sacrilége dont leur église venait d'être le théâtre. Ils en enlevèrent donc le saint ciboire, le transportèrent dans la chapelle de l'infirmerie, et ils célébrèrent l'office divin sur un autel provisoire élevé dans la salle du chapitre, jusqu'à ce que l'archevêque de Paris, François de Gondy, fût venu sur les lieux lever l'interdit et réconcilier leur église, ordonnant au prieur de Saint-Vandrille d'en faire autant pour la paroisse qui avait été également mise en interdit (2).

Quant à Anne de Balsac, le seul survivant des fils de Charles de Balsac et de Jeanne, il périt écrasé par son

---

(1) A propos de ce duel, voyez l'historiette de Louvigny dans Tallemant des Réaux, édition Techner. — Voir les *Mémoires du duc de La Force*, tome III, p. 284.

(2) Mss. de Simon de la Motte, chap XXXI.

propre carrosse, à l'âge de huit ans, par la faute de son cocher et de sa gouvernante. Des deux filles, l'une mourut aussi en 1636, avant d'être établie. Il ne restait plus que Françoise de Balsac, religieuse à Farmoutier ; sa mère, Jeanne de Gagnon, ses parents lui représentant qu'elle demeurait la seule héritière de sa maison, la sollicitaient de sortir du cloître pour se marier, lui offrant d'obtenir de Rome toutes les dispenses nécessaires ; elle refusa en disant qu'on l'avait fait religieuse malgré elle, que maintenant qu'elle était vouée au Seigneur, elle y persévérerait ; elle tint parole, et plus tard elle eut la coadjuterie de l'abbaye de Beaulieu, où elle mourut en 1650.

Jeanne de Gagnon abandonnée à elle-même, privée des douces affections de la famille qui, avec les sentiments religieux, maintiennent une femme dans le devoir, s'éprit, bientôt après la mort de ses enfants et quoiqu'elle fût déjà d'un certain âge, d'un jeune gentilhomme de peu de fortune, le sieur de Lescouët ; elle l'épousa.

Cette union ne fut pas heureuse ; l'humeur des deux époux était incompatible, et chaque jour amenait de nouvelles querelles.

Lescouët, gardant pour lui les revenus des terres de Lescouët et de Saint-Bohaire, abandonna Jeanne de Gagnon presque sans ressources. En effet, après la mort de ses fils, elle avait dû rendre à César de Balsac, seigneur de Gié, les terres de Marcoussis, de Malesherbes, etc., etc. Abreuvée de dégoûts, minée par le chagrin, elle mourut au château de Marcoussis dont César de Balsac, seigneur de Gié, paraît lui avoir laissé la jouissance sa vie durant, le 5 février 1638. Elle avait, pendant sa tutelle, donné à cens un canton de terrain, près de Chouanville, appelé à cause d'elle le *champtier de Gagnon*, moyennant 31 sous 3 deniers de rente annuelle, ce qui contritribua à l'aisance de plusieurs habitants de Marcoussis ; ce champtier conserve encore son nom.

Après la mort des deux fils de Charles de Balsac, vers 1626, les seigneuries de Marcoussis et de Malesherbes, ainsi que tous les autres biens qui dépendaient de la succession de François de Balsac, furent revendiquées par César de Balsac, seigneur de Gié, frère puîné de Charles, et par Marie Charlotte de Balsac, cette sœur d'Henriette d'Entragues, qui se disait dame de Bassompierre. Tous deux, quoique de lits différents, étaient enfants de François de Balsac.

Cette revendication donna lieu à une procédure qui fut portée devant le parlement ; commencée le 27 octobre 1628, elle ne fut close que le 22 juin 1631 (1). César de Balsac, sieur de Gié, qui représentait l'aîné de la famille, eut, en outre de la terre de Malesherbes, la seigneurie de Marcoussis, avec celles de Nozay et de la Ville-du-Bois, à l'exception de la ferme de la Ronce et des étangs, avec tous les droits féodaux qui se rattachaient à la terre, et la féodalité des fiefs qui étaient mouvants de Marcoussis, et, entre autres, la mouvance des fiefs du Marais, de Leudeville, de Marivaux, de la

---

(1) Notice historique en tête de l'*Inventaire général des titres de la châtellenie de Marcoussis*. Mss.

Margaillerie, de Jean-Fils-de-Roi (1), de la Grange-sur-Villelouvette, et de partie de plusieurs autres.

Marie Charlotte de Bassompierre eut pour sa part la baronnie de Saint-Yon, les étangs de Marcoussis, la ferme de la Ronce et 397 arpents de bois.

César de Balsac, sieur de Gié et de Marcoussis, vécut à la cour; il était seigneur engagiste du comté de Montlhéry, bailly d'Orléans, capitaine d'une compagnie de cinquante hommes d'armes et colonel général des carabiniers. Il avait épousé, avec dispenses, Catherine Hennequin d'Assy, veuve de son cousin Charles de Balsac, seigneur de Dunes (2) : il n'en eut pas d'enfants. Se voyant sans héritiers directs, il se substitua, le 16 juin 1627, pour la conservation des noms et des armes de la famille de Balsac d'Entragues, son neveu Léon d'Illiers, fils aîné de sa sœur Catherine Charlotte de Balsac. Cette dame avait épousé, le 13 novembre 1588, Jacques d'Illiers, seigneur de Chantemesle, qui l'avait laissée veuve en 1611.

César de Balsac mourut à Paris, le 27 juillet 1634, et fut inhumé dans l'église des Cordeliers de Malesherbes, auprès de son père François. Ce fut lui qui fit rétablir la sépulture de l'amiral Louis de Graville et celles de plu-

---

(1) Ce fief était situé aux Granges-le-Roi, bailliage et comté de Dourdan.

(2) Ce Charles de Balsac était fils de Charles de Balsac, seigneur de Clermont, tué à la bataille d'Ivry, et d'Hélène Bon. Il avait hérité, le 4 avril 1598, de son oncle Charles de Balsac, seigneur de Dunes et comte de Graville, dit le *Bel Entraguet*.

sieurs membres de sa famille qui avaient été profanées et détruites, en 1563, pendant les guerres de religion.

Lorsque après la mort de Jeanne de Graville, dame d'Amboise et de Marcoussis, Guillaume de Balsac et son frère Thomas furent mis en possession des biens de l'Amiral, leur aïeul maternel, le couvent des Pères célestins de Marcoussis atteignait l'apogée de sa prospérité. Il était renommé au loin pour la fidèle observance de la règle monastique, au moment même où la licence et le dérèglement commençaient à s'introduire dans les autres maisons religieuses ; il avait récupéré une grande partie des biens dont la guerre l'avait autrefois forcé de se déssaisir ; les bâtiments étaient en bon état, et il avait même fallu en augmenter les dépendances. C'est alors que fut construite, entre la maison du régisseur et l'entrée du couvent, un nouveau corps de logis destiné aux serviteurs ; enfin ses richesses en ornements et en vases précieux étaient telles qu'elles auraient pu valoir de nouveau à leurs heureux possesseurs le surnom de riches Célestins de Marcoussis, qu'on avait donné aux premiers Pères, lors de la fondation du couvent. Guillaume et Thomas de Balsac augmentèrent encore ces richesses en donnant au monastère un calice de vermeil du poids de 2 marcs. Il y avait donc au trésor des religieux un butin digne de tenter quelque larron peu scrupuleux, non-seulement de s'emparer du bien d'autrui, mais encore de commettre un sacrilège. Aussi en 1541, un matin, au moment où, après la première messe, on allait fermer les portes de la sacristie, reconnut-on, avec douleur, qu'on avait dérobé ce calice, et, avec lui, un reliquaire d'argent représentant saint Antoine, et un riche ciel de velours violet, soutenu d'une crépine d'or de grand prix, sur lequel était brodé en perles fines, de la main même des filles de l'amiral de Graville, les mots : *O salutaris Hostia.* La désolation fut au comble dans le monastère ; on fit toutes les enquêtes, toutes les recherches possibles pour arriver à la découverte des coupables, ce fut en vain. Seulement, longtemps après, un bûcheron retrouva la relique de saint Antoine dans le creux d'un arbre du val de Gallie (bois de Bellébat), qui était alors planté en futaie, et non loin du chemin de Marcoussis à Orsay, qui passait alors près de la ferme de Gallie, aujourd'hui Bellébat (1).

C'est à cette époque que le prieuré de Saint-Vandrille de Marcoussis passa de règle en commande ; le dernier prieur régulier avait été Dom. Guillaume Lavieille ; le premier prieur commendataire séculier fut Pierre Julien, qui décéda en 1532, âgé de quatre-vingt-quatre ans ; il était aimé et estimé à cause de son savoir et de ses vertus. A sa mort, il donna au monastère une certaine somme d'argent avec trois belles tapisseries, dont l'une, plus grande que les deux autres, représentait la Cène de Notre-Seigneur. A ces libéralités, il avait ajouté celles de deux chasubles et d'un calice d'argent doré, avec une belle coupe d'argent ; de plus, il avait fait représenter au-dessus de l'autel de Saint-Antoine, dans une série de

---

(1) Selon d'autres mémoires, ce vol dont l'importance était estimée à environ 66 marcs d'argent, aurait eu lieu le 27 de mars 1524. Mss. de Simon de la Motte, chap. XXVIII.

tableaux peints sur panneaux, la vie de saint Pierre-Célestin. Sa générosité devait lui assurer la reconnaissance des religieux ; il fut donc inhumé dans la chapelle Sainte-Barbe au devant de l'autel. Il était représenté sur la pierre tumulaire qui couvrait ses restes en habit sacerdotal, la tête sur un coussin étrillé par la mort avec un lambel sortant de sa bouche et portant ces mots : *Boni Patres Cælestini pro me Deum precamini.* Sur la muraille, en face de l'autel, on lisait ces vers :

> Maître Pierre Julian, prestre et sage,
> Qui de quatre vingt quatre ans avoit d'âge,
> Du Prieuré Monseigneur Sainct Vuandrille
> En Marcoussis Prieur, de son estrille
> Mort a frappé, qui tous humains travaille,
> L'an mil cinq cents trente deux, la veille
> Sainct Mathieu, de ce ne s'en fault Rien,
> En son vivans a Céans de ses biens
> Donné. Son corps repose et tient sa place
> Ici devant; Jésus pardon lui face.

> *Huic, Deus alme, Petro Juliano parce jacenti*
> *Lætus hic exsurgeat, lætior astra petat* (1).

L'église du monastère reçut à cette époque un notable et précieux embellissement. Il n'existait pas de fenêtres du côté du cloître, c'est-à-dire du côté du sud, on baissa la toiture de la galerie du cloître qui longeait ce côté de

---

(1) Cette pierre tumulaire a été représentée dans les dessins *fac-similé* de la collection Gaignières, d'Oxford, tome III, f° 84. — Voir *Iconographie de Marcoussis*, aux pièces justificatives XVII.

l'église, pour pouvoir en percer de nouvelles parallèlement à celles du nord, ce qui accrut des deux tiers le fenestrage du côté du midi ; ces nouvelles fenêtres furent garnies de vitraux aux plus riches couleurs qui complétèrent l'harmonie décorative de l'église.

L'évêque de Bayeux, Étienne de Poncher, qui depuis devint archevêque de Tours, voulant, en 1548, fonder à Sélimont un prieuré conventuel de Célestins, s'adressa aux religieux de Marcoussis qui y dépêchèrent plusieurs d'entre eux ; c'était pour la seconde fois que la maison des Célestins de Marcoussis était appelée à fonder un nouveau prieuré de son ordre ; c'est pour nous le témoignage le plus certain de l'état de prospérité et de splendeur que ce monastère avait atteint.

Mais l'heure des tristes épreuves et de la désolation avait sonné. En 1562 et 1563 les calvinistes ravagèrent l'Ile de France et le Hurepoix ; leurs troupes, après avoir dévasté les églises et les monastères qu'ils rencontraient sur leur passage entre Paris et Orléans, envahirent la vallée de Marcoussis, profanèrent l'église du prieuré de Saint-Vandrille et vinrent mettre le feu au monastère des Célestins ; les religieux essayèrent en vain de s'opposer à l'entrée de ces fanatiques, le prieur fut blessé à mort, et l'incendie, qui déjà dévorait les bâtiments de l'infirmerie, fut éteint miraculeusement, dit Simon de la Motte, par l'intercession de sainte Barbe. Cependant les religieux furent chassés du monastère ; l'église, le cloître furent saccagés et profanés par les religionnaires. Les religieux cherchèrent d'abord un refuge, avec ce qu'ils avaient de plus précieux, au château ; bientôt ils se retirèrent à **Paris** dans la maison dite de Saint-Georges, qu'ils y possédaient rue de la Cossonnerie. Lorsque le calme fut rétabli dans les environs de Paris, ils revinrent dans leur monastère ; mais dans quel triste état le trouvèrent-ils? L'église était jonchée des débris des statues des saints, les riches verrières étaient défoncées, les monuments funéraires qui l'ornaient brisés ou souillés, la voûte du chœur à demi effondrée, et telle était la désolation de ce saint lieu que pendant plusieurs années les religieux durent faire les offices dans la salle du chapitre. L'église ne fut entièrement réparée qu'en 1566. Au mois d'octobre de cette même année, Antoine Erlant, évêque de Châlons-sur-Saône, vint à Marcoussis pour réconcilier l'église du monastère et la consacrer de nouveau. On avait recueilli les débris des vitraux et on les avait restauré du mieux possible. Beaucoup de ces vitraux avaient d'ailleurs été refaits au temps de l'Amiral. Chacune des verrières représentait deux personnages, généralement le mari et la femme ; c'étaient les anciens seigneurs, leurs fils ou leurs alliés, bienfaiteurs du monastère ; ils étaient représentés en grand costume, accostés de leurs armoiries, et, au-dessus de chacun d'eux, dans la partie supérieure de l'ogive, se voyaient leurs saints patrons (1). Celles des statues les plus précieuses

---

(1) On possède à la Bibliothèque impériale, Section des Estampes, dans la collection des costumes de Gaignières de Paris, et dans celle des *fac-simile* de la collection Gaignières, d'Oxford, la représentation de six de ces vitraux. — Voir l'*Iconographie de Marcoussis*, à la pièce justificative XVII.

qui avaient été enfouies en terre pour les dérober aux profanations sacriléges des hérétiques, furent remises en leur place. Nous citerons plus particulièrement une belle statue de Notre-Dame-de-Grâce donnée aux Célestins sans doute par la dame d'Amboise; en 1536, les soldats huguenots qui la cherchaient, fouillèrent la terre assez près d'elle pour casser un doigt à l'enfant Jésus; néanmoins ils ne la découvrirent pas, ce qui fut considéré comme un miracle (1). On répara les monuments funéraires, et, tout d'abord, celui du fondateur. Deux années suffirent à peine aux peintres pour rendre à l'église, à ses chapelles, à ses monuments leur splendeur passée (2).

Parmi les peintures qui furent ainsi restaurées, nous en pouvons signaler deux dont nous retrouvons la représentation dans les miniatures de la partie de la collection Gaignières, conservée aujourd'hui dans la bibliothèque de l'université d'Oxford, collection que l'administration éclairée de notre Bibliothèque impériale a fait reproduire

(1) A la révolution, cette statue, qui est en marbre blanc et dont le style accuse le commencement de la Renaissance, fut mise à part et envoyée avec les archives du château et du monastère à Versailles; sous la Restauration, elle fut réclamée par le curé et les habitants de Marcoussis, et leur fut rendue. Elle fut alors placée dans l'église paroissiale où elle décore la chapelle de la Vierge ; c'est certainement une œuvre d'art remarquable et la plus riche que l'on puisse montrer aujourd'hui dans cette église. Les cheveux de la Vierge et de l'Enfant-Jésus sont dorés, et au bas de la tunique de la Vierge on lit en lettres gothiques formant une espèce de bordure ou de grecque : *Et concalcabo sub pedibus caput anguis.*

(2) Mss. de Simon de la Motte, chap. XXX.

en fac-simile, en 1861, pour en enrichir le fonds français (1).

L'une représente saint Georges terrassant le dragon ; il est peint couvert de son armure, ayant sous ses pieds le dragon qu'il perce de sa lance. Au-dessus de cette statue figurée, on voit un riche campanile de style gothique, et elle repose sur une console en cul-de-lampe. Le fond sur lequel elle se détache est vert clair : il affecte la forme d'un rectangle bordé de rouge ; aux angles intérieurs 1 et 4, on voit les armes de Jean de Montagu ; aux angles 2 et 3 les armes : party de Montagu et de Jacqueline de la Grange, sa femme ; ces écus armoriés sont accostés de fleurs de lis d'or. Le reste du fond est semé de feuilles de courge à tiges entrelacées deux par deux, alternant avec quatre lambels, sur lesquels se lit en lettres gothiques la fameuse devise ꟼꟽꜲꟼꜳꜲ. Cette peinture était répétée quatre fois de chacun des côtés de la nef, au-dessous des croix de consécration.

L'autre peinture est plus intéressante encore ; elle se trouvait sur le mur de la nef, à droite en entrant dans l'église ; elle datait, ce qui est important à constater, de la fondation du monastère, aussi fut-elle réparée avec soin. Sur un fond blanc rectangulaire, deux fois plus large que haut, entouré d'une double bordure, la première jaune à feuilles de courge entrelacées, la seconde verdâtre à liséré extérieur rouge, et semé de fleurs de lis d'or, alternant avec des feuilles de courge entrelacées,

(1) Voir notre *Iconographie de Marcoussis*, pièce justificative XVII.

on voyait l'inscription suivante en lettres gothiques dont nous respectons la disposition littérale :

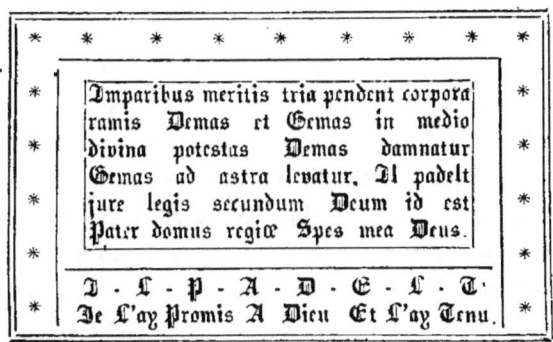

que l'on peut lire ainsi :

Imparibus meritis tria pendent corpora ramis,
Demas et Gemas, in medio divina potestas ;
Demas damnatur, Gemas ad astra levatur.

Il padelt, jure legis, secundum Deum ; id est, pater domus regiæ spes mea Deus!

Cette inscription qui semble formée de trois mauvais vers, comme on en faisait à la fin du moyen âge, serait incompréhensible si l'on ne savait que *Dismas* et *Gestas*, qu'il faut lire ici à la place de *Demas* et *Gemas*, sont les noms donnés dans l'évangile de Nicodème aux deux larrons qui furent crucifiés en même temps que Jésus-Christ ; l'inscription, au-dessus de laquelle il y avait sans doute un Christ au Calvaire, peut alors se lire : « A mérites inégaux, trois corps sont attachés au bois, Dismas et Gestas, entre eux deux la divine Puissance.

Dismas est damné, Gestas aspire au ciel. *Ilpadelt*, de par la loi divine, c'est-à-dire Dieu, père de cette maison royale (le monastère), est mon espérance ! »

Mais on doit remarquer que l'auteur de ces vers mystiques a confondu le bon larron avec le mauvais ; le bon larron était Dismas ou Demas, c'est à lui que devrait s'appliquer : *ad astra levatur*, il fut en effet réputé saint au moyen âge, et sa fête était célébrée le 25 mars (1), tandis que le mauvais larron, *Gestas* ou *Gemas*, n'a droit qu'au *damnatur*. Enfin l'explication de l'*Ilpadelt* : *Je l'ai promis à Dieu et l'ai tenu*, est très-importante ; elle met en effet à néant les discussions qui s'élevèrent au XVIIIᵉ siècle, à ce sujet, entre plusieurs érudits (2).

En 1585, le maître-autel reçut une nouvelle décoration ; jusqu'alors le Saint-Sacrement avait, comme c'était la coutume, été suspendu au-dessus de l'autel à une crosse dorée disposée à cet effet ; il fut désormais placé dans un tabernacle tenant au maître-autel ; des deux côtés, on plaça les images de saint Pierre-Célestin et de Notre-Dame en argent. L'ornementation de ce maître-autel était d'ailleurs complétée par quatre aigles en cuivre portant

---

(1) M. Jules Quicherat, à qui nous avons eu récours pour l'interprétation des mots *Demas* et *Gemas*, ajoute dans la note qu'il nous a envoyée : « Il a paru à Rome, au siècle dernier, plusieurs monographies de ce singulier saint ; la plus complète est celle de Marangoni (1741), intitulée : *l'Ammirabile convertione di S. Disma, detto volgarmente il Buonladrone, che fu crucifisso con N. S. Gèsu Cristo*..... Quant à la bévue de l'auteur de ces mauvais vers, cela tient à ce que la dévotion à saint Demas était plutôt grecque et italienne que française. »

(2) Voir l'abbé Lebeuf, tome IX, page 275.

les insignes de la Passion ; ils étaient, placés deux par
deux, sur des colonnes, de chacun des côtés du sanctuaire ; une balustrade en bois ouvragé séparait ce dernier
du chœur. Au pied du tombeau du fondateur, on voyait
un grand candélabre en cuivre doré, à six branches, qui
avait l'inconvénient d'empêcher les personnes qui étaient
dans la nef d'apercevoir l'officiant ; on l'enleva en 1627, en
même temps que la cloison qui séparait la nef du chœur,
et qui causait une trop grande obscurité dans le sanctuaire. Enfin du temps de César de Balsac, vers 1628, on
enleva l'autel de Saint-Pierre qui était derrière le maître-
autel, contre la muraille et immédiatement au-dessous
de la maîtresse verrière (1). On recula le maître-autel, en
le complétant par un beau retable en bois ouvragé,
œuvre d'un sculpteur de Rouen nommé Sourdit. On recula aussi le tombeau du fondateur de 3 pieds en arrière,
de manière à laisser entre la grille qui le protégeait et le
maître-autel, le même espace qu'auparavant. On pava le
sanctuaire (1629) et le chœur (1631) de losanges de marbre noir et de pierre de liais alternés ; enfin tous ces travaux de l'église conventuelle étant terminés, le 10 mars
de l'année 1630, le quatrième dimanche de Carême, le
nouveau maître-autel fut solennellement consacré par
messire Jean de Tulle, évêque d'Orange au milieu d'un
grand concours de fidèles accourus de toutes les par-
roisses voisines.

L'intérieur du monastère avait également reçu de no-

_____

(1) Celle qui représentait le roi Charles VI et sa femme Isabeau, en
adoration devant la Sainte Trinité.

tables améliorations ; on avait enrichi la salle du chapitre de peintures décoratives ; on acheva l'ornementation des caissons du plafond du réfectoire où étaient figurées les armoiries de Jean de Montagu, des Balsac et de leurs alliés entourées de rinceaux et d'arabesques. Cette même salle était déjà ornée, depuis 1541, d'une grisaille représentant la vie de saint Pierre-Célestin ; en 1657, un moine du monastère en compléta la décoration par un tableau des noces dé Cana qui, à ce qu'il paraît, était une peinture assez estimée.

En 1550, on avait achevé d'orner le parloir de la pancarte historiée sur laquelle était transcrite la charte de fondation du monastère, ainsi que le tableau généalogique de la famille de Jean de Montagu et des descendants de Jacqueline, sa seconde fille (1). Enfin, dans cette même année, la cloche de l'horloge située près du chapitre, et qui pesait 148 livres, avait été remplacée par une autre de 292 livres (2).

Depuis que l'amiral de Graville avait fondé le couvent des Cordeliers de Malesherbes, la plupart de ses descendants, imitant son exemple, y avaient élu leur sépulture ; cependant, en 1613, au-dessous de la lampe du sanctuaire, et au pied du tombeau du fondateur, on déposa dans l'église des Célestins le cœur de François de Balsac, selon ses dernières volontés. On pratiqua, au

---

(1) Cette pancarte généalogique était successivement tenue au courant ; le Père Du Breul l'a reproduite dans le livres de ses *Antiquités de la ville de Paris*.

(2) Simon de la Motte, chap. XXX, XXXI, XXXII.

même endroit, un caveau dans lequel vinrent successivement prendre place : en 1599, Marie de la Châtre, première femme de Charles de Balsac ; elle avait donné l'année précédente aux religieux, une chapelle, une chasuble et deux tuniques en velours or et argent à ses armes et à celles de Balsac ; en 1610, Charles de Balsac ; en 1626, son fils aîné, celui qui avait été tué en duel ; en 1638, Jeanne de Gagnon, la seconde femme de Charles de Balsac. Enfin, au mois de juillet 1634, on avait placé auprès du cœur de François de Balsac celui de César de Balsac, son second fils, le dernier des Balsac d'Entragues de la branche des seigneurs de Marcoussis.

Une branche cadette des Balsac, celle des seigneurs de Châtres et de la Roue, sires de Montagu en Normandie, etc., etc., qui avait pour chef : messire Thomas de Balsac, second fils de Pierre de Balsac et d'Anne de Graville, avait également élu sa sépulture chez les Célestins de Marcoussis. On voyait dans une chapelle, à gauche du chœur, la tombe de Thomas de Balsac, chevalier de l'ordre du roi, seigneur de Montagu, de la Brissette, de Châtres et de la Roue (1), et celle de dame Gaillard de Longjumeau, son épouse. Le même caveau reçut les restes de Jean de Balsac, chevalier de l'ordre du roi, seigneur de Montagu, de Châtres, de la Roue, de la Pèlerine, du Grand-Vivier et d'autres lieux, qui mourut en 1581, à trente-six ans, et ceux de sa seconde femme,

---

(1) C'est lui qui fit reconstruire de ses deniers l'église Saint-Clément de Châtres (Arpajon); on voit encore aux clefs de voûte les armes des Graville seules ou bien écartelées avec celles d'Entragues.

dame Madeleine Olivier de Leuville, une fille du chancelier Olivier.

Près des tombes précédentes, furent inhumés : en 1625,
Charles de Balsac, évêque de Noyon, second fils de Thomas de Balsac ; le troisième fils : Robert de Balsac, seigneur d'Ambourville, de la Brissette et de Châtres, mort
en 1636 ; et la femme de celui-ci, Marie Le Maître, petite-
fille de Gilles Le Maître, premier président du parlement
de Paris, morte en 1647. Leurs tombeaux se voyaient
dans la seconde arcade, à gauche du chœur.

Parmi tous ces personnages, on doit une mention particulière à l'évêque de Noyon, Charles de Balsac, voué
par inclination à l'Église dès sa jeunesse ; il dut plus
tard au crédit de son frère cadet, Robert de Balsac, l'importante abbaye de Saint-Georges de Boscherville, en
Normandie. Ayant été attaché, en sa qualité d'abbé, à la
suite du cardinal de Bourbon, alors archevêque de Rouen,
ce prélat le prit en amitié et le fit son grand archidiacre.
Quelque temps après, il fut élu doyen du chapitre de
Saint-Martin de Tours ; il obtint ensuite la dignité de
trésorier de la Sainte-Chapelle. Il se fit connaître en
cette qualité du roi Henri IV, celui-ci, qui appréciait
ses mérites, lui donna l'évêché de Noyon, lors de la dé-
mission d'Annibal d'Estrées, plus tard maréchal de
France ; il fut sacré le dimanche de la septuagésime de
l'année 1598, à Saint-Germain-des-Prés, par Philippe
du Bec, archevêque de Reims.

Charles de Balsac ayant pris possession de son évêché,
employa tous ses soins pour rétablir l'ordre et la disci-
cipline dans son diocèse, ainsi qu'il l'avait fait pour l'ab-

baye de Saint-Georges-de-Boscherville ; mais il éprouva
de la résistance de la part du chapitre qui prétendait que
l'évêque portait atteinte à ses priviléges. Ces contestations et d'autres ennuis qu'il éprouva firent qu'il résida
peu à Noyon et séjourna souvent à Marcoussis ; il mourut à Cléry, le 29 novembre 1625, comme il se rendait
à son abbaye de Rebais. Il avait, de son vivant, donné
aux Célestins de Marcoussis, entre autres choses, de très-
riches tapisseries ; à sa mort, il les gratifia de sa chapelle d'argent et d'une fondation considérable à certaines
clauses et conditions ; l'une d'entre elles disposait, annuellement, d'une somme de 100 livres, destinée à doter
une jeune fille pauvre de la paroisse de Marcoussis sur
la désignation du curé, prieur de Saint-Vandrille. Cette
clause fut rigoureusement remplie jusqu'à la Révolution.
Ce même prélat fut aussi le bienfaiteur du collége de
Montaigu à Paris.

En 1622, et de son vivant, Charles de Balsac avait fait
élever sa sépulture dans la première arcade du chœur de
l'église des Célestins ; il y était représenté en marbre
blanc, sous un entablement soutenu par des colonnes
corinthiennes en marbre noir, à genoux sur un coussin,
en habits épiscopaux, les mains jointes et la tête nue.
C'est également lui qui fit élever à son père, Thomas de
Balsac, et à Marie de Longjumeau, sa mère, le tombeau
où ils étaient représentés dans l'attitude de la prière.
sous la seconde arcade, à la suite du sien.

12

CHAPITRE VII.

Marcoussis, le Château, le Monastère sous les d'Illiers de Balsac d'Entragues. — Captivité des princes de Condé, de Conti et du duc de Longueville au château.

ÉON D'ILLIERS, dont la famille appartenait à une branche cadette de la maison de Vendôme, devint en 1634, par la mort de son oncle, César de Balsac de Gié, seigneur de Marcoussis, de Malesherbes, etc., etc., et il en prit le nom et les armes. C'est en cette qualité que, le 15 mars 1648, il rendait hommage à Gaston d'Orléans, frère de Louis XIII et comte de Montlhéry.

C'était un des plus riches seigneurs de la cour; à la baronnie d'Illiers, aux seigneuries de Chantemesle, de Vaupiloy, de Villemur, de Beaumont, il joignait par cette substitution, la terre de Marcoussis et dépendances, et celle de Malesherbes. Conformément au vœu de César de Gié, il écartela ses armes, qui étaient : *d'or à six annelets en double, de gueules, trois en chef, deux en fasce, un en pointe*, de celles des Balsac d'Entragues.

A peine fut-il maître de la seigneurie de Marcoussis, qu'il racheta de sa tante, Marie Charlotte de Balsac, les parties de cette terre qui en avaient été précédemment distraites en faveur de cette dernière, c'est-à-dire la ferme de la Ronce, les deux étangs et les 397 arpents de bois, qu'il échangea contre quelque autre de ses biens.

Il avait épousé en premières noces Marie de Maillé, de laquelle il eut deux enfants, qui moururent jeunes, et furent inhumés dans l'église des Célestins de Marcoussis avec leur mère, qui les suivit bientôt après dans la tombe. Alors, du consentement de son oncle César, qui vivait encore à cette époque, il se remaria avec Catherine d'Elbène, veuve du sieur de Valençay, dont il eut onze enfants (1), et parmi ceux-ci, Léon d'Illiers, deuxième

---

(1) Sur ces onze enfants, il y avait six fils et cinq filles : César d'Illiers, marquis de Malesherbes, qui mourut à l'âge de sept à huit ans et fut inhumé à Marcoussis ; Léon d'Illiers, deuxième du nom, qui succéda à son père dans la seigneurie de Marcoussis ; le marquis Henri d'Illiers, seigneur de Beaumont, qui épousa Louise-Magdeleine de Grimonville, fille aînée du baron de Mouy et de la Milleraye en Normandie, et qui mourut en 1674 des suites d'une blessure reçue à la bataille de Senef ; le quatrième fils fut Joseph d'Illiers, évêque d'Entragnes ; le cinquième, l'abbé Joachin d'Illiers, et le sixième Alexandre d'Illiers, chevalier de Malte. Des cinq filles, une seule, Anne d'Illiers, fut mariée au baron de Grandchamps ; les autres furent religieuses.

du nom, qui devait lui succéder dans la seigneurie de Marcoussis.

Léon d'Illiers vécut à la cour et résida peu dans sa terre de Marcoussis, dont l'administration était abandonnée à un régisseur qui logeait au château avec le capitaine qui en avait la garde; il se contentait d'en tirer les grosses sommes dont il avait besoin pour la vie dispendieuse qu'il menait. Pendant la Fronde, il prit parti pour le cardinal Mazarin et pour Gaston d'Orléans contre les princes soulevés; il eut même l'occasion de rendre à Mazarin un service signalé en lui offrant son château de Marcoussis pour y recevoir le prince de Condé, le prince de Conti et le duc de Longueville, qui avaient été arrêtés le 18 janvier 1650 au Louvre, et conduits d'abord à Vincennes (1).

En effet, le cardinal, ayant appris que Turenne, qui commandait l'armée de la Fronde, voulait entraîner l'archiduc Léopold et les Espagnols, qui occupaient la Picardie et la Champagne jusqu'aux bords de la Marne, afin de tenter un coup de main sur Vincennes, pour en enlever les princes, s'entendit avec Gaston, duc d'Orléans, pour mettre la Seine et la Marne entre Turenne et ses prisonniers (2). Gaston d'Orléans, qui était aussi

---

(1) Voir les *Mémoires de Mme de Motteville*, chap. XXXVIII.

(2) « Les partisans et amis des princes ayant pris les armes pour leurs intérêts, on ne crut pas qu'ils fussent en assez grande assurance au château de Vincennes pendant l'absence de la cour, qui étoit allée en Guyenne pour réduire la ville de Bordeaux qui tenoit leur parti en l'obéissance du Roy. Les châteaux de Pontoise et de Saint-Germain furent

comte de Montlhéry et avait à ce titre droit de suze-
raineté sur Marcoussis, conseilla à Mazarin d'enfermer
les princes dans ce château, qui, après la Bastille et
Vincennes, était la place la plus sûre des environs de
Paris; il s'en entendit avec Léon de Balsac d'Illiers, qui,
pour faire sa cour à Mazarin et à Gaston, y consentit
volontiers. Condé, Conti et Longueville furent donc, le
29 août 1650, transférés au château de Marcoussis. Guy
de Bar, qui les avait gardés à Vincennes, continua son
office dans la nouvelle prison des princes.

Ce Guy du Bar était en tout point digne des fonctions
qu'il remplissait. C'était un pauvre gentilhomme sans
autre fortune que son épée, sévère, défiant et rigide ob-
servateur de sa consigne. Il s'établit au château de Marcoussis avec cinq cents hommes et six pièces de canon.
Ces dernières furent montées sur les tours et la plate-
forme de l'avancée du château. Comme il jugeait urgent,
dans l'intérêt de la conservation de ses prisonniers, de
faire certains changements au château, il écrivit en
secret à Gaston d'Orléans pour lui faire part des mesures qu'il pensait nécessaires de prendre, et en reçut
l'autorisation suivante :

proposés dans un conseil tenu à Paris au palais d'Orléans, le 28 août de
la même année 1650, mais ils furent estimés trop faibles pour la garde de
personnes si importantes. Le duc d'Orléans, oncle du Roy, chef du conseil
et lieutenant général en l'absence de Sa Majesté, nomma de son propre
mouvement le château de Marcoussis; les princes y furent transférés de
celuy de Vincennes dès le lendemain 29 aoust et y demeurèrent près de
trois mois entiers, toujours gardéz à veue et observés avec la dernière
exactitude. » *L'Anastase de Marcoussy*, p. 95 et 96.

« Monsieur de Bar,

« Le roy mon seigneur et nepveu, résolu par l'avis de la reine régente, madame ma sœur, de faire garder pendant quelque temps dans le Chasteau de Marcoussy, mes cousins les princes de Condé et de Conty et duc de Longueville ; et étant important de ne rien omettre pour la seureté de leur garde ; je vous fais cette lettre pour vous dire que vous ayez à faire abattre les deux pilliers de pierre qui sont dans le fossé du dit Chasteau, lesquels ont servy autrefois à porter un Pont, y estant présentement inutiles ; que vous fassiez murer les portes et les croisées du dit Chasteau que vous verrez estre nécessaire, pour empescher que ceux qui gardent mes dits Cousins, ne puissent avoir veüe ni communication avec ceux de vostre Régiment, ny autres personnes par les fenestres ; laissant celles du côté du Parc ouvertes lesquelles vous ferez griller, et que vous obligiez avec la civilité que vous saurez assez observer, le Capitaine du dit Chasteau et le Receveur des revenus de la Terre à en sortir, y laissant seulement une femme qui y est pour prendre soin des meubles.

« Que vous fassiez mettre mon Cousin le duc de Longueville dans une Chambre séparée de celle où seront mes Cousins les Princes de Condé et de Conty, pour être le dit Duc gardé tout ainsy qu'il estoit au Chasteau de Vincennes, et que receviez les meubles nécessaires pour meubler les chambres où seront gardez mes dits Cousins ; vous recommandant au surplus de vous employer avec vostre vigilance et soins accoustumez pour l'entière seureté de la garde de mes dits Cousins : et sur ce je prie Dieu qu'il vous ait, monsieur de Bar, en sa sainte garde.

« Écrit à Paris, le 7 septembre 1650.

« *Signé* GASTON.

« *Et plus bas* : LE TELLIER (1). »

Ainsi fut fait : les princes et le duc de Longueville furent logés dans les anciens appartements de l'amiral de Graville donnant sur les jardins et sur le petit parc ; la grande salle reçut une garde spéciale de sept hommes, qui, nuit et jour, sans communication avec les troupes du dehors, devaient garder les prisonniers ; les bâtiments de l'avancée, les autres corps de logis du château servirent au casernement des troupes ; de nombreuses sentinelles, placées autour du château et dans le parc, en défendirent l'approche ; Guy de Bar exécuta les ordres qu'il avait reçus « avec la dernière rigueur (2). »

Pendant ce temps, le prince de Condé jurait, le prince de Conti priait Dieu et le duc de Longueville pleurait. De Bar poussait la défiance jusqu'à vouloir obliger les religieux que l'on faisait venir du couvent pour dire la messe, de ne la leur dire qu'en français (3). Tout ce qui était adressé aux prisonniers passait par ses mains ; il leur remettait lui-même l'argent destiné à leur jeu. Cela

(1) *L'Anastase de Marcoussy*, p. 97, 98, 99.

(2) *L'Anastase de Marcoussy*, p. 99.

(3) *Nouvel abrégé chronologique de l'Histoire de France*, par le président Hénault, édition de 1768, à l'année 1650.

n'empêchait pas les amis des prisonniers d'entretenir
avec eux des intelligences à l'aide de billets cachés dans
des écus évidés que de Bar se chargeait de leur remettre (1).

« Le poëte Montreuil, secrétaire du prince de Conti,
qui fut de l'Académie française, gagna les domestiques
de de Bar, et, tant que la prison dura, entretint des intelligences avec les princes. On envoya au prince de
Condé de l'encre de Chine et de petits tuyaux de plume
qu'il attachoit au coing de sa chemise, quantité de livres
in-folio, où l'on avoit soin de faire relier cinq ou six
feuilles de papier blanc au dedans et à la fin, et on les
achetoit tous de grand papier, afin qu'il pût écrire dans
les marges qu'il déchiroit après pour envoyer au dehors
les billets qu'il en formoit. Il lisoit perpétuellement et
surtout la nuit, enfoncé dans son lit comme si il eût
voulu éviter le froid ; mais en effet pour faire passer un
côté de la couverture par-dessus le livre qu'il lisoit, et
placer sur le bord du vide que cette machine formoit une
bougie qui lui donnoit lieu de lire les billets qu'il recevoit le jour, et d'écrire les réponses et ses ordres en peu
de mots sur les blancs qui se trouvoient dans les livres.
Il mouilloit de sa salive sa pierre noire de la Chine dans
le creux de sa main, et se servoit si adroitement de ces
petits tuyaux qui n'avoient guère plus d'un pouce de
hauteur, et les cachoit si adroitement entre ses doigts,
que quand les soldats de la garde, dont il gagna aussi

(1) Voir les *Mémoires de Guy-Joly*, édition Petitot, p. 102.

quelques-uns, lui tiroient les rideaux pour l'observer, il n'étoit pas possible qu'ils s'aperçussent de ce qu'il faisoit.

« On lui envoya souvent de l'argent et des pierreries, pour récompenser ceux qui le servoient au dedans de sa prison, comme il n'épargnoit rien pour satisfaire ceux qui lui étoient favorables au dehors. On lui fit tenir des poignards et jusqu'à des pièces de poult de soie toutes entières que des gens gagnés et qui avoient soin de faire son lit cachoient adroitement dans la paillasse, dans le temps qu'il étoit à Marcoussis, et que le duc de Nemours, Arnault et quelques autres amis de ce prince, firent une entreprise pour le tirer de ce château.

« Le prince de Condé fit semblant d'avoir mal aux yeux en les frottant pour les faire paroître rouges; il faisoit demander à d'Alancey son chirurgien de la poudre pour le guérir, et sous ce prétexte celui-ci lui envoyoit de la poudre d'encre sympathique. La princesse de Condé et le jeune prince, son fils, ayant obtenu de la cour la permission de lui écrire, ils lui écrivirent des lettres insignifiantes, entre les marges desquelles P. Lenet, conseiller d'État, et chargé des affaires du prince de Condé lui écrivoit à l'aide d'une encre sympathique ce qu'il lui importoit de lui faire savoir.

« Le prince de Condé ne perdit pas un seul instant sa gaîté, il lisoit, jouoit et causoit avec ses gardes et montroit à lire à un vieil exempt nommé Thomassin, homme brutal qu'il finit par gagner (1). »

---

(1) *Mémoires de Pierre Lenet*, 2ᵉ partie, p. 472 et suiv., au tome II de la troisième série de la collection Michaud et Poujoulat.

Les amis des princes avaient autour du château de
Marcoussis une contre-police chargée d'épier tout ce qui
s'y faisait, et ils préparèrent leur évasion. Ils avaient
gagné quatre des sept gardes qui étaient dans l'appartement des princes, et qui devaient se rendre maîtres des
trois autres ou les poignarder en cas de résistance. Ils
avaient fait de même pour les officiers et soldats qui
veillaient en dehors sur la terrasse de l'avancée du château de Marcoussis. Au pied de cette terrasse, devait se
trouver un homme avec un bateau dans lequel les princes
auraient passé le fossé et eussent joint, à vingt pas de
là, le duc de Nemours avec une bonne escorte (1). Tout
était prêt, mais tout fut découvert. Mazarin et la reine
mère craignirent que, dans son humeur versatile, Gaston
d'Orléans ne délivrât les prisonniers ; on ne les crut plus
en sûreté dans le château de Marcoussis : leur transfè-
rement dans la citadelle du Havre fut décidé. Des ordres
furent donnés en conséquence au comte d'Harcourt qui
réunit un petit corps d'armée pour les escorter

Les princes de Condé et de Conti, le duc de Longueville partirent de Marcoussis le 15 novembre ; on marcha
à petites journées à cause des troupes de l'escorte, et les
prisonniers n'arrivèrent au Havre que dix jours après, le
25 novembre. Pendant qu'on les transférait, le prince de
Condé fit dans le carrosse le couplet suivant contre le
comte d'Harcourt :

---

(1) Guy Patin, à l'année 1650. — *Mémoires de Guy-Joly*, édition
Petitot, p. 112.

Cet homme gros et court,

Si connu dans l'histoire ;

Ce grand comte de Harcourt,

Tout couronné de gloire ,

Qui secourut Casal , et qui reprit Turin ,

Est maintenant ,

Est maintenant

Recors de Jules Mazarin.

Le trait : *recors de Mazarin* fit fortune et resta insé‑
parable du nom du comte d'Harcourt. Cependant les
princes espéraient toujours qu'on les sauverait, et M. le
Prince tenta de se sauver lui-même dans une hôtellerie ;
mais il avait compté sans la vigilance de l'inévitable de
Bar, la chose fut impossible. Le prince se plaignit des
soins et de la sévérité de son gardien ; il avait une grande
haine contre lui (1). Trois mois après, Mazarin sentant
le vent de la fortune lui devenir contraire, courait au
Havre délivrer lui-même ses prisonniers (2).

Marcoussis avait dû à la captivité des princes une tur‑
bulente animation qui cessa avec leur départ. Ainsi que
le fait remarquer l'auteur de *l'Anastase*, les gens de
guerre, en sortant du château, le laissèrent « fort délabré
et presque tout défiguré (3). » Les appartements avaient

---

(1) Voir *Guy-Patin*, à l'année 1650, *Mémoires de Mme de Motteville*,
chap. XLI. Voir également les *Mémoires de Monglat*.

(2) Mme de Motteville, au chap. XLIII de ses *Mémoires*, entre dans
d'intéressants détails sur cette mise en liberté. Voir aussi les *Mémoires du
Cardinal de Retz*, année 1650. On y trouve trois lettres d'Anne d'Au‑
triche adressées à M. de Bar à l'occasion de la captivité des princes.

(3) *L'Anastase*, chap. VII, p. 99.

eu beaucoup à souffrir de leur nouvelle destination, et
principalement la grande salle de l'amiral de Graville,
dont les tentures furent déchirées, les sculptures muti-
lées et les peintures à demi effacées.

Cependant Léon d'Illiers fit restaurer le château et
enlever les grilles et les verrous qui rappelaient sa dernière destination. Il dut y séjourner et y recevoir grande
compagnie, au moins au printemps de l'année 1660, car
nous trouvons dans un des registres des curés de l'église
de Marcoussis, qui tenaient alors lieu de registres de
l'état civil, la mention suivante du mariage du comte de
Rohan-Rochefort avec Catherine de Lyonne, veuve du
comte de Noviant; ce mariage fut célébré dans l'église
paroissiale de la Magdeleine, le 29 avril 1660, en présence du duc de Beaufort, de Léon de Balsac d'Illiers et
de plusieurs gentilshommes appartenant à la première
noblesse du royaume par le curé, qui était alors l'abbé de
Saint-Denis. En voici l'acte :

« Le vingt neuviesme jour du mois d'avril de l'année
mil six cent soixante, après les fiançailles faites et dis-
pense de bancs à nous aportez de la part de Monsieur le
Grand-Vicaire, de Monseigneur l'illustrissime et le révérendissime père en Dieu, Jean François Paul de Gondy,
cardinal de Retz, archevêque de Paris, et par la vertu du
pouvoir à nous donné de solemniser le mariage d'entre
hault et puissant seigneur, messire François de Rohan,
comte de Rochefort, de la paroisse de Saint Louis en
l'Isle Notre-Dame, à Paris, et de haulte et puissante
dame Catherine de Lyonne veuf de hault et puissant sei-

gneur Pompée François, comte de Novient, de la paroisse
de Saint Paul à Paris. N'ayant découver aucun empê-
chement, je soussigné curé de l'église paroissiale de
Sainte Marie Magdelaine de Marcoussis, diocèse de Paris
les avoir mariez et leur ay donné la bénédiction nuptiale
selon la forme prescripte par la Sainte Église en présence
de: Messire Claude de Bretagne oncle maternel; hault
et puissant prince François de Vendosme, duc de Beaufort, amiral de France; Messire Louis d'Aubigny, Eschallar, marquis de la Bauloie, hault et puissant seigneur Messire Léon de Balsac d'Illiers et seigneur d'Entragues.

« Ont signé :

« FRANÇOIS DE ROHAN, CATHERINE LYONNE,
CLAUDE DE BRETAGNE, le duc de BEAUFORT,
L. STUART D'AUBIGNY, MAXIMILIEN ESCHALLAR,
DE BALSAC D'ILLIERS.

« DE SAINT-DENIS, *prêtre.* »

C'est à cette époque que l'auteur anonyme de *l'Anastase*, que l'on croit avoir été M. Perron de Langres, docteur en droit et avocat au parlement, fut « obligé de faire
quelque séjour (1) » au château de Marcoussis, et qu'il y
recueillit les notes qu'il ne publia que plus de quarante
ans après, à la sollicitation de ses amis. Ainsi que nous
l'avons exposé dans notre préface, il est probable,
qu'il avait été envoyé à Marcoussis pour y remplir

---

(1) *L'Anastase*, Prélude, p. 20.

une mission secrète, à laquelle la captivité des princes n'était sans doute pas étrangère. Quoi qu'il en soit, tout en regrettant qu'il n'ait pas conduit à bonne fin son projet primitif relatif à l'histoire de Marcoussis (1), qui nous promettait tant de piquantes révélations, nous devons remercier l'auteur anonyme de *l'Anastase* de nous avoir conservé dans son livre un grand nombre de renseignements utiles et précieux sur les antiquités de la vallée de Marcoussis.

Cependant la guerre de la Fronde venait d'éclater, Condé tenait la campagne contre les troupes royales commandées par Turenne. Les environs de Paris qui, depuis cinq ans, ne donnaient plus ni vendanges ni moissons, étaient ravagés et rançonnés tour à tour par l'un et l'autre parti; on se battait sous les murs d'Étampes que le comte de Tavannes, lieutenant de Condé, défendait contre les troupes royales. La vallée de Marcoussis avait tout à craindre du voisinage des armées ennemies : Catherine d'Elbène, dame de Marcoussis, ouvrit son château aux populations du voisinage et y reçut, au mois de mai 1652, tous ceux qui voulurent y chercher un refuge. Pendant ce temps, Léon d'Illiers d'Entragues et ses fils servaient le roi et le cardinal dans les armées. Sa femme l'ayant laissé veuf vers 1656, il lui survécut jusqu'en 1669, s'employant dans ses dernières

---

(1) Voir l'avertissement de *l'Anastase*. — *L'Anastase* ne renferme que les notes de la première partie, des cinq que l'auteur se proposait de traiter.

années à rétablir la concorde entre plusieurs grandes familles que les événements du temps avaient divisées. Il était mort à Paris, dans son hôtel d'Elbène, près du Luxembourg. Son corps fut inhumé à Marcoussis, ses entrailles à Saint-Sulpice et son cœur porté chez les Cordeliers de Malesherbes.

Mais à sa mort il laissait de nombreux créanciers, et pour les satisfaire il fallut vendre : la ferme de la Ronce, les deux étangs et les bois voisins, qu'il avait rachetés autrefois de la dame Marie Charlotte de Bassompierre, sa tante.

Léon d'Illiers, II⁰ du nom, succéda à son père dans la seigneurie de Marcoussis et dans celle de Malesherbes en 1669. C'était un gentilhomme accompli et de grande valeur; il fit ses premières armes avec Turenne, en Flandre; ayant été blessé et fait prisonnier dans un combat, il fut soigné et guéri par les ordres d'un colonel de cavalerie espagnole entre les mains duquel il était tombé, et qui voulut le renvoyer sans rançon. Rentré en France, il épousa Anne de Rieux de la maison de Sourdiac; il en eut cinq enfants.

Il séjourna souvent dans son château de Marcoussis, y recevant ses amis et la noblesse du voisinage; il ne dédaigna même pas de tenir sur les fonds baptismaux, avec la princesse Marie Anne de Wurtemberg, la fille de son régisseur, ainsi que le témoigne la mention suivante, que nous trouvons dans les registres des curés de Marcoussis :

« L'an de grâce mil six cent soixante et sept, le vingt

du dit mois d'août, a été baptisé par moi, prêtre, curé de
Marcoussis soussigné, une fille pour maître Poullier, receveur de la terre de Marcoussy, et Madeleine Angoulian,
ses légitimes père et mère, nommée Marie Anne Léon-
tine, par messire Léon de Balsac d'Illiers, marquis d'Entragues et seigneur de Gié, et haulte et puissante dame
Marie Anne de Vertambert (*sic*) qui ont nommé, et les
dits parrain et marraine ont signé ces présentes, avec
le dit curé.

 « *Signé*, MARIE ANNE DE WURTEMBERG,
    LÉON DE BALSAC D'ILLIERS.

 « SAINT-DENIS, *curé*. »

Léon II d'Illiers ne conserva que peu de temps la
terre de Marcoussis, à laquelle il n'apporta d'ailleurs
ancun changement; il mourut à l'âge de soixante-sept
ans, le 17 juillet 1702, laissant la seigneurie à son fils
aîné, Alexandre d'Illiers de Balsac d'Entragues, et la
terre de Malesherbes à Léon III d'Illiers, tandis qu'un
troisième fils, Pélasge d'Illiers, héritait du marquisat
de Gié (1).

Voici en quels termes il est fait mention de sa mort et

---

(1) Léon III d'Illiers, seigneur de Malesherbes, mourut sans enfants;
son frère, Pélasge d'Illiers, mourut, ne laissant qu'une fille, la terre de
Malesherbes passa alors entre les mains de Henri d'Illiers, marquis d'Entragues, fils d'Alexandre de Balsac. Cette nouvelle branche de la famille d'Illiers d'Entragues s'éteignit à son tour en 1726, c'est alors que
la terre de Malesherbes fut vendue à Chrétien Guillaume François de Lamoignon, intendant de Languedoc, père de l'illustre chancelier, et grand-
père du vertueux défenseur de Louis XVI.

de ses funérailles dans le registre obituaire de la cure de Marcoussis pour l'année 1702 :

« Le jeudi vingtième jour de juillet mil sept cent deux a esté apporté en l'église paroissiale de ce lieu le corps de très-haut et puissant seigneur messire Léon de Balsac d'Illiers, chevalier, marquis d'Entragues, seigneur de ce lieu de Marcoussis, Nozay, Malzerbe, Ville du Bois, Gié, et de plusieurs autres lieux. Décédé en son château du dit Marcoussis le lundi dix-septième jour du dit mois de juillet, à dix heures du soir, âgé de soixante-sept ans, dont le cœur, enfermé dans une urne, conformément à sa disposition, a esté inhumé le dit jour, vingtième, en la dite église paroissiale ; et le corps, à l'instant remporté en l'église des Célestins du dit lieu, a été inhumé dans la dite église et mis dans le tombeau de ses ancêtres, au pied de l'autel principal. En présence de messire Alexandre de Balsac d'Illiers, chevalier, marquis d'Entragues ; de messire Henri d'Illiers, chevalier, enseigne des vaisseaux du roi ; de messire Louis d'Illiers, abbé de Notre-Dame de Valence, docteur de Sorbonne, ses fils ; et de messire Alexandre d'Illiers, chevalier non profès de l'ordre de Saint-Jean de Jérusalem, son frère ; lesquels ont signé avec moi, prêtre, bachelier de Sorbonne, prieur et curé du dit lieu.

« *Signé* ALEXANDRE DE BALSAC D'ILLIERS,
 « LOUIS D'ILLIERS D'ENTRAGUES,
 « ALEXANDRE D'ILLIERS.
      « BOURGUIGNON, *curé.* »

Alexandre de Balsac d'Illiers vécut constamment à la

13

cour de Louis XIV et de Louis XV, où il était plus particulièrement connu sous le nom de marquis d'Entragues. Il avait épousé Philiberte de Xaintrailles, qui mourut le 10 avril 1744, à l'âge de soixante-douze ans, et fut
inhumée aux Célestins de Marcoussis. Nous avons un
aveu de lui à la date du 30 mai de l'année 1730, qui fait
connaître, avec de grands détails, quelle était l'étendue
et l'importance de la terre de Marcoussis à cette époque,
et les droits qui y étaient attachés (1).

Il avait aliéné à Pierre de Louvain, seigneur de Villarceau, les fermes de Pillaudry à Nozay et de Villiers-
sous-Nozay, tout en se réservant ses droits seigneuriaux. Par acte du 23 août 1719, il racheta la ferme de
la Ronce, les deux étangs et les bois qui avaient été aliénés à la mort de son aïeul. Quatre ans après, le 9 mars
1723, il acquérait du marquis de Leuville le grand fief
de Fretay, qu'il réunit aux deux autres fiefs du même
nom qu'il possédait déjà (2), et aussi celui de la Poitevine.

---

(1) Voir la pièce justificative XI.

(2) Un nommé Pierre Fretel possédait, au XV⁰ siècle, un vaste fief
entre Marcoussis et Orsay, relevant de cette dernière seigneurie ; selon
l'habitude, ce fief lui emprunta son nom de Fretel ou Fretay ; le 29 juillet 1464, il en détacha deux fiefs secondaires qui, quelque temps après,
furent annexés à la seigneurie de Marcoussis, sans doute avec la Ville du
Bois et Nozay, par l'amiral de Graville. La partie la plus importante du
fief de Fretay passa depuis en plusieurs mains, et, en dernier lieu, dans
celles des seigneurs du Plessis-Paté, qui la transmirent aux sires de Leuville, déjà propriétaires d'un fief voisin, celui de la Poitevine. Aujour-
d'hui, Fretay et la Poitevine sont deux hameaux dépendants de la com-

Cependant les exigences de la vie fastueuse des seigneurs à cette époque l'obligèrent bientôt à démembrer son domaine de Marcoussis. Le 29 mai 1724 il cédait au maître de poste de Linas, appelé Gaudron, la belle ferme de la Magdeleine ou des Prés; et il donnait à cens à un grand nombre d'habitants de Marcoussis les terres composant les Champtiers d'Entragues et de la Ronce, que ces habitants défrichèrent et mirent alors en culture.

Ce démembrement partiel de la grande propriété territoriale au profit de la classe du peuple, qui se fit alors dans toute la France et pour les mêmes motifs qu'à Marcoussis, fut un bien; les paysans, devenus propriétaires, se montrèrent plus intéressés à la culture du sol, ils travaillèrent pour eux et non plus pour le régisseur de la terre; ils s'attachèrent à cette terre qu'ils arrosaient chaque jour de leurs sueurs, elle était bien à eux, ils allaient la léguer à leurs enfants, il y eut dès lors moins de misère, moins d'incurie dans les campagnes, et le sentiment patriotique lui-même se trouva décuplé par le fait de la possession territoriale.

C'est à cette époque que, sur la plainte des habitants du Guay, dont la santé se trouvait souvent altérée par le voisinage du petit étang, dit de Roucy, on prit le parti de le mettre à sec, et de le convertir en prairies et en aulnoye.

Le marquis d'Entragues n'avait pas d'enfants, il fit, par acte notarié du 17 juin 1720, donation de sa terre de

---

mune de Villejust. On voit encore à Fretay une ferme dont les bâtiments remontent au moins au XVIᵉ siècle.

Marcoussis à son frère Henry de Balsac, en faveur de son mariage avec Charlotte Césarine de Balsac, sa parente, à charge de substitution en faveur de ses enfants de l'un ou de l'autre sexe.

Ce seigneur mourut le 18 septembre 1742, à l'âge de quatre-vingt-un ans, ainsi qu'il résulte de la déclaration suivante, inscrite sur un des registres des curés de Marcoussis :

« L'an mil sept cent quarante deux, le vingt septembre, Messire Alexandre Balsac d'Illiers, marquis d'Entragues, seigneur de Marcoussis, Nozay, Ville du Bois, et autres lieux, étant décédé le dix-huit, présent mois, âgé de quatre vingt un ans, a été apporté dans l'église dudit lieu, sa paroisse, et après les prières accoutumées, a été transporté par nous prieur et curé dans l'église du monastère des Célestins dudit lieu de Marcoussis, sa sépulture. Et le même jour et an, le cœur dudit seigneur, après le transport de son corps, a été inhumé dans une urne au bas du sanctuaire de notre église, suivant ses dernières volontés, comme l'avoit été celui de M. son père, en 1702, en présence de MM. les curés : de Montlhéry, Linois, Nozay, Longjumeau, qui ont signé avec nous Mathieu Rousseau, curé de Marcoussis. »

Henri, frère du marquis d'Entragues, était décédé avant celui-ci ; il ne put profiter de la donation de 1720, et ce fut son fils Alexandre Louis Henri de Balsac qui hérita de la terre de Marcoussis. Il était né le 23 mai 1723, et ne fut baptisé que neuf ans après, le 25 juin

1732, par Balthasard de Saint-André, curé et prieur de Marcoussis, en présence du marquis d'Entragues, son oncle, qui fut son parrain, de sa tante Louise Philiberte de Xaintrailles, qui fut sa marraine, de son tuteur, Emmanuel-Honoré Martin, agent d'affaires de l'Hôtel-Dieu de Paris, de messires d'Albon de Bretonvilliers, d'Anne d'Albon, et de F. J. Pelletier, qui était alors prieur du couvent des Célestins.

Nous ne savons rien du séjour d'Alexandre Louis Henri de Balsac à Marcoussis; il ne conserva cette terre que très-peu de temps, la laissant à Louise Jeanne d'Illiers d'Entragues, sa sœur ou sa cousine, qui avait épousé le marquis Louis-Auguste de Rieux. Ce dernier vécut à la cour de Louis XV; il figure parmi les roués de la Régence, c'est dire qu'il délaissa le château de Marcoussis pour Versailles et le Palais-Royal. Ce fut sa femme, Louise d'Entragues, qui rendit foi et hommage au roi le 8 juillet 1746, pour la terre de Marcoussis, ainsi qu'il résulte d'un acte qui fut reproduit plus tard dans l'inventaire des titres de la seigneurie.

Criblé de dettes, le marquis de Rieux fut obligé de vendre sa seigneurie de Marcoussis, ce qu'il fit par contrat du 14 juillet 1751, et pour la somme de 572,000 livres, dont 557,000 furent immédiatement délivrées à ses créanciers. C'est ainsi que la comtesse de Pont de Veyle, Élisabeth Thérèse Marguerite Chevalier, veuve du comte Frédéric, Kadot, de Sebbeville, devint maîtresse de la châtellenie.

Au temps où le marquis de Rieux était seigneur de Marcoussis, en 1651, le vicaire de l'église paroissiale de

la Magdeleine, l'abbé Antoine de l'Étang (1), qui était en
relations d'amitié avec madame Le Vasseur, et qui la
recevait ainsi que sa fille Thérèse, invita plusieurs fois
J.-J. Rousseau, alors âgé de trente-huit ans, à venir
passer quelques jours dans sa retraite. Une conformité
de goûts aidait d'ailleurs à ces réunions : l'abbé de
l'Étang était grand amateur de musique, Rousseau en
composait alors avec beaucoup de facilité. On faisait
donc de la musique, et, lorsqu'on était las de chanter et
de toucher du clavecin, Rousseau discutait quelque point
de controverse philosophique avec Grimm, qui était
aussi un des commensaux de la maison et avec lequel
il se fâchait souvent (2). Ou bien encore, on allait se pro-

---

(1) Le curé était alors l'abbé Mathieu Rousseau, qui exerça de 1735
à 1780 ; M. de l'Etang e fut que quatre ans vicaire à Marcoussis, de
1648 à 1652. Il fut ensuite nommé à la cure de Saint-Philbert de
Brétigny.

(2) On lit dans les *Confessions*, partie II, liv. VIII, à l'année 1750 :
«...J'allai plusieurs fois passer quelques jours à Marcoussis dont Mme Le
Vasseur connaissait le vicaire, chez lequel nous nous arrangions tous de
façon qu'il ne s'en trouvait pas mal. Grimm y vint une fois avec nous.
Le vicaire avait de la voix, chantait bien, et, quoiqu'il ne sût pas la musique, il apprenait sa partie avec beaucoup de facilité et de précision.
Nous y passions le temps à chanter mes trio de Chenonceaux. J'y en fis
deux ou trois nouveaux sur des paroles que Grimm et le vicaire bâtis-
saient tant bien que mal. Je ne puis m'empêcher de regretter ces trio
faits et chantés dans des moments de bien pure joie, et que j'ai laissé à
Wooton avec toute ma musique. Mlle Davenport en a peut-être déjà fait
des papillottes ; mais ils méritaient d'être conservés, et sont pour la plupart d'un très-bon contrepoint. Ce fut après quelqu'un de ces petits
voyages, où j'avais le plaisir de voir la tante à son aise, bien gaie et où

mener dans les bois, on dînait sur l'herbe à la fontaine
Saint-Vandrille, et Rousseau, qui était l'âme de ces réunions champêtres, y payait largement son tribut d'admiration et de sensibilité à la nature, à la vue des sites à la
fois pittoresques et sauvages dont le pays abondait alors.

Sans avoir l'importance qu'elle a acquise depuis, surtout dans ces trente dernières années, la paroisse de
Marcoussis ne laissait pas que d'être alors considérable.
Un littérateur distingué du siècle dernier, l'avocat au
parlement Boucher d'Argis, qui avait sa maison de campagne dans le voisinage, au hameau de Rozière, près de
Saint-Philbert de Brétigny, et qui eut occasion de la visiter, évaluait la population, en 1742, à environ 800 habitants. Il a consacré à Marcoussis un petit mémoire
historique de 15 pages, qui a été inséré dans le *Mercure
de France* de juin 1742 (1). Nous croyons utile de reproduire, malgré quelques redites qu'elle présentera au
lecteur, la description qu'il donne du château et du couvent dans l'état où ils se trouvaient alors, c'est-à-dire à
la veille des modifications importantes que la comtesse
d'Esclignac allait faire à l'un et de la réforme radicale
de l'autre, et à l'avant-veille de la Révolution qui allait
en disperser les pierres.

---

je m'égayai fort aussi, que j'écrivis au vicaire, fort rapidement et fort
mal une épître en vers que l'on trouvera parmi mes papiers..... » Voyez
la pièce justificative XII.

(1) Mémoire historique concernant la seigneurie de Marcoussis et le
prieuré des Célestins qui est dans le même lieu. *Mercure de France*, de
juin 1742, pages 1279 à 1293.

« Le château de Marcoussis, dont la plus grande partie a été bâtie par Jean de Montagu, est situé dans un fond, au pied d'une colline qui le domine, ce qui étoit un grand défaut dans la position de ce château, ayant été bâti depuis l'usage du canon. Du reste, ce château étoit très fort pour ce tems-là, où l'on ne sçavoit pas encore attaquer les places avec tant d'art qu'aujourd'hui.

« L'entrée du château est couverte par un ouvrage avancé, dans lequel on ne peut entrer que par deux ponts-levis, qui sont aux extrémités des flancs ; la face de cet ouvrage est flanquée de deux grosses tours terrasées, et la courtine fortifiée par un redent. Dans une petite tourelle qui est à côté de la grosse tour méridionale, il y a un moulin à bras, dont on se servoit pour l'usage du château, surtout dans les temps des guerres. Il y a dans l'intérieur de cet ouvrage une cour quarrée, où les soldats se rangeoient en armes, et autour de laquelle sont plusieurs corps de garde. Cet ouvrage est entouré d'un fossé revêtu, fort large, lequel, ainsi que les fossés du château, est rempli des eaux de la petite rivière de Salmoüille, qui vient des étangs de Marcoussis.

« Le château est entouré de fossés fort larges ; on n'y entre plus que par un pont-levis du côté du midi, qui a toujours été la principale entrée ; il y avoit un autre pont-levis, du côté du nord, qui est détruit.

« Les bâtiments du château offrent une enceinte quarrée, au milieu de laquelle est une cour aussi quarrée, plus longue que large ; les quatre angles extérieurs du château sont flanqués de quatre grosses tours rondes,

couvertes d'ardoises, et les courtines sont toutes à ma-
checoulis et galeries, et flanquées de demi-tours découvertes.

« Le Donjon est du côté du midi, au dessus de la porte
d'entrée du château ; il est flanqué de deux demi-tours
découvertes, et au-dessus du donjon s'élève une guérite,
assés haute pour découvrir au loin dans le pays.

« Charles VI est représenté sur un médaillon de pierre,
qui est au-dessus de la porte ; à droite, on voit un lin-
teau de pierre de taille, au-dessus d'une fenêtre, qui est
éclaté, et dans lequel est empreinte la forme d'un gros
boulet de canon ; on voit aussi, en d'autres endroits, des
marques de plusieurs coups de canon que ce château a
essuyé dans le temps des guerres civiles.

« On voit encore au-dessus de la porte, la herse ; et
des deux côtés, les fiches qui servaient à porter les mous-
quets et les piques du corps de garde.

« A gauche, en entrant, est la salle des gardes. Du
même côté, dans le fond de la cour, est la chapelle,
qui est double, c'est-à-dire l'une au rez de chaussée,
l'autre au niveau du premier étage ; il n'y a plus que
celle-ci qui soit entretenue.

« Sur les murs de ces deux chapelles, et de leurs sa-
cristies sont ces lettres gothiques : ᛁᛚᛈᚪᚦᚳᚠᛏ, qui
sont répétées presque de pied en pied ; on tient que ce
sont les lettres initiales de ces mots : IE L'AI PROMIS A
DIEU ET L'AI TENU ; on voit aussi sur ces murs les
armes de Jean de Montagu, qui sont : d'argent, parties
d'une croix d'azur, aux quatre aigles éployées de
gueules, et celles de Jacqueline de la Grange, sa femme,

qui sont : *de gueules au chef d'argent chargées de trois merlettes de sable.*

« On a aussi peint sur ces murs des aigles éployées, et des feuilles de courge que Jean de Montagu prenait pour son symbole.

« Le bâtiment qui est dans le fond de la cour et le grand escalier qui est à droite, ont été faits par l'amiral de Graville, dont on y voit les armes et les ancres qui sont les attributs du grand amiral.

« C'est dans ce corps de logis qu'est la salle de compagnie, qui est fort vaste. Sur une console, dans le fond de cette salle, est la figure en pierre d'un cerf de grandeur naturelle, avec son bois naturel; ce cerf porte au col un écu aux armes de France, et sur le piédestal sont plusieurs salamandres qui étaient, comme on scait la devise de François Ier, ce qui fait que cette figure a été mise en mémoire d'un cerf pris par ce prince dans les bois de Marcoussis (1).

« Il y a, sur la plupart des cheminées du château, de pareilles figures de cerf, portant diverses armoiries de princes et de grands seigneurs qui sont, sans doute, les armes de ceux qui ont pris des cerfs dans la forêt de Marcoussis.

« Sur la cheminée de la grande salle, on lit cette devise :

Ignis pessimus omnium Cupido !

« Dans un cabinet, qui est au rez-de-chaussée, on

---

(1) Voir p. 97.

voit le portrait d'Henriette de Balsac, qui fut aimée d'Henri IV, et le portrait du duc de Verneuil, leur fils naturel.

« Sur quelques vitres, et en plusieurs autres endroits de la maison, on voit les armes de France, pleines ou écartelées, ce qui fait juger que les chambres où se trouvent ces armes ont été occupées par les princes du sang.

« Le grand escalier est dans une tour ronde, toute bâtie de briques; les marches sont de pierre de taille, et disposées en vis. La charpente des combles est toute de châtaignier et fort belle.

« L'entrée des cachots est à gauche, dans le coin de la cour; les basses fosses sont dans le bas de la tour la plus septentrionale, au-dessous du niveau de l'eau des fossés; mais les murs sont si bien cimentés que l'eau n'y pénètre pas.

« Le parc de Marcoussis contient 80 arpents. On y voit des ormes d'une hauteur et d'une grosseur remarquable. La Salmoüille passe dans ce parc, d'où elle va ensuite faire tourner le moulin de Guillerville. Un des revenus de cette terre consiste dans les deux étangs qui sont près de là, dont l'un contient 90 arpents, l'autre 120; on les pêche tous les ans et leur produit est estimé 3,000 livres par an. Ces étangs sont formés par les eaux de la Salmoüille.

« Le monastère des Célestins de Marcoussis, est un prieuré de l'ordre de Saint-Benoît, fondé par Jean de Montagu; il y a 15 religieux dont le prieur est le chef.

« Sur la porte du monastère, sont les armes des Céles-

tins qui sont : *d'azur à la croix ancrée d'argent, entre-
lacée d'un S de même.*

« Aux deux côtés du cintre sont deux figures de pierre,
l'une de saint Benoît, l'autre de saint Célestin, pape.
Dans la salle de compagnie, il y a quelques portraits,
entre autres celui de Jean de Montagu, fondateur, habillé d'une cotte d'ames, faite comme une dalmatique,
sur laquelle sont ses armes ; elles sont aussi en haut du
tableau avec cette inscription : *Jus et Patriam recta
ratio præfert.* On y voit aussi le portrait de Charles de
Balsac, évêque de Noyon, et celui de Thomas de Balsac,
son père, chevalier de l'ordre du Roy. Les caves de cette
maison sont fort belles.

« Sur la porte du chapitre, on voit les armes de Saint-
Pierre de Luxembourg, cardinal de l'ordre des Célestins,
qui sont : *d'argent au lion de gueules.*

» Il y a au haut de la maison un petit logement que
l'on appelle l'appartement du fondateur, où l'on dit que
Jean de Montagu venoit se retirer lors des grandes fêtes,
pour entendre l'office, y ayant dans ce logement une fenêtre qui donne sur le sanctuaire de l'église. La charpente des combles est de bois de châtaignier et fort belle
à voir.

« L'église est tournée au levant et au couchant. Son
architecture est gothique ; elle est dédiée à la Sainte-
Trinité, qui est représentée sur le milieu du portail par
une figure faite d'une seule pierre, qui représente les
trois personnes de la Sainte-Trinité, réunies depuis la
ceinture en un seul corps, pour marquer l'unité de
Dieu.

« Sur le côté gauche du portail est la figure de Charles VI, et celle de Jean de Montagu, fondateur, qui est en habit long, suivant la coûtume de ce tems; à droite, est Ysabeau de Bavière, femme de Charles VI, et Jacqueline de la Grange, femme de Jean de Montagu. Ces figures sont en pierre de liais, et les têtes en sont aussi fraîches que si elles étaient sculptées nouvellement, quoiqu'il y ait plus de trois cents ans que cette église ait été bâtie.

« On voit dans le chœur de cette église plusieurs tombeaux des Montagu, des Balsac, des d'Entragues et d'autres personnes de considération, entre autres celui de Gérard de Montagu, évêque de Paris, frère du fondateur. Au devant de sa tombe, est le tombeau de ce dernier, élevé d'environ trois mètres.....

« La charpente du comble mérite d'être vue, tant pour la beauté des bois dont elle est composée, qui sont tous de châtaignier, que pour la propreté avec laquelle elle a été travaillée.

« Le clocher est fait en aiguille octogone, et très-élevé; de la lanterne, on découvre jusqu'à trois lieues de pays, quoique cette église soit bâtie dans un fond. Il y a quatre cloches, trois dont les inscriptions sont écrites en caractères gothiques, et une en caractères modernes.

« La couverture de l'église est en partie d'une tuile verdâtre, vernissée, rangée par compartiments avec de la tuile commune, ce qui fait un effet très-gracieux à la vûe.

« Dans une armoire de la sacristie est le trésor, qui

quoique peu considérable renferme quelques pièces curieuses, dont quelques unes sont montées en or.....

« Le jardin des Célestins est d'une figure fort irrégulière, et entrecoupé de plusieurs jardins particuliers que cultivent les Religieux; celui du prieur mérite surtout d'être vu, tant pour la propreté avec laquelle il est entretenu, que pour la variété des fleurs que l'on y cultive. »

Au temps où la maison d'Illiers possédait la seigneurie de Marcoussis, le monastère fut l'objet de plusieurs embellissements et de notables améliorations. En 1636, la croix du cloître ayant été emportée avec son montant par la foudre, qui dépouilla de plus les deux tiers de la barre qui le traversait, et gâta les petites figures sculptées dans des niches au-dessous, on la remplaça par une plus belle et on rétablit les sculptures. En 1641, on fit refondre la plus grosse cloche et on fit faire le grand pupitre avec un aigle en cuivre destiné à supporter les livres saints (1). L'année précédente, on avait disposé à l'entrée du cloître une chambre lambrissée, pour y recevoir les portraits des bienfaiteurs considérables du monastère; mais plus tard il fallut y renoncer, parce que l'humidité gâtait les tableaux.

En 1644, on enleva un petit mur qui séparait le cimetière, devant le portail de l'église de l'avenue plantée d'ormes qui conduisait au chemin du couvent au châ-

---

(1) Cet aigle-pupitre a été conservé; il est aujourd'hui dans l'église paroissiale.

teau ; on refit la grande porte qui donnait sur ce chemin
et on la surmonta d'un beau crucifix de pierre, accompagné à droite et à gauche, des statues de Notre-Dame
et de saint Jean-Baptiste. Un lord anglais, appartenant
à la famille royale d'Écosse, Louis Stuart d'Aubigny,
petit-fils de Catherine de Balsac, duchesse de Lenox (1),
fit construire à ses frais la tribune qui décorait la nef ;
il enrichit également la bibliothèque conventuelle de
plusieurs volumes et d'une belle collection de mé-
dailles.

Le couvent de Marcoussis comptait alors au nombre
de ses religieux le père Nicolas de Poix, de la grande famille de ce nom ; cela lui valut plusieurs présents importants, et, entre autres, une décoration complète de chapelle en brocard à fond d'argent. D'autres religieux, le
père de la Veille et le père Léon Bourgeois, donnèrent à
la communauté des chandeliers d'argent, et d'autres
pieuses personnes firent également présent de deux cou-
ronnes d'argent pour la Vierge et l'Enfant Jésus de l'autel Notre-Dame de Grâce ; il s'agit ici de la statue de
Notre-Dame de Grâce miraculeusement préservée des
atteintes sacriléges des hérétiques, en 1562. Cette Vierge
jouissait d'une grande réputation dans le pays ; on lui
attribuait plusieurs guérisons miraculeuses, et une dame
de condition, que le frère Simon de la Motte a la discré-

---

(1) Cette Catherine de Balsac, fille de Thomas de Balsac et de Louise
d'Humières, était la sœur de François de Balsac, seigneur de Marcoussis,
et la tante paternelle de Henriette d'Entragues ; elle avait épousé Stuart
d'Aubigny, comte de Lenox.

tion de ne pas nommer (1), ayant été sauvée d'une maladie réputée incurable après l'avoir invoquée, fit présent d'une lampe d'argent et vint en 1643, en grande pompe avec toute sa famille, y entendre trois messes d'actions de grâce. Le trésor de la sacristie s'enrichit encore à cette époque de plusieurs articles précieux, entre autres d'une statuette de saint Pierre de Luxembourg, du poids du 16 marcs, qui, le jour de la Saint-Louis de l'année 1669, fut solennellement sanctifiée par quelque relique de ce saint qu'on y plaça.

En 1660 on pava le cloître de pierre de liais, et comme le lambris qui le décorait était en mauvais état, on fit un ravallement en plâtre. Ce cloître était formé par des arcades à plein cintre, reposant sur des colonnes en grès d'environ 1 pied d'épaisseur et de 5 de hauteur. On fit poser aussi les cinq marches qui y donnaient accès. A la même époque, on abaissa le sol du préau qui était entouré par ce cloître. Sous Léon II d'Illiers, on avait fait des réparations assez importantes à l'appartement des hôtes et à l'infirmerie, qui formaient le côté occidental du cloître, vers l'entrée du monastère.

La famille de Balsac d'Illiers avait élu sa sépulture dans un des caveaux de l'église du couvent des Célestins de Marcoussis. On y plaça successivement Marie de Maillé, première femme de Léon Ier de Balsac d'Illiers d'Entragues et ses deux enfants, morts jeunes, issus de ce mariage ; César d'Illiers, marquis de Malesherbes,

---

(1) Mss. de Simon de la Motte, chap. XXXIV.

mort à Paris à l'âge de sept à huit ans ; il fut inhumé près du fondateur ; Catherine d'Elbène, seconde femme de Léon Ier, ses entrailles avaient été déposées dans l'église paroissiale de la Magdeleine, et son cœur dans celle des Cordeliers de Malesherbes ; Léon Ier d'Illiers en 1664, dont les entrailles furent aussi portées chez les Cordeliers de Malesherbes.

Nous avons vu qu'en 1702 et en 1743 on y avait également inhumé Léon II d'Illiers et le marquis Alexandre d'Entragues. Le 10 avril 1744, on y déposa le corps de Louise-Philiberte de Xaintrailles, veuve du marquis d'Entragues, qui mourait au château à l'âge de soixante et onze ans. C'est la dernière sépulture seigneuriale dont les registres paroissiaux fassent mention.

Citons encore ces pages de Simon de la Motte, au manuscrit duquel nous avons emprunté les détails relatifs à l'état du monastère à différentes époques ; il signale parmi les personnes qui furent inhumées dans l'église des Célestins : «...Demoiselle Léonore de Balsac, fille de Guillaume Charles de Balsac et de Marie de la Châtre, morte à l'âge de douze ans au château de Marcoussis ; Claude de Balsac, fille de ce même Guillaume Charles de Balsac et de sa seconde femme, Jeanne de Gagnon, qui mourut avant d'être mariée. Le corps de Henri Pot, sieur de Verderonne, petit-fils de madame Georgette de Balsac, premier tranchant et porte cornette de Sa Majesté, a été enterré en la chapelle de Saint-Jean l'Evangéliste, quoique son épitaphe soit à l'entrée de la sacristie, sur le bénitier, et celui de maître Raymond Raguier, maître des comptes, seigneur d'Orçay, est sous le maître-autel, bien que sa

14

tombe, de cuivre, ait été transportée à l'entrée du chœur, sous les cloches. Messire Thomas de Balsac, chevalier, sieur de Montagu, y ayant élu sa sépulture avec madame Anne de Gaillard, son épouse ; leurs enfants, MM. Jean de Balsac, chevalier, seigneur de Châtres, de la Roue et autres lieux ; monseigneur messire Charles de Balsac, seigneur de Balsac et de la Fontaine, évêque et comte de Noyon, pair de France ; et messire de Balsac, aussi seigneur d'Ambourville et de la Grenette, avec madame Marie Le Maistre, son épouse, en ont fait le lieu de leur repos après leur mort, à l'imitation dudit seigneur, M. Thomas de Balsac, leur père. Messire Henri d'Illiers, seigneur de Beaumont, a voulu y être inhumé, pour n'être pas séparé après son décès de son frère, Léon d'Illiers de Balsac, qui s'y est fait apporter avec madame Marie de Maillé et madame Catherine d'Elbène, ses deux femmes, et quatre de leurs enfants. On apporta, le 26 août 1674, le corps ou le cœur de messire Henri d'Illiers, second du nom, sieur de Chantemesle et de Beaumont, sous-lieutenant des chevau-légers, mort d'une blessure à la tête reçue à la bataille de Sénef. Le corps de messire Louis Le Maistre, conseiller d'État, sieur de Bellejambe, repose proche de la sacristie, sous son épitaphe qui porte en chef ses armes, où se voient : *trois soucis d'or en champ d'azur;* MM. Viole, père et fils, l'un maître des requêtes de Sa Majesté, et l'autre conseiller-clerc de la grand'chambre du parlement, ont leur sépulture devant l'image de Notre-Dame de Grâce, avec leur épitaphe contre la muraille du côté droit, qui a pour couronnement leurs armes. Devant l'autel de Notre-

Dame de Pitié est enterrée mademoiselle de Courcy, dame du Chènerond, veuve du sieur de Bouville. L'épitaphe du sieur Blavet, médecin, que l'on voit sous l'image de saint Denis, attachée à la muraille de l'autre côté, est au-dessus de son sépulcre, où depuis on a enseveli au second jour de l'an 1672, le cœur de demoiselle Barbe Bourdon, son épouse. Les corps : du sieur Aubert, pensionnaire de cette communauté, de madame Viole, et d'une sœur-laye des clarisses de Montbrisson, morte en 1627 en ce monastère, y ont été inhumés à l'entrée de la cloison; un seigneur de Montfaucon, dit à présent de Beauregard, et mademoiselle Henriette le Rat, son épouse, ont leur sépulture dans le fond des cinq chapelles......... Sont en outre enterrés en la nef de l'église, un nommé Hugues Petit, lessivier de la maison; Roch Ménard, de Linas; et Pierre Legendre, maçon du monastère; avec un enfant de Marchaix, fermier de la Saulsaye, qui y a été enseveli avec le corps d'un capitaine qui fut tué par surprise dans le parc, l'an 1652.

« Quant au cimetière devant le portail de l'église, on y a enterré quatre charretiers......, un garçon venu de Sens, comme pareillement un cordonnier et un tailleur, et le 23 décembre de l'année 1673, on y enterra Hubert-Pierre Letellier, garde de bois du monastère, au devant duquel on a trouvé, dans le jardin qui est à la suite de la grande porte du couvent, plusieurs ossements d'hommes que l'on soupçonne probablement y avoir été enterrés à la suite de la bataille de Montlhéry, l'an 1465, après laquelle grand nombre de personnes ont expiré proche de ce lieu où on leur a donné la sépulture, le

cimetière ne pouvant pas suffire à leur rendre ce dernier
devoir, et le doute que l'on peut avoir de leur salut ayant
obligé d'en user de la sorte. Quantité d'autres séculiers
ont eu leur sépulture dans le préau du cloître, entre lesquels un peintre, natif de Joigny en Bourgogne, qui y
mourut l'an 1641, et ceux qui y finirent leurs jours, s'y
étant réfugiés pendant les guerres de religion. »

Terminons ce nécrologe en ajoutant qu'au pied du
sanctuaire et en avant des deux cœurs de François et
de César de Balsac, on avait placé un marbre noir sur
lequel on voyait représentées les armes des d'Entragues
avec un chapeau épiscopal ; au-dessus on lisait ces
mots : « Ici est le cœur de monseigneur Louis de Balsac
« d'Entragues, évêque de Létoure (Lectoure), décédé le
« 6 août 1720. » Il était frère d'Alexandre de Balsac,
alors seigneur de Marcoussis.

CHAPITRE VIII.

Marcoussis, le Château, le Monastère, sous madame la comtesse
d'Esclignac.— Réorganisation de la Seigneurie.— Le nouveau
Terrier. — Les Chasses royales au Buisson de Marcoussis.—
Les Archives paroissiales. — 1751-1790.

LISABETH THÉRÈSE MARGUERITE CHEVA-
LIER, comtesse de Pont de Veyle, appartenait
à une famille noble de la Franche-Comté
dont les armes étaient : *coupé de deux ; au 1,*
d'azur à la molette d'argent ; au 2, d'or ; au 3, d'azur à
deux glands versés d'argent. Elle avait épousé Charles
Louis Frédéric Kadot, comte de Sebbeville, enseigne
aux mousquetaires et brigadier des armées du roi, qui
la laissa veuve en 1734, après deux ans de mariage,
avec une fille, Marie Bernardine, qui fut plus tard
mariée à Timoléon Antoine Joseph Louis Alexandre,
comte d'Épinay Saint-Luc (1).

---

(1) La jeune comtesse d'Epinay Saint-Luc mourut en couches à l'âge

La comtesse de Sebbeville résidait le plus habituellement au Plessis-Paté, près de Brétigny, où se trouvait
un beau château avec avant-cour, cour d'honneur, fossés, communs, potagers, jardins et parc que son beau-
père, le marquis de Sebbeville, avait acheté en 1709 et
qu'il s'était plu à embellir, aussi avait-il donné son nom
à ce domaine, et le Plessis-Paté, après s'être un instant
appelé le Plessis-d'Argouges, du nom de son ancien
propriétaire, était-il désigné sous le nom de Plessis-
Sebbeville. Ce fut dans la chapelle de ce château, le
13 juin 1752, un an après qu'elle eut fait l'acquisition de
la terre de Marcoussis, que Élisabeth Thérèse Marguerite
Chevalier, comtesse de Sebbeville, épousa Charles Louis
de Preissac Fezensac de Marestang, comte d'Esclignac.

La maison de Preissac d'Esclignac était une branche
de celle de Fezensac, cadets des comtes souverains d'Armagnac (1); elle avait pour armes : *un écu écartelé; au 1,
d'argent, au lion de gueules; au 2, d'azur, à trois
fasces d'argent; au 3, d'azur, au pal d'or; au 4,
d'argent, au lion de gueules et une bordure d'azur.*
Le comte d'Esclignac, devenu par son mariage seigneur

---

de 30 ans, le 21 juillet 1763, en donnant le jour à la dernière duchesse
de Béthune-Sully. Pinard. *Hist. du canton de Longjumeau.*

(1) Charles Louis, comte d'Esclignac, était le second fils du duc et de
la duchesse d'Esclignac; il avait deux frères : l'aîné, Jean-Henri, marquis d'Esclignac, fut marié à Madeleine de Moneins; l'autre, Charles de
Preissac, marquis de Cadillac, épousa Anne-Victoire de Riquet-Caraman;
et une sœur Catherine Henriette, qui avait épousé Alexandre Pereins,
marquis de Montaillard La Valette. (*Almanach de la noblesse pour
1785.*)

de Marcoussis, donna pendant sa possession de cette terre plusieurs portions d'héritages à nouveaux cens, tant à Marcoussis qu'à Nozay, la Ville-du-Bois et Fretay ; le désordre des titres ne lui permettant pas de bien connaître tous les biens qui composaient son nouveau domaine, il se désista en faveur de madame Le Maira, dame de Bruyères le Châtel, de la mouvance du fief de Guisseray, faisant partie de la terre du Marais. Cet abandon, qui n'aurait pas dû être fait, donna lieu à un procès considérable entre M. Le Maistre, seigneur du Marais, son vassal, et madame Le Maira, qui eut pour objet principal la distinction de plusieurs autres fiefs autrefois reportés à Marcoussis, et qui furent reconnus dépendre de celui de Guisseray, et conséquemment relever de Bruyères (1).

Le comte d'Esclignac après s'être occupé par lui-même uniquement de la terre de Marcoussis, mourut au mois d'avril 1777 aux Bordes Pied-de-Fer, domaine voisin du Plessis-Pâté, et qui en dépendait. Sa veuve resta alors seule maîtresse de ses biens qui étaient très-considérables.

C'est à cette époque que Montlhéry sortit du domaine royal. Le roi Louis XVI échangea ce comté, qu'il céda au maréchal duc de Mouchy, seigneur d'Arpajon, contre une partie de la forêt de Sénonches. Cet échange donna lieu à différentes recherches et formalités. Le duc de Mouchy prétendait à la mouvance des fiefs de Bellejame, de Leudeville, de Fresnes et des Cochets, celui-ci relevant du Plessis-Pâté et les autres de Marcoussis ; mais, par arrêt

(1) *Notes historiques sur Marcoussis*. Mss.

de la commission du conseil de la chambre des comptes, en date du 2 avril 1781, la comtesse d'Esclignac obtint par la production de ses titres, la confirmation de ses droits. Le 6 mars 1782 on lui reconnut, en vertu d'un arrêt du conseil du 22 janvier de la même année, les droits dus aux mutations par échanges dans l'étendue de sa terre de Marcoussis, à la charge de tenir lesdits droits sous la mouvance du roi, et moyennant 7 septiers de blé de redevance annuelle.

Cependant, il était urgent de remettre quelque ordre dans les archives : madame d'Esclignac se détermina, ainsi que l'avait fait Louise de Humières, dame de Marcoussis, en 1658, à faire renouveler le Terrier de cette seigneurie. Un commissaire en fut chargé, et les actes en furent rédigés devant Me Brichard, notaire à Paris, pendant les années 1782, 1783 et 1784. Un inventaire général, formant deux volumes in-f°, indiqua le classement des titres, des chartes et des actes qui intéressaient la châtellenie depuis les temps les plus reculés, et leur détail fut consigné dans une série de forts volumes également in-f°. A l'appui de cet important travail, deux beaux plans terriers, présentant un développement d'environ 3 mètres sur 2, furent dressés par l'ingénieur Dubray : l'un fut consacré spécialement à la terre de Marcoussis ; l'autre à celle de Nozay et de la Ville-du-Bois.

Les droits de la seigneurie de Marcoussis s'exerçaient à cette époque sur une étendue de plus de 7,000 arpents, non pas disséminés et isolés les uns des autres, mais formant un ensemble complet, ce qui était alors bien rare pour les terres des environs de Paris.

Cette seigneurie s'étendait sur les trois paroisses de Marcoussis, de Nozay et de la Ville-du-Bois et relevait immédiatement du comté de Montlhéry. Elle consistait en « un château entouré d'eau, contenant deux arpents quatre vingt quinze perches ; le petit parc en prés et bois, contenant cinquante et un arpents, quarante sept perches ; le grand parc, clos en partie de murs, étant dans la côte, derrière et au nord du château, contenant trois cent trente arpents ; un potager de cinq arpents trente sept perches un quart ; deux autres petits jardins près le château, contenant soixante quinze perches ; un beau corps de ferme anciennement appelé la Bergerie, attenant au château, jardin clos de murs en dépendant contenant trois arpents cinquante sept perches ; 302 arpents quarante six perches de terres faisant l'objet de la ferme ; 12 arpents 92 perches de terre exploités pour le château ; cent dix huit arpents 44 perches de prés ; 1,215 arpents 11 perches 1/4 de bois taillis ; 10 arpents 36 perches d'aulnayes ; 22 arpents 15 perches de bois nouvellement plantés ; le grand étang contenant 81 arpents 61 perches et rapportant annuellement 983 livres 7 sous 3 deniers. » il y avait en plus : « des cens à prendre, savoir : 19 poules, 50 chapons, 12 litrons de blé méteil ; 12 boisseaux 12 litrons d'avoine, mesure de Montlhéry, le tout payable le jour de la Saint-Martin. Ces cens et rentes devaient être pris et perçus sur une étendue de terrain de 3,030 arpents ; si on y ajoute les 1,822 arpents du domaine seigneurial que nous venons d'énumérer, on aura pour l'étendue totale de la seigneurie de Marcoussis, sous madame la comtesse

d'Esclignac, 4,852 arpents, à raison de dix huit pieds
pour perche et cent perches à l'arpent; non compris 514
arpents 72 perches en la paroisse de Villejust, ainsi que
les fiefs de Fretay et de la Poitevine (1). »

A la terre de Marcoussis étaient toujours attachés les
droits de haute, moyenne et basse justice et gruerie, et,
pour que ces droits fussent exercés avec dignité, la comtesse d'Esclignac fit construire en face du pressoir banal, et à l'angle du grand parc, à la place d'une masure
occupée par un garde, un nouveau bailliage avec auditoire. Les appels de la juridiction seigneuriale ressortissaient, pour le criminel, au parlement, et pour le civil
au Châtelet de Paris; cette justice s'étendait sur le territoire des trois paroisses de Marcoussis, de Nozay et de
la Ville-du-Bois. Le bailli de Marcoussis était d'ailleurs
assisté de plusieurs officiers ; il avait à sa disposition les
clefs de la prison, qui fut alors transférée de la cour du
château dans celle du bailliage; un bas-officier devait
avoir soin des fourches patibulaires et du poteau de justice ; ces attributs indispensables de toute justice féodale
avant la Révolution, étaient situés sur les confins des
seigneuries de Marcoussis et d'Orsay; ils ont laissé leur
nom au *Bois de la Justice* et à la *Route du Poteau,*
dans le voisinage actuel de la Folie-Bessine. Ils se composaient d'un massif de pierre de grès, auquel on accédait par deux marches et au milieu duquel s'élevait
le poteau de justice, armé de son carcan et de sa chaîne

---

(1) *Notes historiques sur Marcoussis.* Mss.

en fer ; au besoin, une mortaise creusée dans la pierre permettait d'y établir le gibet. Le lieu était d'ailleurs bien choisi, car avant que l'on eût fait la route départementale de Versailles à Corbeil, il était loin de tout grand chemin fréquenté, puisqu'alors, pour aller de Marcoussis à Orsay, on passait près de Bellébat, par Frétay, le Grand-Vivier et Courtabœuf (1).

Les autres droits que nous avons déjà eu l'occasion d'énumérer, étaient les droits de tabellionage, les droits généraux de foire, marchés, minage, placage, aulnage, étalonnage, langueyage, rouage, forage, moulin et pressoir banaux. Nommons encore ceux de chasse, de pêche, quint, relief, lods et ventes au douzième du prix des acquisitions, droits d'échange au même taux. De la châtellenie relevaient alors, immédiatement, des fiefs à Marcoussis, à Savigny, à Leudeville, à la Grange, à Saint-Cheron, à Villarceau, à Bellejame, au Ménil-Forget, à Fresnes ; et ceux des Biez, de Jean-Fils-de-Roi, de Marivat, de Griverys, de Beaulieu à la Ville-du-Bois, et de Beaulieu ou du Cornillon, à Marolles.

L'importance des fiefs était telle, que au moment où l'on faisait le nouveau terrier, on les évaluait à plus de

---

(1) Ce fut le fermier général Handry de Soucy, qui fit faire, sous Louis XVI, la route de Versailles à son château de Soucy, qui, après avoir traversé la plaine d'Orsay, descendait par la vallée de Jouvence, et tournait au poteau blanc pour longer le grand Étang et gagner sa terre de Soucy. Plus tard, vers 1775, quand on fit la route de Versailles à Corbeil, on rectifia son tracé et on la continua sur l'ancien chemin de Marcoussis à Montlhéry.

2,000,000 liv., et certainement il n'y avait pas aux environs de Paris de terre qui eût une aussi belle mouvance (1).

Le 7 mai 1785, la comtesse d'Esclignac avait rendu foy et hommage au roi pour sa châtellenie de Marcoussis ; le 23 août suivant, elle fit devant la cour des comptes l'aveu et le dénombrement des terres, biens et fiefs qui relevaient de cette châtellenie. Cet aveu que nous reproduisons aux pièces justificatives (2) est le dernier bilan du pouvoir féodal dans la vallée de Marcoussis ; il est intéressant à consulter relativement aux anciennes dénominations topographiques du pays.

La comtesse d'Esclignac fit faire de notables améliorations au château de Marcoussis, et lui donna plus d'air et de lumière en agrandissant les fenêtres étroites de l'ancienne forteresse féodale ; elle fit abattre l'avancée du château, n'y conservant qu'un bâtiment à l'usage d'écurie et de remise ; aux ponts-levis, qui tombaient de vétusté, on substitua de solides ponts en pierre. Les matériaux que lui fournirent les démolitions furent employés à réparer les murs du grand parc et du petit parc sur la route de Versailles, et à remplacer, par un mur, la haie et le fossé qui séparaient le grand parc de la plaine de Nozay, ce qui exposait cette dernière aux continuelles déprédations du gibier, au grand dommage des fermiers des terres (3).

---

(1) *Notes historiques sur Marcoussis*. Mss. En tête de l'*Inventaire général des titres de la châtellenie*.

(2) Voir la pièce justificative XIII.

(3) Voir les *Notes historiques sur Marcoussis*. Mss.

On ne sait que peu de choses sur le séjour de madame la comtesse d'Esclignac à Marcoussis; elle résidait le plus souvent à Versailles ou au Plessis-Pâté, dans le parc duquel elle avait fait construire une grotte et un rocher artificiel, selon le goût du temps, avec des roches amenées à grand frais de Marcoussis; mais sur la fin de sa vie, vers 1790, elle habita dans son hôtel du faubourg Saint-Honoré, 108.

L'église de la paroisse n'avait qu'une cloche, elle en donna une seconde, qui fut bénite le 20 juillet 1778, ainsi qu'il résulte de la déclaration suivante, que nous copions dans le registre des baptêmes, mariages et décès de la cure de Marcoussis pour l'année 1778.

« L'an mil sept cent soixante-dix-huit, le 20 juillet, a été bénite, par nous prieur et curé de ce lieu, soussigné, la seconde cloche de ce lieu, nommée Élisabeth par très-haut, très-puissant seigneur Marc Réné Chevalier, chevalier de l'ordre royal militaire de Saint-Louis, maréchal-de-camp des armées du roy, seigneur de Boissy et autres lieux, demeurant à Paris, Chaussée-d'Antin, en son hôtel; et très-haute et très-puissante dame, madame Élisabeth Thérèse Marguerite Chevalier, dame de Marcoussis, du Plessis-Sebbeville, comtesse de Pont-de-Veyle et autres lieux, veuve de très-haut, très-puissant seigneur Charles Louis de Preissac Fesenzac de Marestang, comte d'Esclignac, seigneur de ...., ..., ... et autres lieux, gouverneur des ville et château de Bayonne, chevalier dans l'ordre royal et militaire de Saint-Louis; représentés à la cérémonie par l'intendant Damas et par madame

Poullet, concierge du château, qui ont signé avec le curé.

« Signé M. R<small>OUSSEAU</small>, curé et prieur
de Marcoussis. »

Madame la comtesse d'Esclignac ne signala d'ailleurs sa présence au château de Marcoussis, où elle recevait ses parents et les alliés de sa famille, que par des bienfaits envers les pauvres de la paroisse; il est de toute notoriété qu'il y avait au château une salle exclusivement pourvue de linge, de vêtements, dont elle faisait de nombreuses distributions. Ses bienfaits, répétés, avaient fini par exciter la jalousie des paroisses voisines envers les habitants de Marcoussis, en les accusant de ne pas travailler assez parce qu'ils comptaient sur les générosités de la comtesse, on allait jusqu'à les désigner souvent malicieusement sous le nom de : <i>les Paresseux de Marcoussis.</i> Nous ne voulons pas ajouter foi à cette tradition du temps, il est certain que la population de la commune, qui était alors de 1,000 à 1,200 âmes, commençait à cultiver la terre pour son propre compte; il n'y avait pas encore beaucoup de chevaux, de charrettes, de charrues, mais le paysan aisé avait son âne, sa vache et quelques moutons. Déjà Marcoussis envoyait aux marchés voisins une partie de ses récoltes; mais c'était surtout la vigne qui occupait la population, on sait que quelques vignerons faisaient jusqu'à quarante pièces de vin dans leur année. Ceux qui ne possédaient ni terres, ni vignes, étaient journaliers ou bûcherons, et c'est sans doute envers ces derniers que la générosité et la bien-

faisance de la comtesse avaient le plus d'occasion de
s'exercer.

Le roi et les princes venaient souvent chasser à Marcoussis; le premier y avait même fait bâtir, à la corne
méridionale de l'étang de Craon, un Pavillon ou Rendez-
Vous de chasse, dans le même style que ceux que l'on
rencontre dans les bois de Versailles. On perça également à cette époque, à travers les bois de Marcoussis,
cette belle allée des Princes qui va, de la plaine de Couard,
à la fontaine Saint-Jean de Beauregard ou de Saint-Vandrille, et qui n'a pas moins de 4 kilomètres de longueur.

Ces jours de chasses royales ou princières étaient des
jours de fête pour les habitants; dès le matin les cheminées des cuisines du château laissaient échapper des
nuages de fumée, car la comtesse y faisait toujours pré-
parer un en cas de dix-huit couverts. La population, en
habits de fête, se rendait sur la chaussée du grand étang,
tandis que les plus agiles étaient employés comme ra-
batteurs, les femmes, les enfants, les vieillards atten-
daient l'arrivée des chasseurs, on cherchait à voir le roi,
et on s'étonnait de sa simplicité familière, car il ne dédaignait pas de causer avec l'un, de sourire à un autre.
En face de la ferme de la Ronce, se voyait un ancien
ermitage, c'étaient simplement deux chambres creusées
dans le sable de la butte des Sablons; ce jour-là, elles servaient de restaurant : dans l'une on cuisait le pain et les
gâteaux, dans l'autre on débitait le vin du cru, et chacun
s'y rendait pour fêter la chasse. Dans les groupes circu-
laient des marchandes de fruits, de gâteaux, en un mot les
chasses de Marcoussis eussent offert aux Wouwermans

et aux Téniers français plus d'un charmant sujet d'étude par la gaieté et le mouvement qui s'y produisaient.

Ces chasses étaient d'ailleurs assez fréquentes pour que le commandant des équipages du prince de Conti leur ait consacré la mention suivante dans son *Essai de vénerie*, où il indique les chasses royales les plus fréquentées et les dispositions à prendre.

« Pour chasser au Buisson de Marcoussy. — Le Rendez-Vous à Marcoussy.

« *Quêtes.*

« Les Charmeaux et Queue de Janvrys. — Deux hommes.

« La gauche du Déluge. — Deux hommes.

« Le bois de la Brosse. — Un homme.

« La butte aux Sabotiers. — Deux hommes.

« Beauregard. — Deux hommes.

« Le parc de Marcoussy. — Deux hommes.

« *Placements des relais.*

« La vieille meute, à cheval et à pied, au Déluge.

« La seconde, à cheval et à pied, au Cordon de Soucy.

« Les six chiens, à cheval et à pied, sur la butte aux Sabotiers (1). »

Le gibier était alors encore très-abondant, il ne restait

---

(1) *Essai de vénerie,* ou *l'Art du valet de limier,* par M. Du Gravier, commandant les équipages de Mgr. le prince de Conti. 1 vol. in-8° de 384 pages, p. 370.

guère de sangliers, la culture et les défrichements les
avaient éloignés, mais les cerfs, les chevreuils et le menu
gibier peuplaient les fourrés, les halliers et les futaies.
Ce ne fut que longtemps après, vers 1835, que les chevreuils disparurent. Sous Louis XVI, du reste, la dernière chasse fut signalée par un triste accident : pour-
suivi par la meute, un magnifique dix cors vint fondre
dans la cavée du Ménil sur une pauvre femme qui portait une bourrée et la tua. Elle laissait un petite fille, qui
dut à cette triste circonstance le surnom de *la Cerve*,
sous lequel on la désigna depuis dans le pays.

A cette époque, une franche et cordiale gaieté ani-
maient les fêtes de Marcoussis. Dans le grand parc, au
sommet de la côte, non loin du belvédère actuel, on voit
encore une grande roche plate, assez creuse sur le côté,
pour permettre le passage d'un enfant qui s'y introdui-
rait en rampant; cette roche, qui était en réputation
dans le pays, formait une plate-forme d'une certaine
étendue, et c'était d'habitude que le jour de la Magdeleine, le seigneur du pays, ou en son absence le bailli,
y ouvrissent le bal avec la fille réputée la plus sage ; aussi
cette roche s'appelait-elle la *Roche de la Magdeleine*.
Le dimanche après vêpres, les jeunes gens jouaient aux
boules dans ce qu'on appelait alors la *Coulée des Prés*,
c'était l'espace qui longeait la Salmouille depuis la ferme
des Prés jusqu'à l'Étang neuf, qui, déjà, était à moitié
à sec.

La comtesse d'Esclignac avait atteint les limites d'une
extrême vieillesse lorsque éclata la Révolution ; elle n'é-
migra pas, et mourut dans les premiers jours de février

1790, oubliée dans son hôtel de la rue du Faubourg-Saint-Honoré, au moment où l'Assemblée nationale allait décréter l'abolition des titres et des priviléges.

Nous avons vu dans la période précédente le couvent des Célestins de Marcoussis dans un état de prospérité auquel l'auteur de *l'Anastase* et Boucher d'Argis, qui le visitèrent chacun à un intervalle d'un siècle l'un de l'autre (1654-1742), s'étaient plu à rendre hommage; nous allons le retrouver dans une situation moins prospère. Le relâchement des mœurs sous la Régence, le laisser aller à la vie facile, l'esprit de discussion philosophique, les idées nouvelles, s'étaient peu à peu infiltrés des différents rangs de la société jusque dans les cloîtres; et, dans beaucoup de monastères, le zèle faiblissait, la règle s'oubliait.

Il s'était notamment introduit dans l'ordre des Célestins de tels abus (1) que le pape songeait à en ordonner la dissolution; mais le roi Louis XV hésitait, il crut pouvoir arrêter le mal et ramener les Religieux dans le devoir. Un édit de 1768 décida que la *conventualité* serait rétablie, c'est-à-dire que la règle de l'ordre serait observée, et que la vie en commun serait obligatoire. Quelques Célestins, effrayés d'une mesure qui leur paraissait une réforme trop sévère et incompatible avec l'esprit du temps, refusèrent d'obéir et demandèrent leur

---

(1) Ces abus dataient du xvie siècle. — Voir à la Bibliothèque impériale, au t. LII du *Recueil Thoisy* (Matières ecclésiastiques), les factums de 1668-1669, et d'autres pièces relatives aux plaintes des Célestins.

sécularisation (1); d'autres firent valoir la tyrannie et l'ambition de quelques-uns d'entre eux, qui, au lieu de se contenter de trois années prescrites par la règle, se perpétuaient dans leurs charges de prieurs, de procureurs, à l'aide d'indignes manœuvres, gardant pour eux la plus grosse part des bénéfices, des revenus de la communauté, et laissant les moines s'en tirer comme ils pouvaient. Ces plaintes, ces récriminations devinrent telles (2), qu'il fallut séculariser les Célestins, c'est ce qui eut lieu par un bref de Clément XIV, et par des brefs particuliers de Pie VI, de 1776 à 1778.

Il y avait alors dans le diocèse de Paris deux communautés de Célestins : celle du fameux couvent de Paris et celle de Marcoussis. Mgr de Beaumont, alors archevêque de Paris, eut bien voulu les conserver toutes deux « en y introduisant une réforme salutaire; » il crut pouvoir arriver à son but en ne précipitant pas les choses.

___

(1) Un chapitre général de l'ordre avait été tenu à Limay, près de Mantes, il y avait été décidé que l'on préférerait la dissolution au rétablissement de la règle. *Véritable idée de la gestion des biens des Célestins de Paris et de Marcoussis*, par Gambar, in-4° de 43 pages et tableaux. 1790.

(2) Les Célestins, qui d'ailleurs relevaient immédiatement du Saint-Siége, prétendaient s'exempter des visites du général de l'ordre séant à Rome ; ils reprochaient à leur provincial de s'éterniser dans sa charge et de disposer de leurs biens sans contrôle en s'assurant des prieurs des différentes maisons « comme le fait le père Gervaise qui se perpétue en charge depuis douze ans..... Les grand-messes, la retraite, les jeûnes, et tout ce qu'il y a de contraignant dans l'état religieux est pour les frères, les supérieurs sont au-dessus de tout..... »

Factum pour les religieux Célestins, sur la requête présentée au roi le 26 novembre 1668, in-4°, t. LII du *Recueil Thoisy*.

Il s'entendit avec la commission des moines réguliers nommée par le roi pour étudier la question des réformes, et, par arrêt du conseil d'État du 29 mars 1776, il fit nommer M. Bollioud de Saint-Julien, receveur général du clergé, séquestre, régisseur des biens des Célestins de Paris et de Marcoussis. Il fut trompé dans son attente et obligé d'ordonner une procédure de suppression qui fut commencée de son autorité; il mourut sans avoir pris part à l'administration des biens de ces deux monastères.

Ce fut en mars 1785 que la commission cessa ses fonctions; la régie des biens des Célestins fut alors mise sous l'inspection de Mgr de Juigné, archevêque de Paris, par un arrêt du conseil qui continua M. Bollioud de Saint-Julien en qualité de séquestre-régisseur. Le sieur Gambar, auquel nous empruntons ces détails (1), était alors son procureur fondé; plus tard il le remplaça dans ses fonctions.

L'ordre des Célestins fut donc régulièrement aboli en 1779, les lettres patentes d'abolition, datent du 13 mai; par arrêt du conseil du 4 juillet de l'année précédente, la maison de Marcoussis avait été assignée pour servir de retraite aux Religieux célestins qui voudraient continuer leur résidence dans une maison dudit ordre. Les autres se retirèrent soit dans leur famille, soit dans d'autres maisons religieuses. Chacun d'eux reçut en sortant de la maison conventuelle une somme de 1,000 li-

---

(1) *Véritable idée de la gestion des biens des Célestins.*

vres une fois payée, plus une pension viagère qui fut proportionnée à son âge, à ses infirmités, à sa position.

Au moment de la suppression de l'ordre, en 1776, les revenus de la maison de Marcoussis, qui autrefois dépassaient 80,000 livres, n'étaient plus que de 38,049 liv. 12 s. 8 d.; les fermes étaient en mauvais état; l'abus des pots-de-vin, les négligences apportées dans les recouvrements, dans le renouvellement des baux, une surveillance relâchée contribuaient aussi à cette diminution des revenus. La mise en régie des biens du couvent fit cesser tous ces abus, et les revenus s'élevèrent rapidement; en 1785, ils montaient à 81,579 liv. 16 s. 7 d., et, en 1786, à 89,833 liv. 7 s. 5 d.

Les biens-fonds des Célestins se composaient alors, en outre du couvent, de son verger, de sa vigne et de ses jardins, de la ferme du Fay, des terres et des bois qui l'entouraient; de la ferme et des terres du Ménil-Frogier, avec les droits de justice moyenne et basse y attachés; de plusieurs quartiers de terre ou de bois à Villebousin, à Longjumeau, à Chilly; de maisons à Marcoussis, à Montlhéry, à Linas, à Wissous; de la terre et seigneurie de Saclay, avec les droits seigneuriaux et ceux de haute, moyenne et basse justice, de la terre et seigneurie de Villesauvage, en Beauce, avec les droits seigneuriaux, et ceux de haute, moyenne et basse justice; enfin près d'Étampes, de la seigneurie d'Ardenne et de Saint-Hilaire, et des fiefs de la rue Thoureau et des Roüards, situés en ladite paroisse de Saint-Hilaire, et encore du fief de Pierrefitte, situé en partie dans la paroisse de Saint-Hilaire, et en partie dans la paroisse de Chalo-Saint-Mars (1).

Voici maintenant le détail authentique des revenus du monastère en 1786; nous l'empruntons au factum de Gambar :

Biens de campagne.	46,986 liv. 14 s.
Rentes sur le roi et particuliers.	2,746 16
Vente de bois.	7,320 10 (2)
Recettes extraordinaires, renouvellements de baux, etc., etc.	32,826 17

89,880 liv. 17 s.

Que devint alors cet argent ? Une partie servit à payer les rentes constituées sur les revenus de la communauté; une autre, les rentes viagères; on solda les décimes légaux, on acquitta les fondations Balsac, 700 liv.; on paya la pension et le vestiaire de ceux des Célestins qui restaient encore dans la maison; on fit annuellement les réparations urgentes; enfin on préleva sur les fonds des Célestins de Marcoussis de fortes sommes pour l'église Notre-Dame de Versailles et pour le séminaire du Saint-Esprit de Paris.

Nous avons dit que quelques religieux étaient demeurés

---

(1) Dans leurs actes et transactions les Célestins se disaient : Religieux Célestins de la Très-Sainte Trinité de Marcoussy, ordre de Saint-Benoist, dépendant immédiatement du Saint-Siége, chapelains et orateurs du roy, seigneurs de Saclay, de Villesauvage, du Ménil-Frogier, d'Ardenne, de Saint-Hilaire, d'Aubeterre, etc., etc., etc.

(2) L'année précédente, en 1785, on en avait vendu pour 17,740 livres.

fidèles à leurs vœux et à leur ordre; nous retrouvons leurs noms dans l'arrêt du conseil de 1785, avec le chiffre de la pension qui était allouée à chacun d'eux.

Le Père Metra , prieur.	2,800 liv.
P. Dupont, procureur.	1,850
P. Guy.	2,000
P. de Koch.	1,750
P. Quévrain.	1,750 (1)
P. Guyot.	1,700
P. Bourdon.	1,500
P. Hennet.	1,700
P. de Villette.	1,700
Frère de Lacouture.	1,400
Frère Angels.	800

Un ancien domestique du monastère, Basin, reçut une pension de 250 livres, et le garde des bois, Aguesta, une autre de 200 livres.

Il est probable que chacun des religieux dut s'entretenir d'effets et fournir sa quote part de la dépense com-

---

(1) Ce dernier ne jouit pas longtemps de sa pension ; en effet, nous lisons dans le registre des décès tenu par le curé Lenoble, à la date du 15 août 1785, la mention suivante :

« L'an mil sept cent quatre-vingt-cinq, le quinze août, a été inhumé dans le caveau du chapitre des religieux Célestins de ce lieu, par moi, curé de cette paroisse soussigné, le corps de révérend père Pierre-Antoine Quévrain, prêtre religieux des Célestins du couvent de Marcoussis, décédé hier, âgé d'environ quarante-huit ans, en présence de R. P. Jean-Charles Dupont, prêtre, et de frère Pierre Réné de Lacouture, tous deux religieux Célestins dudit couvent, et des sieurs Louis Didier Ladey, notaire, et Pierre Rouchoux, chirurgien, qui ont tous signé. — Signé : L. Lenoble, curé. »

mune. Le couvent fut laissé à leur disposition ; mais en
qualité de pensionnaires, tout en conservant plus de liberté, ils étaient tenus, leur vie durant, d'acquitter tous
les devoirs religieux de leur ordre, de dire les obits, les
messes de fondation, de célébrer solennellement l'office
divin comme au temps passé ; l'archevêque de Paris se
réservait, à la mort du dernier d'entre eux, d'utiliser
comme il l'entendrait le monastère et l'église, et il est
probable que si la Révolution ne fût arrivée, le couvent
aurait été conservé, et serait passé entre les mains d'un
autre ordre religieux.

On doit croire que les richesses que contenait la sacristie et le monastère furent alors bien diminuées et
qu'on ne laissa aux derniers des Célestins que les plus
simples ornements et les objets les plus indispensables
au culte ; les autres furent, ou vendus au profit de la
caisse générale du clergé, ou bien donnés à d'autres
églises ou à d'autres communautés.

Le belle église de la Trinité n'en résonna pas moins
des chants et des pieuses prières des religieux, et, jusqu'au dernier moment, ils furent les fidèles gardiens des
tombeaux des Montagu, des Graville, des Balsac et des
d'Illiers.

Les jardins, le verger, le potager furent loués par l'ad-
ministrateur aux habitants de la commune qui vinrent
grossir le hameau du Ménil, jusqu'alors peuplé seulement
des tenanciers du couvent.

Les Religieux s'accommodèrent de leur nouveau genre
de vie, à demi régulier, à demi séculier. Ils étaient d'ailleurs aimés dans le pays, continuant, à l'exemple de

leurs prédécesseurs, d'y répandre de nouveaux bienfaits.
C'est ainsi que nous trouvons dans les comptes de 1787
(du 1er mars 1786 au 1er mars 1787), une somme de
1,065 livres inscrite pour les aumônes et le pain des
pauvres. Enfin nous devons ce dernier hommage aux Célestins de Marcoussis, au moment où la tourmente révolutionnaire allait les disperser et faire place nette de leur
église et de leur monastère qu'aucune de ces histoires
légères ou scandaleuses, qu'aucun de ces bruits fâcheux,
dont la tradition maligne s'est faite trop souvent l'écho,
depuis le XVIe siècle, dans les lieux mêmes où se trouvaient d'anciennes abbayes, n'est parvenu jusqu'à nous,
et que, dans nos recherches, nous n'avons jamais eu
qu'à constater leur foi éclairée et leur charité sincère.

On trouve dans les registres des baptêmes, mariages
et décès tenus par les curés de Marcoussis, formant aujourd'hui les plus anciennes archives de la Commune,
des indications qu'il importe de reproduire ; en effet, elles
intéressent l'histoire de Marcoussis, malheureusement
elles ne remontent qu'à l'année 1631, époque à laquelle
Thomas de Saint-Denys, curé et prieur de Saint-Vandrille,
était en fonctions. Ce digne prêtre (1) conserva la cure
jusqu'en 1686, époque à laquelle ses infirmités l'obligèrent à quitter le sacerdoce. Il fut alors remplacé par
l'abbé Bourguignon, qui mourut le 28 mars 1715, et qui
fut inhumé dans le chœur de l'église. Ce dernier paraît

---

(1) L'auteur de *l'Anastase* dit, en parlant de lui : « Personnage de
mérite et de vie exemplaire, qui remplit aujourd'hui avec beaucoup
d'exactitude et de zèle tous les devoirs de ce grand et divin employ. »

avoir joui d'une certaine aisance ; il avait laissé à son vénérable prédécesseur l'ancienne maison curiale située derrière l'église, bien reconnaissable encore aujourd'hui à sa cheminée en briques taillées en dents de scie (1), et il fit construire un nouveau presbytère avec jardins et terrasses par derrière, où il s'installa avec son frère et la famille de celui-ci ; c'est aujourd'hui la maison du boucher Lebatteux.

A l'abbé Bourguignon succéda d'abord l'abbé Hermon, qui ne conserva la cure qu'une année (1716-1717), puis l'abbé Balthasard de Saint-André, qui d'abord avait rempli les fonctions de vicaire ; il mourut le 3 septembre 1735, à l'âge de quarante-six ans, et fut, comme ses prédécesseurs, enterré dans le chœur de l'église. Il eut pour successeur l'abbé Mathieu Rousseau, dont un des vicaires fut cet abbé Antoine de l'Étang, l'ami de Jean-Jacques Rousseau. Ce digne prêtre remplit les fonctions sacerdotales pendant quarante-cinq années, et à sa mort, arrivée dans sa soixante et quinzième année, il fut inhumé, d'après sa volonté expresse, le 23 juin 1780, sous le portique de l'église. L'abbé Lenoble, qui lui succéda, garda la cure jusqu'au plus mauvais jours de 1793.

En outre des dépouilles mortelles des prieurs de

---

(1). A l'angle de cette maison qui est sur le chemin de la Fontaine des Roches, il y avait, dans une niche, une statuette, en bois, de la Magdeleine, qui, depuis, a été transportée dans la grande rue, au coin du pavillon du concierge de la maison dite de la Bailloterie. Il y a au Cabinet des Estampes de la Bibliothèque impériale plusieurs vues de l'église de Marcoussis prises de l'angle de cette maison, on y voit à sa place primitive la statue dont nous parlons.

Saint-Vandrille et des curés paroissiaux, l'église de la Magdeleine avait, dès les temps les plus anciens, reçu celles des notables habitants de la vallée, des premiers seigneurs de Marcoussis, avant 1408, de ceux de la Ronce, de Bellejame, du Houssay ; celles des principaux officiers de la châtellenie : baillis, greffiers, receveurs, capitaines du château, et dans la nef surtout, celles des anciens cultivateurs ou vignerons qui, par de généreuses et pieuses fondations obituaires, avaient mérité ce privilége. De telle sorte, qu'aujourd'hui, il n'est, dans la Commune, si petit enfant qui, en essayant ses premiers pas dans l'église, ne foule les cendres des générations séculaires de ses ancêtres.

Au nombre des personnes qui y furent inhumées depuis 1650, citons, d'après les registres obituaires des curés de Marcoussis :

Marie de Bloy, ou Lebloy, femme du sieur Letellier, bourgeois et marchand de Paris, propriétaire du Chêne-rond, inhumée dans le chœur le 5 septembre 1656.

Demoiselle Nicole Bachelier, veuve de Claude Dumoulin, sieur du Houssay, inhumée dans l'église le 14 août 1659.

Gilles Philippe Leforestier, seigneur de la Chesnière, mort en sa maison de Bellébat à l'âge de soixante-trois ans, et inhumé dans le chœur, près du balustre, du côté de l'épître, le 19 juillet 1711.

Joseph de Xaintrailles, chevalier, premier écuyer du duc d'Enghien, colonel du régiment de Bourbon, qui mourut au château de Marcoussis à l'âge de soixante-huit ans. Il fut inhumé le 17 décembre 1713, dans la chapelle seigneuriale de l'église; c'est aujourd'hui celle où se tiennent les enfants des écoles. Ce chevalier de Xaintrailles était sans doute un parent de Philiberte de Xaintrailles, épouse du marquis Alexandre de Balsac d'Illiers, seigneur de Marcoussis.

Alexandre Lucas de Bellébat, ancien officier du roi, âgé de soixante-dix ans, fut inhumé dans la nef le 28 mars 1725.

Henri-Louis Le Maître, seigneur de Bellejame, âgé de soixante-treize ans, qui fut inhumé le 16 février 1733 dans le chœur de l'église, à côté de la sacristie.

Louis Labaude, âgé de soixante-six ans, trouvé noyé dans les fossés du château de Bellejame, et inhumé le 27 octobre 1748 dans la nef de l'église.

Magdeleine d'Albon, dame de Bretonvilliers, âgée de quatre-vingt-neuf ans, qui fut inhumée dans le chœur le 10 janvier 1750, en présence de messire Benigne le Rageois de Bretonvilliers, son fils, maréchal de camp; de Joseph-Ignace, comte de Sparre, également maréchal de camp, et de Jean du Merle de Blancbuisson, chevalier de Saint-Jean de Jérusalem, commandeur du Déluge.

Enfin, devant la chapelle de la Vierge furent inhumées, à quelques années d'intervalle, deux sœurs, les demoiselles Archambault, parentes de l'abbé Bourguignon.

Les nobles hôtes du château et des maisons seigneuriales du voisinage ne dédaignaient pas d'ailleurs de tenir sur les fonts baptismaux les enfants de leurs serviteurs ou de leurs vassaux. C'est ainsi que le 31 mars 1711 Joseph d'Illiers d'Entragues tenait, avec la demoiselle Marie-Anne Archambault, sur les fonts baptis-

maux, le fils de Michel Petit et de Jeanne de l'Isle. Le
10 mars 1739, le commandeur du Déluge, Jean du Merle
de Blancbuisson et madame Françoise Lemaître étaient
parrain et marraine du fils du maître d'hôtel de Bellejame.

Citons encore quelques baptêmes importants par la
qualité des personnages qu'ils réunirent :

Le 4 mars 1744 était baptisée Claude-Louise-Jeanne
d'Illiers d'Entragues, dame de Marcoussy, alors âgée de
seize ans ; nous rapporterons textuellement cet acte de
baptême où l'on retrouve le nom de plusieurs Religieux
célestins à cette époque.

« L'an mil sept cent quarante quatre, le quatre mars,
vu la permission de monseigneur l'archevêque de Tours,
donnée à Paris le 7 décembre dernier, ont été supplées
par moy Timoléon, Charles, de Gouffier, prêtre, chanoine
honoraire de Notre Dame de Paris, abbé de Saint Werle,
ordre de Sainte Geneviève, diocèse d'Orléans, en présence du sieur curé de ce Lieu, les cérémonies du
baptéme à haute et puissante demoiselle d'Illiers d'Entragues, dame de Marcoussy, Gié, la Mothe, la Harteloire, etc., etc., demeurant en son château, à laquelle on
a imposé les noms de Claude, Louise, Jeanne ; fille de
haut et puissant seigneur messire Henri de Balsâc, sire
d'Illiers, marquis d'Entragues, chevalier de l'ordre royal
et militaire de Saint-Louis, et de feue haute et puissante dame Charlotte Cézarine d'Illiers d'Entragues, de
Gié, etc., etc. ; laquelle demoiselle avoit été ondoyée le
premier aoust mil sept cent vingt huit, née du même
jour dans la paroisse de Sainte-Radegonde-lès-Tours,

diocèse de Tours, par permission de Mgr l'Illustrissime et Révérendissime, Louis Jacques de Chap de Rastignac, archevêque, suivant l'extrait d'ondoyement du sieur curé de Sainte-Radegonde, signé : P. Ferrand, p. curé. Le parrain haut et puissant seigneur messire Antoine Pierre comte de Beuil, seigneur de la Rocheraçon et autres lieux, lieutenant général des armées du Roy, gouverneur de la ville et du château de Saint-Omer, demeurant ordinairement en son château de la Roche, paroisse de Saint-Paterne, qui a nommé à cet effet son procureur général et spécial, messire Jean du Merle de Blanchbuisson, chevalier de Malte, commandeur du Déluge, situé en cette paroisse, y demeurant ; la marraine, haute et puissante dame Claude, Louise, de Betz de la Harteloire, épouse de haut et puissant seigneur De Pertuis, demeurant en son château de Vilbon, qui ont signé avec nous, en présence de Pierre François Denison, chanoine honoraire de Notre-Dame de Paris, de Me Julien Chabrun, prêtre, bachelier de Sorbonne, de messire Louis Barillet, officier du Roy, et de plusieurs autres qui ont aussi signé avec nous ;

« *Signé :* CLAUDE LOUISE DE BETZ DE LA HARTELOIRE, Le Ch^{er} DE BLANCBUISSON, L'abbé DENISON, J. CHABRUN, *prêtre*. Frère CARLE, *sous-prieur*, Frère P. MAUGÉ, *Célestin*, F. T. MONDIET, F. J. C. DUPONT, F. N. C. MERCIER, CHARLES POTIÉ, GEORGE CAVAILLER, *Célestins*, ROUSSEAU, *curé*. »

Le 1er octobre 1752, le curé Rousseau baptisait encore

le fils du comte J.-I. de Sparre; le parrain fut Claude-
Henri de Sparre, ancien capitaine de cavalerie, et la
marraine, la dame de la Roue.

Le 8 septembre 1772 était baptisé Claude-Edme-Henri
de Bullion, fils de Thomas, marquis de Bullion, seigneur
de Bellejame, de Guillerville, de la Flotte, de Vaugoulant, colonel du régiment provincial de Blois; il eut pour
parrain le chevalier Claude Louis de Bullion, seigneur et
marquis d'Atilly, et pour marraine Françoise-Geneviève
Durand de la Forest.

L'année suivante, en 1773, la dame de Bullion donnait
à son mari, le seigneur de Bellejame, un second fils qui
fut baptisé le 28 octobre, et reçut les noms de Guy-
Jacques; son parrain fut Guy André, duc de Laval,
marquis de Puylaurens, et sa marraine, Hortense de
Bullion de Fervacques, duchesse de Laval.

Enfin, en 1781, la dame de Bullion mettait au monde
une fille, qui fut également baptisée dans l'église paroissiale; elle fut tenue sur les fonts baptismaux par Barthélemy Morin, écuyer, et la dame Louise Lebecq, veuve
Petit-Jean ; cette fille ne vécut pas, elle mourut le 16 octobre 1784, et, comme à cette époque il n'était plus permis d'inhumer dans les églises, elle fut enterrée au cimetière paroissial.

Par l'examen des archives paroissiales, on voit que
quelque temps avant la Révolution, la vallée de Marcoussis était fréquentée par des hôtes de qualité; indé-
pendamment des d'Illiers, des Xaintrailles, des Rohan,
des Laval de Puylaurens, des Wurtemberg qui séjournèrent au château, c'étaient dans la maison ou château

de Bellejame, les Lemaître, les Sparre, les Bullion; au Houssay, les Bretonvilliers; au Déluge, les commandeurs, tels que le chevalier du Merle de Blancbuisson, et, dans la haute bourgeoisie, les propriétaires du Chêne-rond et de Bellébat (1).

Aussi loin que l'on peut remonter en parcourant les mentions obituaires, on voit que les bourgeois de Paris envoyaient souvent leurs enfants en nourrice dans le pays, ce qui devait y attirer aussi des visiteurs et y amener quelque aisance dans certaines familles de paysans.

Nous n'avons rencontré qu'un cas de longévité remarquable, celui de Nicolas Laîné, qui mourut le 11 décembre 1731 à l'âge de cent ans et quelques mois. Citons encore cette note qui accuse un cas de fécondité heureusement peu ordinaire : « Le premier aoust mil six cent quatre vingt dix neuf ont été inhumés quatre enfants provenant du légitime mariage de Didier Pivotteau, marchand, et de Magdeleine Marié, sa femme, ondoyés à la maison par nécessité, par Catherine Couturier, sage-femme de cette paroisse; signé, Bourguignon, prêtre, curé et prieur. »

Dans les actes de baptême, de mariage ou de décès, on retrouve souvent les mêmes noms qui témoignent de l'ancienneté de plusieurs familles du pays; ce sont là

---

(1) Dans les environs immédiats de Marcoussis, il y avait aussi quelques châteaux qui, tels que ceux : de la Roue, du Plessis-Saint-Père, do Lunésy, de Villers, de Beauregard, de Janvrys, de Soucy, de Bligny, de Fontenay, de Bruyères et d'Ollainville, recevaient une société choisie et contribuaient, pour leur part à l'animation et au bien-être de la contrée.

des titres respectables, pour les laboureurs ou vignerons de Marcoussis, que beaucoup de nobles de nos jours ne pourraient fournir.

Citons les noms de :

Arranger.	Floux.	Legendre.
Benoist.	Gelle.	Leroy.
Brizard.	Grandchamp.	Machelard.
Boutry.	Groulon.	Manon.
Buisson.	Guézard.	Petit.
Charpentier.	Guiffrey.	Peuvrier.
Cordeau.	Jeulin.	Renoult.
Cornu.	Lambert.	Retourné.

Aussi loin que nous pouvons remonter dans les archives paroissiales, nous constatons un chiffre de baptêmes ou de décès qui correspond, pour les années de 1631 à 1680, à une population d'environ 700 habitants pour la paroisse; mais dans ces listes il y a des lacunes et des omissions, et ce n'est que vers 1700 que ces registres sont tenus avec plus de régularité; de leur examen résulte l'appréciation suivante :

ANNÉES.	POPULATION approximative.	BAPTÊMES.	DÉCÈS.
1702.	800	45	31
1740.	850	47	72
1755.	880	48	64
1775.	900	43	40
1785.	950	46	54
1790.	1,000	59	67

Les chiffres des décès portent surtout sur les enfants,

16

parmi lesquels il faut compter les jeunes parisiens nés et baptisés hors de la commune, et les enfants qui, nés à Marcoussis, ne furent qu'ondoyés en venant au monde, cela explique pourquoi certains chiffres de décès sont plus considérables que ceux des naissances; ils sembleraient ainsi impliquer, à tort, une diminution plutôt qu'une augmentation progressive dans la population de la paroisse de Marcoussis.

CHAPITRE IX.

La Révolution à Marcoussis.—Abandon du Château.— Destruction et profanation du Monastère et de ses sépultures.— Il est
converti en dépôt de remonte. — Les prisonniers hongrois à
Marcoussis. — Partage de la succession de la comtesse d'Esclignac.— Destruction du Château.— Le dernier des Célestins.
— 1790-1827.

A révolution fut accueillie à Marcoussis avec
le même enthousiasme que dans les campagnes qui avoisinaient Paris et Versailles ; cependant beaucoup de ceux qui y applaudirent,
vivant autrefois des libéralités du château ou du monastère, durent réfléchir au lendemain, lorsqu'ils se ré-
veillèrent libres, investis de tous les droits qui pouvaient
les relever à leurs propres yeux, mais sans ressources
et sans pain. La commune s'organisa à l'instar de celle
de Paris ; elle eut son club, ses orateurs ; et une minorité
composée de démagogues avancés, dont nous pourrions
donner ici les noms, dicta ses lois au reste des habitants.

La salle de l'auditoire, au bailliage, servit de lieu de réunion pour les patriotes, et les bustes de Robespierre, de Barras, de Lepelletier furent placés au-dessus de la tribune où venaient s'exercer les Mirabeau de l'endroit.

Lorsqu'en 1787 on avait fait, dans l'Ile de France, un essai de la nouvelle division administrative de la France par départements, en donnant à chaque commune une assemblée municipale présidée par un syndic, Marcoussis fut une des paroisses qui composa l'arrondissement de Montlhéry, qui dépendait du département de Corbeil ; il y fut procédé le 12 août à l'élection d'un syndic et d'une assemblée municipale ; le syndic qui fut ainsi élu fut Louis Houdon, laboureur. Plus tard, en 1790, lors de l'adoption définitive de la division de la France par départements, la municipalité de Marcoussis fut rattachée au canton de Palaiseau et au district (arrondissement) de Versailles ; le syndic ou chef de la commune fut le marquis de Bullion, seigneur de Bellejame, qui avait été longtemps un des quatre députés du département de Corbeil. Il conserva les fonctions syndicales jusqu'à sa mort, en 1791.

Le 14 avril 1789, il y avait eu à Marcoussis, dans la salle de l'auditoire, une assemblée des principaux habitants de la commune qui, à cette époque, comprenait 260 feux ; cette assemblée qui avait pour but de nommer trois commissaires, chargés de porter à l'Assemblée des États Généraux le cahier des doléances, plaintes et remontrances des habitants, fut présidée par Louis Didier Ladey, notaire et greffier du bailliage, en l'absence du bailli Claude Susanne ; les commissaires nommés furent

Marin Angibout, Cantien Richer et Étienne Jacquet; parmi les principaux habitants qui figuraient à cette assemblée, nous citerons : Houdon, Manon, Groulon, Peuvrier, Machelard, Brizard, Pierre Petit, Boulanger, Retourné dit Gobinot, Legendre, G. Leroy, F. Mouton et le maître d'école Boudier.

Le curé de Marcoussis, Sébastien Lenoble, continuait son pieux ministère; il signa encore le registre des baptêmes et celui des décès, en sa qualité de curé, jusqu'au 22 octobre 1792; mais à partir de cette époque, jusqu'au mois d'octobre 1793, on ne trouve plus à la suite de sa signature que la mention : d'officier public. C'était le nom que l'on donnait au principal magistrat de la commune. Il fut remplacé par Jean Maîtrejean, qui, avant d'être fanatique patriote, exerçait avec honneur et profit le métier de bourrelier. Maîtrejean fut le premier qui tint, pour la municipalité, les registres de l'état civil. Les anciennes formalités étaient bien simplifiées; il n'y eut plus ni bruit de cloches, ni détonations d'armes à feu, ni parrain ni marraine, ni dragées pour les baptêmes; le père, accompagné de quelques témoins, se présentait devant l'officier public Maîtrejean et déclarait simplement la naissance de son enfant, en désignant lui-même les noms qu'il devait porter. Ces noms, pendant la première année de la République (1792-1793), étaient empruntés, par les purs patriotes, comme dans toute la France à cette époque, aux productions de la nature ou à l'état politique du moment. Lambert appelait sa fille Abeille, et Boutry, son fils, Violette; c'étaient là, du moins, des noms gracieux; mais d'autres choisis-

saient ceux de Barras, Maximilien, Brutus, Cassius,
la Raison, la Montagne, Liberté Affranchie, Liberté
Affermie, Lunité (l'Unité), etc., etc. Nous préférons à
ces derniers le nom qu'un brave vigneron, Jean Mouton,
donnait à son fils : il l'appelait simplement Raisin ; il y
avait là au moins un sentiment de reconnaissance pour
la vigne qui le faisait vivre. Empressons-nous cependant
d'ajouter que la majorité des nouveaux pères de famille
continua à donner à ses enfants les noms sanctifiés par
l'Église (1).

Jean Maîtrejean ne conserva les fonctions d'officier
public que jusqu'en 1795 ; il fut alors remplacé pendant
une année par Boulanger, qui lui-même fit place, en
1796, à Boudier ; ce dernier porta le titre d'agent municipal, et signa en cette qualité les actes de l'état civil.

C'est de Versailles, le chef-lieu de district, que partirent
les ordres pour l'évacuation du couvent, déclaré propriété
nationale ; les quelques religieux qui y restaient encore
durent se disperser en emportant leurs effets les plus indispensables. Les pères Villette et Guyot, le frère Lacouture tinrent bon et s'obstinèrent à rester dans leur
solitude claustrale, et il fallut un ordre itératif de la
municipalité pour qu'ils abandonnassent le pieux séjour
où ils avaient compté tant d'heures de bonheur et de
paix.

Ce que le monastère des Célestins possédait encore

---

(1) Voir aux Archives de la commune le registre des naissances pour
l'année 1793.

d'ornements, d'objets de prix, de livres ou d'archives
fut dirigé sur le district, à Versailles (1). On abattit le
clocher qui était recouvert en plomb, et, en tombant, il
faillit effondrer la buanderie et les communs du couvent;
les cloches furent offertes à la République; l'horloge, conservée avec soin, fut transportée à l'église paroissiale,
qui servait alors de lieu de réunion pour les assemblées
communales; c'est encore elle qui, aujourd'hui, sonne
les heures du travail et de la prière. Il en fut de même
des stalles des religieux : on peut aussi les voir dans
le chœur. Les statues des saints, celles des tombeaux
furent enlevées de leur place; on les sortit de l'église en
les appuyant le long du mur du petit parc, les mieux
conservées furent vendues à l'encan, les autres furent
brisées; enfin, celles que recommandaient leur valeûr ar-
tistique ou les souvenirs, furent réservées; de ce nombre
était la belle statue, en marbre blanc, de la Vierge, qui,
après avoir échappé miraculeusement aux profanations
des calvinistes, en 1562, échappa cette fois encore aux
révolutionnaires; elle fut réclamée au nom du district
et envoyée à Versailles avec d'autres dépouilles du cou-

---

(1) Les Archives des Célestins de Marcoussis sont aujourd'hui confondues avec celles des Célestins de Paris, et remplissent plusieurs cartons
des sections historique, administrative, etc., aux Archives de l'Empire.
M. Hippolyte Cocheris en donne l'indication au tome III de sa belle édition de l'abbé Lebeuf.

Il n'y a aux Archives de Versailles que les registres des comptes du fief
de Villesauvage et ceux d'autres biens à Saint-Hilaire, près d'Étampes,
qui dépendaient de la fondation des Célestins de Marcoussis.

vent. Bientôt il ne resta plus que les quatre murs dénudés de l'église, les cellules vides et le cloître désert.

Le château devait avoir une aussi triste destinée. Nous avons dit que la comtesse d'Esclignac était morte au commencement de 1790; ses héritiers étaient à l'émigration ou ne se représentaient pas : le château resta abandonné à la garde du régisseur, qui était alors le notaire Boudier, et à celle de la fermière Renoult. Les trois gardes, Alexandre Lebas, Potin et Saint-Denis continuèrent leur emploi, nourris par la fermière, qui prit soin du concierge et des autres domestiques. On assure qu'à cette époque, un Puységur, parent de la comtesse d'Esclignac, vint y chercher un refuge, et que pendant trois mois, jusqu'à son départ pour l'étranger, il fut clandestinement nourri par la fermière; c'était le garde Alexandre Lebas qui était chargé de lui porter sa nourriture. Un jour, en 1792, en l'absence de ce dernier, auquel était confiée la garde du château, une bande de patriotes, échauffés par les nouvelles venues de Paris, envahit la cour, enfonça les portes de la chapelle, la dévasta, en mutila les statues et brisa tous les vitraux. Les appartements furent également pillés et saccagés, et le château de Marcoussis, sans portes, sans vitres, sans fenêtres, resta à l'état de ruine, exposé à toutes les injures du temps et des hommes.

Le dimanche 9 septembre 1792, vers sept heures du matin, les habitants de Marcoussis avaient été tirés de leurs maisons par un grand bruit d'hommes, de chevaux et de chariots en marche : c'était Fournier l'Américain, qui, à la tête de 12 à 1,500 patriotes et de 6 pièces de canon, conduisait à Versailles, où ils devaient être massacrés quelques heures plus tard, les malheureux prisonniers d'Orléans.

Partis d'Orléans le 4 septembre, ils s'étaient arrêtés deux jours à Étampes et un jour à Arpajon, où ils avaient passé la nuit du 8 au 9 dans les écuries du duc de Mouchy. Fournier avait quitté ce bourg, avec sa troupe et ses prisonniers, avant l'aube, et, sans s'engager dans Linas, il avait pris le chemin de Marcoussis qui longeait alors les murs du parc de la Roue et, un peu plus loin, ceux du parc de Bellejame, pour aller déboucher dans la Grand'Rue, en passant devant la ferme des Prés, et, de là, gagner la route de Versailles, devant l'église. Le triste cortége s'arrêta au bailliage pour laisser souffler les chevaux; et les malheureux prisonniers, au nombre de cinquante-huit, y furent l'objet des insultes des patriotes de la commune; l'un d'entre eux, montant sur la jante d'une roue de l'une des charrettes, alla jusqu'à maltraiter et souffleter un pauvre vieillard qui, les mains garrottées derrière le dos, lui disait: Ah mon ami! ah mon ami! je suis aussi bon patriote que toi, je suis un pauvre prêtre, l'évêque de Limoges (1)..... Après quelques moments de repos, le funèbre cortége se remit en marche, et quelques

---

(1) Nous tenons ces détails du doyen actuel de la commune de Marcoussis, Jean Nicolas Devilliers, né en 1778, fils d'un chantre du couvent, ancien soldat de la république et de l'empire, qui partit en l'an VII et qui plus tard épousa Henriette Lebas, fille du garde du château Alexandre Lebas, née en 1790, aux souvenirs de laquelle nous avons également eu recours, en ce qui concernait le château dont sa mère était concierge.

heures après, vers trois heures, tous étaient égorgés (1).

Le souvenir de cette triste matinée, et celui du passage de la troupe indisciplinée de Fournier l'Américain, restèrent gravés dans la mémoire des habitants de Marcoussis, et, longtemps après, on désignait encore sous le nom de Route du Canon, le chemin de Linas à Marcoussis, duquel l'artillerie de l'expédition révolutionnaire avait eu tant de peine à se tirer.

Cependant l'ennemi était aux frontières; la France était menacée de l'invasion : Marcoussis eut sa part des lourds sacrifices qu'imposait la défense de la patrie. Les revenus communaux étaient descendus de 9,000 livres à 4,000 livres; les réquisitions en chevaux, en grains, en fourrages se succédaient sans interruption (2); l'élite de la jeunesse du pays (40 à 50 jeunes gens) était à l'armée; les champs restaient sans culture faute de bras; un grand découragement avait succédé à l'enthousiasme des premiers jours.

Les bâtiments du château et du couvent servirent, à cette désastreuse époque, de dépôt de remonte pour le district; on y établit aussi des greniers à fourrages et l'on y fit ce que l'on appelait alors de l'amalgame, mé-

---

(1) Voir l'*Histoire de la Terreur*, par Ternaux Compans, tome III, pages 359 et suivantes.

Neuf de ces malheureux, quoique grièvement blessés, parvinrent à se sauver sans qu'on ait jamais su ce qu'ils étaient devenus. Parmi les prisonniers étaient le duc de Cossé Brissac, Delessert, ancien ministre de l'intérieur, d'Abancourt, ministre de la guerre au 10 août, Étienne Larivière, juge de paix, etc., etc.

(2) Voyez les Archives communales.

lange de paille et de foin hachés, destiné à la nourriture économique des chevaux.

Plus tard, lorsque les bâtiments du couvent eurent
été évacués, ils furent acquis comme bien national par
Dioudonnat, de Versailles, qui les fit démolir. Le fer et
les plombs furent vendus à un marchand de ferraille de
Montlhéry nommé Guillaume; ce fut lui qui acheva la
profanation du monastère.

On avait bien détruit les monuments qui décoraient
l'église, mais on avait respecté les dépouilles mortelles
qu'ils recouvraient. Il y avait là, enfouis sous le sol de
l'église, bien des quintaux de plomb : c'était alors une valeur importante. Le nouvel acquéreur fit dresser dans l'allée qui conduisait au grand portail de l'église, entre deux
des ormes qui la bordaient, une cabane en planches, et
l'on y apporta successivement tous les cercueils de plomb
que l'on put découvrir. Aidé de quatre ou cinq hommes, le
sieur Guillaume les faisait ouvrir, jetait de côté les tristes
restes qu'ils renfermaient et entassait les uns sur les
autres ces cercueils vides. Nicolas Devilliers, alors enfant
de treize à quatorze ans, duquel nous tenons ces détails
et que la curiosité naturelle à cet âge porta à être témoin
oculaire de ces profanations, nous disait que ceux qui
remplissaient cette déplorable besogne durent plus d'une
fois l'interrompre à cause des miasmes délétères qui s'é-
chappaient des cercueils lorsqu'on les ouvrait. Il se rap-
pelait surtout avoir vu les restes encore bien conservés
d'une dame de Puységur, tenant son jeune enfant entre
ses bras ; elle était morte en couches. Ce que le sieur
Guillaume retira de plomb dans cette sacrilége spécula-

tion paya bien au delà le prix d'acquisition du couvent et de ses dépendances. Les sépultures des religieux placées sous le chapitre furent également violées, et les restes qu'elles contenaient jetés pêle-mêle dans le caveau ; il est probable que l'on y déposa aussi les ossements provenant des sépultures de l'église. Aujourd'hui ce caveau, dont l'accès est depuis longtemps condamné, se trouve sous le petit salon de la propriété de M. Latour.

Plus tard, sous l'Empire, le marquis de Salperwick se rendit acquéreur de la propriété des Célestins ; il fit achever la destruction de l'église et des bâtiments qui tombaient en ruines, ne conservant pour son habitation que le corps de logis qui formait le côté oriental du cloître, et convertissant en écuries, remises ou communs les bâtiments de l'aile du sud, où étaient l'ancien réfectoire et l'ancien parloir. La transformation du couvent en maison de campagne fut achevée douze ans après sa mort par le nouvel acquéreur, M. Latour, architecte à Paris, et aujourd'hui ce n'est qu'avec beaucoup d'attention qu'il est possible de reconnaître l'ancienne destination des lieux. Cependant la belle cave qui faisait l'admiration de Boucher d'Argis et de l'auteur de *l'Anastase*, existe encore sous la pelouse, perpendiculairement, à l'extrémité méridionale du bâtiment ; elle n'a pas moins de 100 pieds de longueur sur 25 à 30 de largeur ; elle est formée d'un seul berceau de voûte reposant à son centre sur quatre forts piliers également distancés dans la longueur. On rencontre d'ailleurs, dans plusieurs maisons de la commune, des pierres ouvrées qui trahissent leur origine monastique ; elles proviennent des démolitions, car ces débris furent

lange de paille et de foin hachés, destiné à la nourriture économique des chevaux.

Lorsque les bâtiments du couvent eurent été évacués,
ils furent acquis comme bien national par un nommé
Dioudonnat, de Versailles, qui les fit en partie démolir :
il en vendit les matériaux à un marchand de Montlhéry,
nommé Guillaume, et ce fut lui qui acheva la profanation
du monastère.

L'église fut entièrement détruite, et ses caveaux mis à
jour. Ils renfermaient de nombreux cercueils de plomb
dont le nouvel acquéreur n'eut garde de négliger la
valeur. Il fit jeter pêle-mêle les dépouilles mortelles qu'ils
renfermaient, et vendit le plomb.

Plus tard, seulement, les ossements retrouvés furent
pieusement recueillis et religieusement inhumés dans le
cimetière de la paroisse, et l'on y peut lire cette inscription sur la pierre qui les recouvre :

OSSA

VETERIS PRESBYTERUM ABBATIÆ

TEMPORIBUS NEFARIIS

È SEPULCRIS VIOLENTER EJECTA

HIC

CRUCE ADUMBRANTE

RELIGIOSE COLLECTA

JACENT ET QUIESCUNT

—

QUISQUIS ADSIS, IPSE MORITURE, ORA PRO DEFUNCTIS.

—

Plusieurs années après, sous le premier empire, le
marquis de Salperwick se rendit acquéreur de la propriété

des Célestins ; toute trace de sa première destination avait disparu. Il y vécut environné de l'estime et de l'affection de tout le pays, et l'on y retrouve sa mémoire encore vivante. En mourant, il la laissa à son petit-fils le baron de Veauce, qui l'accrut par diverses acquisitions, et y fit de nombreuses améliorations. Cependant des circonstances de famille l'ayant engagé à s'en défaire, il la vendit à M. Balaÿ qui la céda presque aussitôt à M. Latour, architecte de Paris. M. Latour en dessina le parc et la pièce d'eau avec goût, il en remania dans le style Louis XIII la disposition architecturale, et il en fit l'une des plus agréables villas des environs.

Il y a déjà quelques années, le vicomte de la Noue, attiré par ses liens de famille avec la famille du marquis de la Baume, propriétaire du château de Marcoussis, a acquis de M. Latour cette jolie habitation ; et achevant les travaux qui étaient restés suspendus, il en a fait sa résidence d'été. Elle est connue sous le nom de château du Petit-Ménil. Nous ne la quitterons pas sans mentionner la belle cave qui faisait l'admiration de Boucher d'Argis et de l'auteur de l'*Anastase*, et qui a heureusement échappé au marteau du démolisseur. Sa longueur n'est pas moindre de trente mètres et sa largeur de neuf à dix mètres. Elle est formée d'un seul berceau de voûte, reposant à son centre sur quatre forts piliers également distancés dans la longueur. L'on rencontre d'ailleurs dans plusieurs maisons de la commune des pierres ouvrées qui trahissent leur origine monastique. Elles proviennent des démolitions ; car ces débris furent vendus; et l'on venait de loin chercher des pierres à Marcoussis. Nous connaissons plusieurs maisons du Petit-Ménil et du Guay qui furent alors exclusivement construites avec les matériaux du couvent (1).

Lorsque le calme eut succédé aux agitations premières de l'enivrement du régime nouveau, la population de Marcoussis, rendue aux salutaires épreuves du travail de chaque jour, retrouva une bien-être qu'elle ne connaissait plus depuis longtemps; la vente des biens-fonds seigneuriaux ou monastiques permit aux laboureurs d'être à leur tour propriétaires du champ qu'ils arrosaient de leur sueur; le vin s'entassa dans les celliers et les gerbes dans la grange; l'aisance et le bien-être vinrent récompenser le cultivateur laborieux de ses peines et de son travail. Cependant il restait encore beaucoup de terres en friche; les bois et les bruyères couvraient à cette époque

---

(1) Les bâtiments et l'église étaient encore parfaitement conservés. Dans un Rapport fait à l'Académie royale d'architecture sur la provenance et la qualité des pierres employées dans les anciens édifices de Paris et de ses environs, demandé en 1678 par Colbert à Mansart, Perrault, etc., etc., on lit : « Du 6 septembre 1678 nous avons esté à Marcoussy où nous avons vu l'église des Célestins, fondée par Jean de Montagu du tems de Charles VI. Elle est toute bastie de pierre de grez piqué, de 3 à 4 pouces d'appareil, de même que les cloistres et le reste du bastiment du monastère, le tout parfaitement bien conservé. Il y a des figures au devant de la porte de l'église qui sont de pierre de Tonnerre, telles que l'échantillon marqué + 27.

« Le chasteau est bâti de semblable grez et n'est pas moins ancien que le couvent des Célestins........ le tout est fort bien conserué... »

(Extrait des *Mémoires et dissertations*, par M. le comte Léon de Laborde, 1852)

bien des champtiers aujourd'hui livrés à la culture ; mais peu à peu on défricha le sol, principalement entre le Ménil et la Ronce et sur la lisière des grandes futaies, et le pays perdit en partie cet aspect sauvage qui l'avait recommandé aux artistes et aux amis de la nature.

La sécurité des routes fut assurée et la cavée couverte de ronces et de broussailles, située en face de la grille de Bellejame, sur la route de Montlhéry, d'où l'on avait extrait le sable et la terre qui avaient servi à construire les murs du parc, lors de son agrandissement, perdit sa triste réputation qui lui avait valu le nom de *Maûpas*, ou mauvais pas, car, à la nuit tombée, le cultivateur n'osait autrefois s'y aventurer. Un fermier général de Louis XV, André Haudry de Soucy, avait fait construire la route qui, par les fonds de Jouvence et la chaussée du Grand-Étang, gagnait le pavé du Déluge pour se rendre à son château de Soucy. Dans les premières années de l'Empire, on rectifia la route départementale de Versailles à Corbeil ; elle emprunta la route de Versailles au château de Soucy, jusqu'au lieu dit le Poteau-Blanc ; de là, elle épousait l'ancien chemin de Marcoussis à Orsay, mais en le redressant, puis ensuite celui de Marcoussis à Montlhéry, jusqu'aux murs de Guillerville. Elle suivait alors ces murs pour venir aboutir au grand chemin d'Orléans, en face de la poterne du Montoire ou de la Souche, voisine de la porte de Linas ; ce ne fut que plus tard que cette dernière partie de la route fut rectifiée à partir des murs de Guillerville, pour venir aboutir en face de la rue Luisant, qui conduit au haut de la place du marché de Montlhéry (1). Les autres chemins de la commune, au nombre de quarante-neuf, furent également améliorés, et un arrêté du conseil municipal, du 2 février 1806, les classa selon leur importance (2).

Le 2 fructidor an II, l'administration du district de Versailles avait fait savoir aux fermiers de la commune que, sur leur demande, on pourrait mettre à leur disposition quelques-uns des prisonniers faits sur l'ennemi, pour être employés pendant la moisson; c'est ainsi que quelques prisonniers hongrois furent internés dans la ferme des Prés ou de la Madeleine. Le dimanche ils se livraient aux plaisirs de la danse sur la grande place, plantée d'arbres, qui était alors devant l'entrée de la ferme, initiant la jeunesse du pays à ce pas nouveau, la valse, qui fut alors introduit en France par les Allemands et les Hongrois. Notre impartialité d'historien nous oblige à constater qu'en ce qui regarde la valse,

---

(1) Si l'on consulte la minute manuscrite de la belle Carte des Chasses, conservée au dépôt de la guerre, on reconnaîtra l'état de ces chemins avant et après la Révolution. Cette feuille fut dressée alors que le chemin du comte de Soucy venait d'être terminé, mais sa gravure fut interrompue par la Révolution. Lorsque sous l'Empire on la reprit, on envoya un ingénieur-géographe avec la minute pour corriger cette dernière et indiquer les changements survenus depuis 1789, et celui-ci figura par-dessus l'ancienne route le tracé de la nouvelle avec de la couleur : on y voyait cette dernière laissant dans son trajet direct, à droite et à gauche, les sinuosités, les détours de l'ancienne route. Un de ces détours, qui traverse Marcoussis, forme aujourd'hui, entre la route nouvelle et le coteau, une rue appelée dans les titres : Ancien chemin de Marcoussis à Montlhéry.

(2) Voir la pièce justificative XVI.

les petites filles nous ont paru avoir entièrement oublié les leçons données à leurs grand'mères.

Dès l'an 1800 (le 7 thermidor an VIII), le département achetait au gouvernement l'ancien presbytère pour y établir l'école, et en 1809, on réparait l'église, qui avait été rendue au culte en 1804; c'est à cette même époque (1809) que l'on exécutait le cadastre communal, et un tableau dressé en 1812 donnait l'état suivant des cultures et des productions du territoire de la commune :

Blé.	228 arp.	ou 77 hect.	58 a. produisant	1,388 hectol.
Méteil..	50	17	. . . .	300
Seigle..	35	11,90.	. . . .	210
Haricots.	51	17	. . . .	150
Avoine.	255	86,70.	. . . .	1,080
Vignes.	15	15	. . . .	28,80
Prairies artificielles.	45	15		

La population était alors d'environ 1,400 habitants. En 1807, on l'avait évaluée à 1,360 habitants sédentaires plus 37 sous les drapeaux ; elle se décomposait en 403 garçons, 447 filles, 200 hommes mariés, 269 femmes mariées, 21 veufs et 30 veuves (1).

Aux agents municipaux : Boudier (1796 et 1800), Ch. Arranger (1797), avait succédé, le 12 mars 1807, en qualité de maire, M. Jean-Marie-Augustin Dubois, le fils du propriétaire de Bellejame qui en prit le nom. On trouve dans les registres communaux sa signature sous les formes suivantes : Dubois, Dubois Bellejame, Dubois

---

(1) Voir les Archives communales.

de Bellejame; il exerça, à la satisfaction de tous, ses difficiles fonctions du 12 mars 1807 au 14 mai 1815; pendant les Cent-Jours, il fut un instant remplacé par son prédécesseur, M. Boudier, qui, à son tour, à la seconde Restauration, lui fit place. M. Jean Marie Augustin Dubois de Bellejame, devint plus tard maître-d'hôtel du roi Charles X et chevalier de Saint-Louis; il conserva ses fonctions municipales jusqu'en 1830. C'était un homme soigneux des intérêts de la commune; elle lui dut de nombreuses et sérieuses améliorations; c'est lui qui réclama au nom de ses administrés quelques-unes des épaves du couvent ou du château qui, au moment de la Révolution, avaient été transportées à Versailles, entre autres cette belle statue de la Vierge dont nous avons parlé, que l'on peut voir aujourd'hui dans l'église paroissiale, au-dessus de l'autel de la chapelle de la Vierge. Il contribua aussi à faire restituer à la comtesse de la Myre les titres et les archives du château (1).

---

(1) Ses héritiers n'ont plus en leur possession que le premier volume de l'*Inventaire général des titres et de la châtellenie de Marcoussis*. Sous la Restauration, lorsque l'on répara le bailliage, les autres volumes ou titres, ainsi que les deux plans terriers de Marcoussis et de Nozay, furent transportés au couvent, chez son cousin le marquis de Salperwick; ils y restèrent oubliés, et à la mort de ce dernier, en 1851, ils devinrent la propriété de M. Balaï de la Bertrandière, acquéreur des biens que M. de Salperwick possédait dans la vallée de Marcoussie.

Nous faisons des vœux pour que ces archives, intéressantes au point de vue de l'histoire locale, soient réunies aux archives départementales à Versailles, et pour que le beau plan terrier de la comtesse d'Esclignac, important à consulter pour les habitants de la commune, vienne un jour orner une des salles de la mairie.

17

Par son testament, en date du 2 novembre 1784, la comtesse d'Esclignac avait institué pour héritiers ses neveux et nièces; un codicile du 28 juin 1787 disposait particulièrement, en dehors du domaine de Marcoussis, des propres maternels de cette dame en faveur de Philibert-Antoine de Combault d'Auteuil, et de dame Louise-Thérèse de Combault d'Auteuil, veuve de Jean-François-Joseph de Blégier de Toulignan. L'un devait avoir 800,000 livres, l'autre 300,000 livres, enfin une pension de 200 livres était faite au sieur Rose, jardinier du Plessis-Pâté. Ce testament avait été déposé le 23 janvier 1790, à Paris, chez le notaire Brichard; la comtesse mourut dans les derniers jours de janvier ou les premiers jours de février 1790, car l'inventaire après décès eut lieu le 6 février 1790. Nous ne savons si toutes les clauses de son testament purent être exécutées à cette époque difficile; mais ce qui est certain, c'est que le 29 octobre 1790 on prononça l'envoi en possession du domaine de Marcoussis en faveur des cinq neveux ou nièces de la comtesse; savoir : Antoine Hyacinthe Chastenet de Puységur; Jacques Maxime Paul Chastenet de Puységur; Louise Maxime Chastenet de Puységur, épouse du comte Vidar de Saint-Clair; Armand Marc Jacques Chastenet de Puységur, et Élisabeth Flavie Louise Chastenet de Puységur, épouse de Charles-Louis Lepelletier d'Aulnay. Les trois premiers étaient alors en émigration, les lots qui leur furent judiciairement alloués par le sort furent mis sous séquestre (1).

_____

(1) Antoine Hyacinte Anne de Puységur, connu sous le nom de

Le marquis Armand Marc Jacques Chastenet de Puységur eut, pour sa part, le château, et sa sœur, Élisabeth
Flavie, dame Lepelletier d'Aulnay, le grand parc, le
petit parc et le grand étang, qu'elle laissa plus tard à
sa fille, la comtesse de la Myre.

Le marquis Armand-Marc-Jacques Chastenet de Puységur était né en 1752 ; il avait suivi la carrière des
armes, en 1792 il était maréchal de camp et commandait l'École de la Fère. Il fut un des disciples convaincus
de Mesmer, et sut se montrer véritablement philan-
thrope ; ses bienfaits lui permirent même de traverser
très-paisiblement la Révolution. C'est lui qui fit abattre
le vieux château de Marcoussis ; nous qui tenons tant
aux vieilles pierres, aux vieux monuments du temps
passé, nous ne saurions cependant lui en vouloir ! car
ce fut par un sentiment d'humanité chevaleresque, il ne
voulait pas que l'on fît de ce château une prison d'État,
et c'est ce dont il était pourtant question alors. Le vieux
manoir des Montagu, des Graville, des Balsac fut donc

comte de Chastenet, ne rentra en France qu'en 1803, et mourut en 1809.
Le comte Ladislas de Puységur, fils de l'émigré Maxime-Paul, eut plus
tard pour son lot le bois des Charmeaux ; quant à la fille de Louise
Maxime de Puységur, dame de Vidar de Saint-Clair, elle épousa le marquis de Salperwick et lui apporta en dot : le bois des Carrés et la Châtaigneraie, la Grande-Vente ou les bois de la prairie de Vaularon, le
Buisson-Cayet, le petit étang et la Ronce. A la mort du marquis de Salperwick, en 1851, ses biens furent acquis par M. Balaï de la Bertrandière, député de la Loire, qui les a laissés à son neveu, Francisque, à
l'exception de la propriété de l'ancien couvent des Célestins, qu'il avait
antérieurement cédée à M. Latour, architecte à Paris.

rasé, et aujourd'hui il n'en reste plus qu'une seule tour, l'ancienne tour dite des Oubliettes, et de larges douves, celles de ses vieux fossés, dessinant l'ancienne enceinte.

Le marquis Armand de Puységur aimait Marcoussis, il se proposait d'y résider quelquefois, et dans ce but il avait fait construire sur l'emplacement de la ferme une habitation, couronnée par un toit à l'italienne, selon le goût du temps; mais il mourut en 1825, laissant cette propriété à sa veuve, Marguerite Baudard de Saint-James. La plus jeune de ses filles (1), Barbe Pauline, vicomtesse de Puységur, avait épousé le comte Louis Henri de Viella; elle mourut malheureusement en couches en 1827, en donnant le jour à une fille, Marguerite Joséphine de Viella, qui, élevée à Marcoussis par sa grand'mère porta plus tard en mariage au marquis de La Baume-Pluvinel (2) l'ancien siége du domaine seigneurial de Marcoussis.

---

(1) Il avait eu cinq enfants : Élisabeth Adèle Chastenet de Puységur, marié au comte de Loynes d'Hauteroche; le comte Jacques-Maxime-Paul de Puységur; le marquis Jacques Paul Alexandre Chastenet de Puységur, qui épousa la fille du maréchal de Saint-Arnaud; Marie-Amélie Chastenet de Puységur, épouse du comte de la Noue ; et Barbe-Pauline Chastenet de Puységur, mariée au comte Louis Henri de Viella, officier de marine.

(2) Les La Baume descendent d'une très-ancienne famille du Dauphiné qui s'est fractionnée en plusieurs branches; la branche de Pluvinel reçut ce nom comme substitution à la maison de Pluvinel, dont le dernier représentant mâle fut l'écuyer sous-gouverneur de Louis XIII, enfant. Plus tard Joseph de La Baume, gouverneur de Crest, fut créé marquis de Pluvinel par lettres-patentes du 16 juillet 1693; la plupart des membres de cette famille se sont illustrés dans la carrière des armes.

La paix réparatrice dont jouit la France sous la Restauration étendit son heureuse influence jusque dans la vallée de Marcoussis. C'est à cette époque qu'aux industries du vigneron et du cultivateur vint se joindre celle de l'exploitation régulière des grès. Le Grand banc qui couronnait les Hautes-Madeleines fut entamé en 1820 au compte des sieurs Chimbeau et Potier ; mais ils durent cesser leur travail parce qu'ils détérioraient le chemin de Nozay à Marcoussis ; d'autres concessionnaires furent plus heureux, et l'énorme banc de grès qui dominait la vallée de ce côté fut attaqué sur plusieurs points à la fois. Cette industrie allait verser dans le pays des sommes importantes qui contribuèrent aux améliorations matérielles et sociales, ainsi qu'au bien-être des habitants.

C'est à peu près vers cette époque qu'un soir, à la sortie de l'école, les jeunes enfants trouvèrent, assis sur une pierre du grand chemin, un vieillard aux traits amaigris et hâlés, aux vêtements sordides et couverts de poussière ; près de lui gisaient un bâton de voyage et une besace contenant quelques hardes. Il interrogeait vainement l'horizon dans la direction du Ménil et semblait chercher des yeux un objet qu'il n'y voyait plus ; des larmes coulaient silencieusement le long de ses joues creusées par l'âge et la souffrance ; il paraissait exténué de fatigue et de besoin. Il interrogea les enfants qui l'entouraient avec cette curiosité mêlée de respect qu'inspire le malheur ; il leur demandait s'ils connaissaient un tel ! si tel autre vivait encore ! s'ils ne pouvaient pas le guider vers la demeure d'un troisième !

et il leur disait successivement les noms de quelques anciens du pays. Les enfants se regardaient, hochaient la tête en signe de négation ; à quelques-uns de ces noms les plus grands répondaient par ce seul mot..... mort! Ce pauvre vieillard, auquel une âme compatissante, L. M. Arranger, offrit ce soir-là un asile pour la nuit, c'était le frère Eynette, le dernier des Célestins, qui, une fois encore avant de mourir, avait voulu revoir les lieux où s'étaient écoulés ses plus heureux jours dans la contemplation et la prière.

CHAPITRE X.

Éiat actuel de Marcoussis. — Situation topographique. — Statistique communale. — L'Église paroissiale. — Les grandes Propriétés de la Commune. — Industrie agricole. — Exploitation des grés par la ville de Paris. — Les Promenades dans les environs. — Les Bois et la Flore de Marcoussis. — Épilogue.

ous avons assisté à la destruction du château et du monastère, et sur ces ruines, œuvre de la main des hommes plutôt que de celle du temps, nous avons vu tomber les larmes du dernier des Célestins. Là, doit s'arrêter notre tâche : l'histoire de Marcoussis n'est plus d'ailleurs que celle de toutes les communes de France, et peut se résumer en ces quelques mots : division de la propriété, progrès de l'industrie agricole, améliorations sociales et matérielles, prospérité.

Nous nous contenterons donc de tracer un rapide tableau de l'état présent de la commune de Marcoussis, au triple point de vue de la topographie, de la statistique administrative et de son aspect actuel.

La vallée de Marcoussis, comme celles qu'arrosent les affluents de l'Orge, est creusée dans les couches supérieures du terrain de l'époque tertiaire à laquelle appartient le sol des départements de la Seine et de Seine-et-Oise. « En partant de Paris, disent les auteurs de la carte géologique des environs, et se dirigeant vers le sud, le sable et le grès paraissent dès Palaiseau ; le premier est homogène, très-blanc, et renferme des bancs de grès puissants et fort étendus qui couronnent presque toutes les collines, et notamment celles de Ballainvilliers, de Marcoussis, de Montlhéry, etc., etc., etc. Il y a ici de nombreuses exploitations de grès qui est plus estimé qu'aucuns de ceux des environs de Paris, non-seulement, pour le pavage des routes, mais surtout comme donnant des meules très-recherchées par les fabriques de porcelaine, de faïence, et par toutes celles qui ont des matières dures à broyer............ Les vallons creusés dans ce grès et les collines allongées qui en résultent sont tous à très-peu près parallèles et se dirigent du sud-est au nord-ouest, direction générale des principales chaînes de collines que présentent les formations calcaires gypseuses et sablonneuses des environs de Paris (1). »

C'est le cas de la vallée de Marcoussis ; elle s'ouvre à l'orient, en face de la tour de Montlhéry, pour aller s'infléchir dans la direction de l'ouest-nord-ouest. Sa profondeur est d'environ 6 kilomètres, et sa largeur, qui à l'origine n'est guère de plus d'un kilomètre, atteint, vers

---

(1) *Description géologique des environs de Paris*, par MM. G. Cuvier et A. Brogniart. Nouvelle édition. 1 vol. in-4°. Paris, 1822.

le fond de la vallée, jusqu'à 2 et 3 kilomètres. Elle se termine par les trois petits vallons des Vaux, près de la Ronce; des fonds de Beauregard et de la queue de Janvry.

L'élévation de cette vallée au-dessus du niveau de la mer est en moyenne de 75 mètres (1), et celle des coteaux qui la limitent au nord et au sud d'environ 160 mètres, ces derniers dominent donc la vallée de 80 à 85 mètres.

La vallée de Marcoussis est arrosée par la Salmouille, qui y promène ses eaux rares et trop souvent fangeuses, en se rapprochant du pied du coteau septentrional. Elle est formée par les eaux qui descendent des hautes plaines environnantes, et par le tribut de nombreuses sources qui s'échappent du pied des deux coteaux qui l'enserrent. Sa largeur varie de 2 à 3 mètres, et il serait certainement possible, en y recueillant habilement toutes les sources perdues, d'y entretenir en toute saison une profondeur d'environ 1 mètre.

Marcoussis est à 8,000 mètres, à l'ouest, du méridien de Paris; et à 22,000 mètres, au sud, du parallèle passant par l'observatoire; sa distance à vol d'oiseau de Paris est de 26 kilomètres. Sa longitude est de 0° 6′ 30″ à l'ouest du méridien de Paris, et sa latitude est de 48° 38′ 35″. Sa distance de Versailles, chef-lieu du département, est de 22 kilomètres; de Rambouillet, son chef-lieu d'arrondissement, de 32 kilomètres, et de Limours, son chef-lieu

----

(1) Au fond de la vallée, près de la Ronce, l'altitude est de 89 mètres; près de l'église, 74 mètres; à Chouanville, 63 mètres; à Guillerville, 57 mètres; enfin à l'embouchure de la Salmouille, dans l'Orge, elle n'est plus que de 39 mètres.

de canton, de 14 kilomètres. Enfin, située entre les deux lignes de chemin de fer d'Orléans et d'Orsay, cette commune est à 7 kilomètres de la station de Saint-Michel (ligne d'Orléans) et à 8 kilomètres de la gare d'Orsay.

La superficie du territoire communal est évaluée à 1679 hectares 97 ares 93 centiares, dont le revenu imposable est coté à 82,752 fr. 43 cent.

Cette superficie est ainsi répartie :

	Hectares.	Ares.	Centiares.
Propriétés imposables.			
Terres labourables.	665	57	21
Jardins potagers.	22	28	30
Objets d'agrément.	2	56	5
Vignes.	67	13	26
Prés.	59	90	30
Pâtures.	10	13	35
Bois taillis.	635	61	78
Terrains plantés ou vergers.	7	15	75
Friches.	13	84	50
Marnières.	00	4	35
Etang.	28	64	30
Mares.	2	29	30
Fontaines.	00	9	40
Lavoirs, abreuvoirs, puits.	00	9	15
Roches.	00	68	80
Plantations nouvelles sur terre. . . .	3	98	80
Id. *id.* sur vignes. . . .	00	37	95
Sol des propriétés bâties.	9	97	80
Total des propriétés imposables. .	1,530	27	93
Propriétés non imposables.			
Domaine.	81	96	10
Eglise et cimetière.	00	21	80
Chemins et places publiques.	63	57	85
Rivières et ruisseaux.	3	63	46
A la commune.	00	30	79
Total des propriétés non imposables.	146	70	00
Total général.	1,679^hect.	97^ares	93^cent.

Cette répartition est celle du cadastre, qui date de 1809 ; mais depuis elle a été bien modifiée ; c'est ainsi que beaucoup de terrains plantés en vignes ont été convertis en cultures de primeurs, tels que haricots verts, pommes de terre, fraises, etc., etc., pour l'alimentation de la capitale. L'étang, dont les exhalaisons étaient, à certaines époques, préjudiciables à la santé des habitants, a été desséché et converti en prairies et pâturages ; des bois situés sur la lisière de la plaine ont été défrichés, et la plupart des roches ont été exploitées ; le domaine cultivable s'est ainsi notablement accru.

La population de Marcoussis qui, au moment de la Révolution, pouvait être évaluée à un millier d'habitants, a subi un accroissement considérable, surtout depuis 1820 ; on en jugera par les chiffres suivants, qui sont ceux des recensements quinquennaux :

ANNÉES.	HOMMES.	FEMMES.	TOTAL.
1820.	653	683	1,336 hab.
1831.	656	689	1,345
1836.	698	665	1,363
1851.	716	752	1,467
1856.	790	770	1,560
1861.	938	851	1,785
1866.	972	930	1,902

Cette population actuelle de 1902 habitants se décompose ainsi : 426 hommes mariés 413 femmes mariées, 32 veufs, 89 veuves, 514 garçons, 428 filles.

Voici comment elle se répartit par groupe d'habitations :

	MAISONS.	MÉNAGES.	HABITANTS.
Marcoussis, le village.	131	206	750
La Grand'Rue, hameau.	33	38	156
Le Bouchet, id.	6	7	32
L'Etang-Neuf, id.	41	53	192
Vaugirard, écart.	1	3	12
Le Houssay, hameau.	11	17	58
Bellejame, ferme et château.	4	4	26
Chouanville, hameau.	14	15	57
Le Ménil, id.	73	88	328
Le Petit-Ménil ou les Célestins, hameau.	13	17	47
Le Chênerond, ferme et habitation. . .	3	3	7
Le Déluge, id.	3	3	13
Beauvert, hameau.	7	7	24
Le Pavillon, écart.	1	1	2
La Ronce, ferme et habitation.	3	1	9
Le Petit-Belébat, écart.	1	1	7
Belébat, ferme et habitation.	3	3	9
Le Château.	3	2	14
Le Guay, hameau.	41	49	159
Total.	392	518	1,902

L'augmentation de la population doit être attribuée d'abord à la prospérité des habitants et ensuite à l'introduction dans le pays d'ouvriers venus du dehors, attirés par l'exploitation des roches ; plusieurs s'y marient et s'y établissent à demeure.

La moyenne annuelle des naissances pour les six dernières années, de 1860 à 1865 est de 55, celle des décès de 47, et celle des mariages de 15. La mortalité annuelle est assez grande sur les petits enfants, et il meurt plus de garçons que de filles. ●

Les budgets communaux ont crû avec la population,

avec les années ; et avec eux les dépenses et les charges de toute nature que nécessitaient ces augmentations.

En 1812, on évaluait le revenu communal à 748 francs et les dépenses à 740 francs.

En 1820, le premier atteignait 1,250 fr. et les secondes 1,210 fr.
En 1830 . . . . 2,092 2,062
En 1840 . . . . 3,557 2,723
En 1850 . . . . 7,247 8,217

Depuis, voici quelles ont été pour les six dernières années les recettes et les dépenses, en ajoutant aux recettes et dépenses ordinaires les recettes et dépenses supplémentaires :

ANNÉES.	RECETTES.	DÉPENSES.	RELIQUATS.
	fr. c.	fr. c.	fr. c.
1860.	20,266 16	17,338 47	2,877 69
1861.	19,328 81	12,959 00	6,369 81
1862.	25,486 36	16,657 12	8,829 24
1863.	26,687 20	18,259 45	8,427 75
1864.	28,155 50	17,313 99	10,841 51
1865.	31,390 03	16,538 61	14,851 42

Le budget de 1866 est celui-ci :

	fr. c.		fr. c.
Recettes ordinaires. . . .	14,711 06	Dépenses ordinaires. . .	14,711 06
— extraordinaires .	1,680 00	— extraordinaires. .	1,680 00
— supplémentaires.	17,561 92	— supplémentaires.	15,871 15
Au total, recettes.	33,952 98	Dépenses. . . .	32,262 21

Sur ces dépenses, 4,120 francs sont consacrés à l'entretien des chemins vicinaux et 5,300 francs aux frais d'instruction. Il y a en effet à Marcoussis une école primaire pour les garçons, une école de filles dirigée par les sœurs de la Sainte-Enfance et une salle d'asile.

L'ensemble des constructions qui composent les habitations de la commune offre un aspect assez satisfaisant. La plupart des maisons situées sur la route départementale de Versailles à Corbeil, formant aujourd'hui la véritable Grande-Rue, sont généralement bien bâties ; partout le chaume des anciens temps disparaît pour faire place à la tuile et à l'ardoise. Des constructions nouvelles, et surtout des clos fermés de longs murs, aux approches du village, témoignent de l'état prospère de la commune et de l'heureuse division de la propriété.

La maison communale ou la mairie, située sur la route départementale, n'a rien qui mérite d'être particulièrement signalé, si ce n'est sa grandeur qui a permis d'y réunir les différents services communaux.

L'église, placée sous le patronage de sainte Marie-Magdeleine, est restée ce qu'elle était avant la Révolution. On y reconnaît le chœur construit au commencement du XVe siècle par Jean de Montagu ; le gros œuvre est en pierre de grès bien appareillée ; l'ornementation et les meneaux des ogives en pierre de liais. Aux retombées des voûtes de la sacristie et du chœur, on voit les armes du fondateur, et dans la chapelle du côté de la place, qui reçoit aujourd'hui les enfants des écoles, on voit encore, au vitrail de l'ogive septentrionale, les deux feuilles de courge d'or entrelacées sur fond d'azur, emblême adopté par Jean de Montagu ; cette chapelle est en effet l'ancienne chapelle seigneuriale.

La nef est encore telle que l'ont laissé les Graville et les d'Entragues, dont on aperçoit les armes à la croisée des arceaux des voûtes ; au sommet de la grande fenêtre ogivale, qui est au-dessus de l'entrée principale, un fragment de vitrail montre encore l'ancre symbolique de la haute dignité de l'amiral de Graville. A l'extérieur, du côté du nord, on voit les attaches des piliers du bas-côté ou des chapelles que voulaient faire construire l'Amiral et sa fille, la dame d'Amboise, lorsque le prieur de Saint-Vandrille interposa son veto. La forme octogo-nale de la lanterne du clocher atteste qu'il fut refait à cette même époque, c'est-à-dire dans la première moitié du XVIᵉ siècle.

Les dernières pierres tumulaires du chœur, d'ailleurs très-effacées, ont été récemment enlevées pour faire place à ce carrelage losangé de pierre et d'ardoise, décoration obligée de nos églises modernes. Les stalles en bois sculpté, œuvre de la fin du XVIIᵉ siècle, sont celles des anciens Célestins, et l'on conserve encore, dans la sa-cristie, l'aigle du grand pupitre et quelques-uns de leurs ornements sacerdotaux, remarquables par leur richesse.

L'intérieur de l'église offre cet aspect de simplicité et de propreté, luxe principal de nos églises de campagne. Deux autels ménagés des deux côtés de la grande ar-cade qui sépare la nef du chœur, sont consacrés à la sainte Vierge et à saint Vincent, patron des vignerons. L'autel de la Vierge est orné de cette belle statue de marbre blanc dont il a été plusieurs fois question dans le cours de notre récit; c'est une œuvre des plus remarquables de l'époque de transition qui a précédé la Renaissance. Enfin, parmi les tableaux qui ornent l'église, il nous faut citer : Une *Mater dolorosa*, appartenant à l'École espagnole ; Jésus apparaissant, après sa résurrection, à Marie Magdeleine ; et Jésus chez Marthe et Marie, sœurs de Lazare, par Chassériau (donné par M. Adolphe Moreau).

Les revenus de la fabrique peuvent être évalués à environ 2,400 francs ; une partie de cette somme provient des anciennes fondations, pieuses en rentes ou redevances sur immeubles, concédées jadis au profit du prieuré de Saint-Vandrille, qui ont été rachetées par les intéressés et converties en rentes. Ce fait curieux du rachat des anciennes fondations se reproduit encore de nos jours.

Le cimetière, qui était resté voisin de l'église, et qu'ombrageait alors une ceinture de hauts peupliers, a été transféré, en 1851, près du champtier des Fonceaux ; l'ancien emplacement est, depuis 1860, converti en une belle place plantée de marronniers, au fond de laquelle, et en regard de l'église, nous aurions aimé à voir s'élever une mairie digne de l'importance de la commune (1).

Nous avons parlé de l'état prospère de Marcoussis ; nous obéissons à un sentiment de juste reconnaissance

---

(1) La commune de Marcoussis est en effet la plus importante de tout le canton de Limours, elle l'emporte même en population sur Limours, chef-lieu de canton.

en citant ici les noms de ceux qui, au temporel comme au spirituel, ont administré la commune depuis la Révolution :

Maires.	*Curés.*
Dubois de Bellejame, 1807.	Le Doux, 1799.
Groulon, 1830.	Tourniant, 1804.
Villard, 1833.	Devarennes, 1822.
Mauzaize, 1841.	Colmann, 1832.
Ruotte, 1847 (1).	Martin, 1833.
Joly de Bammeville, 1852.	Houyvet, 1841 (2).
	Molon, 1863.

Les grandes propriétés de la commune sont celles de Bellejame, du Chênerond, de Belébat, que l'on écrit à tort Bellébat, de la Ronce et du Déluge ; toutes sont d'ancienne origine, et pourraient avoir leur histoire (3) ; la Bailloterie, qui peut-être doit son nom à l'ancienne résidence d'un des baillis de Marcoussis, mais qui certainement dépendait autrefois du prieuré de Saint-Vandrille, dont l'habitation principale était en face, de l'autre côté de la Grand'Rue ; l'ancien couvent, converti en maison de campagne par M. Latour ; l'ancien bailliage de la comtesse d'Esclignac, avec le grand et le petit parc, appartenant aux héritiers de madame la comtesse de la

---

(1) Marcoussis ne saurait oublier qu'à sa mort, ce digne magistrat municipal laissa à la commune un legs dont l'importance n'est pas moindre de 30,000 fr.

(2) M. l'abbé Houyvet est mort le 16 juillet 1863 au seuil d'une chaumière du Guay, où il allait porter les consolations de la Religion!...

(3) Voir les Notices historiques concernant chacune de ces propriétés, à la suite de ce dernier chapitre.

18

Myre; enfin le nouveau château du marquis de la Baume, élevé dans la prairie qui s'étendait autrefois devant l'ancienne forteresse et qui a été construit en 1864, sur les dessins de M. Rohaut de Fleury.

Le département de Seine-et-Oise est de ceux où l'agriculture est la plus perfectionnée, l'industrie agricole de Marcoussis participe à ces améliorations; la petite culture y est en faveur. Aujourd'hui on cultive moins de vignes qu'autrefois, une notable partie de celles qui couvraient la pente du coteau qui regarde le midi, a été essartée et remplacée par des plantes légumineuses et des fraisiers, que l'on cultive en primeurs pour l'alimentation de la capitale.

La vallée abonde en arbres fruitiers, tels que : pommiers, poiriers, cerisiers, pêchers et noyers, aussi offret-elle au printemps, lorsque tous ces arbres sont en fleurs, un spectacle enchanteur qui flatte autant l'odorat que la vue. Les fruits sont vendus au marché du samedi à Marcoussis, ou bien aux marchés de Montlhéry ou d'Arpajon; quant aux fraises elles sont directement expédiées à Paris, leur rapport est très-important.

Il ne faut pas omettre parmi les produits de l'industrie agricole ces grands fromages blancs, égouttés, si renommés à Paris, ressource providentielle du déjeuner de l'artisan et de l'ouvrier. Deux fois par semaine ces différentes productions agricoles sont portées chez les verduriers, qui partent pour Paris le soir à huit heures avec un chargement complet, pour ne rentrer à Marcoussis que le lendemain, à la même heure, après avoir fructueusement écoulé leurs marchandises. L'argent ré-

sultant de la vente est alors réparti parmi les cultivateurs au prorata de leur apport en denrées.

Une branche notable de l'industrie, dans la commune,
est celle de l'exploitation des grès. La vallée de Marcoussis devait, dans l'origine, présenter le même aspect
que celui de la vallée de la Sole à Fontainebleau; c'est-
à-dire que les grès couvraient les pentes des collines qui
l'enserrent, en offrant, tantôt l'aspect d'une muraille
verticale, notamment vers l'Étang-Neuf et le château,
tantôt une agglomération de roches entassées les unes
sur les autres, comme dans un véritable chaos. De
bonne heure ces roches furent exploitées; le château de
Montlhéry, celui de Marcoussis, toutes les constructions
de Montlhéry, de Linas, de Marcoussis en témoignent
amplement. Les premières qui furent mises en œuvre
furent celles qui se trouvaient à proximité des lieux où
la population vint s'agglomérer, et de bonne heure disparurent celles qui couvraient les pentes des Champtiers : des Petits-Champs, des Luisants, des bois de la
Roue, des Madeleines, des Fonceaux et des Moquets.
Plus tard, un grand nombre de celles qui se trouvaient
isolées, dans les champs, gênant le paysan dans sa culture, furent attaquées et disparurent peu à peu.

Des entreprises particulières se formèrent ensuite pour
l'exploitation des bancs de rocher, qui furent mis à nu.
Au moment de la Révolution, on exploitait en grand
celui des bois de la Roue, dans le voisinage de Linas;
plus tard, ce furent ceux des Moquets, des Madeleines,
du Grand Parc et de la Folie. Cependant la ville de Paris,
qui fait une si grande consommation de pavés, voulant

s'affranchir, dans certaines limites, de la nécessité dans laquelle elle se trouvait d'être toujours forcée de s'adresser aux entrepreneurs, lorsqu'il s'agissait d'une fourniture de pavés excessivement pressée et destinée à un travail à bref délai, eut la pensée d'avoir à elle une carrière où elle pourrait avoir l'avantage de trouver des ressources sérieuses à tel moment donné. Car il faut dire que la production du pavé est non-seulement très-difficile à obtenir, mais encore n'est nullement en rapport avec les besoins du service de la ville de Paris. Elle voulait en même temps se rendre compte des causes qui faisaient augmenter le prix de revient du pavé d'une manière aussi sensible et si progressive.

A cet effet un conducteur des ponts et chaussées, d'une activité et d'une habileté éprouvées, M. A. Chiquet, fut chargé de rechercher dans le département de Seine-et-Oise une carrière qui fût disponible et qui présentât des ressources importantes. La carrière de Marcoussis, dite le *Grand banc* des bois de la Magdeleine, abandonnée depuis plusieurs années par son propriétaire et qui présentait toutes les conditions requises, fut, sur le rapport de ce conducteur, désignée comme pouvant être exploitée d'une manière sérieuse et productive pour la ville de Paris. Après un premier essai, qui fut fait du 12 juin 1854 au 1er août 1855, au mois de mars 1856 M. A. Chiquet fut envoyé à Marcoussis pour y organiser les travaux et diriger l'exploitation. La ville ne fut d'abord que locataire des terrains ; un an après, en 1857, elle en devenait propriétaire.

La contenance ainsi acquise est de 15 hectares 53 ares

63 centiares, et l'exploitation s'étend sur une longueur de plus de 400 mètres en ligne droite. Le Grand banc est attaqué, à ciel ouvert, par plus de cent cinquante ouvriers terrassiers et carriers, partagés en escouades et batteries.

	fr. c.	fr.
Une journée d'ouvrier terrassier était payée en 1856. . .	2 25	»
En 1866, elle vaut.	3 25	»
Une journée d'ouvrier carrier était payée en 1856. . . .	2 50 à	4
En 1866, elle vaut.	3 50 à	6
Un chef de batterie gagnait, en 1856, par mois, de. . .	100	à 120
Aujourd'hui, en 1866, il gagne de	120	à 200

Une machine fort ingénieuse, mise en mouvement par la vapeur, de l'invention de M. Laudet, ingénieur civil, vient en aide aux ouvriers en leur évitant la partie la plus dangereuse, pour leur existence, de leur pénible et dur travail ; elle fend les gros blocs de grès, transporte les pavés façonnés du fond des formes au niveau du sol, et les déblais provenant de la masse, sur les cavaliers.

Il a été fabriqué par la ville de Paris sur la carrière du Grand banc de Marcoussis, depuis le 1er mars 1856 jusqu'au 20 octobre 1866, 5,967,107 pavés. Dans le même laps de temps, il a été dépensé, tant en fabrication qu'en frais généraux, 2,228,866 fr. 24 c.

On voit donc par ces détails, abstraits mais rigoureusement exacts, quelle est l'importance, pour la commune de Marcoussis, de l'exploitation des grès. Mais le banc s'épuise ; en 1856 la longueur à exploiter était de 800 mètres, elle n'est plus aujourd'hui que de 400 ! La roche qui autrefois affleurait le sol, et qu'à l'origine de l'ex-

ploitation municipale on rencontrait à une petite profondeur, il faut maintenant l'aller chercher à 7 ou
10 mètres de la surface. Le prix des terrassements et
d'exploitation augmente au détriment du prix de revient
du pavé, de plus l'épaisseur du banc diminue au fur et à
mesure qu'il pénètre dans la terre ; on peut donc prévoir que dans une quinzaine d'années on atteindra la fin
du banc exploitable ; alors les bras qu'occupe le Grand
banc seront rendus à l'agriculture, et Marcoussis rede-
viendra une commune exclusivement agricole.

Enfin il faut encore citer une industrie fort ancienne
dans le pays, c'est celle des cercliers et fabricants de
lattes, qui alimentent les caves de Bercy de cercles pour
la réparation des tonneaux, et de lattes à bouteilles.

On voit par ce qui précède que les habitants de Marcoussis trouvent amplement, dans leur active et labo-
rieuse industrie, les ressources nécessaires à un bien-
être justement mérité.

Depuis longtemps les cerfs, les chevreuils, les sangliers ont disparu des bois et des halliers ; mais si la
grande chasse est devenue aujourd'hui impossible, la
chasse au menu gibier : lièvres, lapins, perdrix, grives
et cailles, est toujours en faveur dans la vallée, et la
moyenne annuelle des ports d'armes délivrés par la
commune est d'environ quarante. C'est, comme on le
voit, un chiffre respectable pour une commune rurale.

Ce que l'on trouve encore dans la vallée de Marcoussis,
ce sont de très-beaux sites et de charmantes promenades. Il y a longtemps déjà que les premiers ont attiré
les artistes dans la vallée ; quelques-uns s'y sont même

établis, et, à l'automne, leur colonie se grossit de leurs camarades venus de Paris. A la tête de cette petite phalange d'amis de la nature, dont les noms sont familiers aux livrets des expositions annuelles de peinture (1), et qui forment ce que nous pourrions appeler l'*École de Marcoussis*, il nous faut citer Corot dont la présence est ici, comme partout ailleurs, toujours saluée avec la joie la plus vive.

Les promenades sont nombreuses et variées ; certaines parties de la vallée présentent l'aspect d'un parc anglais continuellement égayé par l'activité de la vie agricole, tandis que les allées ombreuses et silencieuses des bois environnants offrent au promeneur solitaire ce calme solennel, si favorable au recueillement et à la méditation. Aime-t-il les longues promenades? Il peut, au nord de la commune, se rendre au ravin creusé par l'action séculaire des eaux de la plaine de Nozay, qui présente un aspect à la fois sauvage et pittoresque que le crayon et le pinceau se sont plu à reproduire. Ou bien encore il peut diriger ses pas vers la Ville-du-Bois, ou le rocher de Saulx-les-Chartreux à travers bois, plaines et collines. Au sud il peut, comme le fit Henri IV, s'égarer dans les bois de Bruyères-le-Châtel, ou visiter les ruines de l'ancien prieuré de Saint-Thomas, aujourd'hui le Plessis Saint-Thibault ; ou bien jouir du splendide panorama qu'offre à 6 et 8 lieues à la ronde le chemin circulaire qui couronne

---

(1) Pourquoi me refuserais-je le plaisir de citer ici les noms de mes amis MM. Dumax et Forest, avec lesquels j'ai passé tant d'heures agréables dans le bois de Marcoussis?

la Roche-Turpin ou la Roche-Brûlée ; il peut encore errer des heures entières dans les charmantes allées des fonds de Janvry ou de Beauregard. S'agit-il d'une promenade en famille, on peut, comme Rousseau et ses amis, aller déjeuner à la fontaine Saint-Vandrille, ou bien se rendre sur la terrasse du château de Beauregard, de laquelle on jouit d'une vue admirable sur toute l'étendue de la vallée jusqu'à Montlhéry ; on peut, en un mot, varier ses promenades selon son goût, son temps, sa disposition du moment.

La vallée de Marcoussis présente un sol tantôt sableux, argilo-sableux ou marécageux ; les expositions y sont variées et accidentées, c'est-à-dire que la flore y est très-riche et très-variée ; quelques plantes sont même particulières au canton et le signalent spécialement aux excursions des botanistes ; telles sont : le *cardoncellus mitissimus*, l'*inusa Helenium*, le *linosyris*, le *senecio Adonidi folius*, l'*arnoseris minima*, le *rumex palustris*, etc., etc., etc.

Mais il est temps de clore ces pages ; aussi bien sommes-nous arrivé au terme de notre tâche. Le lecteur, en effet, a vu se dérouler devant lui les annales féodales, monastiques et communales de Marcoussis.

Nous avons dit les humbles commencements du prieuré de Saint-Vandrille, la haute fortune de Jean de Montagu et la catastrophe qui la suivit ; la grandeur de l'amiral de Graville et les tendres faiblesses de ses filles ; l'ambition de Henriette de Balsac et les galanteries de Henri IV ; enfin la captivité temporaire du prince de Condé et de ses deux compagnons Nous avons assisté aux différentes transformations du couvent des Célestins, depuis sa fondation; nous l'avons vu dans sa splendeur, nous avons raconté sa ruine. Le lecteur a également pu juger de l'importance féodale de la seigneurie de Marcoussis pendant quatre siècles consécutifs sous Montagu, les Graville, les Balsac, les d'Illiers d'Entragues et la comtesse d'Esclignac. Enfin nous avons recherché dans les Archives paroissiales et communales ce qui pouvait intéresser le passé du laboureur, du cultivateur, du paysan, dont la domination pacifique a remplacé dans la vallée celles du monastère et du château.

Aujourd'hui de ce château qui, après Vincennes et la Bastille, fut le plus fort, le plus complet des environs de Paris, que reste-t-il? Une tour, une seule tour, aux ouvertures béantes, au toit, aux plafonds effondrés, que couvre le linceul d'un lierre séculaire. Tel est le seul témoin du passé dont nous nous sommes fait l'historien.

Le paysan de la vallée de Marcoussis, en ramenant sous son toit cette moisson, juste récompense de ses labeurs, peut aujourd'hui dire avec le poëte, en passant au pied de cette tour et en évoquant l'amer souvenir de la misère de ses aïeux :

Oh ! si, je m'en souviens, de la vieille tour sombre,
Et des droits féodaux embusqués dans son ombre ;
Je m'en souviens. De là, sur nos toits ruinés,
S'abattaient, comme autant de vautours acharnés,
Dérobant la moisson au bras qui la cultive,
Et dimes, et corvée, et mainmorte, et censive,
Tout ce qu'ont entassé d'humiliations,
De pillages, de vols, mille ans d'oppressions,

Tout ce qui dans un jour, jour de sainte colère,
Disparut balayé par le vent populaire !

Du moins l'ombre de quelque dame châtelaine pourra-t-elle lui répondre au nom de la charité :

Si des abus, tombés devant votre victoire,
Laissent en vous, monsieur, cette longue mémoire,
N'en garderez-vous point pour vous ressouvenir
De quelques actions qui nous faisaient bénir ?
Au fond de vos hameaux jamais aucune veuve
De nos compassions ne fit-elle l'épreuve ?
Au chevet d'un mourant n'a-t-on jamais pu voir
La fille du seigneur pieusement s'asseoir,
Ou dotant l'épousée, assistant l'indigence,
Et sur les braconniers appelant l'indulgence ?

(PONSARD, *le Lion amoureux*, acte 1.)

C'est sur ce souvenir de bienfaits, dont nous avons cité plus d'un exemple dans le cours de notre récit, que nous nous arrêterons en l'accompagnant de nos vœux pour la prospérité de notre chère vallée de Marcoussis !

RECHERCHES HISTORIQUES

SUR

QUELQUES ANCIENS DOMAINES

DE LA COMMUNE DE MARCOUSSIS

GUILLERVILLE

Nous avons vu au premier chapitre de cette histoire que les prieurs de Saint-Vandrille avaient cédé l'ancien emplacement de leur première fondation, au lieu dit le Buisson, *Butio*, à un seigneur du nom de Guillaume ; ce qui fit désigner ce nouveau fief sous le nom de *Guillelmi Villa*, devenu plus tard Guillerville ou Guierville. Cette cession eut certainement lieu avant le XIII° siècle, car

le Registre de Philippe-Auguste met parmi les feudataires de Montlhéry, vers l'an 1200 ou 1220, Guillaume
de Guillerville, qui y est déclaré homme du roi pour le
moulin Basset : « *Guill. de Guillervilla est homo Regis
de Molendino de Basseto et de domo sua et debet cus-
todiam duorum mensium apud montem Lehericum* (1). »

La race masculine de ces seigneurs étant éteinte,
Isabelle de Guillerville épousa, en 1330, Réné d'Échainvilliers, chevalier, d'une noble famille de la Beauce. Ses
deux petits-fils, Huet et Pierre d'Échainvilliers, possesseurs par indivis de cette terre, la vendirent, l'un en
1407, l'autre quelque temps après à Jean de Montagu,
qui la réunit ainsi à son domaine de Marcoussis. Cette
seigneurie s'étendait à cette époque sur le Houssay et
sur la Roche-Garnier ; on y voyait une maison seigneuriale qui depuis longtemps a disparu.

Le fief de Guillerville relevait en arrière-fief de Montlhéry, et en plein fief de la seigneurie de Marcoussis. Il
en dépendait encore en 1730, lorsque Alexandre de Balsac d'Illiers fit aveu au roi pour sa seigneurie ; il consistait à cette époque en un simple moulin avec des terres
et des aulnaies environnantes. Ce fut sans doute ce seigneur qui l'aliéna et le vendit au marquis de Bullion,
seigneur de Bellejame ; ce qui est certain, c'est que
Guillerville ne faisait plus partie des domaines de madame la comtesse d'Esclignac, lorsque fut rédigé son
grand Terrier, et qu'il relevait de Bellejame. Aujourd'hui

---

(1) L'abbé Lebeuf, t. IX, p. 282.

il fait encore partie du domaine de Bellejame et appartient à M. Joly de Bammeville ; c'est un écart de la commune de Linas, qui se compose d'une fabrique de carton, avec un moulin, d'un lavoir, et de deux maisons d'habitation.

BELLEJAME

Un seigneur de Bellejambe, appartenant à une ancienne famille qui tirait son nom d'un domaine situé dans le voisinage de l'église de Longjumeau, ayant au XIIe siècle acheté une partie de l'ancienne seigneurie de Chevanville, dans la vallée de Marcoussis, qui était contiguë à l'ancienne seigneurie de Guillerville, lui imposa son nom.

Ce fief qui relevait des seigneurs de Marcoussis, resta dans la famille de Bellejambe, jusqu'au 29 mai 1407, époque à laquelle Pierre Flamiche Le Jame et Jean de Bellejambe, tuteurs de Guillaume, fils de Lucas de Bellejambe et de feu Jehanette sa femme, mineure, le vendirent à Jean Montagu moyennant 500 écus d'or à la couronne.

Un siècle après nous retrouvons le fief de Bellejambe entre les mains d'Armanjeu de Garlande, seigneur de la Roue, qui le donna à Étienne Prévost à titre de « chefcens portant lods, cens, saisines, ventes, amendes et autres droits seigneuriaux, avec 4 arpents de terre, étant alors en bois et buissons, à condition de défricher les dites terres, les labourer et les entretenir, tellement que les dits cens pussent être pris et levez, par chacun an, et que le preneur serait tenu de faire édifier sur le lieu une maison bonne et manable, dans cinq ans prochainement venus. » Ce sont les propres termes de l'acte de cette concession.

Vingt-cinq ou vingt-six ans après, Étienne Prévost disposa de ses biens au profit des Célestins de Marcoussis ; cela ne convint pas à l'amiral de Graville, qui était devenu seigneur de la Roue. Usant donc de son droit féodal, il retira cette terre de Bellejambe, par puissance de fief, et la donna à Richard Hochet, l'un de ses valets de chambre, en récompense de ses services.

Claude Le Maistre, l'un des fils de Geoffroy Le Maistre, prévôt de Montlhéry de 1512 à 1549, voulut acheter cette même terre de la veuve et des héritiers de Richard Hochet ; on la lui faisait trop cher, il préféra l'avoir pour rien, et voici comment il s'y prit : Richard Hochet était étranger et de pays inconnu ; comme tel, il ne pouvait ni tester, ni transmettre son bien, le roi devenait son héritier naturel. Claude Le Maistre fit saisir, au nom du roi, par son second frère, Jacques, procureur du roi, la terre de Bellejambe, et son troisième frère, Pierre, qui était secrétaire du roi, eut l'adresse de se la faire donner par le roi lui-même. Quelque temps après, il la cédait à son aîné, Claude.

C'est ainsi que les Le Maistre devinrent seigneurs de

Bellejambe (1). Pierre Le Maistre, qui l'eut après son frère, laissa en mourant cette seigneurie à sa veuve, Jacqueline de Marle. Cette dame y résidait encore en 1576, et prenait la qualification de : veuve de feu noble homme Pierre Le Maistre, notaire et secrétaire du Roy, et greffier en sa chambre des comptes. A sa mort, son fils Jérôme Le Maistre devint seigneur de Bellejambe. Cette terre relevait alors de la seigneurie de Marcoussis, et nous trouvons dans l'*Inventaire des titres de la châtellenie* mention de l'acte d'inféodation et des aveux suivants : « Inféodation devant Bélot et son confrère, notaires à Paris, le 29 avril 1580, par François de Balsac, seigneur de Marcoussis, à Jérôme Le Maistre, sans doute fils de Pierre, avocat en parlement, demeurant à Paris, de la maison de Bellejambe, paroisse de Marcoussis, consistant en une maison close de fossés, basse-cour, granges, étables, pressoir, jardin, avec 35 à 36 arpents, tant en terres labourables que bois, prés et vignes, assis au dit terroir de Bellejambe. »

Ce Jérôme Le Maistre, d'abord conseiller au parlement, devint plus tard président de la quatrième chambre des enquêtes au parlement ; il eut occasion de rendre quelques services au roi Henri IV, qui, pour l'en récompenser, l'au-

---

(1) En outre de ces trois fils : Claude, Jacques et Pierre, Geoffroy Le Maistre en avait eu un quatrième : Gilles Le Maistre, qui naquit à Montlhéry en 1499, fut nommé avocat général au parlement en 1540, sous François Ier; président à mortier sous Henri II, en 1550, et enfin premier président du parlement de Paris en 1551. Il mourut en 1562, et fut enterré dans l'église des Cordeliers de Paris.

torisa à employer les pierres d'une des enceintes, et de l'une des tours ruinées, du vieux château de Montlhéry pour réparer sa maison de Bellejambe et les murs de ses jardins ; il possédait, en 1614, la ferme du Bouchet, à Marcoussis (1).

Son fils, Louis Le Maistre, conseiller d'État, hérita de la terre de Bellejambe ; mais ses jambes étaient petites et fort grêles, ce qui allait mal avec sa qualification de seigneur de Bellejambe, et prêtait à rire ; pour y obvier, il obtint du roi des lettres patentes par lesquelles il lui fut permis de changer le nom de *Bellejambe* en celui de *Bellejame*, « sans rien innover à la féodalité ny à l'hommage que le seigneur dominant prétendait lui être dus. » C'est depuis ce temps que la terre porte le nom de Bellejame.

Louis Le Maistre fit aveu de sa terre au seigneur de Marcoussis, Léon de Balsac d'Illiers, le 25 juin 1638. Cet aveu renferme quelques indications utiles pour la

---

(1) Il avait pour cousin ce Jean Le Maistre, qui, après la pendaison de Brisson, fut choisi pour président du parlement par les Ligueurs, en 1591. On lui attribue le célèbre arrêt du parlement du 28 juin 1593, par lequel tous les traités faits ou à faire pour l'élévation des personnages étrangers au trône de France étaient déclarés nuls, comme contraires à la loi salique et autres lois fondamentales du royaume. Il contribua à gagner Brissac, gouverneur de Paris, en faveur de *Henri IV*. Celui-ci, lorsque les anciens présidents du parti royaliste eurent repris possession de leur siége, se montra reconnaissant envers Jean Le Maistre, qu'il appelait : Son bon président, en créant pour lui un office de cinquième président, charge qu'il vendit, en 1597, 10,000 écus ; il mourut l'année suivante.

topographie de Bellejame à cette époque; il y est dit que la terre consiste en :

1° Un château et basse-cour environnés de fossés.

2° 6 arpents ou environ de jardin à prendre, depuis l'entrée de la rivière au parc, et tout le long d'icelle, jusqu'à un pont et arcade qui est sur ladite rivière, au bout du jardin et parterre dudit lieu, revenant à la grande porte qui est à la clôture dudit parc. Ce pont existe encore aujourd'hui à l'entrée de la partie du parc livrée à la culture.

3° Une pièce de terre contenant environ 25 arpents, devant le logis dudit Bellejame, tenant d'un bout au chemin Vert, aboutissant à la ferme de Chenanville, et s'étendant jusqu'à la Croix de Bellejame et le long du chemin de Montlhéry à Marcoussis. Cette pièce de terre, qui aujourd'hui est comprise dans le parc, est cette partie qui s'étend depuis les potagers jusqu'à la route, sur toute la longueur du parc, entre la grille de Montlhéry et le chemin de Choinville.

4° 10 arpents, tant en garenne, vignes, terres et cerisaie, situés au Champtier du Houssay, vis-à-vis et au-dessus dudit lieu de Bellejame (1).

Louis Le Maistre affectionnait particulièrement le séjour de Bellejame, aussi en accrut-il notablement l'étendue. Il avait acheté, le 14 août 1643, d'Amador de Laporte, commandeur de Saint-Jean de Latran, 30 arpents de terre et de bois, sur lesquels était située une source

(1) *Inventaire des titres de la châtellenie de Marcoussis*, mss.

abondante appelée *Fontaine de la Flotte*, qu'il fit plus tard réunir à son parc; dix ans après, en 1653, il fit acquisition, du commandeur Jacques de Souvré, de 16 autres arpents de terre labourable. Ces 46 arpents furent alors érigés en fief, sous le nom de *Fief de la Flotte*, il relevait en plein fief de la commanderie du Déluge (1).

Les seigneurs de Bellejame se trouvèrent donc devoir aveu et hommage aux seigneurs de Marcoussis pour le principal de leur domaine, et aux commandeurs du Déluge pour le fief de la Flotte ou de la Fontaine.

Louis Le Maistre mourut le 31 août 1666; il fut inhumé dans l'église du couvent des Célestins, dans le voisinage de la tombe de Henri Pot, porte-cornette du roi Henri IV, qui avait été tué à la bataille d'Ivry.

Louis Henri Le Maistre ou Le Maître, comme on écrivait alors, hérita de son père de la propriété de Bellejame. Le 2 décembre 1706, il fit aveu, entre les mains du marquis Alexandre d'Entragues, pour la partie de son domaine qui relevait purement et simplement de la seigneurie de Marcoussis; savoir : « 1° Le château et basse-cour, fermés de fossés remplis d'eau vive, et environ 6 arpents de jardin, potager et parterre, à prendre depuis l'entrée du cours d'eau des étangs du dit Marcoussis au parc du dit sieur Le Maître, le long du dit cours d'eau, jusqu'à un pont et arcade étant sur le dit cours d'eau, au bout du jardin et parterre du dit lieu, remontant à la porte de fer qui est à la clôture du

_____

(1) *Terrier du Déluge*, de 1747, aux Archives de l'Empire, mss.

dit parc, du côté de Montlhéry, tendant à la Croix de
Bellejame, sur le chemin de Marcoussis à Montlhéry,

« 2° Vingt cinq arpents de terre, ou environ, assis devant le logis du dit Bellejame, tenant d'une part au dit
sieur Le Maître, d'autre au chemin de Montlhéry, d'un
bout au chemin Vert, tendant du Houssay à Chenanville, d'autre en pointe, à la Croix et susdit chemin de
Montlhéry.

« 3° Dix arpents, ou environ, appelés la Garenne, tant
en bois, vignes, que terres labourables, tenant d'une
part au sieur Picot, propriétaire du Houssay et autres,
d'autre part au chemin tendant de la dite Croix (de Bellejame) au Ménil-Froger ; d'un bout du susdit chemin de
ce lieu (de Marcoussis) à Montlhéry ; d'autre part, par le
haut, au bois du marquis de Leuville et autres (1). »

La propriété de Bellejame avait alors environ 95 arpents, tant sur la censive de la seigneurie de Marcoussis
que sur celle du Déluge ; elle se limitait du côté de
Montlhéry au point où l'on voit aujourd'hui la grille de
Montlhéry, et toute la partie comprise entre cette grille
et Guillerville n'y était pas encore annexée. Lorsqu'on
avait construit le mur qui longe la route de Marcoussis à
Montlhéry, il avait fallu abattre la Croix de Bellejame ;
elle fut alors encastrée dans ce mur, près de la grille,
et elle y resta longtemps, jusqu'à la Révolution. Une seconde croix s'élevait de l'autre côté de la route de Montlhéry, à l'angle du chemin du Houssay, c'était la Croix
du Houssay, et le champ qui s'étendait le long de la route

---

1. *Inventaire des titres de la châtellenie de Marcoussis*, mss.

entre ces deux croix en reçut le nom de : Champtier
d'entre les deux croix.

On trouve à la Bibliothèque impériale, aux estampes (1),
une *Veue du chasteau de Bellejame, en Hurepoix*, tel
qu'il était en 1704. Cette vue, assez naïvement dessinée
et coloriée, provient de la *collection Gaignières*; elle
permet de reconnaître que l'habitation actuelle n'est plus
que l'aile latérale nord de l'ancien château. Son entrée
était du côté de Marcoussis, il présentait un corps de
logis principal, avec pavillon au centre, faisant face à
Marcoussis, et auquel on accédait par un perron ; aux
deux extrémités se rattachaient deux bâtiments en aile
de retour, l'un qui est aujourd'hui l'habitation principale,
l'autre dont la ferme actuelle paraît occuper l'emplacement. Les communs étaient un peu en arrière de l'aile
du nord, et le pigeonnier, où l'on voit encore l'ancien pressoir, en indique bien la position. Nous croyons
qu'à l'extrémité de l'aile du sud il y avait une chapelle ;
mais il est certain que dans le voisinage de l'enclos du
parc, du côté de Chenanville ou Choinville, comme on
dit aujourd'hui, il existait encore en 1757 une chapelle
de Sainte-Catherine qui devait à sa proximité de Bellejame d'être appelée Sainte-Catherine *la Jambeuse* (2).
Ce même dessin de la collection Gaignières nous donne
les armes de la famille Le Maître, qui étaient : *d'azur à
trois soucils d'or, 2 et 1.*

---

(1) Voir l'*Iconographie de Marcoussis*. Pièce justificative XVII.
(2) Voir l'abbé Lebeuf, t. IX, p. 284.

Louis Henri Le Maître mourut en 1733, et fut, ainsi
que nous l'avons dit, inhumé dans le chœur de l'église
de Marcoussis. Il laissait ses biens à ses deux filles,
Marie Françoise et Marie Magdeleine; l'aînée fit aveu,
le 15 juillet 1734, entre les mains du marquis d'Entragues, de la partie de ses domaines qui relevait de la seigneurie de Marcoussis, et en 1747, elle renouvela la
même cérémonie entre les mains du commandeur du
Déluge, le chevalier Le Merle de Blancbuisson, pour le
fief de la Flotte (1). Par son testament, en date du mois
de février 1763, cette demoiselle institua pour son héritier
Charles Thomas, marquis de Bullion, colonel du régiment d'Auvergne, son cousin germain. Celui-ci dut prê-
ter, le 14 juillet 1773, foi et hommage à Charles Louis,
comte d'Esclignac, et à dame Élisabeth Marguerite Thérèse Chevalier, son épouse, pour la partie de ce domaine
qui relevait de la seigneurie de Marcoussis, et, en 1775, au
commandeur du Déluge, Edmond Huet, pour le fief de
la Flotte. A la mort du comte d'Esclignac, le marquis de
Bullion voulut soustraire le fief de Bellejame à la mouvance de la seigneurie de Marcoussis; mais, le 2 avril
1781, intervint un arrêt qui maintenait son domaine
dans cette dépendance féodale. Aussi le voyons-nous,
le 4 février 1783, rendre de nouveau foi et hommage
à madame la comtesse d'Esclignac. La superficie de
Bellejame était alors de 102 arpents; savoir : 56 arpents
37 perches de domaine utile, dont 40 arpents 90 perches

---

(1) Archives de l'Empire, *Terrier du Déluge*, de 1747.

en : château, fossés, cour, avant-cour, pièce d'eau, parterre, potager, verger et vignes, composant le manoir seigneurial et la partie du parc enclos, et 15 arpents 47 perches en terres, vignes et bois, dehors et près ledit parc ;
plus les 46 arpents du fief de la Flotte, également compris dans le parc. Ce fut le marquis de Bullion qui augmenta ce même parc de toute la partie qui s'étend depuis
la grille de Montlhéry jusque vers Guillerville, et pour
ce nouveau fief il releva de la seigneurie de la Roue,
de telle sorte qu'au moment de la Révolution, Bellejame
relevait à la fois de Marcoussis, du Déluge et de la Roue.
Ce seigneur prenait d'ailleurs les titres de : marquis de
Bullion, seigneur de Bellejame, de Guillerville, de la
Flotte, de Vaugoulant ; il était alors colonel du régiment
provincial de Blois ; il avait été élu l'un des quatre députés
du département de Corbeil (qui plus tard devint celui de
Seine-et-Oise) ; il fut même syndic communal de Marcoussis. Il mourut vers 1791 ; sa veuve, Pierrette Gabrielle
Petitjean, tutrice de ses trois enfants mineurs, vendit,
alors, le 4 juillet 1792, Bellejame à M. Augustin Dubois.
C'est lui qui fit détruire le bâtiment principal, et l'aile
du sud, du château, et combler les fossés qui l'envi-
ronnaient, le laissant tel que nous le voyons aujour-
d'hui, sans caractère et sans grandeur, n'ayant conservé
de son passé qu'un magnifique salon. A sa mort, en
1819, il laissa cette propriété à son fils Jean Marie Augustin Dubois de Bellejame, qui devint chevalier de Saint-
Louis et maître d'hôtel du roi Charles X. Ce fils avait
été nommé maire de Marcoussis, le 12 mars 1807 ; sauf
une interruption pendant les Cent-Jours, il conserva ces

fonctions municipales jusqu'en 1830. L'année suivante, le 31 décembre 1831, Jean Marie Augustin Dubois vendait le domaine de Bellejame à M. le baron Denniée, intendant militaire. Le baron Denniée ne garda Bellejame qu'une dizaine d'années ; c'est alors que cette propriété fut acquise, en 1841, par M. Joly de Bammeville, aujourd'hui maire de Marcoussis depuis quatorze ans, qui le possède encore.

———oo⋅ʘ⋅oo———

LE HOUSSAY

L E Houssay ne fut dans l'origine qu'une maison bourgeoise de peu d'importance, construite, probablement, au commencement du XVIIIᵉ siècle sur le Champtier, jadis couvert de houx qui lui donna son nom, en face de Bellejame, et au-dessus de quelques masures qui depuis longtemps y formaient un hameau.

Le plus ancien propriétaire dont nous avons retrouvé le nom est Claude Dumoulin, qui en 1650 se qualifiait de sieur du Houssay ; sa veuve, demoiselle Nicole Bachelier, fut inhumée dans le chœur de l'église paroissiale, le 5 septembre 1656.

Parmi ceux qui possédèrent ce petit domaine, nous pouvons citer le sieur Picot, vers 1706, et après lui la

marquise de Tournebeuf, qui en 1747 y séjournait encore.
Mais les beaux jours du Houssay datent de la présidente
de Bretonvilliers, qui fit reconstruire l'habitation, formée
d'un corps de logis et de deux petits pavillons en retour,
regardant vers Montlhéry, l'entoura de jardins en terrasses et y joignit un grand potager.

Cette dame y recevait nombreuse compagnie et y avait
maison montée; elle y mourut à l'âge de quatre-vingt-
neuf ans, en 1750, et son fils, le maréchal de camp Bé-
nigne le Rageois de Bretonvilliers, vendit alors ce domaine à une demoiselle de la Grange.

Cette dernière ne le garda pas longtemps, et le céda à
un sieur Millot. L'habitation fut détruite pendant la Révolution, et de ses débris on construisit les maisons du
Houssay voisines de la route départementale; aujour-
d'hui il n'en reste plus que les murs de clôture des terrasses, des jardins et du potager, avec quelques contre-
forts à demi ruinés. Les jardins et le potager sont
exploités par des cultivateurs.

La maison ou l'hôtel du Houssay est représenté tel
qu'il était en 1780, en perspective, sur le dessin fait à la
main qui accompagne le titre du grand plan terrier de
la seigneurie de Marcoussis, dressé par ordre de la comtesse d'Esclignac, et qui aujourd'hui est la propriété de
M. Francisque Balaï.

LE CHÊNEROND

Nous n'aurons que peu de chose à dire du Chênerond, qui nous paraît remonter aux premières années du XVIᵉ siècle, et avoir été, dès l'origine, ce que nous le voyons aujourd'hui : une ferme avec maison de maître, qui sans doute reçurent le nom du Champtier où on les avait élevées.

Ce domaine relevait directement de la tour de Montlhéry, et resta étranger à la seigneurie de Marcoussis. Le plus ancien titre où il en soit fait mention est une sentence du prévôt de Montlhéry, en date du 9 mai 1586, qui donne acte au procureur du roi de cette châtellenie de son consentement à ce que François de Balsac d'Entragues, comme seigneur de Montlhéry, et non comme seigneur de Marcoussis, prenne par droit de bâtardise et déshérence la succession de la femme assassinée au Chênerond, en faisant néanmoins faire l'inventaire desdits effets par les officiers de Montlhéry (1).

Quelques années après, en 1592, Pierre de la Bussière prenait la qualité de seigneur de Chênerond. Au commencement du XVIIᵉ siècle, cette propriété appartenait à un sieur de Bouville, qui la laissa en mourant à sa veuve, la dame de Courcy ; celle-ci fut inhumée devant

---

(1) *Inventaire des titres du comté et châtellenie de Montlhéry.* Mss.

l'autel de Notre-Dame de Pitié, dans l'église des Célestins. Vient après un bourgeois et marchand de Paris, le sieur Letellier, dont la veuve, Marie Lebloy ou de Bloy, fut inhumée dans le chœur de l'église paroissiale, le 5 septembre 1656.

Il nous faut aller ensuite jusqu'en 1726 pour pouvoir consigner le nom d'un des propriétaires de ce domaine ; il appartenait, alors, à un autre bourgeois de Paris, M. Rulau, qui le vendit, en 1732, à M. Pierre Juliard, écuyer. A cette époque, la principale maison d'habitation était encore entourée d'un fossé, aujourd'hui comblé ; elle se composait d'un seul étage, élevé sur cave ou sous-sol, avec un toit à la Mansart ; le jardin devant l'habitation, qui regarde Montlhéry , ne venait pas jusqu'au chemin qui conduit au petit Ménil, il ne s'étendait que jusqu'à la prairie de la seigneurie de Marcoussis, et la petite garenne, dite du Chênerond, aujourd'hui enclavée dans la propriété, était alors en dehors.

Au moment de la Révolution, en 1790, le fermier du Chênerond était ce Louis Houdon qui fut élu par ses concitoyens procureur-syndic de la commune de Marcoussis, quoiqu'il ne fût pas originaire du pays ; il avait à cette époque trente-sept à trente-huit ans. Après lui, en 1796, le fermier fut Louis Minot. Le Chênerond appartenait alors à M. Chocardelle, qui, le 27 septembre 1812, le vendit à M. Nicolas Henri Nyon ; ce dernier le laissa par son testament à sa fille, madame Moutard-Martin, qui y réunit, par héritage de son grand-père, la ferme de Couard. M. Moutard-Martin, son mari, y ajouta, par acquisition à la vente des biens de M. de la Bonnar-

dière, dernier propriétaire du domaine seigneurial de la
Roue, la ferme de Trou, les bois du Plant, du Parc-aux-
Bœufs, de la Fontaine-aux-Cochons, de la Vente-aux-
Ails, de la Greffière; il fit réparer et augmenter d'un
étage la maison d'habitation, et sut donner une véritable
importance au domaine de Chênerond, qui est aujour-
d'hui habilement administré par madame Moutard-
Martin.

BELÉBAT OU BELLÉBAT

L'ancien chemin de Marcoussis à Orsay, avant d'aller
gagner Frétay, passait autrefois près d'un vallon boisé
qui était voisin du Grand-Parc; on l'appelait le Val de
Gallie. Sur la hauteur qui le domine on construisit, vers
le XVIIe siècle, une ferme dont les terres s'étendaient dans
la plaine, entre Villiers et Frétay. Plus tard, près de la
ferme s'éleva une habitation de maître, qui reçut le nom
de Belesbat, Belébat, que l'on écrit aujourd'hui, à tort,
Bellébat, nom assez fréquemment donné au siècle dernier aux maisons de campagne isolées. Les bâtiments
durent avoir jadis une certaine importance, si nous en
jugeons par le plan qu'en donne la carte des chasses; ils
se composaient d'un grand corps de logis faisant face à
la vallée sur laquelle il avait une vue admirable, avec
deux ailes en retour du côté de la plaine; devant la cour

s'étendait une belle avenue de quatre rangs de beaux ormes, dont deux ou trois subsistent encore.

Nous retrouvons les noms de quelques propriétaires de Belébat dans les registres des anciens curés de Marcoussis : ce sont Gilles Philippe Leforestier, chevalier, seigneur de la Chesnière, qui y mourut le 8 juillet 1711, à l'âge de soixante-trois ans, et fut inhumé dans le chœur de l'église paroissiale; Alexandre Lucas de Belébat, ancien officier du roi, qui y mourut en 1725, à l'âge de soixante-dix ans ; Nicolas Josse, bourgeois de Paris, qui y meurt en 1754; ils furent aussi inhumés dans l'église paroissiale. Ce dernier laissa le domaine de Belébat à son fils, Nicolas Pierre Josse, écuyer, ancien contrôleur des guerres, qui y mourut également, âgé de soixante-onze ans, le 20 mars 1790.

Cette propriété passa ensuite entre les mains de M. Frison, dont la veuve la possède encore aujourd'hui.

LE DÉLUGE

O N ne connaît pas l'origine de ce domaine; il est néanmoins certain qu'il eut de bonne heure des seigneurs particuliers qui, sans doute, comme ceux du voisinage, relevaient de la châtellenie de Montlhéry.

On cite un *Joannes de Dilugio*, qui vivait en 1244; un *Gaufridus de Diluvio*, qui fondait au XIIIᵉ siècle son anniversaire au prieuré de Saint-Éloi, à Paris (1). L'étymologie du nom de ce lieu, est aussi obscure que celle de ses commencements; cependant il se pourrait que ce nom de Déluge lui ait été donné à cause de l'aspect que présentait, du haut de la colline où il est placé, le fond de la vallée, souvent envahi par les eaux à l'époque de la saison des pluies. En effet, la vallée qu'il domine est arrosée par « un ruisseau ou petite rivière qui, grossie par une infinité de sources qu'elle rencontre en son chemin, et par beaucoup de torrents qui tombent des collines opposées dans la plaine, ont fait venir la pensée, pour éviter *le Déluge*, d'y construire des étangs (2)... »

Il est probable qu'un des anciens seigneurs du Déluge l'abandonna aux Templiers; il fut alors démembré de la paroisse de Marcoussis, dont il dépendait, et il compta au nombre des commanderies de l'ordre jusqu'en 1311, époque à laquelle il passa entre les mains des Hospitaliers de Saint-Jean de Jérusalem.

Les Templiers y entretenaient un maire ou *major*, principal officier de l'ordre, auquel on assignait ce domaine pour retraite. Il y vivait avec quelques frères servants des revenus de la terre et des dîmes ou cens qu'il percevait à Montlhéry, à Châtres, à Linas, à Savigny et dans les campagnes voisines. Mais les droits féodaux

---

(1) L'abbé Lebeuf, t. IX, p. 288.
(2) *L'Anastase*, p. 50.

s'enchevêtraient tellement alors les uns dans les autres, qu'ils ne pouvaient guère être exercés sans quelque contestation ; c'est ainsi qu'en 1232 il était intervenu par-devant l'évêque de Paris, entre le maire du Déluge et le chapelain du Plessis-lès-Bruyères (le Plessis Saint - Thomas) un arrangement relativement aux dîmes de Briis-lès-Forges, auxquelles chacun d'eux prétendait.

Ce sont les Templiers qui élevèrent la chapelle qui sert aujourd'hui de grange à la ferme ; elle porte en effet sur son portail à plein cintre, orné de rinceaux chevronnés et de dents de scie, le cachet du XIIe siècle. Sa construction était d'ailleurs des plus simples ; elle forme une seule nef, sans bas côtés, éclairée par des fenêtres longues et étroites, également à plein ceintre, et dont on devine encore aujourd'hui l'emplacement sous le plâtre qui les aveugle. Le principal corps de logis, le château, comme il est dit dans les titres, était à l'est, un peu en arrière de la chapelle de la commanderie. Il paraît avoir été composé d'un gros bâtiment carré, aux murs très-épais, auquel était, sans doute, accolée une tour d'escalier. Dans la cour de la ferme se trouvaient, comme aujourd'hui, des granges, des celliers, et un corps de logis, soutenu au dehors par de lourds contre-forts dont quelques-uns subsistent encore. C'est là qu'habitaient les frères servants, le receveur de la terre, le gardien des bois et les gens subalternes du majorat. L'enclos avait bien moins d'étendue que de nos jours, et à gauche de la porte d'entrée, entre le chemin de Janvry et celui de Marcoussis, une croix qui s'élevait au milieu d'un petit espace fermé de murs indiquait le cimetière de la petite communauté, quelques privilégiés ayant seuls le droit d'être inhumés dans la chapelle.

On ne sait rien de l'organisation intérieure de chacune des commanderies du Temple, ni de ses rapports réguliers avec la maison principale chef d'ordre ; les pièces que l'on retrouve aux archives se taisent sur ce que nous appellerons la géographie de l'ordre du Temple, sur la distribution et l'étendue des domaines des Templiers en France, et sur leur administration intérieure ; il y aurait à ce propos un important travail à faire.

Lorsque après la catastrophe de Jacques Molai, l'ordre du Temple eut été supprimé (1311) et que leurs biens-fonds eurent été attribués aux Hospitaliers de Saint-Jean de Jérusalem, la commanderie du Déluge passa entre les mains de ces derniers et devint un domaine rural que l'on assigna pour retraite à quelque chevalier ayant bien mérité de l'ordre. Il administrait le domaine, percevait les cens, les dîmes, les revenus, et chaque année rendait ses comptes au grand prieur ou au visiteur provincial chargé de les recevoir. Une partie des revenus lui était attribuée pour sa subsistance, celle des frères et des serviteurs qu'il avait près de lui, l'autre était versée dans le trésor de l'ordre. Le commandeur du Déluge ne pouvait vendre ni aliéner aucune partie de son domaine sans l'assentiment du conseil de l'ordre. Il devait compte de ses actes au visiteur et au grand prieur, et à certains jours de l'année il devait se rendre à Paris, au siége de l'ordre, dans la commanderie de Saint-Jean de Jérusalem, plus tard dite de Latran (dès 1474), pour y assister aux synodes ou assemblées générales des principaux officiers de l'ordre.

Comme les chevaliers de Saint-Jean, qui plus tard devinrent les chevaliers de Rhodes, puis de Malte, portaient sur leur armure une tunique rouge, les paysans de la vallée de Marcoussis désignèrent longtemps ceux qui habitaient la commanderie du Déluge sous le nom de *moines rouges*, par opposition aux *moines blancs*, qui étaient les Célestins.

Les Terriers, censiers ou cueilloirs (livres de recettes) de la commanderie du Déluge, qui sont aujourd'hui conservés aux Archives de l'Empire, montrent que cette commanderie possédait des biens ou percevait des rentes et des droits dans les environs, et que les revenus de ce domaine devaient être considérables pour l'époque. Au moment de la Révolution, ils étaient encore de plus de 1,500 livres, pour la part seule du commandeur (1).

---

(1) Ce qui a été sauvé de la destruction des archives de l'ordre du Temple et de celles des Hospitaliers de Saint-Jean remplit aujourd'hui de nombreux cartons aux Archives de l'Empire; mais elles sont mêlées, confondues les unes avec les autres. Il serait important de les classer, il en résulterait beaucoup de lumières sur l'histoire des deux ordres, et sur la topographie des commanderies et de leurs censives dans l'Ile de France, du xiie au xvie siècle.

En ce qui concerne le Déluge, voici les indications que nous trouvons au tome II de la nouvelle édition de l'*Histoire du diocèse de Paris*, par l'abbé Lebeuf, donnée par M. H. Cocheris.

Section administrative, lettre S.

5125. Baux et pièces relatives à la Commanderie du Déluge.
5126. Un Cueilloir du Déluge et de Bruyères le Châtel.

Le Terrier de 1554 fut fait à la requête de religieuse personne frère de Lafontaine, chevalier de Saint-Jean de Latran, commandeur de la commanderie de Chantereine en Brabant et de Saint-Jean de Latran à Paris; il est en très-mauvais état et tombe en poussière de vétusté.

Le Terrier de 1657 fut fait à la requête de Jacques de la Motte Houdancourt, chevalier de l'ordre de Saint-Jean de Jérusalem, commandeur de la commanderie du Déluge, membre dépendant de celle de Saint-Jean de Latran; ce Terrier contient quatre cent trente-sept déclarations.

Le Terrier de 1691 fut fait à la requête de frère Eustache de Bernard d'Avernes, chevalier de l'ordre de Saint-Jean de Jérusalem, procureur et receveur général dudit ordre, commandeur de Saint-Rambourg et de Moisy Fontaine, sous Montdidier, et du Déluge, parce que « quelques-uns des tenanciers de la commanderie lui refusaient de payer les cens, dixmes, coutumes, rentes et droits qu'il avait sur plusieurs maisons, vignes, manoirs, masures, bois, buissons, prés, terres labourables et non labourables et autres héritages, détenus par plusieurs particuliers, tant ecclésiastiques, nobles que

---

5130. Terrier de la Commanderie du Chauffour et du Déluge.

5146 à 5149. Censier et Cueilloir du Déluge et de Linas. 4 vol. in-fol.

5668 à 5674. Terrier du Déluge, en 1554, 1565, 1610, 1657, 1691, 1747 et 1775. 7 vol. in-fol.

5675 à 5676. Terrier du Déluge et dépendances, en 1776. 2 vol.

5116 à 5130. Dans les cartons des pièces réservées, on retrouve de fort anciens titres de propriété du Déluge, des xiie et xiiie siècles.

autres, comme faisant partie de la dite commanderie,
sous prétexte que depuis 1664 il n'avait été fait aucun
Terrier de la dite commanderie du Déluge. » A la fin de
ce Terrier on lit la mention suivante : « Rapporté comme
bon et valable au chapitre provincial tenu le 22 juin 1721
au Temple, et déposé aux archives de l'ordre. » Le double
en fut confié à Claude Machelard, fermier de la recette
des droits, cens, etc., etc., etc., de la commanderie du
Déluge.

Le Terrier de 1747 a été fait à la requête de frère Jean
du Merle de Blancbuisson, chevalier de l'ordre de Saint-
Jean de Jérusalem, commandeur de la commanderie du
grand et du petit Déluge, membre dépendant de la commanderie de Saint-Jean de Latran, parce qu'il craignait
que les droits de la commanderie souffrissent du dépé-
rissement, et que ceux qui en détenaient les biens refu-
sassent d'en faire aveu.

Le mesurage du domaine fut fait les 14 avril 1747
et jours suivants par Denis Bataille, arpenteur royal. Il
est curieux de voir quel était alors l'état des lieux au
Déluge ; nous citons donc, d'après le procès-verbal d'arpentage :

1° Une chapelle et maison seigneuriale, principal manoir de la commanderie, haute cour devant, dans laquelle
est la chambre du jardinier et garde, écurie attenant,
une laiterie nouvellement construite à neuf, poulailler,
jardin derrière, dans lequel il y a arbres nains fruitiers,
petit canal au bout dudit jardin, au levant ; lieux d'ai-
sances ; au couchant, une cave trouvée et découverte
par ledit sieur Chevalier de Blancbuisson en 1733. La-

quelle maison a sa principale entrée d'une grande porte
cochère au levant. Ladite haute cour ayant communication dans la basse-cour par une petite vers le nord, dans
laquelle basse-cour est la maison du fermier bien logeable, écurie, étable, poulailler et un petit jardin au
levant; vers le couchant, tenant à ladite maison du fermier, est un autre petit jardin ; en retour est la grange
au bled, toit à porc, ensuite une bergerie, la principale
porte entre; au retour de ladite bergerie est une mouton-
nerie et une grange à avoine; lesquels logements et bâtiments sont couverts de tuile, le tout clos de murs.

Derrière lesdits lieux est une garenne dans laquelle il
y a arbres fruitiers à la quantité de soixante et quatorze,
à haute tige et plein vent, laquelle garenne tenant au
nord en hache aux murs de closture des lieux sus dési-
gnez, l'autre côté et les deux bouts sont environnez de
fossés. Autour de ladite maison seigneuriale et commanderie du Déluge est une pièce de bois taillis comprenant quatorze coupes, contenant 63 arpents, 91 perches,
221 pieds d'une perche, y compris ladite commanderie,
ferme, cours, jardins que dessus, pasture, vieille futaye,
tenant le total, d'un côté au septentrion à M. de la
Cossière, seigneur de la Roue, au lieu de M. de Marivaux, d'autre côté et d'un bout en plusieurs haches
aux terres de ladite commanderie, et d'autre, vers l'o-
rient, aux bois de réserve.

Suit le détail des terres de la commanderie en 17 articles, le tout présentant un total de 574 arpents, 46 perches.

Suivent en outre trois cent cinquante-trois déclarations.

aveux et dénombrements de ce que doivent et detiennent les possesseurs de terre en la censive de la commanderie à Savigny ou Grandvaux, Arpajon, Montlhéry, Marivaux, Ollainville, Longjumeau, Gravigny, Chevanville, Linois ou Linas.

On voit par ce Terrier qu'il y avait un grand et un petit Déluge. Le grand Déluge n'était autre que la commanderie telle que nous venons de la décrire, le petit Déluge n'était autre que le fief de Baudreville, situé sur le territoire de la paroisse de Gometz-la-Ville (1). Ce même Terrier nous apprend qu'à cette époque Marivaux, qui releva successivement de Montlhéry et de Marcoussis, dépendait au XVIIIᵉ siècle de la commanderie du Déluge. Voici un extrait de l'aveu de 1738 qui fera connaître l'importance de ce domaine : « Le 5 février 1738, Louis Martin, seigneur du fief, terre et seigneurie de Marivaux, situé en la paroisse de Janvry, châtellenie de Montlhéry, fut introduit par François Sansfaçon; domestique du commandeur du Merle de Blancbuisson, dans la salle principale de la commanderie du Déluge, et s'étant le dit sieur Martin mis en devoir de vassal, un genou en terre, nue teste, sans épée ni éperon, a dit et déclaré au dit seigneur, commandeur, qu'il lui porte et fait foy et hommage à cause du fief de Marivaux, mouvant de luy et appartenant au dit sieur Martin et à ses frère et sœur, le dit fief relevant en plein fief de la Terre, Seigneurie et Commanderie du Déluge, consistant en un

_____

(1) C'est aujourd'hui un hameau et une ferme situés à 1,200 mètres au nord-ouest de Gometz-la-Ville.

grand corps de logis couvert de tuiles, appliqué en une
salle basse, chambres hautes, cabinets et autres édifices,
cour haute et basse, deux autres corps de logis, colombier à pied, granges, écuries, bergeries, étables, cellier,
cour et jardin ; le tout clos de mur. Un grand clos planté
en arbres fruitiers, clos de fossés et haies vives, avec
une avenue devant la porte du dit logis seigneurial,
contenant le tout 16 arpents ou environ, à la grande
mesure. »

Ce Louis Martin avait fait bâtir une chapelle dans l'intérieur de la cour principale; c'est lui qui fit clore de
murs le grand clos voisin de la propriété; après sa mort,
sa veuve vendit la terre de Marivaux à « André Haudry
de Soucy, écuyer, conseiller-secrétaire du Roi, maison
et couronne de France et de ses finances, l'un des fermiers généraux de Sa Majesté, seigneur chastelain de
Soucy et autres lieux, » et c'est en cette qualité de nouveau seigneur de Marivaux qu'il rendit foi et hommage
au commandeur de Blancbuisson, le 18 avril 1749.

Un nouveau Terrier de la commanderie du Déluge fut
dressé en 1775 à la requête du dernier des commandeurs
de cette terre : « Religieux frère Edmond Huet, cheva-
valier, magistral de l'ordre de Saint-Jean de Jérusalem,
commandeur de la commanderie du Bourgout et de celle
du Déluge, membre concédé de celle de Saint-Jean de
Latran, grand bailliage de la Morée, à cause de sa dite
commanderie du Déluge, seigneur patron de la paroisse
du même nom, présentateur et collateur du dit lieu, seigneur haut, bas et moyen justicier de Linas, avec la
dame veuve de la Cossière (la dame de la Roue), et le

chapitre Saint-Merry du dit Linas, auquel lieu ils ont en
commun les droits d'Étalonnage des mesures, tant à bled
qu'à vin, et ceux de Rouage, Forage et autres ; le tout
suivant le contrat d'acquisition de la dite seigneurie faite
par frère Jean Bonnet, trésorier de la maison de l'hôpital
Saint-Jean de Jérusalem ; de messire Jean de Soisy, chevalier sire de Brunay, au mois d'avril 1303, dûment
amortie par Philippe IV dit le Bel, et suivant nombre
d'autres titres des années 1299, 1364, 1394, 1396, 1397,
1527, 1528, 1603, 1623, 1635 , faisant les nᶜˢ 1, 2, 4, 5,
6, 7, 8, 9, 17, 18, 19, 21, 23, 26 et 28 de la Liasse 92 de
l'inventaire général de titres de la commanderie de Saint-
Jean de Latran. Et encore le dit religieux frère Edmond
Huet, à cause de sa dite commanderie du Déluge, seigneur de différents fiefs et seigneuries, situés à Chevanville paroisse de Marcoussis, Marivaux paroisse de
Janvry, Ollainville paroisse de Bruyères-le-Châtel, Bellejambe et la Flotte paroisse de Linas, Grandvaux paroisse de Savigny-sur-Orge, Longjumeau, Montlhéry,
Arpajon, Baudreville, dit le petit Déluge, paroisse de
Gometz-la-Ville et autres lieux (1). »

Nous n'avons cité ce long préambule que pour faire
voir quelle était encore l'importance de la commanderie
du Déluge au moment de la Révolution. Il existe aux
Archives de l'Empire, section des plans, un plan de la
censive du Déluge dans la paroisse de Linas ; il montre
que toute la partie de ce bourg comprise entre la tour

_____

(1) Terrier de 1775, anx Archives de l'Empire

de Montlhéry, la route d'Orléans et la rivière de Salmouille dépendait, en censive, de la commanderie.

Parmi les feudataires du Déluge à cette époque (1775),
il ne faut pas omettre Maximilien, Mériadec de Rohan,
archevêque de Bordeaux, grand prévôt de Strasbourg et
seigneur d'Ollainville ; il devait aveu, foi et hommage au
commandeur pour le domaine dit de Bizon, comprenant
180 arpents de terres et bois et 3 arpents de prés encla-
vés dans son parc d'Ollainville, dont ils faisaient la ma-
jeure partie.

En 1776, le commandeur Huet fit faire deux nouvelles
copies du Terrier de 1775; elles sont toutes les deux aux
Archives de l'Empire. Voici le relevé détaillé des articles
qui composaient le domaine même du Déluge :

	Arp.	Perch.	Pieds.	Pouc.
Le chef-lieu, comprenant le château et les bâ-timents adjacents, fermes, cours, jardins. .	2	34	15	8
Terres labourables.	424	23	19	9
Prés.	17	88	5	10
Bois.	146	6	11	7
Friches.	4	21	8	5
	594	80	3	3

En même temps qu'il avait fait faire le Terrier, le
commandeur Huet avait fait procéder à un nouveau
bornage des terres du Déluge, à cause des contestations
qui s'élevaient continuellement entre ses receveurs et
ceux des châtellenies de Marcoussis et de Bruyères-le-.
Châtel. Ce bornage est encore, en partie, celui de la
propriété actuelle. Au mois d'octobre 1790, le commandeur Huet était encore au Déluge, car il y signa le bail

de la ferme, qu'il concédait pour neuf années à Claude Paupe, moyennant la somme de 2,800 livres par année. La ferme comprenait alors, en outre des bâtiments d'exploration, 193 arpents 73 perches de terre labourable, et 77 perches de prés.

Ce sont les commandeurs de Saint-Jean qui firent construire la sacristie au nord du chœur de l'ancienne chapelle des Templiers, et plus tard, lorsque le zèle religieux se fut refroidi, que la commanderie du Déluge ne fut plus qu'un domaine rural, cette sacristie servit de chapelle. C'est du moins ce que rapporte l'abbé Lebeuf : « La chapelle, qui étoit grande, sert aujourd'hui de grange, et l'on n'a réservé que la sacristie pour servir de chapelle, où l'on célèbre les dimanches et fêtes. On y voit encore une tombe, sur laquelle on croit apercevoir le nom de *Rogerius*, en gothique (1). »

Aujourd'hui le domaine du Déluge, composé d'une maison d'habitation, avec jardins et petit parc, d'une ferme, de terres labourables et de bois, forme une des plus importantes propriétés de la commune de Marcoussis, et appartient à M. E. Héluis. L'ancien château a été démoli pour faire place à une belle habitation moderne, mieux appropriée aux habitudes de notre époque. Aux jardins on a joint le petit bois qui, vers le sud, avoisinait la propriété, et la vieille chapelle sert toujours de grange. L'artiste et l'archéologue s'arrêtent encore pour admirer son portail du XIIe siècle. L'ancienne sa-

---

(1) L'abbé Lebeuf, t. IX, p. 289.

cristie sert de remise, mais elle conserve encore ses voûtes
à ogives et ses grandes fenêtres à meneaux trilobés, et,
si l'on n'y retrouve plus la pierre tumulaire dont parlait
l'abbé Lebeuf au siècle dernier, du moins il en existe
deux autres : l'une, de 2 mètres environ de hauteur,
sur 1 mètre de largeur, représente un personnage civil
du XIIe ou du XIIIe siècle, sans barbe, les cheveux longs,
couvert d'un manteau à capuchon, et coiffé d'un chaperon ; il est figuré les mains jointes. L'inscription qui en-
toure l'arcade ogivale qu'il occupe, est incomplète et ne
permet de lire à sa gauche que ces mots : M.LEHERI
SCRIPTORIS, et à sa droite : DVMEIS..., en caractères
gothiques, avec une date fruste ; c'était, sans doute,
la tombe de quelque greffier de la châtellenie de Montlhéry. L'autre pierre est un fragment de 75 centimètres
de longueur sur 62 de largeur ; c'est la partie inférieure
d'une pierre tumulaire dont le champ ne présente plus
aucune trace de gravure, mais sur les trois côtés de laquelle on lit, en belles capitales gothiques du XIIe siècle :

FRATRI....... MITES ET AMICI,

que l'on peut interpréter :

Au frère N. ses compagnons et ses amis.

Mais l'objet le plus remarquable, souvenir de l'ancienne commanderie, qui mérite l'attention des archéo-
logues et des sygillographes, est sans contredit le sceau
retrouvé en 1858, par M. E. Héluis, au milieu de menus

débris de construction enfouis en terre, dans la partie de l'ancienne commanderie, aujourd'hui convertie en potager.

Ce sceau, qui, sans doute, est celui de l'un des anciens commandeurs du Temple, est très-bien conservé ; il a 4 centimètres de longueur sur 3 1/2 de largeur ; sa forme est ogivo-elliptique ; il est en cuivre, le revers est très fruste, et à la tête on reconnaît encore l'amorce de l'anneau en cuivre qui le rattachait à la chaîne destinée à le porter. Il représente une main droite tenant une tige terminée en haut et en bas par deux fleurs de lis, qui s'opposent l'une à l'autre ; sur les rameaux de cette tige reposent deux colombes se faisant face, et autour du champ, on lit l'inscription suivante :

✠ S.FRATRIS. NICOL.—AI. DE AV DELVGIA

Peut-être faut-il interpréter le DE par *DECANI ;* on aurait alors pour la traduction :

✠ *Sceau du Frère Nicolas, doyen au Déluge.*

Ce sceau nous paraît remonter au XIIe ou au XIIIe siècle. C'est une pièce unique, et, à cause de cela, précieuse pour la sygillographie historique. Une empreinte en a été communiquée à la Société des antiquaires de France par M. H. Cocheris, dans la séance du 23 novembre 1865 ; cette savante compagnie l'a jugée digne d'être gravée dans son *Bulletin*, et c'est avec son autorisation que nous la reproduisons ici, en remerciant M. E. Héluis d'avoir bien voulu mettre l'original à notre disposition pour le communiquer à M. H. Cocheris.

Les bois du Déluge, qui sont d'ailleurs toujours très-bien entretenus, offrent aux promeneurs d'agréables promenades. A l'extrémité du domaine, vers le nord-est, on a élevé un petit pavillon rustique, d'où l'on jouit d'une vue étendue sur la vallée, sur Montlhéry et sa vieille tour, et d'où le coup d'œil va se perdre sur les coteaux de la Seine et les derniers horizons de la forêt de Sénart.

LA RONCE

L A Ronce est, sans contredit, un des lieux les plus anciennement habités de la vallée de Marcoussis, et jusqu'à la Révolution, ce domaine conserva le titre de terre et seigneurie.

« De tous les membres et parties qui composent le corps entier de cette chastellenie de Marcoussis, écrit l'auteur de *l'Anastase*, en son huitième chapitre, *la Ronce* me paroist le plus ancien, car je trouve par mes recherches que c'étoit un petit domaine qui avoit ses seigneurs particuliers, dont les noms de quelques-uns ont été marquez dans un obitaire, ou vieux cahier des *obits*, fondez en l'église et paroisse de Marcoussy, qui a plus de cinq cents ans d'antiquité ; il est fait mention dans ce cahier de l'obit, c'est-à-dire du temps du deceds de Thomas de la Ronce, qualifié de chevalier, qui décéda le dix-neuvième jour d'avril, sans autre marque de chronologie. Dans un autre article du même cahier, il est fait mention expresse que l'an de Nostre Seigneur 1287, la vigile de Noël, trépassa Jehanne, dame de la Ronce, laquelle donna au curé dudit lieu de Marcoussy 40 sols parisis, pour célébrer, tous les ans, une messe à son intention ; il y a grande apparence que cette dame de la Ronce étoit femme du chevalier susdit : il y est aussi fait mention d'un Simon de la Ronce, père de Perrin Escuyer, et de Berthe, sa femme, en des actes postérieurs qui sont de l'an 1298 et de 1350. Ces personnes remarquables, et de noble race, avoient une assez jolie habitation en cette petite seigneurie, appelée, selon la coutume du temps, Hôtel de la Ronce ; cet hôtel contenoit en premier lieu un corps de logis joignant iceluy pour le fermier, avec bergeries, étables, granges ; le tout couvert de tuiles, et accompagné d'une grande cour à hauts

murs, avec puy, jardin, et places aux environs, contenant en tout trois arpents, et en terres labourables plus
de 140 arpents déclarés dans les aveux : je ne sçaurois
dire au vray en quel temps cette terre a été unie et in-
corporée à celle de Marcoussy, mais il est constant
qu'elle y étoit annexée avant la donation que l'évêque
d'Auxerre, messire Ferry Cassinel, fit à Jean de Montagu, son nepveu, de cette seigneurie (1). »

Depuis Jean de Montagu, le domaine de la Ronce resta
toujours incorporé à la seigneurie de Marcoussis, ainsi
qu'il résulte des aveux que nous avons reproduits ; mais
ce n'était plus qu'une ferme. Jeanne de Graville, dame
d'Amboise, qui avait épousé en secondes noces le sire
d'Illiers, ayant eu à se plaindre de la conduite de son
mari à son égard, fut obligée de le quitter ; elle vint alors
chercher un refuge momentané à la Ronce, d'où elle se
rendait, à pied, par quelque temps qu'il fît, dans l'église
des Célestins pour y assister aux offices. Au moment de
la Révolution, ce n'était plus qu'une ferme de laquelle
dépendaient 120 arpents environ de terres.

Lors du partage de la succession de la comtesse d'Esclignac, la Ronce devint, avec les bois voisins et la
queue du grand étang, le lot de Louise Maxime de Puységur, épouse du comte Vidar de Saint-Clair ; sa fille
porta ce domaine en dot au marquis de Salperwick. A la
mort de cette dame, le comte de Salperwick, son fils, en
hérita ; il mourut lui-même avant son père : ce dernier

---

(1) *L'Anastase*, p. 101.

racheta alors la ferme de la Ronce et les biens qui en dépendaient. A son décès, en 1851, ces biens furent acquis par M. Balaï de la Bertrandière, qui les a laissés, en 1863, à son neveu et gendre, M. Francisque Balaï, qui les possède encore aujourd'hui.

Les bâtiments de la ferme de la Ronce ont été relevés et reconstruits il y a quelques années par M. Latour, architecte, qui y a joint une habitation de maître, flanquée d'une tour, du sommet de laquelle on jouit d'une vue admirable sur les fonds de la vallée de Marcoussis.

PIÈCES

JUSTIFICATIVES

PIÈCES JUSTIFICATIVES

I

*Charte de Fondation du Prieuré de Fontenelles
ou de Saint-Vandrille, de Marcoussis.*

In nomine Sanctæ et individuæ Trinitatis.

Ludovicus, Dei gratia, Francorum Rex, à Regiæ Majestatis
autoritate exigitur, ut ipsius facta, nullius antiquitate temporis,
seu aliquorum malignantium incursu debilitari valeant vel cas-
sari; indé est quod notum facimus universis, quod ad potitio-
nem Aufredi Abbatis S. Vuandregesili dilecti nostri, aliquà quæ
longis ante nos temporibus Ecclesia Sancti Vuandregesili cum
suis membris sicut chartæ quasi jam nimia vetustate consumptæ
testantur et nostro tempore bene et pacifice dignoscitur ha-
buisse, eidem Ecclesiæ in puram et perpetuam Elemosynam donamus et nostra autoritate ac Regii nomini subtus annotato
caractere confirmamus; videlicet ex largitione Hildeberti invictissimi quondam Regis Francorum, in Episcopatu Parisiensi Al-
picum, et Ecclesiam cum tota decima et Visinionolum ac De-

21

mononualem et dimidium viciniacns ac decimam Villiolis-cortis, et in Marolio census et decimam vinearum, MARCOV-CHIES et Ecclesiam cum decima, Hospitibus, liberum insuper transitum Baccorum dictæ Ecclesiæ, seu navium, vina aut aliqua deferentium ad usum Monachorum per Sequanam ab omni consuetudine et exactione in eundo et redeundo quantum se extendit iustitia nostra ut autem dicta Ecclesiæ præmissa omnia firma et inviolabilia in perpetuum teneat, præsentem chartam sigilli nostri impressione fecimus roborati.

Actum publicè Pontesiæ, Anno Incarnati Verbi 1177, astantibus in Palatio nostro quorum nomina subposita sunt et Signa.

Signum Comitis Theobaldi Dapiferi. Signum Radulfi Constabularii. Signum Guidonis Buticularii. Signum Reginaldi Camerarii. Datum vacante Cancellaria.

(*L'Anastase*, p. 137.)

II

Acte de reconnaissance de l'an 1201 portant confirmation des donations faites au prieuré de Saint-Vandrille, par quelques seigneurs de Marcoussis.

Omnibus Christi fidelibus ad quos præsens scriptura pervenerit.

Odo Dei gratia Parisiensis Episcopus æternam in Domino salutem, universa negotia mandata litteris aut voce testimonium ab utraque parte trahunt immobile firmamentum, sciant igitur omnes presentes et futuri quoniam Dominus *Lestardus de Marchocies* ad visitandum Domini Sepulchrum iter arripuit pro

Dei amore, et pro animæ suæ et antecessorum suorum salute ;
dedit et concessit liberè et quietè Abbatiæ Sancti Vuandregesili et Monachis ibidem Deo servientibus in perpetuam eleemo-
synam, censum et prefforagium duarum vinearum quæ sunt
in Valle *Héroart*, et omnes redditus integre ad illas pertinentes.
Ysambertus miles dedit eisdem Monachis quoniam se Deo et
Abbatiæ jam dictæ, condonavit idem de vero Petrus et Herveus
fratres jam dicti *Lestardi* condonavere eidem Abbatiæ vineam
Lestardi predictis Monachis in perpetuum pro Dei amore libe-
ram et quietam, etc....

Actum est hoc Parisiis in Domo nostra anno ab incarnatione
Domini MCCI vigilia Apostolorum Petri et Pauli feliciter.

(L'Anastase, p. 138.)

III

Aveu et Dénombrement rendu au Roy, le 18 juillet 1367,
par Guillaume Des Préaux ou Despréaux, chevalier,
seigneur de Marcoussis.

Aveu et dénombrement rendu au Roy, le 18 juillet 1367, à
cause de son château de Montlhéry, par Guillaume Despréaux,
chevalier, seigneur de Marcoussis.

1° De l'hôtel appelé la Motte de Marcoussis, avec le clos qui en-
toure ledit hôtel.

2° Le parc devant ledit hôtel, clos de murs, contenant 48 arpents.

3° 20 liv. 12 d. parisis de menus cens, ou environ, dus à plusieurs époques.

4° 13 droitures 1/2, ou environ, dues à Noël sur héritages au terroir de Marcoussis.

5° 14 arpents de terre labourable au terroir de Marcoussis, dépendant de l'hôtel de la Motte.

6° Sept arpents et demi de prés, sis près de Marcoussis.

7° 390 arpents de bois en plusieurs pièces, aux environs de Marcoussis.

Savoir : le Grand Fay, 126 arpents ; le bois Fayel, 45 arpents ; le bois de la Sautelaye, 45 arpents ; le bois de la Briche, 13 arpents ; le bois de la Boissière, 14 arpents ; le bois de dessus Vaularon, 38 arpents.

8° Les deux tiers de 80 arpents de bois appelés le bois des Molières, dont la troisième part appartient au seigneur de Gometz-le-Châtel (Saint-Clair).

9° La haute, moyenne et basse justice en ladite ville de Marcoussis.

Fiefs mouvants desdites seigneuries de Marcoussis, Broellet, Boissy et Egly. De 10 à 19.

Justice de Nozay :

20° Le fief tenu par Pierre de la Neuville, chevalier, appelé Nouzay duquel dépendent tous droits de haute, moyenne et basse justice, plusieurs cens, rentes, droitures et bois qui fut à Henriet de Repenty.

21° Un autre fief en ladite ville de Nouzay qui fut à Regnault des Frênes.

22° Le fief de l'Ourme de Marcoussis, tenu par la vicomtesse du Tremblay.

23° Le fief de la rente tenu par Bernard de Montlhéry.

24° 20 liv. parisis de rente à prendre sur les héritages de Louis

Chauveau à Marcoussis et ès environs, tenu en fief par les hoirs Galleran Hervy.

25° Trois fiefs tenus audit lieu de Marcoussis par ledit M° Loys.

26° Le Menil Frogier que tient Jean le Courtillier.

27° Un autre fief sis à Villiers-sous-Nouzay que tient Oudinet de Sens.

28° Le fief de Vau de Varilles, tenu par les hoirs Jean de Saint-Yon.

29° Le fief de Vaularon, tenu par Jean de Duyson.

30° Le fief tenu par Audry de Villefeux, sis à Marcoussis.

31° Le fief de la Maison-Rouge, sis à Marcoussis, tenu par Pierre Marcel.

32° Le moulin de Bescherel, assis à Marcoussis, tenu par Jean Audry.

33° Un autre fief tenu en la ville de Marcoussis, tenu par Rignault Guérard.

34° Un autre fief que tient Guillaume Bellejambe près de Chenanville.

Et un autre, tenu par Jean de Hangest, près de Chenanville.

35° Un autre fief, tenu par Jean de Ver, à Villiers-sous-Nouzay.

36° Un autre, assis à Marcoussis que doit tenir Jeanne la Nicolle.

37° Item, à cause de ce que ledit Despréaux avouant tient du roi un fief à Broellet tenu par Simon Billet et Robert Saudreville.

38° Cinq autres petits fiefs assis aux environs de Saint-Chéron qui ne valent pas 6 liv. de rente ou environ.

Extrait fait à la Chambre des Comptes le 25 mars 1537, à la Requête de Jeanne de Graville, dame de Marcoussis.

(Inventaire général des titres de la châtellenie de Marcoussis. Tome Ier. Mss.)

IV

Aveu et Dénombrement rendu au Roy, le 30 septembre 1386, par la veuve de Bernard, seigneur de Marcoussis.

AVEU ET DÉNOMBREMENT, passé devant Jean de la Noë et Pierre de Montigny, notaires au Châtelet de Paris, le 30 septembre 1386. Rendu au Roy par D^elle Jeanne Pisdoé, veuve de sire Bernard de Montlhéry, de la moitié d'entre autres terres et seigneuries, celle de Marcoussis, consistant :

1° En un château et parc clos de fossés d'eau.

2° En un grand jardin et aulnois autour dudit château, clos de murs contenant 20 arpents ou environ.

3° Une garenne devant la porte du château, close de murs contenant 48 arpents de bois.

4° 28 arpents de pré et de 100 arpents, ou environ, de bruyères et gâtines.

5° 25 arpents de bois tenant aux murs de la garenne.

6° 40 arpents de bois, lieu dit la Châteigneraie.

7° 14 arpents de bois, lieu dit La Briche.

8° 38 arpents de bois, lieu dit le Vieux Parc.

9° 158 arpents de bois, lieu dit le Grand Fay.

10° Les deux parts indivis avec le seigneur de Gometz-le-Châtel en 108 arpents de bois, lieu dit les Molières.

11° De 52 arpents et 1/2 de bois, lieu dit le Fayau.

12° 135 arpents de bois, lieu dit la Sautelaye.

13° 14 arpents de bois, lieu dit le Buisson-Rond.

14° 23 arpents et demi de terres labourables en plusieurs pièces et divers champtiers, notamment à la couture de Beauvais.

15° Six arpents et demi de pré, lieu dit les Nouës.

16° Les trois parts indivis avec les enfants Pierre de Bouafle, en 4 arpents de prés à Baudry, et 75 perches de pré à la Mothe.

17° 15 liv. 6 s. 4 d. demi-pite de différentes redevances échéantes à divers jours.

18° 12 droitures, valant chacune : 3 mines d'avoine, un minot de froment, 2 chapons, 2 pains de 15 : ou septier et deux deniers d'abreuvage.

19° La maison de la Ronce, cour, grange, colombier et dépendances, et une grande quantité de terres, prés, aulnois et menus cens dépendant de ladite maison et réunis à ladite seigneurie de Marcoussis.

20° La moitié de toutes hautes justices, moyenne et basse, et droits en dépendant èsdits lieux et autres énoncés audit acte.

La moitié de tous les fiefs cy-après, mouvants de Marcoussis :

1° Le fief tenu par Jean de la Neuville, contenant la ville de Nozay et la ville du Bois, avec la haute juridiction, moyenne et basse, — 66 arpents de terre, ou environ, — 130 arpents de bois en deux pièces, — 16 liv. 18 s. 8 d. pour la dixme de 14 arpents de terre, 10 arpents de vignes, — 4 droitures 3/4 dépendantes dudit fief, et deux arrière-fiefs tenus dudit Nozay, l'un par Rénier Menet et l'autre par Adam de Marne.

2° Un fief tenu par Yvon Pennel et Gallerand de Montigny, sis à Marcoussis, contenant 5 maisons ou masures, avec 300 arpents ou environ de terres et friches, droitures, cens, prés, aulnois et autres dépendances.

3° Un fief tenu par Jean de Duyson, lieu dit Vaularon, contenant un hôtel appelé l'hôtel de Vaularon, — 29 arpents d'aulnois en plusieurs pièces, — 102 arpents, un quartier

de terre, y compris les hayes et buissons, — et un arrière
fief tenu par Clément de Villepereux, consistant en 4 livres
parisis de menus cens, vente et justice foncière.

4° Un fief tenu par Pierre de Bouafle à Marcoussis.

5° Un autre fief audit lieu, tenu par Jean Lucas.

6° Un autre fief tenu par Guyot de Forges, à Villiers, près Nozay.

7° Un autre fief tenu par la dame de Ver et Guillaume Bruyant,
consistant en terres et menus cens, audit lieu de Villiers.

8° Un autre fief que tient Jean Audry à Marcoussis, consistant
en champart, sur 45 arpents un quartier de terre.

9° Un autre fief tenu par Laurent Dure, consistant en bois et
censives audit Marcoussis.

10° Un autre fief tenu par Jourdain le Vannier, audit Marcoussis.

11° Un autre fief tenu par Millot de Lyons, contenant 13 arpents
de bois en pièces.

12° Un autre fief, sis à Marcoussis, qui appartient à Denise
Dubuisson, réuni faute d'homme, contenant 22 arpents de
terre.

13° Un fief sis à Marcoussis, tenu par le vicomte du Tremblay,
contenant une masure close de fossés, 50 arpents de terre
en prés et aulnois.

Tous lesquels 13 fiefs ci-devant détaillés ont été, depuis ledit
aveu, réunis et incorporés à ladite seigneurie de Marcoussis.

14° Un fief tenu par Gillet Vinot, contenant 4 demeures en la ville
de Breuillet, avec la moitié de la haute justice, moyenne et
basse, — 170 arpents de bois, — la moitié d'une garenne
au lieu de Saint-Nicolas de Moncouronne, avec une quantité de prés, aulnois et censives.

15° Un autre fief tenu par Lebreton de la Bretonnière, contenant
80 arpents de bois en plusieurs pièces.

16° Un fief tenu par Messire Yon de Maintenon, autrement dit
le Borgne de la Queue, contenant la place d'une demeure à

Guiserré, 2 arpents de jardins, 9 liv. 15 s. 7 d., 7 arpents de terre, 4 arpents 25 perches de vignes et 4 arpents 25 perches de prés.

17° Un fief que tient Jean le Courtillier, appelé le Ménil-Frogier, contenant un hôtel, cour, colombiers et jardins, — 100 arpents de terre et 2 arpents de pré.

18° Un fief assis en la ville de Coucheray, au comté d'Étampes, contenant 55 sous de menus cens, tenu par messire Liger d'Orgessy.

19° Un autre fief au même lieu de Coucheray, tenu par plusieurs personnes en plusieurs places.

Copie en parchemin de l'original, collationnée et délivrée le 6 septembre 1574.

(*Inventaire général des titres de la châtellenie
de Marcoussis.* Tome Ier. Mss.)

—◇◇—

V

*Lettres de fondation du Monastère des Célestins
de Marcoussis.*

A tous ceux qui ces présentes lettres verront, Guillaume seigneur de Tignonville, salut, etc., etc. Scavoir faisons que, par devant Gilles Havage et Jean le Bonnieux clers notaires du Roy nostre Sire au Chastelet de Paris (1), furent présens nobles et

---

(1) Simon de la Motte donne aux notaires d'autres noms, ceux de Jean Closier et André le Preux. — Voir le *Manuscrit*, chap. VII.

puissantes personnes Monseigneur Jean, Seigneur de Montagu et de Marcoussy, Vidame de Laonnais, Chevalier, Conseiller et Souverain maistre de l'Hostel du Roy nostre Sire, et madame Jacqueline de la Granche, sa femme, à laquelle ledit Seigneur son mary donna et octroya plein pouvoir, licence et autorité de faire passer et accordé ce qui ensuit, etc., etc.

Lesquels Seigneur et Dame, meuz de dévotion, considérans que le pèlerinage et les biens temporels et mondains de cette vie transitoire sont ordonnez de Dieu, qui tous biens a prestez, remémorans et aussi considérans les très-grands biens et honneurs qu'ils ont eu et receus du Roy Charles et de la Reine Jeanne de Bourbon, dernièrement trépassée, du Roy Charles nostre Sire et de la Reine Isabel de Bavières, qui à présent sont et de toute la très-noble lignée et Maison de France, et en honneur, louange et révérence de Dieu le Père, le Fils et le Saint-Esprit, un Dieu vray et Sainte Trinité, et de la glorieuse Vierge Marie Nostre-Dame sa mère, de Messieurs Saint Jean Baptiste et Évangéliste, et de Messieurs Saint Jacques, grand et petit Apostres, et de tous les benoists Saints et Saintes de Paradis : Et pour avoir Messes, Prières et autres biens faits spirituels perpetuelement pour lesdits Rois Charles et la Reine dernièrement trépassée, et pour le roy Charles nostre Sire, leur fils, et pour ladite Reine, qui à présent sont nos Seigneurs et Dames, leurs enfants les rois Louis....... et de Navarre, Monseigneur le duc d'Orléans, Monseigneur le duc de Bourgogne et nos autres Seigneurs et Dames de France, lesdits Monseigneur de Montagu et de Marcoussy, Madame Jacqueline sa femme, leurs enfans et leurs frères, et tous leurs prédécesseurs et successeurs soient toujours plus participants en toutes les Messes, Prières et Oraisons qui ont été et seront faites par les Religieux dudit Ordre : Ont voulu, ordonné et disposé, lesdits Seigneur et Dame veulent et ordonnent à l'aide de Dieu, par ces presentes, un monastère, église et habitation convenable pour un couvent d'un Prieur et de douze

Religieux dudit Ordre des Célestins, être fait, construit, édifié et établi à l'honneur et au titre de la benoiste et glorieuse Trinité au lieu et place ja commencé et édifié audit lieu de Marcoussy, assez près du Chastel et Parc dudit lieu, lequel lieu et place lesdits Seigneur et Dame pour ces causes ont donné, quitté, cédé et transporté à Dieu, à Sainte Église, au dit Ordre, Religion, au Provincial d'icelle, au Prieur et Frères qui seront mis et ordonnez par le dit Ordre au dit lieu pour être tenus, habitez et possédez par iceux Religieux comme amortis pour y faire le Service Divin et pour la sustension d'iceux Prieur et douze Religieux; les Oblats et serviteurs et autres dévotes personnes que Dieu y enverra; leur ont donné et donnent par ces présentes, à toujours et perpétuellement, toutes les choses qui s'ensuivent; c'est à scavoir: Oziers en Brie; Villesauvage en Beauce, etc., etc., sans rien excepter, plus à plein declarez ès Lettres et Titres des acquisitions d'iceux lieux. Item les dits fondateurs ont voulu et ordonné, veulent et ordonnent que le dit monastère, édifice et clôture d'iceluy soient faits et parfaits selon ce qu'ils ont commencez, suffisamment garnis de Livres, Vêtemens et Ornemens, Calices et Joyaux d'église, et tellement que les dits Religieux puissent demourer au dit monastère, convenablement faire le Service Divin de Jour et de Nuit aux heures ordonnées et accoutumées et telle qu'à leur ordre appartient. Seront tenus les dits Religieux et leurs successeurs faire deux Obits aux Anniversaires solennels chacun an perpétuellement pour le salut des âmes des Rois, Reines et autres Seigneurs et Dames dessus-nommez, parens, amis, prédécesseurs et successeurs à tel journée comme les dits Fondeurs iront de vie à trépassement : Et afin de mémoire perpétuelle de toutes les choses dessus dites. Seront tenus iceux Religieux de les écrire et enregistrer en un livre et Martyrologe qui sera pour le monastère et église du dit lieu de Marcoussy, et afin de plus grande assurance veulent les dits Fondeurs qu'en temps de guerre qui pourraient survenir que la Chapelle

étant au dit Chastel avec la tour prochaine et autres lieux contigus leur soient baillées et délivrées pour s'y retirer, habiter
avec leurs Ornements, Reliques et y faire le service divin accoû-
tumé : Et promirent les dits fondeurs et chacun d'eux par les
serments et par la foy de leurs corps..... obligèrent quand à ce
lesdits Fondeurs tous leurs biens, etc., etc., renoncèrent etc., etc.
En témoin de ce Nous la Relation desdits Notaires, avons mis
le scel de la Prévosté de Paris à ces Lettres passées et accordées
le vendredy 21 jour de May, l'an mil quatre cens et six.

(L'Anastase, page 141.)

VI

*Liste des Livres de la Bibliothèque de Marcoussis
donnés par le Dauphin, duc de Guyenne, à la Bibliothèque du Roi, le 7 janvier 1409.*

*Ce sont les liures que noble 2 (1) puissant pce monss^r le
duc de Guyenne, aïnsné filz du Roy Charles Vj^e de ce nom
Roy de France, a enuuoyez en la librarye du Roy ñre dit
seignr au Louvre, P. maistre Iehan Daussonual, confesseur
2 maistre descolle de mon dit seigñr de Guyenne, et lesquelz
ont este recuz 2 mis en la dict librarye P moy Gilet Malet,*

---

(1) Ce chiffre **2** est pour la conjonction *et.*

maistre d'ostel du Roy ñre dit seignñr 2 garde de la dict librarye, le VIme jour de jenuier mil iiij^e et nuef (1).

911. Une Bible en Fñcois, eu t gñt (2) volume, couute (3) dune chemise de soie a queue, a ij fmoers (4) darg' a testes dorées.

912. Josephus, escpt en fñcois, en lre de note, couut de veluyaux (5) azure, a ij fmoers de cuiure dorez, tissuz de soie.

913. Titus Liuius, en fñcois, en ts grant volume, couurt de cuir, q autfoiz fu au Roy, a ij fmoers darg', esmaillez a fleurs de liz, ts bn ystorié (6) 2 escript.

914. La première Ptie (7) de la Cite de Dieu, en fñcois 2 liure de note, couut de cuir a empraintes, a ij fmoers de laton (8).

915. Laut Ptie Preillemet escpte en fñcois, et aussi couut 2 ij telz fmoers.

916. Le liure des Ppités (9) des Choses, en françois, escpt de ltre de note, couut de cuir a empraintes, a ij fmoers darg' des armes de Montagu, pauant gñt maistre dostel du Roy.

917. Ouide, Metamorfoseos, en fñcois, de lre de note, couurt de cuir a empraintes, a ij fmoers de Laton.

918. Un Greel (10) p' une eglise, note, 2 count de cuir a queue, a ij fmoers de laton.

919. * Ethiques en Fñcois, 2 lre de note, couut de cuir a empraintes, 2 ij fmoers de laton.

920. Les Pblemes (11) Aristode, escptes de lre de note, couut de cuir a empraintes, 2 ij fmoers de laton.

921. Regnart ryme, escrpt de lre de note couut de cuir a empraintes, 2 ij fmoers de laton.

---

(1) Il faut entendre 1410, l'année commençant à Pâques. — (2) Très-grand. — (3) Couverte. — (4) Fermoirs. — (5) Velours. — (6) Très-bien historié, orné d'images peintes. — (7) Partie. — (8) Laiton. — (9) Propriétés. — (10) Graduel. — (11) Problèmes d'Aristote.

922. Un Psaultier tres ancien, couut vmeille (1) a ij fmoers darget haschiez et dorez.

923. Le liure du Tesor (2) dit maistre Brunet Latin escpt de lre de note, couut de cuir a empraintes, a ij fmoers de cuiure.

924. Le Roman d'Alexandre 2 Ysopet, de lre de fourme, ryme, couut de cuir a empraintes, a ij fmoers de cuiure.

925. La Guerre du Roy Phle (3) 2 des Flamens, en ryme, escpt de forme, couut de cuir a empraintes, a ij fmoers de cuiure.

926. Un Greel note, couut de cuir blanc à queue, a ij fmrs de laton.

927. Un Epistolr (4) couut de cuir blanc a empraintes, a ij fmrs de cuiure.

928. * Le liure que fist Honore Bonnet, prieur de Salon, escript de lre de note, en francois et deux coulombes, en un grant volume plat, couurt de veluyau vermeil a courte queue, 2 iij court fmoirs dargent dorez, faiz en façon de deux mains, et y iij cerfs voulant d'argent doré. (Cet ouvrage fut fait pour Valentine de Milan.)

929. Le S͏ᶜ uice de Sͭᵉ Crotilde, notte, couut de cuir rouge a empraintes, a vn fmoer en cuiure.

930. Le S² uice de Sͭᵉ Radegonde, notte, couut dune pel velue.

Les deux ouvrages marqués * sont encore conservés parmi les manuscrits de la Bibliothèque Impériale, sous les nᵒˢ 6838 et 7060 du catalogue imprimé de Paulin Paris.

On voit que ces manuscrits étaient écrits de deux manières différentes : *en lettres de note*, c'est-à-dire en caractères cursifs et liés, et en *lettres de forme*, c'est-à-dire en caractères bien formés et isolés.

---

(1) Vermeille. — (2) Trésor. — (3) Philippe (Philippe le Bel). — (4) Épistolaire.

« En l'année 1373, Gilles Malet, alors valet de chambre du Roy Charles V, fut chargé de la garde de sa *librairie*, c'est à-dire de sa Bibliothèque; il dressa luy mesme l'inventaire des livres qu'il trouva. Cet inventaire se voit encore aujourd'hui en original dans un des manuscrits de la Bibliothèque de M. l'Archevesque de Rouen. Il a appartenu au Roy François Ier, comme il paroit par sa signature que l'on a effacée et que l'on ne laisse pas d'entrevoir. »

C'est un grand volume en papier aujourd'hui déposé au fonds des manuscrits de la Bibliothèque impériale (fonds Colbert), couvert de cuir rouge découpé par fleurons, qui a pour titre : *Inventaire des livres du Roy nostre Seigneur estant au chastel du Louvre.* Au second feuillet on lit : *Cy après en ce papier sont escripts les livres de très souverain et très excellent prince Charles quint de ce nom, par la grâce de Dieu Roy de France, estans en son chastel du Louvre en trois chambres l'une sur l'autre* (1), *l'an de grâce MCCCLXIII, enregistrez de son commandement par moy, Giles Malet, son varlet de chambre.*

En la première chambre il y avait. . . . . . . 274 mss.
En la chambre du milieu. 255
En la troisième chambre, au plus haut. . . 444
                                           973

D'autres inventaires eurent lieu en 1411, 1414, 1423.
L'*Inventaire de Gilles Mallet* a été publié en 1 vol. in-8°

---

(1) Cette bibliothèque se trouvait dans la tour d'angle nord-ouest du château du Louvre, qui, pour cette raison, porta le nom de *Tour de la Librairie* ou *de la Bibliothèque*, qu'elle laissa, plus tard, à une rue voisine ; elle occupait à peu près l'emplacement du pavillon de l'horloge du Louvre actuel.

en 1836, chez Debure, par les soins de Van Prat, avec la dissertation de Boivin le jeune, et des notes historiques et critiques.

(*Biblioth. Impériale. — Réserve Q, 416, AK.*)

—<><>—

VII

Les Poésies d'Anne de Graville.

Anne de Graville mérita d'être appelée la dixième Muse de son temps; elle avait rassemblé au château de Malesherbes une belle collection de livres et de manuscrits, dont hérita Claude d'Urfé, qui avait épousé sa fille, Jeanne. Cette collection servit de fondement à une très-riche bibliothèque qu'il forma dans son château de La Bâtie; elle comptait plus de deux cents manuscrits, sans les imprimés.

C'est sans doute de ces premiers que faisait partie le beau manuscrit des poésies d'Anne de Graville qui est conservé à la bibliothèque de l'Arsenal, section des *Belles Lettres*, n° 163.

Ce manuscrit forme un petit volume in-4° de 82 feuilles en vélin, il est relié en basane et porte au dos le titre de : *Roman de Palamon. Mss.* avec les initiales de Paulmy, de la grande bibliothèque duquel il fit partie, au siècle dernier.

En tête de la première page on lit :

« *C'est le beau Romant des Deux Amans Palamon et Arcita et de la belle et saige Emilia, translaté du vieil langaige et prose en Nouveau et Rime par Mademoiselle Anne de Graville*

la Mallet, dame du Boys Malesherbes. Du commandement de la
Royne. »

Au-dessous on voit le fermoir des Graville servant de sup-
port à un écu portant : *de gueules à trois têtes de lièvre au*
naturel, 2 *et* 1.

Au bas de la page, on lit cette devise :

Va nen di mot ∴ 3 : 10,

Où nous retrouvons le nom d'*Anne,* sans avoir pénétré le sens
des lettres restantes et des chiffres.

Ensuite des armoiries on lit ces mots : **A la Royne,** puis la dédicace suivante :

Si j'ai empris, ma souveraine Dame,
Comme ignorante et peu savante fame,
Ozer a vous, là où gist tout scavoir,
Faire présent de ce qu'ay pu avoir,
De dure teste, et langue mal apprise,
Je vous supplie que je n'en soye reprise ;.
Car je l'ay fait pour, sans plus, vous montrer
Qu'avez bien peu mon ignorance oultrer,
Quand j'ai parfait ce que je sceu ore faire ,
Pour vostre gré accomplir et parfaire.
Et vous plaira cognaistre que combien
Que en tel scavoir je entens moins que rien.
Se ainsi estoit que y sceusse quelque chose,
Si envers vous la voudrai tenir close.
Si vous requier croyre que je consens,
Que tous mes ans, mon corps, mon temps et sens,
Soient desdietz au très humble service,
De vous Madame, en tout dicte sans vice.

Le roman d'Arcita et de Palamon est tiré de la *Théséide* de
Boccace dont il forme la seconde partie : en voici, en quelques
mots, l'analyse : Thésée, roi d'Athènes, ayant déclaré la guerre à

22

Créon, roi de Thèbes, fait prisonnier dans une grande bataille deux jeunes gens aussi nobles que beaux ; il va les faire mourir, lorsque Hippolyte, princesse des Amazones, épouse de Thésée, et Émilia sœur d'Hippolyte se jettent à ses pieds et obtiennent leur grâce. Le roi se contente de les faire enfermer dans une tour du Palais ; mais la fenêtre de cette tour donne sur les jardins, et nos beaux prisonniers aperçoivent la belle Émilia........

> Au mois d'avril, qui est telle saison
> Qui fait fascheux de tenir en maison,
> Emyllia la joyeuse pucelle
> Sa cothe print par dessoubz son esselle,
> Délibérée, ung jour au plus matin,
> D'aller cueillir la rose au jardin,
> Où n'y avoit que par sa chambre yssue.
> L'Herbe y estoit espessement tissue
> Et maint œillet, romarin, basme, rose,
> L'une florie et l'autre demye close.
> Au beau meilleu, avoit une fontaine,
> De grand saveur et de goust doulce et saine,
> Dont les ruysseaulx y faisoient maints beaux tours
> Par ce jardin où ils prennoient leurs cours.
> Petite arène y faisoient murmurer
> . . . .
> Emyllia, nudz pieds, échevelée,
> De sa chambrette en ce lieu dévallée,
> Sortant du lict suant de l'oreiller,
> Digne pour faire un amant travailler,
> Fort jeune d'aage, en bon point et pollie ;
> Jamais ne fut pucelle plus jolye,
> Visaige gay, riant et de grand chère
> Pour, mestre don de merci à l'enchère ;
> La Jambe belle et testin découvert,
> Se vint asseoir dedans un préau vert :
> Là se pigna et mira à son ayse,
> Car rien ne voist qui lui nuyse ou desplaise,

Donc pour trop myeulx embellir sa façon,
En s'abillant disoit une chanson.
Son âge estoit environ les quinze ans
Qui est le temps que désirent les amans !!!

Arcita entend la voix, s'approche de la fenêtre, à la vue de la jeune fille, il appelle Palamon.....

Et puis lui dit Vénus, la Souveraine,
S'en est venu icy pour nous tenter
Ou de nos maulx quelque peu contenter
. . . .

Palamon en dévore les beautés en détail, et dit à son compagnon :

. . . . Vois tu dedans son œil
Un jeune archer, plein de pompe et d'orgueil,
Tenant en main deux flèches barbelées,
A tranchant d'or, longues et effilées,
Dont je suis sûr que s'il nous veut férir,
L'un de nous deux en convient va mourir.
Lors chacun d'eux cria : J'en suis frappé
Et rudement je m'en sens attrapé !

Ainsi fut fait, tous deux tombent éperdûment amoureux de la belle, ils se la disputent les armes à la main. La reine Hippolyte qui apprit la cause de leur querelle, promet la main de sa sœur à celui qui se distinguera le plus dans un tournoi. Arcita renverse Palamon, en ennemi généreux il l'épargne, mais au moment où il s'approche du balcon d'où la reine Hippolyte et la belle Emilia contemplaient ce spectacle pour les saluer et recevoir le prix si ambitionné de sa victoire, son cheval se cabre, le renverse, le blesse à mort, et en expirant il recommande à Émilia d'épouser son ami. On fait au malheureux prince de ma-

gnifiques funérailles, la belle, d'abord inconsolable, se résout
à accomplir le dernier vœu d'Arcita, elle épouse, et bientôt :

> En grand plaisir et en esbattemens
> Faisant festin, courses et tournoymens
> En joye, en paix, en plaisir, en liesse
> Fut Pallamon avec sa maîtresse,
> Qui lui donnoit mille esjouissemens.
> Elle : en honneur, riches accoustremens,
> Danses, chansons, et exquis instrumens,
> S'esjouissoit et passoit sa jeunesse,
>   En grand plaisir !
> Ils avoient mis tous leurs entendemens
> En doulx baisers, en longs embrassemens,
> Deschassant hors tout ennuy et tristesse.
> Le long jouir ne leur ostoit la presse,
> Car ils estoient comme nouveaulx amans,
>   En grand plaisir !

Ce roman est illustré de dix belles miniatures occupant chacune la moitié d'une page et qui représentent les différents épi-
sodes du récit. En tête du volume se trouve d'ailleurs une autre
miniature représentant Anne de Graville à genoux et offrant
son livre à la reine Claude, entourée de ses filles d'honneur.

Ce manuscrit se termine par deux pièces attribuées également
à Anne de Graville. L'une est une *Épître de Clériandre la Romaine à Réginus le Centurion, son concitoyen;* imitée plus tard
par Mellin de Saint-Gelais. L'autre est une *Héroïde adressée par
la belle Maguelonne à son ami Pierre de Provence;* cette pièce
est la même à quelques variantes près que la première épître
de Marot. L'une et l'autre sont précédées d'une belle miniature,
et l'on peut remarquer que l'artiste a donné à Anne de Graville dans la miniature dédicatoire, à la belle Arcita, à la fière
Clériandre, à la tendre Maguelonne les mêmes traits :

Beaucoup cheveux ni trop noirs ni trop blonds
Mais bien dorés, pendans jusqu'aux talons :
Le front fort plein : yeux noirs toujours riants,
Tous autres yeux devers eux attrayans,
Qui déclaroient : c'est moi qu'on doit aimer
Et qui peut bien tout cœur d'homme entamer ?
Sourcils en arc, nez haut en couleur fine ;
Petite bouche à lèvres coralines ;
Les dents menues et gencives bien nettes ;
Menton fourchu et joues vermeillettes
Le col longuet et assez bien à point.

Ainsi Anne de Graville dépeint-elle Arcita.

Au-dessous de l'épitre de la belle Maguelonne, on lit cet envoi :

Messager de Vénus pren la haulte volée,
Cherche le seul amant de ceste désolée,
Et quelque part qu'il soit, ou gémisse à présent,
De ce piteux escript fais luy ung doulx présent.

Il existe à la Bibliothèque impériale, au fonds Colbert 4243, catalogue 1397, un autre manuscrit du Roman d'Arcita et Palamon, d'Anne de Graville. C'est un in-4° vélin de 77 feuillets aux armes de France et au chiffre de Louis XV portant sur le dos ce titre : La vie de Thésée en vers ; il est bien moins beau que celui de l'Arsenal et sans miniatures.

La bibliothèque de l'Arsenal possède un autre ouvrage attribué à Anne de Graville, c'est : *Le livre de la mutation de fortune*, en vers, catalogué aux belles-lettres sous le n° 322. C'est un in-4° de 302 feuillets sur vélin relié en veau ; sur la face sont les armes de la maison d'Urfé : *vairé d'or et de gueules, avec une bande de gueules*, et aux angles un 1 entrelacé avec deux C tournés : l'un à droite, et l'autre à gauche, ce qui nous apprend que ce livre provient précisément de la belle bibliothèque de Claude d'Urfé et de Jeanne de Graville, sa femme. C'est sans doute l'un de ceux dont il hérita d'Anne de Graville. Au bas de la première page, on voit les armes des Balsac d'Entragues, 1 et 4, écartelées de celles des Graville, 2 et 3, portant en cœur un écusson écartelé : *de gueules à la tour d'or, et d'argent à la guivre d'azur*.

Quant au contenu de ce manuscrit, il est clairement indiqué par le sommaire suivant :

— La première partie parle de la personne qui a compillé ledit livre et de ses aventures.

— Item, la seconde partie parle du Chastel de Fortune, où et comēt il est situé de ses estages qui y sont et quelz geñ y sont logiez.

— Item, la tierce partie parle des condicions des gens qui sont logiez audit Chastel et coment ilz sont assiz en divers degrez.

— Item la quarte partie parle de la sale du Chastel de fortune, quelles pourtraitures il y a de Philosophie et de ses parties, des sciences, du comencement du monde et des histoires des Iuifz.

— Item, la cinquième parle des premiers royaumes qui seigneurient au Monde et des Seigneurs de Grèce.

— Item, la sixième partie parle des amasònes et de l'ystoire de Troye abrégée.

— Item, la septième partie parle des hystoires de Romme en brief, celle d'Alexandre et des princes reignās, environ le temps de la psone q. a. cōpillé ledit liure.

Ce manuscrit ne paraît pas complet car il s'arrête à la cinquième partie. On voit qu'il traite de métaphysique et d'histoire.

On jugera du rhythme poétique par ces premiers vers du prologue :

Comment sera ce possible
A moi simple et pōu sensible

De promptement exprimer
Ce qu'on ne peut estimer
Bonnement ne bien comprendre
. Non tant ait homs sceu aprendre
Quentièrement sceut descrire
Ce que bien voulsisse escripre
Tant sont les diversités
Grandes des adversités
Particulières et fais
Compris es très pesanz faiz
Que l'influence muable
De fortune decevable.

On ne reconnait guère dans ces vers la facture élégante de ceux que nous avons cité précédemment, aussi avons-nous hésité à les attribuer à Anne de Graville.

Il doit y avoir à la Bibliothèque impériale ou à celle de l'Arsenal d'autres ouvrages manuscrits d'Anne de Graville, il est à désirer que cette dame, célèbre, par ses amours, ses malheurs, ses poésies, trouve un jour un historien et un commentateur digne d'elle.

Dans le catalogue de M. Paulin Paris : *Les Manuscrits françois de la Bibliothèque du Roi*, Paris, Techner, 7 vol. in-8°, 1836-1848, on trouve, sous les nᵒˢ 6733 — 6712, 2 et 3 — 6859 — 6897, 2. — 6823 — 6838 — 6984 — 7060 — 7202, l'indication de manuscrits provenant de la Bibliothèque de l'amiral de Graville, et qui après lui appartinrent à sa fille Anne; sur l'un d'eux, le nᵒ 6897, 2, *Histoire des Thébains et des Troyens*, on lit sur un feuillet : *A dame Anne de Graville de la succession de feu M. l'Admiral*, 1543. Cette date est précieuse pour nous, car elle montre qu'Anne de Graville, dont nous n'avons pu retrouver la date de la mort, vivait encore en 1543.

VIII

Inventaire des Biens du Couvent de Marcoussis, relevant du Roy, pour sa tour de Montlhéry, 17 mai 1470.

Commission donnée à la Chambre des Comptes, à M° Martin Le Picard, maître des comptes, à l'effet de prendre connaissance de tous les biens possédés par les dits Religieux Célestins de leur valeur et revenus.

Ensuite de la quelle est la déclaration de biens et revenus des dits Religieux Célestins amortis jusqu'à la concurrence de 200 livres de rente et revenu.

Savoir :

L'*Hotel du Faÿ* situé en la Châtellenie de Montlhéry, paroisse de Linas, consistant en manoir, contenant une travée, cour, grange contenant 5 travées, bergeries contenant 14 travées, colombier dans le quel il y a trois chambres, jardin contenant 2 arpents 50 perches.

Item. Une pièce de terre contenant 63 arpents, proche le dit hotel du Faÿ.

Item. Une autre pièce de terre, proche le dit lieu, contenant 55 arpents.

Item. Une autre pièce de terre, proche le dit lieu, contenant 53 arpents 75 perches.

Tout ce que dessus mouvant du Roi à cause de sa Châtellenie et Seigneurie de Montlhéry.

Item. 242 arpents de bois, mouvant du fief de la Fontaine.

Item. 158 arpents de terre et 4 arpents de prés mouvant du Roi à cause de son châtel de Montlhéry.

Item. La Maison et bâtiments, appelée *Le Ménil Furger*, avec la Justice moyenne et basse.

Item. 90 arpents de terre, 4 arpents de prés et 50 sols, 7 deniers de censive, le tout dépendant du dit fief mouvant de Marcoussis.

Item. 48 arpents de bois, mouvant du fief de Chouanville, dépendant de Marcoussis.

Item. 80 arpents de bois, mouvant en fief à Villebouzin.

Item. Une grange de trois espaces, et jardin en dépendant, contenant un quartier situé à Montlhéry rue Christophe de Saulx. En la censive du Roi, à cause de son péage de Montlhéry, et chargé vers lui de 6 livres parisis de cens.

Item. 5 arpents 18 perches de vignes et terres en plusieurs pièces, terroir de Montlhéry en censive de différents seigneurs.

Item. Une maison et jardin, sis à Montlhéry, rue Luisant, proche le marché, en la censive du Roi, à cause de son péage de Montlhéry, et vers lui chargé de 8 livres parisis de cens.

Item. La ferme et fief de Montrasse, sis proche Nozay, consistant en manoir, bâtiments, jardins, 212 arpents de terre, 120 arpents de bois et 17 arpents de prés, et en 79 sols, 1 denier, parisis de cens.

Item. Une maison de trois espaces couverte de tuilles, située dans la grande rue du village de Vuissous, avec 31 arpents 95 perches de terre, 30 sols, 1 denier, de cens; 19 septiers et 8 boisseaux de Bled, froment, de cens; et la justice moyenne et basse.

Item. Le fief de Bouvrel, consistant en 40 arpents de terre et 3 arpents, 37 perches de prés.

Item. 61 arpents de terre, appartenant aux Célestins en la censive de l'évêque de Paris.

Item. 32 arpents, 72 perches de terre, appartenant aux Célestins en la censive des Religieux bénédictins de Saint-Germain des Prés.

Item. 7 arpents, 50 perches, de terre appartenant aux Religieux Célestins, en la censive du Roi, à cause de son château de Chailly-lès-Longjumeau.

Item. 5 arpents, 25 perches de terre, appartenant aux Célestins en la censive de l'Hôtel-Dieu de Paris.

Tous lesquels biens et revenus sont alloiés et employés par la dite Chambre des Comptes, pour la dite somme de 200 livres de rentes et revenu annuel. A la charge par les dits Célestins de Marcoussis, de célébrer, chaque année, au dit Monastère, le 18 aout, une Messe haute de Requiem, pour le roi, après son trépas, avec vigiles des morts, le jour précédent.

(*Inventaire des titres du comté et châtellenie de Montlhéry.* Tome III. Mss.)

On possède aux Archives de l'Empire un autre amortissement des biens des Célestins de Marcoussis pour 3600 livres qui date de 1522. C'est un beau manuscrit sur vélin, petit in-f°, avec miniatures encadrant les marges des 1er et 4e feuillets, où l'on retrouve les armes de François Ier et celles des Célestins, ces dernières sont celles que nous avons reproduites dans la planche d'armoiries qui accompagne ce volume.

Les biens dont il est question dans cet amortissement de 1522 étaient situés : à Étampes et aux environs, à Mons et Athis, à Montlhéry, à Marcoussis, à Châteaufort, à Melun et à Orléans.

I X

Aveu et Dénombrement rendu au Roi, le 20 février 1574,
par François de Balsac, seigneur de Marcoussis.

Aveu et Dénombrement rendu au Roi par François de Balsac
Seigneur de Marcoussis de la Terre et Seigneurie de Marcoussis
consistant en :

1° Château, boulevart et cour, clos de fossés remplis d'eau.

2° Colombier, grange, étables, basse-cour, jardin, fosse à poisson, etc.

3° Le parc clos de murailles, ayant 380 arpents, tenant d'une
part aux Célestins de Marcoussis, et au chemin des Célestins à
Saint-Clair, d'autre part aux terres labourables, d'un bout au
bourg dudit Marcoussis et au vignoble de la Madeleine, et
d'autre bout à la veuve et héritiers Mᵉ François Dermy et autres avec une petite garenne contenant 1/2 arpent.

4° Droit de Haute, Moyenne et Basse Justice, Clergé, tabellion-
nage, etc., etc.

5° La quelle Terre Seigneurie et Châtellenie du dit Marcoussis
s'étend depuis le fief de là Roue, par le coin des bois du
Faÿ, tendant au chemin qui est près la maison du Faÿ, où il y
a borne faisant séparation de la Terre du dit Marcoussis et de
la Terre de Bruyères, le chemin du Faÿ à Janvry entre deux,
et à la Terre du Déluge en tirant au lieu dit la queue de Janvry, d'autre part à la Terre de Nozay, et Ville du Bois, d'un
bout à la terre et seigneurie de Janvry à la Terre de la Grange
aux Moines et à celle de Villejust et d'autre bout au fief de
Guillerville et autres.

6° Les censives montant à 110 livres parisis avec les droits, etc , etc.

7° Le Moulin à Vent de la dite Seigneurie près et au-dessus du lieu appelé le Buisson rond.

8° Deux Étangs à poisson — le grand 130 et le petit 110.

9° Le Petit Étang de Vaularon contenant environ un arpent, étant dès lors en pré. — Lieu dit la queue de Janvry, au bout duquel il y avait anciennement une maison en fief. (12 arpents).

10° 5 arpents de pré, près de la Basse Cour du Château, et tenant au chemin des Célestins au Château.

11° 29 arpents ou environ de Prés, tenant aux dits Célestins.

12° Trois arpents de prés au Chêne rond, près le pré du Déluge.

13° 460 arpents de bois taillis tenant d'une part au Déluge et à la dame de Janvry, d'autre au dit Seigneur, et d'autre au chemin de Janvry à Marcoussis.

14° 306 arpents d'autres bois, aulnois et bruyères, lieu dit le Buisson rond, vallée des Sabotiers, tenant au chemin de Saint-Clair à Montlhéry, et aux héritages de la Grange aux Moines.

15° 6 arpents de bois taillis appelés la Garenne des Aulnois près le Chêne rond.

16° 8 arpents 1/2 de vignes, en plusieurs pièces, au vignoble du Buisson rond et de la Magdeleine.

17° La Métairie de la Ronce, près les dits étangs, consistant en plusieurs bâtiments, 140 arpents de terres labourables.

18° La Métairie de la Bergerie près le Château, consistant en bâtiments et 140 arpents de terres labourables.

19° La Métairie de la Grange, située à Marcoussis, consistant en différents bâtiments et 80 arpents de terre.

20° La Métairie de Chenanville ou Chouanville, consistant en bâtiments et 97 arpents de terre.

21° La Terre et Seigneurie de Nozay et Ville du Bois, consistant en droits de Haute, Moyenne et Basse Justice, four bannal et menues dixmes. Tenant la dite Terre et seigneurie d'une part à la terre de Marcoussis, d'autre part à la Terre de Saulx les Chartreux, d'un bout à la Terre de Villejust.

22° 75 livres tournois de menus cens à Nozay et la Ville du Bois.

23° 60 arpents de bois taillis près la Ville du Bois, tenant aux taillis du prieuré de Saint Éloi, et d'autre part à la fosse aux Moines

24° Une Métairie à Nozay, appelée Pilaudry, consistant en bâtiments et 103 arpents de terre labourable.

25. Une autre Métairie près de l'église de Nozay, consistant en bâtiments et 120 arpents de terres labourables.

26° La Métairie de Villiers près Nozay, consistant en différents bâtiments et 103 arpents ou environ de terres labourables.

De la quelle Seigneurie de Marcoussis relèvent les fiefs ci-après, savoir :

1° Le fief de la Guillerville énoncé mal à propos au dit Aveu (1).

2° Le fief de Saint-Cheron au duché d'Étampes, nommé Saulsoy et Orgery, consistant en terres labourables et menus cens.

3° Le fief de Bellejambe, consistant en maison, cour, jardin, prés et 17 arpents de terres labourables, tenu par Mre Pierre Le Maitre, qui a été ci-devant baillé en roture, par M^r l'amiral de Graville, moyennant 62 sous 6 deniers tournois compris dans les 110 livres ci-dessus énoncées.

Fiefs énoncés au dit Aveu, relevant de Saint-Yon — et mouvant directement de Marcoussis au moyen du partage fait entre Messire César de Balsac de Gié et Marie Charlotte de Balsac,

---

(1) Le fief de Guillerville n'était pas connu dans la mouvance de Marcoussis; il fut annexé à Marcoussis, mais relevait d'un autre glèbe, et les seigneurs ne pouvaient s'en réserver la foi.

dame de Bassompierre, fait par Maître Ursin Durand, conseiller au parlement, commencé le 27 oct. 1628, terminé le 22 juin 1630.

1° Un fief au bourg et terroir des Granges le Roy, près Dourdan que tient dame Anne Le Mail, veuve de Messire Aloph de l'Hopital, dame de Sainte-Menuë, consistant en 63 septiers deux mines ou environ de terre et 12 livres de menus cens et un muid de Champart.

2° Le fief et Seigneurie du Marais, sise en la Chatellenie de Rochefort au comté de Montfort, tenu par Me Jacques Hurault, consistant en une Seigneurie, cour, basse-cour, jardin, colombier, moulin à eau, bois taillis, terres labourables et plusieurs cens et autres droits seigneuriaux.

3° 18 arpents 3/4iers de terre sis en plusieurs pièces et 75 sous tournois de menus cens, payables chaque année le jour de la saint Martin sur plusieurs héritages à Leudeville.

4° La Terre et Seigneurie de Leudeville, qui sont deux fiefs consistant, l'un en un hôtel seigneurial, jardin, four bannal, terres labourables, censives, bois et autres dépendances, qui fut à Réné de Carnaret, et avant à Réné de Saint-Bernard.

Et l'autre, consistant en plusieurs terres au dit Leudeville, cens, rentes, champart, qui fut au dit Carnaret, et avant à Jean le Pâtre, et à Nicolas de Puiseaux.

5° Un fief assis à Savigny, appelé la Vicomtesse, tenu alors par dame Philippe Dumoulin, veuve de feu le Seigneur de Fleurigny, tenu ci-devant par Étienne de Vesc, Seigneur du dit Savigny, et avant lui, Messire Eustache de Gantenot, consistant en un colombier, 16 arpents de terre, assis à la Voye, 6 arpents de pré avec 6 sols de cens.

Du quel est tenu deux arrières fiefs.

6° Trois fiefs sis à Richardville, nommés la Margaillerie Sainte-Escobille.

L'un possédé par Philippe de Rubrac, et auparavant, Jean de Maquenelle, consistant en un hôtel, 50 septiers 1/2 de terre,

19 arpents trois quartiers de bois, 2 septiers de champart, 20 sols parisis de cens et 2 poules, tenu alors par Roch de Furet, Seigneur de Cernay, les Seigneurs de la Tranche et le Seigneur de Lausac.

L'autre, tenu par Alix de Montaguen, veuve Jacques Paniot, consistant en une masure et autres dépendances, tenu par D^{elle} Mathieu de Prunières, veuve Loys de Cugnac, Seigneur de Montille et de Dampierre.

Le troisième que tient la dite D^{elle} de Montille, et que tenait avant Jean Prunelle, consistant en maisons, terres, bois, et cens.

7° Un fief sis en la ville de Chàstres, appelé le fief de Marivax, que tiennent Spire et Loys les Santeny, consistant en cent sous parisis de menu cens, sur plusieurs maisons assises en la ville de Chàstres, terres et vignes assises au terroir du dit lieu.

8° Un fief assis à Esclimont en la Châtellenie de Gallardon, que tient le Seigneur de Vibrais, qui, avant, a appartenu à Antoine de la Homelle et Régnault d'Esclimont, consistant en un arpent de vignes, 9 arpents de terre et 5/4^{iers} de pré.

(*Inventaire général des titres de la châtellenie de Marcoussis*. Tome I. Mss.)

—◆—

X

Les Événements du château de Marcoussis.

« Il y a quelques années déjà que, parcourant la Savoie, je me trouvai au château des Marches, près de Chambéry ; de là ma vue s'étendit sur les Alpes... etc., etc. Je m'en allai fort satisfait de ce que j'avois vu, mais j'emportai dans mon cœur une sorte de mélancolie douce. Je voyageois seul et à pied, comme jadis Platon en Égypte. J'arrive à Grenoble, et, pour me délasser, je visite les bibliothèques des maisons religieuses. Je trouve, dans une de ces bibliothèques, un gros billot relié de velours violet, avec des agrafes en cuivre, et je l'ouvre ; il étoit intitulé : *Admonitions de Messire Georges du Terrail, adressées à son neveu.* Vous jugez bien qu'ayant la tête toute remplie encore de Bayard, je n'eus rien de plus pressé que de parcourir ce livre-là, qui m'alloit parler de lui et de ses oncles. C'est un vrai traité d'éducation de ce temps, et qui renferme tout ce qu'un Chevalier pouvoit apprendre alors à son fils pour lui inspirer l'amour de ses devoirs et lui tracer la route de l'honneur. . . . .

. . . .

« Ce billot, relié de velours violet, dans lequel nous avons trouvé les Admonitions de Messire Georges du Terrail à son neveu, renferme encore un autre ouvrage qui porte aussi l'empreinte du bon vieux temps, et dont nous allons donner une idée.

« *Les Événements du Château de Marcoussis,* tel est le titre de ce second ouvrage. Le château de Marcoussis est situé au pied d'une montagne, à une lieue de Montlhéry ; il fut bâti par le Sire de Montagu, Vidame de Laonais et Surintendant des finances sous Charles VI. Ce ministre infortuné fut depuis décapité aux Halles de Paris, par un effet de la haine que lui portoient les oncles du Roi. Il n'avoit pas mérité cette haine ; c'étoit un homme de bien et un fidèle serviteur du Roi : aussi sa mémoire fut réhabilitée bientôt après. Il fonda à Marcoussis trois monuments qui subsistent encore depuis plus de trois siècles, un Monastère, l'Église paroissiale et le Château.

« Les Célestins qu'il avoit mis dans son monastère firent éclater, à la mort de leur fondateur, des sentiments qui méritent d'être rapportés. Ils attaquèrent les accusateurs de Montagu et suivirent le procès avec le zèle le plus vif et le plus touchant. . .

. . . .

« Voyons maintenant les Événements les plus considérables au château de Marcoussis.

« Lorsque Louis XII régnoit encore, son futur successeur, le comte d'Angoulême, bien jeune et bien galant, chassoit souvent dans les bois de Marcoussis. Un jour, au lieu de découvrir le cerf de meute, il ne vit qu'une jouvencelle qu'un chevalier menoit en croupe vers les tourelles du château; à cette vue il quitte la trace de son cerf discors et vole sur les pas de la belle : l'ayant vue rentrer par le pont-levis, il entre et arrive justement pour lui donner la main. Nous ignorons si elle avoit de la beauté, mais M. le comte d'Angoulême étoit jeune, il la trouva charmante. Notre auteur ne la nomme pas et nous n'oserions assurer qu'elle fût ou ne fût pas la fille du seigneur châtelain; mais c'étoit une *de ces grandes dames de par le monde* dont parle Brantôme et que François Ier a si souvent séduites et quittées. Ce prince là étoit en usage de brusquer en amour comme en guerre. Le premier instant où il se trouva seul avec la gente demoiselle, il lui peignit son mal extrême avec beaucoup plus de charmes que s'il avoit été bien épris. On rougit, il parla de sa constance, égale pour le moins à celle de nos vieux paladins. En donnant cette assurance avec toute l'effronterie convenable, ses yeux étoient si beaux et si animés qu'on le crut aussitôt le plus sincère des princes et le plus loyal des amants.

« Louis XII étant mort, M. le duc d'Angoulême étant devenu François Ier, il continuoit d'aller chasser de préférence dans les bois de Marcoussis,..... et de perdre la chasse. Un jour cependant il se trouva à la lie; il est vrai que c'est parce que le cerf étoit venu se faire prendre dans les fossés du château, précisément au moment que le roi recevoit pour la première fois le guerdon de ses poursuites amoureuses. Le cerf qu'on prit alors étoit monstrueux; on en garda le bois, qui est encore dans la grand'salle

23

du château, avec le portrait de ce cerf même en grandeur natu‑
relle.

« Au bout d un an le roi étant revenu à Marcoussis, on lui
montra les trophées de sa chasse ; il sourit, et se ressouvenant
d'un plaisir plus doux qui déjà l'avoit rendu père, il fit ces vers :

> Comme on se trompe ! on cuide qu'en ces lieux
> J'étois venu lancer un cerf dans l'onde,
> Amour le sait, que je fis mieux.
> Donnant avec ma Mie, un beau Valois au monde (1) !

« On voit déjà, par ce trait, l'aisance, pour ne pas dire la cor‑
ruption, survenue tout à coup dans les mœurs françoises. Mais
suivons graduellement les époques, la révolution nous paroîtra
bien plus frappante.

« Assez près de Marcoussis étoit le château de Leuville. Au
vieux temps, les seigneurs châtelains voisinoient beaucoup plus
que de nos jours. Le célèbre Olivier, chancelier de France, avoit
été exilé dans sa terre de Leuville par une intrigue de Diane
de Poitiers, maitresse de Henri II. C'est là que ce respectable
vieillard, le cœur encore tout plein des principes qui étoient en
vigueur sous Louis XII, se consoloit de sa disgrâce ; et c'est là
que Michel de l'Hopital, depuis son successeur, lui adressait ces
belles épîtres écrites avec le charme d'Horace et l'énergie du
Portique. Un jour le vieux d'Entragues vint lui rendre visite.
Olivier lui dit que jamais il n'avait été si heureux que dans sa
retraite. D'Entragues, nourri dans les camps, élevé à la cour,
aimant encore le mouvement malgré son grand âge, et peu formé
enfin pour devenir un philosophe, étoit fort étonné du conten‑
tement du chancelier ; il ne pouvoit se persuader que l'on pût
être heureux quand on étoit tombé dans la disgrâce et il lui

---

(1) Nous ignorons absolument le sort de cet enfant naturel du très‑
voluptueux Monarque.

avoua que quant à lui, l'inactivité le tuait et qu'il se mouroit d'ennui. Olivier, en souriant, l'engagea à le venir voir souvent : « Le bonheur se communique, lui dit-il, je vous rendrai heureux autant que moi. »

« Parbleu ! je vous en défie, lui répondit d'Entragues, je ne trouve pas fort plaisant de planter des choux à Marcoussis, comme vous à Leuville ; j'ai beau chasser, j'ai beau regarder par ma fenêtre, c'est toujours la tour de Montlhéry qui me frappe les yeux. Je cours à Linas, je grimpe à Olainville ; cet éternel silence des champs, cette vie monotone me donnent des vapeurs, et je trouve les jours éternels. Mais vous savez lire, vous, et c'est toujours une occupation, quand on en n'a point d'autre. »

« Les deux voisins étaient encore en discussion lorsqu'on entendit un coche arriver. Le chancelier ne se serait jamais attendu à pareille visite. La personne qui étoit dans le coche étoit la plus mortelle ennemie de cet illustre magistrat ; c'étoit Diane de Poitiers, elle retournoit de Paris à Amboise ; en passant elle avoit voulu voir M. d'Entragues ; ayant appris qu'il étoit à Leuville, elle prit sur elle d'aller voir l'homme de bien dont son caprice avoit privé la France. Elle le salua sans embarras et comme si elle n'avoit eu aucun reproche à se faire. Mais le chancelier fut bien moins embarrassé encore ; il fut poli, obligeant, aimable. Une discussion s'engagea sur le vrai bonheur. Olivier le faisoit consister dans la satisfaction intérieure, d'Entragues dans les grands succès militaires. « Comme ces deux barbons se trompent, » pensa tout bas le sire de Leuville, le plus jeune des fils du chancelier (1), et puis il regarda Diane ; Diane l'ayant

---

(1) François Olivier, chancelier de France, avait épousé, en 1538, Antoinette de Cerisaye, qui lui survécut ; il en eut trois fils : Jean Olivier, seigneur de Leuville, mort en 1597 ; Antoine Olivier, mort jeune ; François Olivier, chevalier de Malte, tué au siége de Malte en 1565, ce dernier est sans doute le héros de l'aventure.

regardé à son tour et lu dans ses yeux qu'il étoit de son avis et que comme elle il faisoit consister le vrai bonheur dans l'art de plaire, l'en remercia par un sourire qui ne fit qu'embarrasser davantage l'adolescent..... Diane avoit distingué le sire de Leuville, et le sire de Leuville trouvoit que Henri II étoit fort heureux.

« Diane partit pour Amboise, mais ce ne fut qu'après avoir bien promis de revenir à Leuville et à Marcoussis. Dans ces différentes courses elle inspira un vrai sentiment au fils du chancelier, et la liberté des champs leur ménageoit souvent les plus doux tête-à-tête.

« Un jour qu'elle étoit à Marcoussis, d'Entragues avoit envoyé dire au chancelier qu'il l'obligeroit de venir dîner avec elle. Le bon Olivier monta aussitôt sur sa belle mule et, comme il étoit presque devenu aveugle, son valet Thomas conduisit l'animal indocile. Arrivé au bois, la mule dresse les oreilles. « — Mon ami Thomas, dit Olivier, il y a là quelque chose. Thomas regarda dans un jeune taillis et dit tout bas : — Monseigneur, je vois double. — Que vois-tu? — Je vois monseigneur de Leuville et une dame. — *C'est apparemment sa sœur.* — Oh non, monseigneur, elle n'est pas si belle, et puis..... enfin je m'entends. Croyez-moi, monseigneur, passons notre chemin. — Va donc. » Olivier arriva à Marcoussis. D'Entragues lui apprit que le sire de Leuville et Diane étoient allés au-devant de lui : le chancelier eut alors la preuve de ce que le discret Thomas n'avoit osé lui dire.

« L'heureux couple arriva, on se mit à table : on fut fort gai. Diane étoit parée comme la déesse dont elle portoit le nom, et aussi belle qu'elle est représentée dans la galerie du château d'Écouen. Le sire de Leuville avoit lui-même l'air aussi satisfait que l'amoureux Adonis partant pour la chasse; Olivier rioit de satisfaction intérieure; l'honnête Thomas, qui servoit son maitre, n'osoit regarder la belle dame; M. d'Entragues racontoit ses anciens faits d'armes, que personne n'écoutoit; enfin à l'exception des jeunes amans, qui n'étoient occupés que d'eux, chacun répondoit à sa pensée, et tout alloit à Marcoussis le mieux du monde.

« Un orage ménagé par l'amour lui-même, qui se plait à donner tant de tourmentes aux pauvres humains, empêcha le pauvre chancelier de retourner ce soir chez lui. Diane, qui avoit une frayeur mortelle du tonnerre, n'osa elle-même se mettre en route; il fallut bien aussi que le sire de Leuville, en fils sensible et tendre, restât avec son père. On coucha donc à Marcoussis. Olivier qui avoit pris, depuis soixante-dix ans, l'habitude de se lever avant le soleil, n'y manqua pas cette fois. Étant habillé, il vint frapper à la porte de son fils, qui étoit logé près de lui (on n'avoit pas, dans ce temps-là, l'odieuse importunité des valets aux vieux châteaux). Le sire de Leuville n'étoit pas dans sa chambre. Olivier passe au bel appartement, dont il trouve aussi la porte ouverte; il approche et voit de fort près, avec ses yeux presque éteints..... Quelle vue pour un chancelier de France! Depuis, un autre chancelier, qui ne valoit certainement pas le nôtre, fut témoin oculaire de quelque chose de semblable : c'étoit sa femme et son ami ; et, pour légitimer en quelque sorte leur union, il ajusta son mortier sur leurs deux têtes. Mais Olivier n'avoit pas là son mortier, et le cas étoit bien différent. C'étoit son fils avec la maitresse du Roi, qui, après avoir causé la perte du père, faisoit le bonheur de ce fils. « Oh ciel! dit Olivier, quelle vengeance, et qu'est-ce que ce monde? » Il sourit encore de satisfaction intérieure et ne parla jamais, ni à son fils ni à personne de l'étrange spectacle qu'il avoit eu à Marcoussis. C'est le sire de Leuville lui-même, qui avoit parfaitement distingué son père dans ce moment critique, quoiqu'il feignit alors de dormir; c'est lui qui, après la mort de Henri II, apprit cette anecdote aux jeunes courtisans.

. . . .

« On voit que nous passons légèrement sur les petites intrigues amoureuses du château de Marcoussis pour nous arrêter, de préférence, sur les traits de caractère, qui peignent bien mieux les temps.

« Nous ne rapporterons plus qu'une seule anecdote, qui a été défigurée par la foule de nos Historiens. qui, depuis plus de cent ans, sont dans l'usage de se copier les uns les autres.

« C'est au château de Marcoussis que Henri IV vit, pour la première fois, mademoiselle d'Entragues ; il alla l'y revoir fort souvent ; et un jour qu'il l'aperçut à une fenêtre du château, il lui dit : Mademoiselle, veuillez m'apprendre le chemin de votre chambre? — Par l'Église, Sire, lui répondit mademoiselle d'Entragues. Nos historiens ont compris par cette réponse que la nouvelle maîtresse du roi lui insinuoit que le mariage seul pouvoit l'attacher à lui. Mais cette demoiselle entendoit bien moins de malice dans sa réponse. Elle vouloit dire tout naturellement qu'on montoit à sa chambre par l'escalier de l'église (de la chapelle) (1). Si l'on voyoit aujourd'hui cette chambre où Henri IV fut heureux, quelle différence avec nos charmants boudoirs! Il est vrai que la chambre de la Belle Gabrielle, à Monceaux, est aujourd'hui une étable à vaches.......!

« On sait que ce fut encore à Marcoussis que le cardinal Mazarin fit mettre en prison le Grand Condé, le Prince de Conti et le duc

---

(1) De la cour du château on pouvait en effet gagner les appartements par un petit escalier qui de la chapelle d'en bas conduisait dans la chapelle d'en haut, et de cette dernière dans les appartements. Tout ce récit et ceux qui précèdent trahissent une parfaite connaissance des localités et de la distribution intérieure du château de Marcoussis ; il y a certainement dans ces anecdotes un fond de vérité qui y a arrêté notre attention.

de Longueville; et que tandis que le premier juroit contre son persécuteur, le second prioit Dieu et le troisième pleuroit. »

(*Bibliothèque universelle de Romans*, ouvrage périodique, avec des *Anecdotes* et des *Notices historiques*. Novembre 1782.)

XI

Aveu et Dénombrement rendu au Roy, le 3 mai 1730, par Alexandre de Balsac d'Illiers d'Entragues, seigneur de Marcoussis.

AVEU ET DÉNOMBREMENT rendu au Roi en sa Chambre des Comptes à Paris, le 30 mai 1730.

Par messire Alexandre de Balsac d'Illiers d'Entragues, seigneur de Marcoussis,

De la Terre et Seigneurie de Marcoussis, circonstances et dépendances dont la description suit :

Circonscription de la seigneurie de Marcoussis. Depuis le fief de la Roue par le coin des bois du Fay tendant au chemin qui est proche la maison de Faÿ, auquel chemin il y a bornes faisant séparation de ladite seigneurie de Marcoussis et de la Terre de Bruyères-le-Châtel, et desdites bornes tenant à ladite Terre de Bruyères et le chemin dudit Fay à Janvry, d'autre part il y a la Terre du Déluge entre eux, et tirant au lieu dit la Queue de Janvry; d'autre part à la Terre de Nozay et Ville-du-Bois, et bois du Ménil-Forget; d'un bout à la Terre et seigneurie de Janvry et aux bois de la Terre de la Grange-aux-Moines des Vaux de Cernay, le grand chemin qui va passer sur le pont et arche appelé Vaularon entre deux, lequel chemin va passer proche les fourches patibulaires dudit Marcoussis, au lieu appelé Forville (ou Folleville), et continue la Terre de Marcoussis jusqu'à la Terre et seigneurie de Villejust, Frétay et Vivier, et d'autre bout aux vignes étant à cens à l'Hôtel-Dieu de Paris, chemin des deux Croix à la Terre de Guillerville, un fossé entre deux étant de ladite seigneurie, tirant desdites deux Croix à la fontaine appelée la Flotte.

Ladite Terre de Marcoussis consistant :

1° En un château, boulevart attenant, cour, le tout clos de fossés, murailles, avec pont-levis, colombier à pied à l'entrée de la basse-cour, close aussi de fossés, grange, étables, bergeries et autres édifices, avec une place devant l'entrée desdits château et basse-cour.

2° Une pièce de terre séparée dudit château par les fossés, appelée le Petit-Parc, contenant 17 arpents, clos de murs de toutes parts, consistant en bois, prés et allées, dans laquelle pièce sont compris 4 arpents, ci-devant en parterre et viviers.

3° Un jardin potager clos de mur de toutes parts, contenant 7 arpents.

4° Un grand parc, appelé le Grand-Parc de Marcoussis, contenant 370 arpents, dont partie en baliveaux et l'autre partie en bois taillis.

5° Une pièce de bois appelée les Madeleines, contenant 41 arpents 1/2, étant à la pointe vers Montlhéry, et environ 4 arpents de bois tenant aux murailles dudit G^d-Parc de Marcoussis, qui était anciennement en vignes et roches, y ayant seulement un sentier entre lesdites pièces.

6° Cent livres de menus cens et 30 chapons sur les maisons, jardins, houches, prés et terres labourables portant ventes et amendes, suivant la coutume de la Vicomté de Paris.

7° Les droits de cens et surcens tant en deniers que volailles, rentes seigneuriales et nouveau cens dus chacun an à la Saint-Martin d'hiver, montant à la somme de 600 livres.

8° Le droit de banalité, de pressoir sur les vignes situées aux Champtiers de Gaignon, d'Entragues, les Maresses, Buisson-Rond, Moulin-à-Vent, et Justice de Folleville, vignoble de Marcoussis, données à nouveaux cens e' rentes seigneuriales, portant lods, ventes, saisines et amendes, depuis 1702, à l'exception des héritages du Champtier de Gaignon qui furent donnés par dame Jeanne de Gaignon, veuve de M. Charles de Balsac, en l'année 1613. Lesdits héritages dudit Champtier montant à la quantité de 50 arpents, moyennant 31 s. 6 d. de cens et rente par arpent, et les autres Champtiers ci-dessus nommés, montant ensemble à la quantité de 103 arpents, donnés à différents prix et chargés, outre le cens ordinaire de 15 d. par arpent.

9° *Droits généraux*. Droit de justice, haute, moyenne et basse, clergé, tabellionage, foires, aulnages, placage et minage, avec tous droits de châtellenie, de laquelle justice les appellations ressortissent au Châtelet de Paris.

10° Un moulin à vent proche et au-dessus du lieu appelé le Buisson-Rond, avec le droit de chasse.

11° Une pièce de pré devant le château, anciennement appelée l'Abreuvoir, contenant 9 quartiers.

12° Une autre pièce en pré appelée les Closeaux, contenant 5 arpents.

13° Une autre pièce de pré cont' 29 arpents, appelé le Pré de la Chisoire.

14° Trois arpents de pré sis au lieu dit dit Chêne-Rond.

15° Cinq arpents de pré assis au-dessous de la Chaussée du Petit-Étang.

16° Une ferme appelée des Prés, contenant 110 arpents, 81 perches, 14 pieds, tant terres que prés, bâtiments et cour, vendue, le 28 juin 1715, à Nicolas Gaudron.

17° Plus reconnait ledit sieur Avouant tenir en plein fief, foi et hommage de Sa Majesté à cause de Montlhéry, le Fief, Terre et seigneurie de la Ronce, sis en la paroisse de Marcoussis, par lui acquis de messire Jacques d'Illiers, par acte reçu Linacier et Ménil, notaires à Paris, le 23 août 1719; lequel fief consiste en un corps de logis, granges, écuries, étables à vache, bergerie, toit à porc et poulailler, cour, jardin potager enclos de murs.

18° Deux étangs à poisson au bout l'un de l'autre. Le Grand, contenant 130 arpents, a 18 pieds p. perche, et 100 perches p. arpent, tant en chaussée, bordage et pré et aulnoy.

Et l'autre, appelé le Petit-Étang, contenant, tant en eau, chaussée que prés et bordage, environ 110 arpents, dans lesquels prés ledit seigneur Avouant a droit de réservoir en temps de pêche du Grand-Étang.

19° Un autre étang au lieu dit la Queue-de-Janvry, appelé l'Étang de Vaularon, au bout duquel il y avait anciennement une maison en fief, lequel étang est maintenant partie en pré, et l'autre partie en aulnois et bois, contenant environ 12 arpents. Lequel lieu de Vaularon était anciennement un fief, qui relevait en plein fief du château de Marcoussis, et en arrière-fief de Montlhéry, et depuis a été réuni à Marcoussis.

Dudit fief de Vaularon relevait un fief assis à Grivry qui relevait en tiers dudit Montlhéry, lequel consistait en 20 arpents de terre, autant de bois et quelques cens, qui, au moyen de ladite réunion susmentionnée, relève à présent de Marcoussis, et en arrière-fief dudit Montlhéry.

20° Proche le lieu appelé le Buisson-Rond, tenu dudit seigneur à cens, il y a 10 arpents de vigne.

21° Anciennement dans la seigneurie de Marcoussis étaient 4 fermes, à présent réduites à trois.

La première, appelée la Ronce, proche la Chaussée du Grand-Étang, avec 140 arpents en plusieurs pièces.

La deuxième, appelée la Bergerie, proche la basse-cour dudit château, laquelle Bergerie est actuellement en jardin potager clos de murs, contenant 7 arpents, avec 130 arpents en plusieurs pièces.

La troisième, appelée la Grange, à laquelle a été joint partie des terres de la ferme appelée Chenanville assise près le village de Marcoussis, consistant en 120 arpents de terre et 10 arpents de prés et aulnois, y compris la Chaussée de l'Étang, appelé l'Étang-Neuf, lesquels prés et aulnois faisaient anciennement ledit Étang; et pour le surplus de l'autre ferme, appelée Chenanville, qui fut jadis un fief séparé relevant de Montlhéry, et maintenant uni et incorporé audit Marcoussis, il en a été donné 50 arpents ou environ à 25 sols parisis de cens par chaque arpent, portant vente et ce pour planter en vignes.

Pressoir banal. Lesdites vignes sujettes au pressoir banal sis dans le village dudit lieu, tenant à l'auditoire et lieu où se tient la justice de Marcoussis, avec une maison proche la porte du grand parc de Marcoussis, occupée par un garde-chasse, faisant partie de ladite terre, avec le champ où se tiennent les foires dudit lieu, l'une au jour de la Madeleine, l'autre à la Saint-André, chacun an, avec tous les droits appartenants auxdites foires; et auquel lieu il y avait anciennement un marché tous les mercredis, qui a été négligé à cause des autres marchés voisins.

Et la maison et jardin avec 4 arpents de prés en deux pièces faisant partie dudit Chenanville, laquelle maison est en ruine.

22° 800 arpents de bois en plusieurs pièces, sises tant à la seigneurie de Marcoussis que de la Ronce.

La première contenant 6 à 7 arpents, près le Chêne-Rond, clos et fermés de fossés.

Une autre pièce de bois, sis au-dessus de l'église de la paroisse de Marcoussis, nommé le Bois de la Madeleine sur la montagne.

23° 460 arpents ou environ de bois taillis assis en ladite seigneurie s'entretenant tous ensemble, nommé la Vente de Beauvais, Basset, les Cinq-Chênes, les Charmeaux, les 20 arpents, autres vingt arpents et la Queue-de-Janvry.

24° Une pièce de bois centenant 6 arpents, appelée le Clos-du-va-du-Pied proche Beauvais, près du bout de la Chaussée du Grand-Étang.

25° Une pièce de bois, appelée le Buisson-Caillet, assise à l'une des queues dudit Grand-Étang, contenant environ 10 arpents.

26° 306 arpents d'autres bois taillis, bruyères et aulnois, assis en ladite seigneurie au lieu dit le Buisson-Rond, nommé le Fond de Calais, la Vallée des Sabotiers, la Vente de Jouvence, du Moulin à Vent et Forville (Folleville?).

Et s'étend la justice de Marcoussis en toute l'étendue de la dite terre et paroisse, même sur les lods donnés en partage au seigneur de Montagu, et sur ceux des Célestins de Marcoussis et du seigneur d'Arpajon, ci-devant Châtres, sis au Parc-aux-Bœufs, comme faisant partie dudit partage.

La Terre et Seigneurie de Nozay et appartenances d'icelle, consistant en. . . . .

. . . .

Le Fief et Seigneurie de Frétay, en la paroisse de Villejust, 343 arpents de terre, 12 arpents de prés.

Fiefs échus par le partage fait entre messire César de Balsac, seigneur de Gié, dont le Sr Avouant est représentant, et dame Charlotte de Balsac, dame de Bassompierre et de Saint-Yon, des biens provenant de messire François de Balsac, leur père, et trisaïeul dudit Sr Avouant, mouvant cy-devant de Saint-Yon et à présent de Marcoussis et en arrière-fief de Montlhéry.

1° Le fief, terre et seigneurie du Val Saint-Germain, appartenant aux sieurs Hurault et à présent au sieur Lemaitre.

2° Quatre fiefs sis à Leideville, faisant la plus grande partie de la seigneurie de Leideville, appartenant au seigneur de Baugy, et sont à présent à M^{re} d'Estigny.

3° Le fief de Marivat, situé à Arpajon, ci-devant Châtres, consistant en maisons, jardins, appartenances, et en plusieurs cens et droits sur maisons et héritages, assis à Arpajon, terres et vignes aux environs, qui a appartenu au S^r d'Arras, depuis au Sr Boulet, à présent au Sr Petit.

4° Le fief de la Grange sur Villeconin, consistant en une grande ferme, terre, prés et bois qui a appartenu au Sr de Chanteloup.

5° Le fief de Breuillet près Baville, consistant en 60 arpents et pré, appartenant aux seigneurs Hurault du Marais, depuis à M. Lamoignon, et à présent possédé par ses petits-enfants.

6° Le fief de la Margaillerie et de Saint-Escobille, au bailliage d'Étampes, consistant en château, basse-cour, cens, rentes, champarts, fiefs et arrière-fiefs et autres droits. ci-devant possédé par les sieurs Le Venier et à présent par le Sr Passant.

7° Le fief de Jean, fils de Roy, situé aux Granges le Roy, proche la ville de Dourdan, contenant une ferme et plusieurs autres droits.

6° Un fief situé à Esclimont, en la châtellenie de Gallardon.

Fiefs relevant en plein fief de Marcoussis et en arrière-fief de Montlhéry.

1° Le fief de Guillerville, assis entre Marcoussis et Linas, consistant en moulin, bled, terre, aulnois et cens.

2° Le fief de Bellejame, appelé ci-devant Bellejambe, appartenant, ainsi que le précédent, au Sr Lemaitre, assis en la haute justice et paroisse de Marcoussis, consistant en : maison close de fossés, cour où il y a logement pour un fermier, colombier, grange, étables, bergeries et autres bâtiments aussi clos de fossés, jardins, prés, aulnois et parc clos de murs, 17 ou 18 arpents de terre et autres appartenances et dépendances.

3° Les fiefs de Saussoy et d'Orgery, situés à Saint-Cheron, consistant en plusieurs cens et autres droits sur terres, prés, maisons et autres héritages.

4° Plus une pièce de bois, située en ladite paroisse et justice de Marcoussis, contenant 14 arpents, ci-devant appelée le fief de la Brosse, et à présent le fief du Bois des Petits.

5° Le fief de Ménil-Forget, sis en la paroisse et seigneurie de Nozay, pour la maison et terres et dépendances, contenant 135 arpents de terre en plusieurs pièces, ès-environs de ladite maison, quelques cens sur des héritages et vignes sis en ladite paroisse de Nozay, au lieu dit la Ville-du-Bois, et en 108 arpents de bois et friches, en deux pièces : la première, située au-dessous du Fay, contenant 62 perches ; et l'autre, sis audit Marcoussis, contenant environ 46 arpents, tant en bois que friches, le tout appartenant aux Religieux Célestins de Marcoussis, qui ont donné Jean Manon pour homme vivant et mourant pour tenir ledit fief.

6° Le fief de Biez, contenant 40 arpents, situé en la haute justice et paroisse de Marcoussis, consistant en prés et aulnois au hameau du Guay, proche le Petit-Étang, qui appartient à présent à l'Hôtel-Dieu de Paris, qui a fourni Pierre Bertrand pour homme vivant et mourant pour tenir ledit fief.

7° Le fief de Villarceau, situé en la paroisse de Nozay, consistant en maison, grange, étables, cour, jardin clos d'arbres, bois y attenant et en cent arpents de terre.

8° Le fief de Fresne, situé en la paroisse de Saint-Philbert de Brétigny, consistant en maison en forme de ferme et en 40 ou 50 arpents de terre.

9° Le fief de Cornillon, sis à Beaulieu, ci-devant dit Biscorne.

10° Le fief de Beaulieu, situé à la Ville-du-Bois, consistant en maison et autres bâtiments, jardin, tant potager que planté d'arbres, contenant 15 arpents clos de murs, inféodés, avec autres héritages, jusqu'à concurrence de 60 arpents, par défunt messire de Balsac d'Illiers d'Entragues, père du seigneur Avouant, en faveur de M⁰ Claude Érard, avocat en parlement, laquelle inféodation a été réduite par ledit seigneur Avouant, à ladite quantité de 15 arpents.

11⁰ Le fief de Grivry, situé en la châtellenie de Gometz, anciennement de Vaularon, incorporé et uni audit Marcoussis, qui fut au Sr d'Orsay, consistant en 20 arpents de terre, autant de bois, et en 48 sols de menus cens.

(Inventaire général des titres de la châtellenie de Marcoussis. Tome 1er. Mss.)

◇

XII

Fragment de l'Épître de J. J. Rousseau à M. de l'Étang, vicaire de Marcoussis.

Dans cette épitre, datée de 1751, J. J. Rousseau débute ainsi :

> En dépit du destin jaloux,
> Cher abbé, nous irons chez vous.
> Dans votre franche politesse,
> Dans votre gaieté sans rudesse,
> Parmi vos bois et vos coteaux
> Nous irons chercher le repos,
> Nous irons chercher le remède
> Au triste ennui qui nous possède,
> A ces affreux charivaris,
> A tout ce fracas de Paris.
> Paris! . . . . !
> Mais plus malheureux mille fois
> Qui l'habite de son pur choix,

Et dans un climat plus tranquille
Ne sait pas se faire un asile
Inabordable aux noirs soucis,
Tel qu'à mes yeux est Marcoussis !
Marcoussis qui sait tant nous plaire ;
Marcoussis dont pourtant j'espère
Vous voir partir un beau matin
Sans vous en pendre de chagrin !
Accordez donc, mon cher vicaire,
Votre demeure hospitalière
A gens, dont le soin le plus doux
Est d'aller passer près de vous
Les moments dont ils sont les maîtres.
Nous connaissons déjà les êtres
Du pays et de la maison,
Nous en chérissons le patron
Et désirons, s'il est possible,
Qu'a tous autres inaccessible
Il destine en notre faveur
Son loisir et sa belle humeur.

. . . .
. . . .
. . . .

XIII

Aveu et Dénombrement rendu au Roi, le 23 août 1785,
par la comtesse d'Esclignac, dame de Marcoussis.

AVEU ET DÉNOMBREMENT au Roi, en sa Chambre des Comptes,
le 23 août 1785, par madame la comtesse d'Esclignac de la châ-

tellenie de Marcoussis et dépendances, et des fiefs de Frétay et de la Poitevine.

Consistant, savoir : ladite châtellenie de Marcoussis s'étendant sur les territoires de Nozay et la Ville-du-Bois :

En droits généraux :

1° Droit de haute, moyenne et basse justice et voirie sur l'universalité des territoire et paroisse de Marcoussis, Nozay et la Ville-du-Bois, ainsi que sur les possessions des Célestins, au dedans de ladite paroisse; même droit de justice sur les deux cent quatre-vingt-neuf arpents, trente-sept perches et demie de bois taillis appartenant à la dame de Chemeteau, dame de la Roue, ainsi que sur les maisons et jardins du hameau de Chouanville, et sur le champtier des Hauts-Luisans au-dessus du Houssay; lesquels droits de justice s'étendent pareillement à Nozay, sur les fiefs de la Saussaye, celui de Villarceau, celui de Lunézy, celui de Mesnil-Forget, de la Ville-du-Bois; sur le fief des Maisonnettes et sur les bois dépendant du domaine de la seigneurie du Plessis Saint-Père, et encore sur des portions de directe, dépendant de la seigneurie de Villebouzin, des chanoines de Linois, des religieux de Saint-Éloi, et un petit canton à la pointe du grand chemin dépendant de la seigneurie d'Épinay.

Lesdits droits de justice érigés en bailliage dont les appels ressortissent au Châtelet de Paris quant au civil, et pour le criminel au Parlement.

2° Droits d'échanges en l'étendue de ladite châtellenie.

3° Droit de notariat.

4° Droit de quatre foires annuelles au bourg de Marcoussis, et droit de marché audit lieu, avec tous droits de coutume, de plaçages, poids et mesures, aunages, étalonage, langueyage de porcs, jeux de quilles, et autres droits généraux établis par les titres de ladite terre.

24

5° Droit de rouage et foirage à percevoir sur les vendans vins, consistant, savoir : celui de rouage à percevoir sur les vendans vins en gros, en deux deniers obole par pièce, jauge d'Orléans ; et celui de foirage, pour ceux en détail, en quatre pintes de vin, mesure du lieu, par pièce, même jauge d'Orléans.

6° Droit de pressoir banal audit lieu.

7° Chasse et pêche en l'étendue desdites terres et fiefs.

Domaine Utile.

— 5 arpens, 52 perches, en bâtimens et cours.

— 43 arpens, 79 perches 1/2, en jardins.

— 82 arpens, 26 perches, en étang et canal.

— 314 arpens, 86 perches, en terres labourables, dont 12 arpens, 40 perches exploités par le régisseur, et 302 arpens, 46 perches en corps de ferme.

— 118 arpens, 44 perches en prés.

— 1,258 arpens, 58 perches, 7/12 en bois.

— 12 arpens, 47 perches, en friches et en emplacemens vagues.

Montant la totalité de l'ancien domaine à 1,805 arpens, 93 perches 1/2, 16 arpens, 39 perches 11/24, en héritages réunis au domaine.

Total général des domaines utiles de ladite châtellenie, 1,822 arpens, 32 perches 13/24.

Domaine Direct.

189 liv. 10 s. 3 d. ob. p^te, 9 poules 5/6, 19 chapons 1/4, dont un gras, de cens.

509 liv. 17 s. 2 d. pite 1/2, 7 poules 1/6, 14 chapons 1/2, dont un gras, 12 boisseaux, 12 litrons de bled méteil, et autant d'a-

voine, 145 arpens 95 perches 23/24 de droit de pressoir, de surcens et rentes seigneuriales et droits réels.

Le tout à prendre sur 1,651 arpens, 83 perches 1/24, de terre en la paroisse de Marcoussis.

125 liv. 15 s. 4 d. ob. p^te 4/5 de cens.

158 liv. 4 s. 4 d. ob. 4/5, 2 poules, 15 chapons 1/2, dont 5 1/2 gras, 10 arpens, 75 perches de dîme, de surcens et rente seigneuriale.

Le tout à prendre sur 1,378 arpens, 34 perches 7/8, de terre en la paroisse de Nozay et la Ville-du-Bois.

Total des domaines directs de la châtellenie de Marcoussis, montant à 315 liv. 5 s. 8 d. ob. 4/5, 9 poules 5/6, 19 chapons 1/4, dont un gras, de cens, et 668 liv. 1 s. 7 d., 9 poules 1/6, 30 chapons 5/12, dont 10 1/2 gras, 12 boisseaux, 12 litrons de bled méteil, et autant d'avoine, 145 arpens 95 perches 23/24 de droit de pressoir, et 10 arpens 75 perches de dîme, de surcens et rente seigneuriale et droits réels.

28 liv. 9 s. 11 d. 2/5 de cens.

38 liv. 12 s. 8 d. ob., 230 boisseaux, 8 litrons 4/5 de bled méteil, et autant d'avoine de surcens et rentes seigneuriales et droits réels.

Le tout à prendre sur 366 arpens, 58 perches 1/3, à Frétay et la Poitevine, pour ce qui est mouvant de Sa Majesté.

Total général des domaines directs de la châtellenie de Marcoussis, Nozay, la Ville-du-Bois, Frétay et la Poitevine, pour ce qui est mouvant de Sa Majesté.

343 liv. 15 s. 7 d. ob. p^te 1/5, 9 poules 5/6, 19 chapons 1/4, de cens; et 706 liv. 14 s. 3 d. ob., 9 poules 1/6, 30 chapons 5/12, 243 boisseaux, 4 litrons 4/5 de bled méteil, et autant d'avoine, 145 arpens, 95 perches 23/24 de droit de pressoir, et 10 arpens, 75 perches de droit de dime.

*Des mouvances féodales, anciens fiefs relevant
de ladite châtellenie.*

Le fief de Bellejame, à Marcoussis.

Le fief de Villarceau, à Nozay.

Les fiefs de Ménil-Forger, du Bois-Luisant et du Bois de la Croix, à Marcoussis, Nozay et la Ville-du-Bois.

Le fief de Frène, à Brétigny.

Lé fief de Grivery, à Gometz-le-Châtel, dit Saint-Clair.

Le fief des Biez, à Marcoussis.

Le fief de Beaulieu, à la Ville-du-Bois.

*Fiefs relevant de la châtellenie de Marcoussis,
au moyen du partage de 1628.*

Les fiefs du Saunoy et d'Orgery, à Saint-Cheron.

Les quatre fiefs de Leudeville.

Le fief de la Grange-sur-Villeconin, à Villeconin.

Le fief de Jean et Louis, fils de Roy, paroisse des Granges-le-Roy.

Le fief de Cornillon, à Marolles.

Le fief de la Vicomtesse, à Savigny-sur-Orge.

Le fief, terre et seigneurie du Marais et Val Saint-Germain.

Le fief de la Margaillerie, à Richarville.

Le fief de Marivat, à Arpajon.

Le fief d'Esclimont, châtellenie de Gallardon en Beauce.

Le fief de Brouillet, paroisse du même nom.

Fiefs de Frétay et de la Poitevine.

Anciens fiefs de Fretay et de la Poitevine, situés en la justice et paroisse de Villejust, annexés à la châtellenie de Marcoussis, consistant, savoir :

En 28 liv. 9 s. 11 d. 2/5 de pite de cens, 38 liv. 12 s. 8 d. obole; 230 boisseaux, 8 litrons 4/5 de bled métell, et autant d'avoine de surcens, à prendre et percevoir annuellement, le jour de la Saint-Martin d'hiver, sur 366 arpens, 58 perches 1/3, en maisons, bâtimens, cours, jardins, terres labourables et prés.

Duquel fief de la Poitevine relève directement le fief des Villevents, situé en la paroisse de Villejust, consistant en 58 arpens, 14 perches 1/4, de terres, vignes et prés de domaine utile, et en 15 liv. 1 s. 6 d. 3/4 de pite de cens, et 53 liv. 4 s. de rente seigneuriale à prendre sur 89 arpens, 63 perches 1/6 de terre et vigne.   (*Cet aveu est sur parchemin.*)

(Inventaire général des titres de la châtellenie
*de Marcoussis. Tome I*er*. Mss.)*

XIV

Les Noms de quelques Prieurs de Saint-Vandrille et Curés de Marcoussis.

Nous empruntons cette nomenclature à *l'Anastase*, pages 126 et 123 *bis*, en y ajoutant quelques noms nouveaux, que nous faisons alors précéder d'un astérisque *.

Prieurs de Saint-Vandrille.

Ricardus Prior de Marcociis, dans un titre de l'an.... 1198
Damp Nicole de Torchy. 1343

Frère Benoist Gaon. 1373
* Frère Jean Raveneau. 1460
Dom Pierre Montel ou Moncel. 1491
* Frère Médard Le Dieu. 1532
Frère Guillaume de la Vieille. 1506
Maitre Pierre Jullien, qui décéda l'an. 1542

Curés de Marcoussy.

Messire Pierre Gaugis, dans un titre de l'an. 1340
Messire Hervy Fournier, prêtre, curé de Marcoussy. . . 1361
Messire Nicole le Gros. 1391
Messire Gervais Gosse, ou Gousse, maître ès-arts. 1486
Messire Louis Roussel. 1506
Messire J. Musnier, prêtre, curé de Marcoussy. 1519
* Messire Jean Fontaine. 1530
Messire Pierre Laurens, aumônier du Roi. 1544
Messire Richard Bissart. 1580
* Messire Louis Capart ou Gaspard. 1595
* Messire Denis des Chapelets. 1606
Messire N.... Euveline. . . . . 16...
* Messire Roland Boucher. 1636
Messire Thomas de Saint-Denys, prêtre, curé de Mar-
coussy, personnage de mérite et de vie exemplaire,
remplit aujourd'hui (1694), dit *l'Anastase*, avec beau-
coup d'exactitude et de zèle tous les devoirs de ce
grand et divin employ. 1640
* L'abbé Bourguignon. 1686
* L'abbé Hermion. 1715
* L'abbé Balthasard de Saint-André. 1717
* L'abbé Mathurin Rousseau. 1735
* L'abbé Lenoble. 1780

(Voir page 273 les noms des curés depuis la Révolution.)

XV

Liste de tous les Prieurs conventuels et triennaux du monastère des Célestins de Marcoussis, depuis sa fondation jusqu'à présent (1689).

Nous empruntons cette liste à *l'Anastase*, pages 124 et seq., en y ajoutant quelques noms nouveaux, que nous faisons alors précéder d'un astérisque *.

Stephanus Comblansius. 1408	Jacobus Buchartus. . . . 1503
Joannes Brassator. . . . 1414	Franciscus Bernardus. . 1507
Joannes Gersonius. . . . 1415	Antonius Pannetonius. . 1513
Petrus Brollejus. 1420	Guido Petreius. 1525
Odo Regius. 1426	Antonius Poquetus. . . . 1528
Adamus Hyndrus.. . . . 1430	Joannes Ranchieurius. . 1531
Johannes Brito. 1432	Dionysius ab Atrio. . . . 1540
* Blanchetus Durinus. . 1436	Joannes Ranchieurius,2°. 1543
Joannes Faynus. 1443	Joannes Bucherius, Se-
Joannes Sancheyus.. . . 1449	nior, 1°.. 1546
Nicolaus Humbertus. . . 1453	Joannes Ranchieurius,3°. 1549
Joannes Perudusis. . . . 1456	Petrus Damaius. 1544
Simon Jolius. 1465	Joannes Bucherius, Se-
Joannes Durinus. 1475	nior, 2°.. 1555
Guillelmus Coopertor. . 1477	Petrus Cadetus.. 1562
Joannes Durinus, 2°.. . . 1482	Stephanus Tamponetus. 1564
Theobaldus Artaldus.. . 1487	Adrianus Chauflartius. . 1567
Joannes ab Atrio. 1491	Philippus Humbertus.. . 1570
Bertrandus Languesius.. 1497	Joannes Hieronymus . . 1571
Nicolaus Alligretus.. . . 1498	Jullianus Laffilius.. . . . 1573

Hieronymus Pesecius.. . 1582
Adrianus Chauflartius, 2°. 1583
Arturus Blevetus. 1586
Stephanus Grounetus.. . 1588
Ludovicus Ancelus. . . . 1588
Adrianus Chauflartius, 3°. 1590
Claudius Massilius. . . . 1592
Ludovicus Ancelus, 2°. . 1595
Petrus Andoinus. 1598
Joannes l'Escuyeus.. . . 1601
Dionysius de Beguinus. . 1601
Joannes Parvus.. 1607
Antonius Brandrelius. . 1610
Nicolaus Cuveronus. . . 1612
Petrus Heronus.. 1616
Claudius Massilius, 2°. . 1618
Sylvestes Tribulotus. . . 1622
Tussanus Trussardus. . 1634
Franciscus Liegaltus, 1°. 1639
Carolus Arnulphus. . . . 1640
Franciscus Liegaltus, 2°. 1643
Carolus Balduinus. . . . 1646
Gabriel Galterius. 1649
Joannes Lesage.. 1655
Michael Ollier. 1658
Robertus de Villers.. . . 1660
Gabriel Gautier, 2°.. . . 1661
Franciscus Liegault, 3°. . 1661

Gabriel Gautier.. 1670
Ludovicus le Marchand. 1673
Nicolaus Dampjam. . . . 1674
Joseph Ronat.. 1677
Carolus Guilhet.. 1682
Nicolaus Dampjam, 2°. . 1638
Bonaventura Bauduy, qui exerce aujourd'hui si exemplairement la charge de Prieur de ce Monastère : « Je désire, ajoute l'auteur de l'*Anastase*, p. 127, que tout le monde sache les obligations singulières que je lui ay, par la communication tout ce qu'il avoit de plus curieux dans ses mémoires, et par celles qu'il m'a fait avoir des autres sçavans de son ordre, dont il est un des plus rares ornements. ».. 1689
* F. J. Pelletier.. 1732
* Claude Binart. 1744
* Le Père Menesse. . . . 1758
* Le Père Saint-Alban. . 1762
* Le Père Metra ou Metrac. 1786

Notes sur quelques Célestins recommandables qui
séjournèrent au monastère de Marcoussis.

Nous extrayons ces notes de l'ouvrage : *Gallicæ Cœlestinorum*
congregationis ordinis S. Benedicti monasteriorum fundationes,
virorumque vita aut scriptis illustrium, elogia historica, 1 vol.
in-4°. Paris, 1719, sans nom d'auteur, mais que l'on sait être de
Dom Antoine Becquet.

En téte du livre on voit un écu d'azur à la croix célestine
enroulée d'une S d'argent et cantonnée de deux fleurs de lys
d'or : et au-dessous on lit l'interprétation suivante de cet emblème héraldique de l'ordre des Célestins.

Littera S argentea quam in priori pagina vidisti, argentea
itidem cruci incertam, in æquore cæruleo, ad primarium ordinis
Cœlestinorum monasterium, quod Sancti Spiritui dicatum est,
designandum ; totius ordinis Cœlestinorum commune symbolum
est, cujus cuidem utrique lateri Philippus Pulcher Francorum
Rex lilium aureum adjunxit, quo magnificentius splendidius que
gallica Cœlestinorum congregatio designaretur.

Ainsi donc l'S enroulée à la croix indique que le premier monastère des Célestins fut placé sous l'invocation du Saint-Esprit.
Cette explication nous parait préférable à celle que nous avons
donnée à la note deuxième de la page 51 du présent ouvrage,
explication que nous avions empruntée à l'*Histoire des Ordres*
Religieux d'Adrien Schoonebeek.

Les Célestins de Marcoussis substituaient à la fleur de lys, de
droite, les deux feuilles de courge entrelacées qui rappelaient
leur fondateur Jean de Montagu. Ce sont ces armoiries que nous
avons fait graver d'après une miniature d'un amortissement
de 1522, beau volume manuscrit conservé aux Archives de
l'Empire.

De la lecture de l'ouvrage de Dom A. Becquet, il résulte pour nous que le Célestin qui avait fait profession dans un monastère de l'ordre n'y restait pas toujours ; il pouvait être appelé dans un autre, pour y exercer différents offices, selon la volonté du Provincial ; c'est d'ailleurs ce que l'on verra dans les notes suivantes, complément indispensable de ce que nous avons écrit sur le monastère des Célestins de Marcoussis.

ÉTIENNE DE COUBLANS (1), d'Auxerre, fit profession au monastère de Limay (juxta Meduntum, près de Mantes), fondé en 1376, par Charles V; trois ans après il fut nommé prieur, et passa ensuite en 1408 à Marcoussis, où il fût mis à la tête du couvent; plus tard il alla en Italie, et il représenta la province de France au chapitre général de l'ordre. Il mourut aux Célestins de Soissons, dans un âge avancé, l'an 1429.

JEAN GERSON se fit religieux au monastère des Célestins de Limay en 1407, il passa ensuite dans plusieurs monastères de l'ordre, fut prieur des Célestins de Marcoussis en 1415, vint en cette qualité dans celui des Célestins de Lyon, en 1421, et y mourut en 1434. Il était frère du célèbre chancelier de l'Université de Paris, appelé comme lui Jean Gerson, et auquel on attribue le livre de l'*Imitation de Jésus-Christ*. Il est probable que pendant les troubles suscités à Paris par la rivalité des maisons d'Armagnac et de Bourgogne, le chancelier, ennemi de Jean sans Peur, vint chercher un refuge à Marcoussis, auprès de son frère, avant de sortir du royaume; ce qui est plus certain, c'est qu'il vint mourir auprès de lui en 1423, dans le monastère des Célestins de Lyon.

ARTUS DE MONTAUBAN, fils de Guillaume, baron de Montauban de Laudal et de Marigny, chancelier d'Isabelle de Bavière, et de

---

(1) L'auteur de *l'Anastase*, p. 124, et Simon de la Motte, chapitre IX, mettent *de Comblans*, ainsi que nous l'avons répété p. 52.

Bonne de Milan, entra chez les Célestins de Paris en 1454, passa ensuite chez ceux de Metz, de Limay, de Marcoussis, jusqu'à ce que, sous Louis XI, ayant renoncé à ses vœux, il devint archevêque de Bordeaux, où il mourut en 1468.

Antonius Pocquet ou Pauquet, de Beauvais, fit profession au monastère des Célestins de Marcoussis le 25 janvier 1508. Ce religieux est célèbre par la sainteté de sa vie, il mourut prieur des Célestins de Paris, et vicaire général provincial de l'ordre, en 1546. Il a laissé plusieurs ouvrages, et entre autres, trois volumes in-folio de Sermons dans la bibliothèque des Célestins de Marcoussis.

Guillelmus Charmolue, de Paris, avait fait profession au monastère des Célestins de Marcoussis, en même temps que le précédent, le 25 janvier 1508, c'était un écrivain habile, qui fit pour ce couvent trois psautiers in-8° sur parchemin, et un grand volume in-folio de messes votives avec les notes de plain chant; il mourut aux Célestins de Paris en 1548.

Dionysius Lefebvre, du diocèse de Chartres, était maître ès-arts à 16 ans, en l'an 1500. Il professa avec distinction dans l'Université pendant 10 ans, et entra chez les Célestins de Marcoussis le 15 août 1510, il mourut vicaire général provincial à Paris en 1537. — Il a laissé de nombreux ouvrages, entre autres, une Vie de Saint-Pierre Célestin, en latin, des lettres consolatrices au frère Martin Ruzé, moine célestin de Paris, alors affligé d'un éléphantiasis, des Sermons, des Hymnes latines, des Contemplations mystiques, etc., etc., etc. Sa vie a été écrite par un de ses disciples, Jean Cordeau ou Cordier (Johannes Cordæus), en tête de l'*Index alphabeticus scriptorum veterum, græcorum ac latinorum in omni genere litteraturæ*, 2 vol. in-f°, ouvrage de Denis Lefebvre, que l'on conservait dans la bibliothèque des Célestins de Paris.

JOHANNES LE LIÈVRE fit profession chez les Célestins de Marcoussis, le 8 septembre 1549, devint prieur des Célestins d'Offemont, en 1570, puis de ceux d'Ambert, et mourut le 29 juillet 1583. Il a laissé plusieurs ouvrages mystiques, entre autres trois manuscrits in-8° que l'on conservait dans la bibliothèque de Marcoussis.

JOHANNES BOUCHER SENIOR, est le prieur des Célestins de Marcoussis qui fut assassiné par les hérétiques, en 1562 (voir page 167). Il est étonnant que Simon de La Motte, dont le manuscrit nous a servi de guide pour l'Histoire du monastère de Marcoussis, ait omis de nous dire le nom de ce prieur. Dom A. Becquet est d'ailleurs plus explicite que lui relativement aux déprédations dont le monastère de Marcoussis fut, par trois fois, le théâtre, au temps des guerres de religion ; voici ce qu'il en dit :

« Anno millesimo quingentesimo vicesimo quinto, die septima ac vicesima martii, a Calvinistis, qui tot et tantas postmodum strages regno intulerunt, direptum primo fuit Marcoussiacense monasterium. Hoc scelere patrato, cessavit quassatio ad tempus, ad annum scilicet millesimum quingentesimum sexagesimum secundum, quo currente, sopitum quod videbatur malum, subito recruduit : septem quippe monasteria nostra a præfatis hereticis ac circumcellionibus devastata fuisse passim leguntur nostris in commentariis. . . . .

« Marcoussiacensi monasterium ab iisdem rursus direptum est die vigesima secunda novembris (1562) cujus V. P. Prior Johannes Boucher Senior, professus Parisiis, sicâ impetitus paulò post unà cum sanguine animam Christo libavit.

« 1567. Marcoussiacensis porrò cenobii secunda clades nondum exoleverat, quum ecce tertia irruptione mense octobri, iidem calvinistæ, duobus monachis sacerdotibus pugione confossis, illud depredati sunt. »

JOHANNES JÉRÔME, de Pontoise, fit profession chez les Célestins de Paris le 18 octobre 1555, devint prieur de ceux de Marcoussis en 1571. Il les administra avec sagesse pendant 2 ans et 5 mois. Ensuite il fut en 1573 élu prieur des Célestins de Paris, et dix mois après, en 1574, passa dans le monastère de Limay, où il mourut après avoir exercé les fonctions de prieur et de sous-prieur. Il a laissé plusieurs ouvrages religieux.

PETRUS AUDOUYN, du Mans, fit profession au monastère des Célestins de Paris le 11 juin 1560, devint provincial de l'ordre en 1592, et mourut prieur à Marcoussis le 21 juillet 1600. Il a laissé plusieurs ouvrages, entre autres, un traité manuscrit du pouvoir des prêtres, et un Traité du Sacrement de pénitence.

FRANCISCUS LIÉGAULT, de Roye en Picardie, fit profession chez les Célestins de Marcoussis, le 25 juillet 1613, fut vice-prieur à Metz, prieur à Heverlée, près de Louvain, prieur à Paris, trois fois prieur à Marcoussis en 1639, 1643 et 1661, et y mourut en 1680, à l'âge de 83 ans. On conservait dans la bibliothèque de Marcoussis plusieurs de ses ouvrages; entre autres, un Lexique hébreu in-4°, et les Psaumes de David, traduits de l'hébreu en latin, mss. in-4°.

JACOBUS MICHAUD, d'Orléans, fit profession à Marcoussis, le 19 mai 1628, fut prieur dans les monastères d'Esclimont, au pays Chartrain; et des Ternes, au Limousin; et revint mourir père conventuel à Marcoussis, le 15 octobre 1676. Il a traduit en français plusieurs ouvrages ascétiques.

NICOLAUS DAMPJAN, de Beauvais, fit profession chez les Célestins de Paris, le 14 août 1633, fut souvent prieur dans plusieurs monastères de l'ordre, et notamment dans celui de Marcoussis, en 1674 et en 1683, et revint mourir aux Célestins de Paris, doyen et conventuel de l'ordre, le 4 juin 1692.

SIMON DE LA MOTTE, de Rouen, fit profession chez les Célestins de Marcoussis, le 15 juillet 1635, y fut longtemps sous-prieur, se distingua par son savoir et sa sagesse, se livra surtout à l'étude des antiquités sacrées et profanes, et mourut d'apoplexie en 1682, comme il regagnait son monastère en revenant de secourir quelques pauvres du voisinage. Il a laissé dans la bibliothèque de Marcoussis six volumes in-f°, dont : un Traité du pays de Hurepoix, commençant par ces mots : *Comme je fus prié...*, la Vie de saint Joseph d'Arimathie, la Vie de saint Avit, Éclaircissements touchant l'écriture sainte et la fidélité de la Vulgate, etc., etc,

Dom Becquet ajoute : *Testatur auctor hoc in codice se vitam D. Johannis de Montagu Marcoussiacensis Cœlestinæ fundatoris scripsisse, at illam nondum videre contigit.*

Nous nous félicitons d'avoir été plus heureux que lui, grâce à la complaisance de M. Denis Legendre qui nous a prêté une copie de ce manuscrit, aujourd'hui en la possession de M. le baron Jérôme Pichon.

BONAVENTURA BAUDUY, de Riom en Auvergne, entra chez les Célestins de Vichy, en 1636, édifia plusieurs monastères par sa sagesse et sa piété, et mourut prieur à Marcoussis, dans un âge avancé, le 10 décembre 1693. On lui doit des tables chronologico-historiques de la congrégation des Célestins de France, de l'an 1300 à 1675, dont le père Antoine Becquet fit usage pour l'ouvrage d'où nous extrayons ces notes ; il a également écrit le Pensez-y bien, par un Religieux célestin, et d'autres ouvrages.

GUILLELMUS PIJART, de Paris, fit profession à Marcoussis, le 19 avril 1643, y remplit pendant longtemps la fonction de bibliothécaire, et y mourut le 24 ao t 1687. Ses ouvrages existaient manuscrits dans la bibliothèque du monastère de Marcoussis, et parmi eux un *Elenchus chronologiæ ab orbe condito, ad annum Christi* 1600, en trois tomes distincts. Il avait écrit, en 1656, une généalogie de la maison de Montagu et descendance. 2 vol. in f° mss. Ce dernier ouvrage doit être aux Archives de l'Empire.

PETRUS VANDERDOOT, de Louvain, fit profession le 25 juillet 1675, chez les Célestins de Heverlée, passa ensuite en France, où il resta vingt ans, séjourna quelques années au monastère de Marcoussis, où il enseignait les novices, passa dans ceux de Paris et de Soissons, et revint mourir, le 20 octobre 1705, prieur de son monastère originaire de Heverlée.

Les religieux dont nous venons de donner les noms n'étaient pas originaires de Marcoussis, ils ne firent qu'y séjourner plus ou moins de temps; mais un érudit célèbre qu'on ne peut refuser à Marcoussis, est GABRIEL DU PRÉAU, connu des savants sous le nom de *Prateolus*. Il naquit à Marcoussis de parents pauvres, étudia au collége de Navarre, et devint célèbre par sa connaissance des langues. Il a donné, de 1549 à 1583, plusieurs ouvrages de Théologie ou de Polémique religieuse, et chez le fameux libraire Corrozet, à la date du 3 mai 1558 : *La Géomance du seigneur Cristofe de Cattan, gentilhomme genevoys. Livre non moins plaisant et récréatif que d'ingénieuse invention pour savoir toutes choses présentes, passées et advenir avec la roue de Pytagoras; le tout augmenté et mis en lumière par Gabriel du Préau, natif de Marcoussis, près de Montlhéry,* etc., etc. 1 vol. in-4°. Cet ouvrage est aujourd'hui fort rare, nous l'avons en vain cherché à la Bibliothèque Impériale. Gabriel du Préau mourut à Péronne en 1588, et fut inhumé dans l'église de Saint-Sauveur, dont il avait été curé.

XVI

État des Chemins vicinaux de la Commune de Marcoussis (classement du 2 février 1806).

1. La grande route de Versailles à Essones, traversant la commune, de 5,750 mètres de longueur sur 10 mètres de largeur.
2. Grand chemin vicinal de Linas à Briis, de 5,467 mètres sur 6 mètres.
3. Le chemin du Houssay, tendant à Nozay, de 643 mètres sur 4 mètres.
4. Le chemin du Houssay à Chouanville, de 442 mètres sur 6 mètres.
5. Le chemin dit la Vidange des Bois, tendant de Chouanville aux Bois, de 485 mètres sur 5 mètres.
6. Le chemin Vert, traversant les vignes de Gagnon, joignant les bois de Bellejame, de 490 mètres sur 4 mètres.
7. Le grand sentier de Gagnon, traversant les vignes de la pièce d'Entragues et celles de Gagnon, de 560 mètres sur 1^m,50.
8. Le chemin dit de la chaussée de l'Étang-Neuf, de 520 mètres sur 5 mètres.
9. Le grand sentier de Marcoussis, tendant au Houssay, et aux vignes de la Croix de Bellejame, de 1,936 mètres sur 1^m,50.
10. L'ancien grand chemin d'Arpajon à Versailles, traversant le Mesnil et le Guay, de 1,086 mètres sur 6 mètres.
11. Le sentier des bois de Bellejame, de 730 mètres sur 1^m,50.
12. Le chemin de Linas à Fontenay-les-Briis, de 1,285 mètres sur 6 mètres.
13. Le chemin dit de l'Orme, de 1,010 mètres sur 5 mètres.

14. Le sentier de la Guissère de l'Étang-Neuf, traversant la pièce de terre de M. Dubois de Bellejame, de 510 mètres sur 1^m,50.

15. Le chemin longeant le cimetière et traversant le hameau dit du Champ de l'École, de 216 mètres sur 5 mètres.

16. L'ancien chemin de Marcoussis à Montlhéry, de 344 mètres sur 4 mètres.

17. Le sentier des Basses-Madeleines, de 300 mètres sur 1 mètre.

18. Le chemin dit de la Grande-Rue, tendant à Arpajon par le Bouchet, de 1,494 mètres sur 5 mètres.

19. Le chemin du Bouchet, tendant à Coard, de 806 mètres sur 3 mètres.

20. Le chemin ou rue des Boulangers tendant de Marcoussis au Mesnil, de 194 mètres sur 6 mètres.

21. Le sentier de la Jacquemarderye, de 458 mètres sur 1^m,50, formant plusieurs embranchements.

22. Le chemin du puits de la Grande-Rue, tendant à la grande cour du Mesnil, de 421 mètres sur 5 mètres.

23. Le chemin de Marcoussis à Nozay, par deux branches se joignant vers le milieu de la côte, de 660 mètres sur 5 mètres.

24. Le chemin de Marcoussis au Mesnil, partant des pressoirs, de 2,080 mètres sur 5 mètres.

25. Le chemin dit la rue Huo, de 140 mètres sur 4 mètres.

26. Le sentier de la Plante aux Chiens, prenant naissance sur l'ancienne route d'Arpajon à Versailles, et passant derrière les jardins du Mesnil, de 640 mètres sur 1^m,50, par plusieurs embranchements.

27. Le chemin des Meuniers, de 2,130 mètres sur 4 mètres, sortant aux terres de la ferme de Coard par trois embranchements.

28. Le chemin dit du Parc-aux-Bœufs, tendant à Fontenay-lès-Briis, de 1,220 mètres sur 4 mètres.

29. Le chemin dit les Ruisseaux, de 720 mètres sur 4 mètres.

30. Le chemin dit du Regard, tendant de l'ancien chemin d'Arpajon à Versailles et joignant celui de Linas à Briis, de 540 mètres sur 5 mètres.

31. Le chemin du Chesne-Rond, tendant à Beauvert, de 1,375 mètres sur 5 mètres.

32. Le chemin du Biez, tendant de la grande route de celui à Versailles, en passant près de la ferme du château, et joignant le pavillon de l'Étang, de 2,200 mètres sur 6 mètres.

33. Le chemin de Marcoussis au Déluge, prenant naissance à celui du Biez, joignant celui du Chesne-Rond à Beauvert, de 1,830 mètres sur 6 mètres.

34. Le chemin de la Grande-Vente, dit le chemin Vert, prenant naissance sur le chemin de Marcoussis au Déluge, joignant les bois des Planeteaux, de 1,995 mètres sur 5 mètres.

35. Le chemin dit de l'Hôtel-Dieu, prenant naissance sur celui de la grande route de Paris à Versailles, et joignant celui du Biez, de 383 mètres sur 8 mètres.

36. Le chemin dit de la rue du Bas Guay, de 505 mètres sur 6 mètres.

37. Le chemin de la Ronce, prenant naissance sur la grande route de Versailles, passant par la Cassioterie, et une autre branche joignant le bout du hameau du Guay au midi, passant à la ferme de la Ronce, et continuant sa direction vers Beauregard, de 1,298 mètres sur 6 mètres.

38. De la Cassioterie, joignant la grande route de Versailles et le chemin de la Ronce, de 185 mètres sur 6 mètres.

39. Le chemin dit la Vieille-Rue, de 200 mètres sur 5 mètres.

40. Le sentier au-dessus des jardins du Guay, prenant naissance au chemin de l'Hôtel-Dieu, et joignant la Vieille-Rue, de 335 mètres sur 1^m,50.

41. Le sentier du Vieux-Moulin, prenant naissance sur l'ancienne route d'Arpajon à Versailles, et joignant la rue Basse-du-Guay, de 130 mètres sur 1^m,50.

42. Le chemin de Bellébat, de 1,070 mètres sur 6 mètres.

43. Le chemin de la Papillonnerie, longeant les bois de ce nom et ceux des Carrés, aux confins des territoires de Marcoussis et de Villejust, de 685 mètres sur 6 mètres.

44. Le chemin du Buisson-Rond, prenant naissance sur la grande route de Versailles, et joignant celui de la Papillonnerie, de 1,047 mètres sur 5 mètres.

45. Le chemin du Buisson-Cayet, prenant naissance à la lune du pavillon de l'Étang, tendant à Beauregard et Janvry, de 1,716 mètres sur 6 mètres.

46. La grande route de Versailles à Dourdan, depuis sa jonction au poteau blanc jusqu'aux bois de Soucy, passant par Beauvert et le Déluge, de 4,037 mètres sur 10 mètres.

47. Le chemin de la Butte des Sabotiers, prenant naissance à la lune de la Ronce, se dirigeant le long de l'étang, vers Beauregard, de 1,922 mètres sur 6 mètres.

48. Le chemin ou rue de Beauvert, prenant naissance à Beauvert et se dirigeant dans les bois des Planeteaux, de 315 mètres sur 6 mètres.

(Extrait des Archives communales.)

XVII

Topographie et Iconographie de Marcoussis.

Nous avons réuni sous ce titre les indications : des cartes, des dessins originaux, des gravures qui intéressent Marcoussis. Les dessins coloriés provenant de la collection Gaignières (1704) sont particulièrement très-précieux pour l'historien, l'archéo-

logue et l'artiste, puisqu'ils témoignent seuls aujourd'hui de
l'ancienne richesse d'ornementation du monastère et du château. Cette liste n'est autre d'ailleurs que celle des illustrations
dont nous aurions pu enrichir notre ouvrage si nos ressources
eussent égalé nos désirs.

CARTES ET PLANS.

*Carte particulière des Environs de Paris, en 9 feuilles, par
Messieurs de l'Académie royale des sciences, 1674. Gravée par
F. de la Pointe, en 1678.*

Dans cette carte qui est à l'échelle d'environ 1/125,000 la topographie de la vallée de Marcoussis qui occupe 0^m,08 de longueur est assez exactement figurée. Elle donne l'indication des
deux étangs, ainsi que celle du moulin de Marcoussis près de
Frétay. Au lieu de : Guillerville, on y lit : Chapelle Sainte-Catherine.

*La Prévôté et Élection de Paris, de Hubert Jaillot, 1686. En
une seule feuille.*

Dans cette carte, la vallée de Marcoussis n'est pas bien figurée,
le Guay et le Chénerond, sont notamment mal placés.

*Environs de Paris, par Nolin, 1698. En 4 feuilles à l'échelle
d'environ 1/170,000.*

Cette carte est très-inexacte pour la vallée de Marcoussis, on
y lit Saint-Marcou, au lieu de Marcoussis ; le Gué, le Chénerond,
Vaularon y sont mal placés.

*Diocèse, Prévôté, Élection de Paris, par Nicolas Samson, d'Ab-
beville, 1705. Une feuille à l'échelle d'environ 1/200,000.*

Cette carte est très-inexacte pour la vallée de Marcoussis.

*Carte de l'Archevêché de Paris, 1706. Chez J. Besson, à l'échelle
de 1/86,000 environ.*

Dans cette carte, la vallée de Marcoussis occupe un développement de 10 centimètres. Elle présente l'ensemble de tous les écarts et hameaux qui composent aujourd'hui la commune ; les trois étangs y sont marqués ; au lieu de Guillerville on lit chapelle Sainte-Catherine, au lieu de la ferme de Trou : *Chasteau B.* La maladrerie de Saint-Lazare au haut de Linas, et le poteau de justice de Montlhéry, sur les pentes orientales du bois de Leuville, y sont également indiqués.

Diocèse de l'Archevéché de Paris, par Jouvin de Rochefort, trésorier de France, dédié à M. François de Harlay, 1714. *Une feuille à l'échelle d'environ* 1/132,000.

Cette carte donne une vallée de Marcoussis très-fidèlement representée, le moulin y est indiqué et les hameaux ou écarts occupent leur véritable position relative. Entre Linas et Le Houssay, au lieu de Guillerville on lit : chapelle Sainte-Catherine ; entre la Forest et le Faÿ on lit : *Ruynes du fort château de B.*

Pouillé, historique et topographique du Diocèse de Paris, dédié à Mgr. Christophe de Beaumont, archevêque de Paris, par L. Denis. Paris, 1767, 1 vol. in-f°.

La vallée de Marcoussis est assez fidèlement donnée dans la feuille 27 avec tous ses hameaux ou écarts ; les deux étangs sont marqués, le nom du Déluge n'y figure pas quoique le lieu soit indiqué à sa vraie position. Ce qui donne quelque intérêt à cette carte, c'est que les anciens chemins y sont tracés.

Carte des environs de Paris, par Dom Coutans, 1773. *En une seule feuille.*

Cette carte donne une topographie exacte, mais trop réduite de la vallée de Marcoussis.

Plan terrier de madame la comtesse d'Esclignac.

Ce plan, qui fut exécuté de 1781 à 1784, par Debray, ingénieur, occupe une superficie d'environ 6 mètres carrés ; il est très-remarquablement exécuté, laissant en teintes claires les parties qui, à cette époque, ne dépendaient pas de la seigneurie, et accusant plus particulièrement tout ce qui en dépendait. Il est dressé à l'échelle d'environ 1/2,000, c'est-à-dire que chaque millimètre représente 2 mètres. Il a une réelle importance au point de vue de la topographie comparée de la vallée de Marcoussis avant et après la Révolution.

Ce plan orne aujourd'hui l'une des salles du premier, de l'habitation, à Paris, de M. Francisque Balaï, député de la Loire. Nous lui avons emprunté la topographie du château et du monastère des Célestins, que nous donnons avec notre carte.

Carte géométrique de la France dite de l'Académie, par Cassini, à l'échelle de 1/86400. Feuille 7. H.

Dans la carte de Cassini, la position relative des lieux et écarts de la Vallée de Marcoussis et leur nomenclature sont exactement données. Au lieu de *Bellejame*, on lit encore : *Bellejambe* ; au lieu de : *Guillerville*, on lit : *la Magdeleine.* Les fermes du Faÿ, de Couard, du Trou, du Déluge sont nommées, celle de la Forest est marquée, mais non nommée. On n'y voit plus l'indication de l'ancien moulin de Marcoussis, de l'ancienne justice de Montlhéry ; mais elle donne encore l'ancien réseau des routes avant leur redressement, et leurs modifications.

Carte des environs de Versailles, dite des chasses du Roi, au 1/28,000. En 12 feuilles.

Cette carte, qui est encore de nos jours un des plus beaux produits de la cartographie, jouit d'une réputation européenne ; elle est basée sur une triangulation certaine, et les levés topographiques en ont été exécutés de 1764 à 1773, par les officiers ingénieurs des camps et armées, sous la direction de M. Berthier. Les minutes, qui sont conservées précieusement au Dépôt de la guerre, sont à l'échelle de 1/14,400, elles sont exécutées avec le plus grand soin, et l'on prétend que le roi Louis XVI en vérifia quelques parties et les retoucha de sa propre main. La gravure fut commencée en 1773, interrompue pendant quelques années pendant la première République et terminée sous l'Empire. On y a toujours employé les meilleurs graveurs du Dépôt de la guerre; c'est un chef-d'œuvre, comme produit de l'art, et rien ne surpasse la pureté du trait et le moelleux du dessin de ce travail, qui laisse loin derrière lui, quant à l'exécution matérielle, la grande carte de l'Empire français, dite de l'État-major.

La feuille 11 contient la vallée de Marcoussis depuis le parc de Bellejame, la feuille 12 contient Guillerville et Montlhéry. Ces deux dernières feuilles n'étaient pas terminées au moment de la Révolution, elles ne le furent que sous l'Empire. Ce qui explique comment quelques épreuves d'essai de la feuille 11 donnent au pavillon de chasse, situé près du grand étang, le nom de *Pavillon du Roi*, tandis que toutes les autres l'appellent Pavillon de l'Empereur.

Lorsqu'il fut question de terminer cette feuille, on envoya sur les lieux plusieurs ingénieurs-géographes avec les minutes dressées vers 1780, et ils y ajoutèrent leurs corrections à l'aide d'un pinceau et de couleur blanche. C'est ainsi que sur la minute, l'ancien tracé de la route de Versailles à Corbeil est couvert par le tracé de la nouvelle route départementale, et que l'on peut y suivre les moindres détours que l'ancienne route faisait.

Il est probable que lorsque l'on dressa les minutes de cette grande et belle carte, les officiers ingénieurs consultèrent et firent usage des plans terriers des seigneuries qui entraient dans le cadre de la carte, et qu'ainsi le plan terrier de madame la comtesse d'Esclignac fut aussi, pour sa part, mis à contribution.

Notre carte n'est autre que la reproduction de la carte des chasses; quant à la partie topographique, nous lui avons seulement fait subir quelques modifications nécessaires, nous avons indiqué les cotes de hauteur, et nous y avons ajouté les noms de tous les lieux dits ainsi que les annotations qui pourraient en faire une carte historique et archéologique.

Atlas topographique en 16 feuilles des environs de Paris, à l'échelle de 1/65,000, par Dom G. Coutans, revue et corrigée par Ch. Picquet. Paris, in-8°, 1800.

Les feuilles 10 et 14 de ce bel atlas donnent la vallée de Marcoussis dans tous ses détails, la vallée y occupe un développement de 10 centimètres ; ce qui rend sa représentation précieuse, c'est l'indication de tous les anciens chemins avant la Révolution. On voit que l'auteur avait consulté la minute de la carte des chasses avant qu'elle n'eût été retouchée sous l'Empire.

Grande carte du Dépôt de la guerre, au 1/80,000. Feuille 65 (Melun).

La vallée de Marcoussis occupe dans cette carte un développement de 8 centimètres ; on y trouve tous les détails désirables que l'échelle a permis d'y indiquer. Comme carte générale elle est excellente, mais pour l'exécution elle est encore bien loin de valoir la carte des chasses.

Carte du Canton de Limours.

Cette carte est topogrophique quant à l'échelle et aux grandes divisions, mais les détails manquent. Elle a été dressée à l'aide des plans cadastraux des communes qui composent le canton, et tirée à un nombre très-restreint d'exemplaires.

VUES ET PAYSAGES.

Vue du château de Marcoussy.

Belle gravure par Mérian, extraite de la topographie de Zeiller, en latin, à la Bibliothèque impériale, section des Estampes. *Vues et Plans du département de Seine-et-Oise, arrondissement de Rambouillet.* La gravure que nous donnons en tête de cet ouvrage a été dessinée par M. E. Forest d'après cette gravure, qui paraît avoir été faite vers 1650.

Veüe du Couvent de la Sainte-Trinité des Célestins de Marcoussis, en Hurepoix; en 1704.

Dessin à la main, colorié, de la *Collection Gaignières*, à la Bibliothèque impériale, aux Estampes. *Vues et Plans, Seine-et-Oise, IIIe arrondissement, Versailles, le canton.*

Veüe du chasteau de Bellejame, en Hurepoix; en 1704.

Dessin à la main, colorié, de la *Collection Gaignières*, à la Bibliothèque impériale, aux Estampes. *Vues et Plans, Seine-et-Oise, arrondissement de Rambouillet.*

Veüe du chasteau de Marcoussy à monsieur d'Entragues Chantemesle. A. B. Flamen fecit, cum privil. R.

Gravure à la Bibliothèque impériale, aux Estampes. *Vues et Plans du département de Seine-et-Oise.*

Différentes vues prises à Marcoussis.

Lithographies ou gravures à la Bibliothèque impériale, section des Estampes. *Vues et Plans des arrondissements de Rambouillet, Versailles et Corbeil.* Plusieurs de ces vues représentent l'Église avec la maison dite de la Magdeleine qui est derrière; on y voit à sa place primitive la petite statuette en bois de la Magdeleine, dont nous avons parlé.

Claude Châtillon, *Topographie française,* 1648.

Planche II. Le *Chasteau de Marcoussy, rebasti et rendu logeable.*

Rien dans cette gravure ne rappelle le château de Marcoussis. Est-ce un dessin fait pour un projet de reconstruction qui n'a jamais été exécuté? ou n'est-ce pas plutôt un dessin de fantaisie? Nous laissons la chose à décider à plus habile que nous.

REPRÉSENTATION DE TOMBEAUX, INSCRIPTIONS
TUMULAIRES, PEINTURES MURALES, ETC.

TOMBE DE RAYMOND BOUCHER, seigneur de Saint-Aubin et de Louhans, 1537. Tombe en marbre noir, au milieu de la Sainte Chapelle, dite de l'*Ecce Homo*, dans l'aile gauche de l'église des Célestins de Marcoussis.

> (*Bibliothèque impériale. — Fac-simile de la Collection
> Gaignières, d'Oxford.* Tome III, f° 82.)

TOMBE DE NICOLAS VIOLE, conseiller du Roi, + 1590, et de son fils JACQUES VIOLE, seigneur d'Ouzereaux et de Lervillers, conseiller du Roi, + 1652, dans l'église des Célestins de Marcoussis.

> (*Bibliothèque impériale. — Fac-simile de la Collection
> Gaignières, d'Oxford.* Tome III, f° 83.)

ÉPITAPHE DE MAÎTRE PIERRE JULIEN, prieur de Saint-Vandrille, Épitaphe de pierre peinte, représentant le prieur P. Julien dans son cercueil et étrillé par la mort (voir page 166). Elle est vis-à-vis l'autel, dans la première Chapelle dite du Crucifix, dans l'aile gauche de l'église des Célestins de Marcoussis.

> (*Bibliothèque impériale. — Fac-simile de la Collection
> Gaignières, d'Oxford.* Tome III, f° 84.)

JEAN DE BALSAC, chevalier de l'ordre du Roy. Tableau contre un pilier au-dessus du précédent épitaphe (?), entre les deux tombeaux du côté de l'Évangile, dans le sanctuaire de l'église des Célestins de Marcoussy.

> (*Bibliothèque impériale. — Collection Gaignières,
> Costumes.* Tome VII, f° 111.)

ANNE DE GRAVILLE, fille de Louis Malet, seigneur de Graville et Marcoussis, amiral de France en 1487, et de Marie de Balsac.

Elle fut dame de Montagu, et mariée à Pierre de Balsac, seigneur d'Entragues.

Copie en miniature sur parchemin, d'une miniature qui est au commencement de l'histoire manuscrite de Bérose Chaldée à Melle Anne de Graville. Elle a pour devise *A. autre non!*

> (*Bibliothèque impériale. — Collection Gaignières,
> Costumes.* Tome VIII, f° 39.)

PEINTURE SUR LA MURAILLE, tout autour de la chapelle du château de Marcoussis. Sur un fond rouge brique deux feuilles de courge à tiges entrelacées et de ton jaunâtre, alternant avec le mot *Ilpadelt* en lettres blanches gothiques minuscules.

> (*Bibliothèque impériale. — Fac-simile de la Collection
> Gaignières, d'Oxford.* Tome XVI, f° 72.)

PEINTURE MURALE. Saint Georges terrassant le démon, peinture contre le mur, dans la nef de l'église des Célestins de Marcoussis; elle est répétée quatre fois de chaque côté au-dessus des croix dédicatoires.

Cette peinture, de forme rectangulaire, sur fond verdâtre très-clair, représente la statue en pied de saint Georges terrassant le dragon; au-dessus de sa tête est figurée un Campanile, il repose sur une console, aux quatre angles on voit les deux feuilles de courge entrelacées, les armes de Jean de Montagu et celles de Jacqueline de la Grange, accostées de deux fleurs de lis, avec la devise *Ilpadelt*, plusieurs fois répétée dans des banderolles blanches.

> (*Bibliothèque impériale. — Fac-simile de la Collection
> Gaignières, d'Oxford.* Tome XVI, f° 73.

INSCRIPTION PEINTE SUR LE MUR, à droite, dans la nef de l'église des Célestins de Marcoussis.

Cette inscription, rapportée page 171, du présent livre, est sur fond blanc ; elle est entourée d'un cadre vert clair, sur lequel des fleurs de lis d'or alternent avec les deux feuilles de courge d'or entrelacées. A la place de la bordure inférieure on lit la devise :

I   L   P   A   D   E   L   T

Avec l'interprétation :

Je L'ai Promis A Dieu Et Lui Tenu !

(Bibliothèque impériale. — Fac-simile de la Collection Gaignières, d'Oxford. Tome XVI, f° 71.)

PERSONNAGES ET VITRAUX.

JEAN DE MONTAGU, seigneur de Montagu en Laye et de Marcoussy, près le Mont-le-héry, chevalier, conseiller et chambellan du Roy, grand-maître de France, vidame de Laonnois, surintendant des finances.

Il est ainsi représenté, en pierre de relief colorée, du temps de la fondation, sur un pilier, à costé de la porte de la chapelle du château de Marcoussy, il y a un cellier de feuilles de coudre (courges) d'or, les queues entrelacées.

(Bibliothèque impériale. — Collection Gaignières, Costumes des Rois de France, etc., etc. Tome V, f° 64.)

JACQUELINE DE LA GRANGE, femme de Jean de Montagu, seigneur de Marcoussy, grand-maître de France, etc., etc.

Elle est ainsi représentée, en pierre de relief et peinte sur un pilier à la porte de la chapelle du château de Marcoussy.

(Bibliothèque impériale. — Collection Gaignières, Costumes. Tome V, f° 65.)

CHARLES DE MONTAGU, seigneur de Marcoussy.

Il est ainsi représenté, en entrant à droite, à la première vitre de la chapelle du château de Marcoussy.

(*Bibliothèque impériale. — Collection Gaignières, Costumes.* Tome V, f° 66.)

JEHAN DE MONTAGU, FONDATEUR DE CÉANS.

Vitre la première du côté de l'Évangile, près le grand autel de l'église des Célestins de Marcoussis.

(*Bibliothèque impériale.— Fac-simile de la Collection Gaignières, d'Oxford.* Tome III, f° 78.)

JACQUELINE DE LA GRANGE, dame de Marcoussy.

Vitre la deuxième du côté de l'Évangile, dans le sanctuaire de l'église des Célestins de Marcoussis.

(*Bibliothèque impériale. — Fac simile de la Collection Gaignières, d'Oxford.* Tome III, f° 79.)

GÉRARD DE MONTAGU, évesque de Paris.

Vitre du chœur du côté de l'Évangile, la deuxième en deçà du Jubé, au-dessus des chaires des religieux, dans l'église des Célestins de Marcoussis.

(*Bibliothèque impériale. — Fac-simile de la Collection Gaignières, d'Oxford.* Tome III, f° 77.)

JEHAN DE MONTAGU, archevesque de Sens.

Vitre la dernière du côté de l'Évangile, au-dessus des chaires des religieux dans l'église des Célestins de Marcoussis.

(*Bibliothèque impériale. — Fac-simile de la Collection Gaignières, d'Oxford.* Tome III, f° 81.)

Tombe de RAYMOND RAGUIER, seigneur d'Orsay.

Tombe de cuivre jaune, entre les deux premières chaires des religieux dans l'église des Célestins de Marcoussis.

(Bibliothèque impériale.— Fac-simile de la Collection Gaignières, d'Oxford. Tome III, f° 80.

JACQUES DE BOURBON, comte de la Marche.

Vitre la troisième du côté de l'Évangile, au-dessus des chaires des religieux, dans le chœur de l'église des Célestins de Marcoussy.

(Bibliothèque impériale. — Collection Gaignières, Costumes des Rois, etc., etc. Tome VI, f° 27.)

JEANNE DE MONTAGU, comtesse de la Marche.

Vitre la quatrième du côté de l'Évangile, dans le chœur de l'église des Célestins de Marcoussy.

(Bibliothèque impériale. — Collection Gaignières, Costumes. Tome VI, f° 28.)

LOUIS MALET, SEIGNEUR DE GRAVILLE, de Marcoussis, et admiral de France, etc., etc.

Il est ainsy représenté aux vitres de la chapelle des Dix mille martyrs des Célestins de Rouen.

(Bibliothèque impériale. — Collection Gaignières, Costumes. Tome VIII, f° 37.)

MARIE DE BALSAC, femme de Louis Malet, admiral de France.

Elle est ainsy représentée aux vitres de la chapelle des Dix mille martyrs des Célestins de Rouen.

(Bibliothèque impériale. — Collection Gaignières, Costumes. Tome VIII, f° 38.)

XVIII

Liste des principaux ouvrages consultés par l'Auteur.

MANUSCRITS.

La Vie de messire Jean de Montagu, grand-maitre de France sous le Roy Charles sixième, vidame de Laonnois, seigneur de Marcoussis et fondateur du monastère de ce Lieu, avec les éloges de ses parents et quelques événements dudit monastère, par *Simon de la Motte*, Célestin, sous-prieur du monastère de Marcoussis, 1674-1682.

Nous pensons qu'il existe au moins deux copies du manuscrit original, qui est entre les mains de M. le baron Jérôme Pichon.

Inventaire des Titres du comté et châtellenie de Montlhéry.

Inventaire général des Titres de la châtellenie de Marconssis, et des fiefs de Frétay et de la Poitevine y annexés, fait en 1781.

Notes historiques sur Marcoussis, en tête de l'Inventaire précédent.

Les Registres et Cahiers de naissances, mariages et décès des Curés de Marcoussis, de 1650 à 1800.

Les Archives communales de Marcoussis de 1800 à 1866.

Les Archives des Célestins (domaine de Villesauvage, Saclay, Saint-Hilaire, etc., etc.), aux Archives de Versailles.

Les Archives des Célestins de Marcoussis, aux Archives de l'Empire.

Les Terriers et Cueilloirs du Déluge, aux Archives de l'Empire.

Les Manuscrits d'Anne de Graville, à la Bibliothèque Impériale et à celle de l'Arsenal.

IMPRIMÉS.

Les Forêts de la Gaule, par *Alfred Maury*. Mémoire in 4°.

Regestrum visitationum Archiepiscopi Rothomagensis, Eudes Rigaud. In-4°.

L'Anastase de Marcoussis, ou Recherches curieuses de son origine, progrès et agrandissements. In 12. Paris, 1694.

Histoire du Diocèse de Paris, par l'abbé *Lebeuf*. In-12. Paris, 1757, etc., etc.

Nouvelle édition de cet ouvrage, donnée par *H. Cocheris*. In-8°. Paris, 1865, etc., etc.

Mercure de France de juin 1742 : Mémoire historique concernant la seigneurie de Marcoussis et le prieuré des Célestins, qui est dans le même lieu, par *Boucher d'Argis*. In-18.

Histoire généalogique de la Maison de France et des grands officiers de la couronne, 1729, par le P. *Anselme*, etc., etc. In-folio.

Histoire généalogique de la maison d'Harcourt, par *Gilles André de la Roque*. 1 vol. in-folio. 1662.

Le Grand Armorial de France, par *d'Hozier*, trois registres en 2 vol. in-folio chacun.

Méthode de Blason, par le P. *Ménétrier*, en 12 fig. Bordeaux, 1683.

Dictionnaire héraldique de *Ch. Grandmaison*, dans la Collection de M. l'abbé Migne. 1852. Grand in-8°.

Le Livre d'Or de la Noblesse européenne, par M. le marquis *de Magny*. 4 vol. in-4°. 1862.

Légendaire de la Noblesse de France, devises, cris de guerre et dictons, par le comte *O. de Bessas la Mégie*. 1865. In-8°.

Armorial de France, etc., etc., composé vers 1450 par *Gilles le Bouvier* dit *Berry*, premier roi d'armes de Charles VII, roi de France, publié pour la première fois par M. *Vallet de Viriville*. In-8°. 1866.

Le Théâtre des Antiquitez de Paris, par le R. P. *F. Jacques Du Breul*, Parisien, Religieux de Saint-Germain des Prés. 1 vol. in-4°. Paris, 1639.

Histoire et Recherches des Antiquitez de la Ville de Paris, par *Henri Sauval*, avocat au parlement. In-folio. 1724.

Tableau historique et pittoresque de Paris, par *J. B. de Saint-Victor*. In-8°. 1822.

Histoire de France de *Michelet*. In-8°. Tomes IV à XVI. 1840 à 1866.

Histoire de France de *Henri Martin*. In 8°. Tomes V à XVI. 1855 à 1860.

Histoire de Charles VI, par *Juvénal des Ursins*. In-folio. 1614.

Chronique de Monstrelet, édition *Douët d'Arcq*. In-8°. 1857.

Histoire de Charles VI, par *le Laboureur*. 2 vol. petit in-folio.

Chroniques de Cousinot, de P. Cochon, de la Pucelle. Édition Vallet de Viriville. In-8°. 1853.

Le Gibet de Montfaucon, par *Firmin Maillard*. 1 vol. in-18. 1863.

Histoire de Charles VII, roi de France, et de son époque, par M. *Vallet de Viriville*. In-12. 1862-1863.

Biographie de Jean de Montagu, grand-maître de France, 1350-1409, par *Lucien Merlet*, au tome III, janvier-février 1850, de la Bibliothèque de l'École des chartes. In-8°.

Choix de pièces inédites relatives au règne de Charles VII, par *Douët d'Arcq*. In-8. 1866.

Anne de Graville, ses poésies, son exhérédation, par M. le marquis *de la Queuille*, au tome Ier des Mémoires de la Société archéologique d'Eure-et-Loir, Chartres, 1858.

Histoire de Sainte-Barbe, par *J. Quicherat*. 3 vol. in-8°.

Journal de Henri III, par *P. de l'Estoile*.

Journal de Henri IV, par *P. de l'Estoile*. Édition de la Haye. 1761. 4 vol.

Mémoires historiques, et Anecdotes sur les Reines et Régentes de France, par *Dreux du Radier*. Édition Paul Renouard. Paris, 1827. In-8°.

Le Grand Alcandre, ou Histoire des Amours de Henri IV. Édition Didot. 2 vol. in-18. Paris, 1786.

Les Amours de Henri IV, roi de France, avec ses Lettres. 2 vol. in-18. Amsterdam, 1765.

Les Amours de Henri IV, par M. *de Lescure*. 1 vol. in-18 jésus. Paris, 1864.

Mémoires du maréchal de Bassompierre, Journal de ma vie. 2 vol. in-18, Amsterdam, 1692.

Mémoires de Sully.

Journal d'un Curé Ligueur sous les trois premiers Valois, publié par *Ed. de Barthélemy*. 1 vol. in-12. Paris, 1866.

Lettres missives de Henri IV, publiées par M *Berger de Xivrey* dans la collection de documents sur l'histoire de France. Tomes V, VI et VII. In-4°.

Mémoires de Marguerite de Valois, suivis des Anecdotes inédites de l'histoire de France pendant les xvi° et xvii° siècles, tirées de la bouche de M. le garde des sceaux Du Vair, etc., etc. Édition publiée et annotée par M. *Ludovic Lalanne*. Paris, P. Jannet, 1858. (Bibl. Elzév.)

Les Historiettes de Tallemant des Réaux. 3° édition. Techner, 1854, 7 vol. in-8°.

Procès de Ravaillac, publié par *P. Deschamps*. 1 vol. pet. in-8°. Collection Aubry. 1858.

Mémoires de madame de Motteville.

Mémoires de Guy-Joly.

Mémoires de Pierre Lénet.

Les Lettres de Guy-Patin.

Mémoires de Monglat.

Confessions de J. J. Rousseau.

Essai de Vénérie, ou l'Art du Valet de Limier, par M. *Du Gra-vier*, commandant les équipages de M. le prince de Conti. 1 vol. in-8°.

Recueil Thoisy, sur les matières ecclésiastiques; Affaires des Célestins, in-4°. Tome LII. A la Bibliothèque Impériale.

Véritable idée de la Gestion des biens des Célestins de Paris et de Marcoussis, par *Gambar*. Factum in-4° de 44 pages et tableaux. 1790.

Gallicæ Cœlestinorum Congregationis fundationes, etc., etc., par *Dom. Becquet*. In-4°. 1719.

Histoire de la Terreur, par *Ternaux Compans*.

Flore des Environs de Paris, ou Description des plantes qui croissent spontanément dans cette région, etc., etc., par *E. Cosson* et *Germain de Saint-Pierre*. 2e édit., 1 vol. in-8°, 1861.

TABLE ANALYTIQUE

DES

PRINCIPAUX NOMS D'HOMMES ET DE LIEUX

DONT IL EST PARLÉ DANS CE VOLUME.

———oo°o°oo———

Les noms d'hommes sont en PETITES CAPITALES, les noms de lieux
en *italique*.

FIN DE LA TABLE ANALYTIQUE DES MATIÈRES

TABLE GÉNÉRALE

—∞∘⦂⧫⦂∘∞—

RECHERCHES HISTORIQUES SUR QUELQUES ANCIENS DOMAINES DE LA COMMUNE DE MARCOUSSIS.

PIÈCES JUSTIFICATIVES.

FIN DE LA TABLE GÉNÉRALE.

Paris. — Imprimé par THUNOT et Cᵉ, rue Racine, 26.

ACHEVÉ D'IMPRIMER AUX DÉPENS DE L'AUTEUR

PAR E. THUNOT ET Cᵉ,

Le 1ᶜʳ mars M D CCC LXVII.

A L'AVENTVRE

AVGVSTE AVBRY

CARTE TOPOGRAPHIQUE ET HISTORIQUE DE LA VALLÉE DE MARCOUSSIS AVANT 1810.
PAR V. A. MALTE-BRUN.

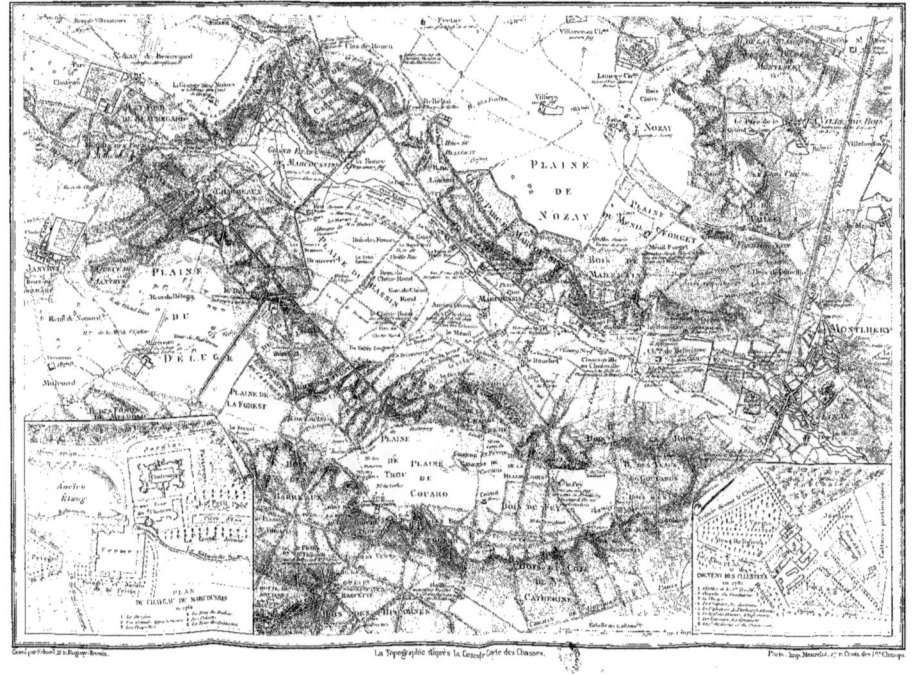

www.ingramcontent.com/pod-product-compliance
Lightning Source LLC
Chambersburg PA
CBHW070548030726

47505CB00001B/200